Pour l'amour
d'un soldat

Victoria
MORGAN

Pour l'amour d'un soldat

Traduit de l'anglais (États-Unis)
par Anne Busnel

J'ai lu

AVENTURES
& PASSIONS

Vous souhaitez être informé en avant-première
de nos programmes, nos coups de cœur ou encore
de l'actualité de notre site *J'ai lu pour elle* ?

Abonnez-vous à notre *Newsletter* en vous connectant
sur **www.jailu.com**

Retrouvez-nous également sur Facebook
pour avoir des informations exclusives :
www.facebook/jailu.pourelle

Titre original
FOR THE LOVE OF A SOLDIER

Éditeur original
The Berkley Publishing Group, published by the Penguin Group,
(USA) Inc., New York

Ce livre est dédié à ma mère et à ma sœur,
mes fans de la première heure.

1

Londres, Angleterre, mai 1855

Parfois on n'a plus le choix.

Alexandra Langdon fixait la porte et sa poignée en laiton.

Elle n'avait pas le droit d'être là. On allait la découvrir, l'expulser, et il s'ensuivrait un scandale retentissant. Mais son estomac grondant lui rappela pourquoi elle entrerait de toute façon.

Que savaient de la faim ces nobles privilégiés, bien à l'abri dans leur enclave ? Connaissaient-ils cette crispation, cette sensation de vide ? Cette impression d'être grignoté de l'intérieur ? Pour Alexandra, la faim était devenue un vieil ennemi qu'elle s'était promis de vaincre.

Mais pour y parvenir, elle devait se décider à ouvrir cette maudite porte.

Il y avait de l'argent à gagner dans le salon de jeu. Le duc de Hammond avait organisé ce soir-là l'un des bals les plus fastueux de la saison. L'élite de la haute société avait été invitée, et pendant que les mères et les débutantes dansaient dans la grande salle de réception, les maris et les célibataires endurcis s'étaient réfugiés derrière cette porte.

Tous étaient riches, et pouvaient se permettre de miser une fortune sur un coup de dé. Alexandra n'avait plus qu'à prier pour que la légendaire chance des Langdon soit au rendez-vous.

Son père affirmait lui avoir transmis ce don, et elle comptait bien s'en servir ce soir. C'était la seule chose qu'il lui avait léguée. Et pour cette raison, elle l'adorait autant qu'elle le détestait.

Nerveuse, elle essuya ses mains moites sur son pantalon noir, résista à l'envie d'ajuster sur son crâne sa perruque masculine. Puis, une fois de plus, elle pénétra d'un pas résolu en territoire interdit.

Les odeurs familières l'assaillirent en premier, mélange de fumée de cigares, de whisky et d'hommes. Puis le bruit, le murmure des conversations, les rires, le claquement des boules de billard qui s'entrechoquaient.

Un tapis à dominante bordeaux recouvrait le parquet. Des tableaux représentant des scènes de chasse au renard ornaient les murs lambrissés de bois sombre. Sur les toiles, des cavaliers en veste rouge penchés sur l'encolure de leur monture pourchassaient leur proie affolée. La sympathie d'Alexandra allait au renard. Elle avait éprouvé ce sentiment glaçant de panique et de désespoir mêlés qui pousse à chercher le moindre trou pour s'y terrer. Comme le renard, elle devait rester en permanence vigilante pour ne pas se faire prendre.

Elle avança, les yeux rivés à la table de jeu installée dans un angle de la pièce. Une partie venait de prendre fin et d'autres joueurs étaient déjà en train de s'installer sur les sièges libérés.

L'une de ces places était pour elle. Si elle réussissait à l'atteindre à temps. Un groupe d'invités lui bloquait le chemin. Elle les contourna, consciente de sa petite taille parmi tous ces messieurs. Le sommet de sa tête leur arrivait à peine à l'épaule. Au passage, elle capta des bribes de conversation.

— Vous saviez que Kendall était de retour ?

Le nom avait une résonance vaguement familière. Alexandra l'avait entendu prononcer à plusieurs reprises depuis qu'elle avait franchi la grande porte du rez-de-chaussée, un peu plus tôt. On le chuchotait et il semblait se propager en ondes mystérieuses dans toute la demeure du duc.

— Je croyais qu'il était revenu depuis cet automne ?

— En tout cas, il est en ville. Et il paraît qu'il sera présent ce soir.

— Bon sang ! Monroe est-il au courant ?

— Plus important, la femme de Monroe est-elle au courant ?

Une cascade de rires suivit.

— Pourquoi seulement *elle* ? Que faites-vous de toutes les autres ?

Alexandra ne s'intéressait nullement aux frasques d'un quelconque Casanova. La salle en était pleine : cheveux pommadés, cravate immaculée, un verre de cognac en cristal à la main, ils finissaient par tous se ressembler. Pas étonnant que ces hommes-là soient des coureurs de jupons. Le sport en chambre ne donnait pas d'ampoules aux pieds et ne tachait pas leurs beaux habits, songea Alexandra avec amertume.

Un autre échange lui parvint tandis qu'elle continuait sa progression en direction de la table.

— La dernière fois qu'il a joué, il a gagné une vraie fortune. Lambert et Eldridge s'en souviennent encore !

— Samson ne l'a-t-il pas provoqué en duel ?

— Des bruits ont couru, mais contrairement à toi, Peters, Kendall ne commente jamais les rumeurs qui circulent à son propos. Et Samson a disparu de la circulation.

— Rappelez-moi de ne surtout pas m'asseoir à la même table que lui, marmonna un autre gentleman.

Ce Kendall était donc un joueur doublé d'un débauché. L'homme baissait encore d'un cran dans son estime. Le chassant de ses pensées, elle fixa son attention sur la table autour de laquelle il restait encore deux chaises vacantes.

Quatre hommes venaient de s'y installer.

Les deux vicomtes en pleine discussion étaient lord Linden et lord Chandler. Lors d'une précédente soirée, Alexandra avait déjà été présentée à lord Richmond, qui était comte. Quant à lord Filmore, elle lui avait pris cinquante livres lors de leur dernière rencontre.

Mais six mois s'étaient écoulés depuis et l'argent s'était évaporé.

Aucun des messieurs présents ne se leva pour lui tirer sa chaise. Elle était toujours surprise, pourtant, elle aurait dû avoir l'habitude. Comme le faisaient les hommes entre eux, ils se contentèrent de la saluer d'un hochement de tête, en murmurant son nom de famille, sans s'embarrasser de titre ni de prénom.

Avant de s'asseoir, Alexandra étudia son environnement. Un bar en acajou surmonté d'un grand miroir doré était appuyé contre le mur d'en face. Carafes et verres en cristal étincelaient à la lumière du lustre.

Alexandra eut le temps de se demander qui était cet inconnu qui la dévisageait avec insistance, avant de réaliser qu'elle était face à son propre reflet.

C'était elle, ce jeune homme brun aux yeux bleu vif et à la cravate impeccable.

Elle s'empourpra, vit la rougeur gagner sa gorge, ses joues creuses. Elle avait oublié à quel point elle avait maigri. Elle détourna en hâte le regard de ce double hâve et fragile.

La veste bleue qu'elle portait avait été reprise, et les épaulettes lui donnaient un peu de carrure, mais elle se sentait engoncée au niveau de la poitrine et mourait d'envie d'arracher cette fichue cravate pour inspirer une grande goulée d'air.

Ce déguisement masculin était inconfortable, mais impossible d'y échapper si elle voulait profiter d'enjeux élevés. Il y avait bien des salons réservés aux dames, où elle aurait pu tenter sa chance au piquet ou au whist, mais les mises n'avaient alors rien à voir avec les sommes qui s'échangeaient là et atteignaient parfois plusieurs centaines de livres.

Elle se redressa de toute sa taille et leva les yeux pour souhaiter bonne chance au jeune homme brun... à l'instant précis où une haute silhouette masculine s'interposait entre le miroir et elle.

Un nouveau venu tirait la chaise restante.

Son regard passa de la veste de soirée noire, manifestement taillée sur mesure, qui tombait à la perfection sur des épaules d'une largeur peu commune, à son visage. Elle ne put s'empêcher d'avoir un mouvement de recul. Non parce que l'inconnu était bel homme, encore que ses traits altiers – pommettes ciselées, bouche sensuelle – et son épaisse crinière d'un noir de jais ne pouvaient que retenir l'attention, mais parce qu'il y avait chez lui quelque chose que les autres n'avaient pas, et qui allait au-delà de sa prestance naturelle.

Quelque chose que l'on captait dans son regard d'un gris de ciel de tempête, froid comme l'ardoise et dur comme l'acier.

Ces yeux avaient quelque chose d'hypnotique. Alexandra ne parvenait pas à en détacher le regard.

Ce n'est qu'en le voyant froncer les sourcils qu'elle parvint à s'arracher à sa contemplation.

Les jambes soudain flageolantes, elle s'assit. Les poils sur sa nuque se hérissèrent.

Il savait.

Il n'y avait pas d'autre explication à ce regard réprobateur qu'il lui avait adressé, car c'était la toute première fois qu'elle le voyait.

Elle risqua un nouveau regard dans sa direction, mais il s'était détourné, comme s'il la jugeait insignifiante. Avant de prendre place sur son siège, il s'empara d'un verre de cognac sur le plateau d'un valet qui passait, le posa sur la table sans même y avoir trempé les lèvres, puis répondit à une remarque que venait de lui faire Richmond.

Alexandra se détendit, et exhala un soupir silencieux. Ce type ne s'intéressait pas à elle. Tant mieux. Il fallait à tout prix qu'elle reste concentrée sur la partie. *Seuls les joueurs concentrés gagnent. Et les joueurs sobres.* Son regard s'arrêta sur le verre de cognac intact, tandis que les paroles de son père résonnaient dans sa tête. Elle commença d'enlever ses gants de peau, puis s'arrêta. Ses mains nues risquaient de la trahir, mais tant pis, décida-t-elle. Elle acheva d'ôter ses gants, et posa les mains sur ses genoux.

— Kendall, vous connaissez tout le monde, je suppose ? s'enquit lord Richmond.

Alexandra releva vivement la tête.

Kendall.

Le trousseur de jupons qui remportait des fortunes au jeu. Bien sûr, il fallait que cet homme s'installe à la même table qu'elle ce soir-là. Sans doute un nouveau coup tordu du destin qui, ces derniers temps, ne s'était pas montré particulièrement bienveillant envers elle.

— Pas tout à fait, répondit Kendall, les yeux rivés sur Alexandra.

— Exact. Vous n'avez pas encore rencontré Alex Daniels. Il est rentré d'un tour d'Europe l'année dernière. Filmore, vous vous souvenez de Daniels, n'est-ce pas ? ajouta Richmond avec un demi-sourire.

Daniels. Elle avait choisi ce nom en hommage à un étalon qui avait remporté la coupe d'Ascot malgré une cote de cent contre un. Dans l'espoir que cela lui porterait chance.

— Oh oui ! opina Filmore avec un large sourire. La dernière fois que nous avons joué, vous êtes parti avec l'intégralité de ma bourse, mon cher Daniels. Vous vous êtes fait rare, ces derniers mois. Je ne serais pas mécontent de profiter de l'occasion pour récupérer mon bien.

Alexandra ouvrit la bouche pour répondre et remarqua que Kendall la considérait de nouveau de cet air désapprobateur. Elle n'aimait pas du tout cela, ni l'effet que cela lui faisait. Si elle avait eu un éventail, elle l'aurait ouvert d'un coup de poignet pour se cacher derrière. Mais son déguisement masculin ne lui permettait pas ce genre de dérobades.

Forçant sa voix, elle répondit :

— Toutes mes excuses, lord Filmore. J'ai tellement aimé dépenser votre argent que je suis revenue vous en soutirer un peu plus.

Aussitôt elle pesta contre elle-même. Peu accoutumée à s'adresser aux hommes de manière familière, elle n'avait pu s'empêcher d'utiliser son titre.

— Voilà ce que j'appelle un défi, intervint lord Chandler, qui leva son verre en un geste moqueur. Espérons que votre escarcelle est bien pleine, Filmore.

— Vous avez apporté la vôtre, Chandler, riposta Filmore, ou vous comptez sur les étalons de votre père pour vous sauver la mise une fois de plus ?

Nullement vexé, lord Chandler s'esclaffa et répliqua :

— Mon père a réussi à racheter son champion. Certes, à un prix un peu plus élevé que celui d'origine.

— Il ne doit pas vous en tenir rigueur outre mesure, puisque vous êtes toujours en vie, commenta lord Linden, pince-sans-rire.

— Ma foi, il m'a remonté les bretelles, mais que voulez-vous, il y a des avantages certains à être l'unique héritier d'un comte. On est irremplaçable.

Tous se mirent à rire, hormis Kendall. N'avait-il aucun humour, ou était-il, comme Alexandra, agacé par ces dandys qui dilapidaient si cavalièrement le patrimoine ancestral ? Si lord Chandler n'en avait que faire, d'autres, moins chanceux, lui auraient trouvé une utilité !

— Jouons-nous, messieurs ? demanda Richmond en s'emparant du jeu de cartes.

Il attendit que Filmore ait coupé avant de distribuer une première carte à Kendall.

— La mise d'ouverture est de vingt-cinq livres.

Alexandra serra les poings sous la table. Pour pouvoir participer ce soir-là, elle avait gagé son dernier collier. Elle comptait au moins récupérer le double de sa valeur. À quoi bon garder ces babioles puisqu'elle ne serait plus jamais invitée à un bal ?

Richmond acheva le premier tour de donne et revint sur Kendall, qui tira deux cartes et annonça :

— Messieurs, je monte de cinquante.

Linden jeta un billet sur la table, ôta d'une pichenette une poussière invisible sur sa veste et murmura :

— Dites-moi, Kendall, les demoiselles ne vont-elles pas se languir de vous dans la salle de bal ?

Kendall se borna à hausser un sourcil, sans faire de commentaire. Alexandra ignora leur plaisanterie. Seigneur, soixante-quinze livres ! Grâce au collier, elle en avait obtenu cent du prêteur sur gages. Elle étudia ses cartes. Elle avait une bonne main. *La chance légendaire des Langdon !* La voix de son père retentit de nouveau dans son esprit, lui insufflant un peu de courage. Elle ajouta à son tour un billet sur le plateau en s'exhortant au calme.

— Vous venez de rentrer en ville, Kendall ? s'enquit Linden. Je ne vous ai pas vu depuis un moment, ni au *White* ni dans les soirées mondaines.

— Contrairement à vous, je suis assez sélectif en matière d'invitations, rétorqua Kendall, les yeux rivés sur Richmond qui s'était renfrogné à la vue de son jeu.

Filmore réprima un rire.

— Alors vous avez un point commun avec Daniels, commenta Richmond. Il s'est fait rare, lui aussi.

— J'avais d'autres priorités, prétendit Alexandra.

Le regard de Kendall croisa le sien. Il plissa les paupières, comme s'il savait pertinemment qu'elle mentait, et elle maudit son arrogance. Il semblait lire en elle comme dans un livre.

Elle ne devait pas se laisser déconcentrer.

— Vous avez tous deux manqué une jolie parade de débutantes chez Warden, enchaîna Chandler en misant à son tour. Du premier choix, croyez-moi. J'ai bien l'intention de chevaucher quelques-unes de ces fringantes pouliches.

— Bon sang, vous n'avez donc pas assez de problèmes avec vos pur-sang ? ricana Filmore, avant d'ajouter : Messieurs, vingt-cinq de plus, qu'en dites-vous ?

Linden referma son jeu et annonça :

— Sans moi.

Alexandra calculait déjà qu'après ce premier tour il ne lui resterait… rien. Et *rien*, cela ne l'amenait pas bien loin. Son expérience passée lui avait enseigné cette rude et amère leçon. Mais il lui fallait juste une autre carte. *Une seule.* Où diable était passée la célèbre chance des Langdon ?

Elle s'aperçut qu'elle se mordillait la lèvre, s'efforça d'afficher un masque impassible. Les autres joueurs ne semblaient pas avoir remarqué sa nervosité. On étouffait ici. Pourquoi la mode masculine avait-elle imposé la cravate ? Ce satané bout de tissu enroulé autour du cou vous coupait la respiration comme le nœud coulant d'une corde de gibet !

Kendall avait peut-être lu dans ses pensées une fois de plus, car voilà qu'il ôtait sa veste. Très à l'aise, il retroussa ses manches, révélant ses avant-bras musclés sous l'œil fasciné d'Alexandra. Seigneur, c'était presque… indécent. Elle tressaillit comme il la regardait en arquant un sourcil. C'était à elle de parler, tout le monde attendait sa réponse.

Sous le poids des regards qui convergeaient dans sa direction, elle fut soudain soulagée de porter cette maudite cravate qui cachait la rougeur cuisante de son cou. Elle suivit l'enchère, pivota vers Richmond pour tenter d'échapper au regard insistant de Kendall. Pourquoi diantre avait-il fallu que son retour à Londres coïncide avec le sien ? Telle une ombre menaçante, il allait saper ses espoirs et son courage s'il continuait à la scruter ainsi.

— Des nouvelles du front, Kendall ? s'enquit Richmond.

Alexandra tourna la tête, surprise par la question, mais pas mécontente que la guerre de Crimée fasse dériver la conversation. Elle allait en profiter pour se ressaisir.

Kendall suspendit son geste un instant, puis haussa les épaules.

— Rien que la presse n'ait déjà amplement commenté, répondit-il.

— Ce maudit Russell devrait être renvoyé pour oser écrire de telles calomnies ! s'emporta Linden. Il…

— Tout à fait raison, coupa Kendall, le regard dur. Sa vision des choses est très claire, et si les ordres de lord Raglan avaient été aussi limpides, cela nous aurait évité un bain de sang.

Un silence tendu tomba autour de la table. Alexandra était stupéfaite. Au lieu de débiter le discours habituel à la gloire des armées britanniques et des vies sacrifiées pour le bien de l'Empire, Kendall avait choisi la vérité brute et amère.

Dans les pages du *Times*, elle avait lu les articles de Russell, qui affirmait que les troupes souffraient d'une grave pénurie de nourriture, de vêtements et de médicaments. Mais elle n'avait rien appris que les soldats de l'hôpital ne lui aient déjà raconté. Et son cœur avait saigné pour eux en octobre, quand la brigade légère avait été décimée, après leur charge désastreuse à Balaklava.

Elle tressaillit en découvrant que le regard de Kendall était de nouveau posé sur elle. Baissant vivement les yeux, elle se tança mentalement pour s'être laissée émouvoir. Contrairement à ce que pensaient certains, elle n'était pas de marbre.

Richmond leva son verre, imité par toute la tablée.

— Messieurs, buvons à ceux qui se sont battus avec courage. « Leur gloire ne pâlira jamais », ajouta-t-il, citant lord Tennyson[1] qui avait rendu un hommage célèbre aux soldats tombés au champ d'honneur.

La main de Kendall s'était crispée sur son verre. Il le reposa sans l'avoir porté à ses lèvres.

— Chandler, c'est votre tour, je crois ?

Alexandra sursauta. L'espace d'un instant, elle avait failli oublier la partie en cours. Cela ne lui était jamais arrivé auparavant. *Mauvais présage !* lui souffla une petite voix.

Elle tenta de se reprendre. Elle avait un bon jeu. La dernière carte lui avait donné un full. La chance des Langdon était revenue.

Chandler posa ses cartes sur la table en soupirant.

— Ma gloire a pâli. Je me couche.

---

1. Alfred Tennyson (1809-1892), poète, auteur de *La Charge de la brigade légère. (N.d.T.)*

— Vous n'avez pas de pur-sang à jeter dans le pot ? s'enquit Filmore, railleur.

— Pas ce soir. J'ai des vues sur quelques pouliches en bas, mais je n'en monterai aucune si je perds mon temps et mon argent avec vous, messieurs.

Alexandra ne put s'empêcher de frémir devant tant de vulgarité.

— Je me couche aussi, annonça Richmond en pliant son jeu.

Adossé à son siège, il tira un cigare de sa poche et fit signe à un valet de lui apporter du feu.

— Alors je pense qu'il est temps de voir les jeux, murmura Kendall.

Le cœur battant, Alexandra se pencha légèrement en avant. Elle allait gagner. Elle avait un full.

Filmore découvrit ses cartes.

— Une paire aux rois. Je crois que je vais rejoindre Chandler dans la salle de bal.

— Messieurs, j'espère que vous aurez plus de chance avec les dames qu'au jeu, triompha Kendall en abattant une quinte flush.

Linden émit un long sifflement.

— Bon sang, Kendall ! Par pitié, dites-moi que vous allez faire danser les dames, vous aussi. Si vous restez dans les parages, je n'ai aucun espoir de me refaire.

— Il y a toujours de l'espoir. Daniels n'a pas encore découvert son jeu, objecta Richmond. Alex, auriez-vous une quinte flush royale, par hasard ?

Tous les regards se braquèrent sur Alexandra. Elle eut l'impression que la pièce se mettait à tourner et lutta de toutes ses forces pour continuer à respirer normalement.

Elle avait tout perdu.

Cent livres. Sa maigre fortune s'était volatilisée. Tétanisée, la tête vide, elle fixait son jeu. La fumée du cigare de Richmond l'enveloppait peu à peu, et elle sentait l'air lui manquer. L'espace d'un instant, elle comprit ce qu'éprouvait un condamné à l'instant où le plancher se dérobait sous ses pieds et où le nœud coulant se resserrait autour de son cou.

Il lui fallut faire appel à toute sa volonté pour étaler son jeu sur la table, alors même que son vertige s'intensifiait.

Filmore asséna une claque amicale dans le dos de Kendall pour le féliciter. Les autres le complimentèrent également. Leurs paroles et leurs rires pénétrèrent à peine la conscience embrumée d'Alexandra.

C'était la première fois qu'elle voyait une quinte flush à une table de jeu.

Chandler et Filmore se levèrent, les pieds de leurs chaises raclant le parquet.

Alexandra mit un certain temps à comprendre que Filmore lui avait parlé. Il dut se répéter, l'invitant à les accompagner, Chandler et lui, au rez-de-chaussée. Elle s'humecta les lèvres, n'osant répondre de peur que sa voix ne chevrote. Elle réussit néanmoins à se mettre debout.

Oui, fuir. Quitter le théâtre de sa défaite. Trouver une cachette et s'y terrer, roulée en boule, à l'écart du monde.

Elle se racla la gorge, emboîta le pas à Chandler et à Filmore, tel un automate, stupéfaite que son corps soit encore capable de fonctionner alors que son cerveau n'en était plus capable.

Des bruits de conversations et des rires résonnaient. Le flot de la vie s'écoulait autour d'elle. Deux boules de billard se heurtèrent dans un claquement sec qui la tira brutalement de sa transe. Dans un sursaut de lucidité, elle se sépara de ses deux compagnons sous prétexte d'aller chercher un verre fort pour se consoler de ses pertes.

Ce n'était pas la première fois qu'elle affrontait la ruine. Elle ne s'était jamais laissée abattre, et cette fois encore elle survivrait. « Le puits de chance des Langdon s'est peut-être tari, mais leur courage renaîtra », croyait-elle entendre clamer son père.

Elle aurait aimé qu'il ferme son clapet.

C'était sa faute si elle se trouvait dans cette situation. Elle ferma les yeux, glissa un doigt entre sa cravate et son cou.

Un valet portant un plateau passa non loin. Elle lui faisait signe lorsqu'une poigne de fer se referma sur son bras et elle se sentit tirée sur le côté.

Elle tituba, muette de saisissement, et serait tombée si la main solide ne l'avait retenue. Avant qu'elle puisse réagir, l'homme l'entraîna vers une fenêtre et la fit pivoter vers la croisée ouverte.

Une bouffée d'air frais fouetta ses joues brûlantes.

— Vous n'allez pas tomber dans les pommes, au moins ?

Furieuse, elle se libéra et fit volte-face. Mais ses protestations moururent dans sa gorge. Chancelante, elle recula sous l'impact du regard gris qui la transperçait.

Kendall.

Pourquoi l'avait-il suivie ? Que lui voulait-il ?

— Quand avez-vous mangé pour la dernière fois ? demanda-t-il sans détour.

— Je vous demande pardon ?

Elle oublia son indignation en apercevant une petite veine qui palpitait sur son cou doré, près de sa pomme d'Adam. Il avait ôté sa cravate et ouvert les premiers boutons de sa chemise. C'était tout simplement scandaleux. Elle sentait sur lui l'odeur du cigare de Richmond. Sa chemise en lin tendue sur ses larges épaules laissait deviner un corps athlétique, à la souplesse animale. Un corps dangereusement proche.

Imposant, il la dominait d'une bonne tête.

D'un geste impatient, il la tourna de nouveau face à la fenêtre.

— Bon sang, respirez !

Bien qu'ulcérée par ses manières autoritaires, elle obtempéra et prit plusieurs inspirations profondes. Elle le maudissait d'avoir raison et se maudissait de sa propre stupidité. Elle ne pouvait pas se permettre de perdre connaissance, ni de perdre son sang-froid. Elle n'avait déjà que trop perdu ce soir-là, par la faute de Kendall, d'ailleurs.

Son malaise se dissipa peu à peu, mais Kendall ne s'en allait toujours pas. Alexandra rassembla les lambeaux de sa dignité et, une main sur l'appui de la fenêtre, se résolut à affronter son regard.

Si l'on faisait abstraction de son expression renfrognée, il était vraiment d'une séduction folle. Élancé, tout en force noueuse et contenue…

Quelque peu perturbée par le chemin que prenaient ses pensées, Alexandra pressa un instant le bout de ses doigts sur sa tempe, puis laissa retomber sa main de crainte qu'il n'interprète son geste comme le signe qu'elle allait bel et bien s'évanouir.

— Ma parole, vous êtes de plus en plus jeunes à vous incruster aux tables de jeu, commenta Kendall. Quel âge avez-vous donc ?

— Celui de jouer, répliqua-t-elle, piquée au vif.

— J'ai ruiné pas mal d'hommes dans ma vie, mais je ne m'attaque pas encore aux galopins. Tenez, reprenez cela, ordonna-t-il.

Elle le dévisagea fixement avant de se rendre compte qu'il lui tendait ses propres billets. Ses joues s'enflammèrent. D'instinct, elle ébaucha un mouvement pour s'en emparer, puis y renonça et serra le poing. Non, impossible. Si elle acceptait, plus jamais elle ne pourrait remettre les pieds dans une salle de jeu.

Elle se sentait comme le renard acculé par les chasseurs, s'interrogeant sur la route à suivre.

Sans lui laisser le temps de sortir de son dilemme, il lui fourra les billets dans la main. Lui non plus n'avait pas remis ses gants, et elle tressaillit au contact de ses doigts calleux.

— La prochaine fois, ne jouez pas ce que vous ne pouvez vous permettre de perdre, grommela-t-il avant de tourner les talons.

— Je... je vous rembourserai !

— Inutile, répondit-il sans se retourner. Je ne veux pas de cet argent.

Ce geste ne signifiait rien pour lui, alors qu'il la sauvait de la catastrophe.

Aux yeux de Kendall, elle n'était qu'une épine qui lui avait titillé la conscience. Bien qu'étonnée qu'il possède une conscience, elle ne l'en détesta pas moins. Il avait déclaré qu'il avait ruiné pas mal d'hommes dans sa vie, et elle le croyait.

Elle jeta un regard circulaire. Apparemment, personne ne s'intéressait à elle. Seul Kendall savait qu'elle avait perdu la face.

Elle cilla pour chasser les larmes qui lui montaient aux yeux, fourra les billets dans sa poche, puis enfila ses gants. Maudit Kendall. Il ne la ferait pas pleurer. Elle ne pleurait jamais.

Il fallait qu'elle sorte de là.

La tête rentrée dans les épaules, elle se dirigea vers la porte, résistant à son envie de courir. À quoi bon, puisqu'elle n'échapperait de toute façon pas au regard gris désormais gravé dans sa mémoire ? Où qu'elle aille.

2

Alexandra se glissa dans le couloir éclairé par la lumière vacillante des appliques. Son estomac la brûlait, et elle craignait de rejeter son maigre contenu. Il lui fallait trouver un boudoir quelconque pour reprendre ses esprits.

Elle s'arrêta abruptement, et le gentleman qui se trouvait derrière elle faillit la heurter. Avec quelques mots d'excuse, elle s'effaça pour le laisser passer, les joues en feu sous son regard perplexe.

Seigneur, mais elle ne pouvait pas entrer dans un boudoir féminin ! La main pressée sur l'abdomen, elle se remit en marche. Elle devait absolument quitter cette maison, en évitant, si possible, de croiser des invités avec qui il lui faudrait soutenir une conversation un tant soit peu intelligente, car elle avait apparemment laissé son intelligence à la table de jeu.

Soudain elle se ravisa et fit demi-tour. Elle était déjà venue chez le duc de Hammond pour y avoir été invitée autrefois par sa fille, lady Olivia, et elle venait de se souvenir de l'existence d'un petit patio auquel on accédait par l'entrée secondaire.

C'était sans conteste la meilleure issue.

Elle pressa le pas, traversa la galerie de portraits. Le martèlement de ses bottes sur le parquet résonnait dans la grande salle vide, tandis que les aristocrates suspendus aux murs semblaient la suivre d'un regard dédaigneux.

Elle ouvrit une porte dérobée pour emprunter un escalier de service mal éclairé. Sa tension ne retomba que lorsqu'elle atteignit le vestibule et se glissa enfin dans le patio. Au centre se dressait la silhouette massive d'un chêne dont le feuillage masquait la lune, plongeant les lieux dans une quasi-obscurité. On ne distinguait rien du magnifique jardin orné de buissons sculptés, de labyrinthes végétaux et de massifs de fleurs qui, Alexandra le savait, s'étendait au-delà, telle une oasis de verdure au cœur de la brume.

Un souffle d'air frais courut sur sa nuque, et elle eut l'impression qu'on lui enlevait un joug des épaules.

La salle de réception se trouvait du côté opposé de la demeure. Aux rires et aux voix des invités qui se promenaient dans le jardin se mêlaient les notes mélodieuses d'une valse. Alexandra l'écouta un instant. Tout irait bien, tenta-t-elle de se convaincre. Elle n'avait rien gagné, mais grâce à Kendall, elle n'avait rien perdu non plus. Plus important encore, elle avait échappé à l'emprise de son oncle et avait bien l'intention que cela continue, quel que soit le prix à payer. Son estomac grondant lui rappela que la liberté coûtait parfois très cher.

Elle s'approcha du grand chêne pour caresser l'énorme tronc, puisant un étrange réconfort au contact de l'écorce rugueuse. Dans une autre vie, sa conduite aurait été jugée scandaleuse. Elle se tenait dans l'ombre, sans chaperon pour la protéger des loups qui rôdaient, prêts à fondre sur une jeune fille innocente.

Un regard gris traversa ses pensées. Elle s'autorisa un sourire mélancolique. Elle avait déjà rencontré la bête et avait survécu. Elle était sonnée, meurtrie, mais vivante. Quant aux règles de la bienséance, elle les avait oubliées depuis longtemps.

Avec un soupir, elle s'appuya au tronc. Tandis qu'elle s'efforçait de réfléchir à sa situation, la porte-fenêtre s'ouvrit. D'instinct, Alexandra se cacha derrière le tronc pour ne pas être vue des importuns qui venaient troubler sa solitude. Elle risqua un œil dans leur direction.

Deux hommes venaient de pénétrer dans la cour. Le plus grand était vêtu de noir et, dans l'obscurité, on ne distinguait que sa figure pâle, sa cravate blanche et ses gants. Il se mit à arpenter le patio à grandes enjambées.

Le second, un valet qui portait les bas blancs et la livrée bordeaux et or des Hammond, avait une silhouette râblée.

— Que faites-vous ici ? Comment êtes-vous entré ? Vous n'avez pas de carton d'invitation et je sais très bien que vous ne travaillez pas chez le duc, siffla le plus grand. Dois-je vous rappeler qu'on ne doit absolument pas nous voir ensemble ? Je ne vous paie pas pour que vous preniez des initiatives stupides.

— Je sais bien pourquoi vous me payez, riposta l'autre sans se démonter.

À en juger par son fort accent, il venait de l'East End ou peut-être de Seven Dials.

— Quelques livres dans la bonne main, ça ouvre bien des portes, continua-t-il. C'est pour ça que je suis là.

L'autre se figea et, après un long silence, bredouilla :

— Comment ? Pourquoi ?

— Je veux revoir mon salaire, déclara le prétendu valet, les mains enfoncées dans ses poches.

— Quoi ? fit le grand entre ses dents. De quoi diable parlez-vous ? Je vous ai payé ! Notre accord n'est plus négociable !

Le faux valet ricana.

— Un meurtre, c'est toujours négociable. Vous n'allez quand même pas me traîner devant le juge pour rupture de contrat, pas vrai ?

Un silence pesant accueillit ces paroles.

Alexandra osait à peine respirer.

— En tout cas, ça me paraît peu probable, reprit le petit râblé. Les juges, ils aiment pas trop les gens qu'engagent des tueurs, surtout quand il s'agit de zigouiller un héros de guerre. Un survivant de Balaklava, et tout ça. Ben oui, vous aviez oublié de me parler de ça, hein ? Forcément, c'est plus cher qu'un type normal.

Alexandra avait le cœur qui battait la chamade. Ces deux-là parlaient d'assassiner un héros de la guerre de Crimée !

On n'entendait plus que la musique lointaine, un nocturne aérien. Enfin le grand type en noir se décida à répondre :

— N'y comptez pas. Je ne vous donnerai rien de plus.

La petite brute lui fonça dessus pour venir lui éructer sous le nez :

— Je veux plus d'argent, et vous allez me le donner si vous voulez que je fasse le boulot ! Cinq cents de plus. Débrouillez-vous pour les trouver.

Alexandra étouffait d'indignation. Survivre au carnage de Balaklava pour être lâchement abattu de retour à Londres. C'était tout bonnement… révoltant !

Elle ferma les yeux et les visages des hommes qu'elle avait soignés défilèrent dans sa mémoire.

Le pauvre gars que ces crapules projetaient de tuer faisait partie du maigre tiers des troupes qui avait réussi à s'en sortir après la charge quasi suicidaire de la brigade légère.

Elle ne pouvait pas le laisser tuer. Non, impossible !

Mais à qui ces deux gredins voulaient-ils s'en prendre ?

Le faux valet en livrée commençait à rebrousser chemin quand l'autre le rappela :

— Attendez.

Il fouilla dans ses poches, en retira un objet qui scintilla dans la nuit avant que le valet, revenu rapidement sur ses pas, ne s'en empare d'une main avide.

— Le mont-de-piété devrait bien vous en donner cinq cents livres. C'est un trésor de famille inestimable.

Le faux valet examina son butin. Dans la nuit, un déclic métallique se fit entendre. Alexandra s'interrogea. De quoi s'agissait-il ? D'une boîte à tabac ? D'une montre de gousset ? D'un étui pour cartes à jouer ?

Tendant le cou, elle s'efforça de discerner l'objet en question, mais le valet l'empocha prestement.

— C'est bon, ça ira, grommela-t-il.

— Quand comptez-vous passer à l'action ?

— Dès que Kendall…

— Bon sang, fermez-la ! explosa le grand type en jetant un regard autour d'eux. Pas de nom !

— Eh, vous êtes un peu trop nerveux, m'sieur, se moqua le faux valet avec un rire guttural.

— Nous avons passé un marché. À présent, fichez le camp d'ici avant de vous faire repérer. Nous ne devons pas traîner ensemble.

Quelques secondes plus tard, la porte-fenêtre s'ouvrit et se referma sur le faux valet, laissant son commanditaire seul avec ses pensées – et Alexandra.

Kendall.

Encore lui.

Le destin s'évertuait à pousser cet homme sur sa route pour gâcher cette nuit si importante pour elle, et qui était loin d'être terminée.

Un bruit léger perça le silence. Alexandra sursauta et se plaqua contre le tronc, comme si elle voulait se fondre dedans.

Tout près, une brindille craqua.

Alexandra se mordit la lèvre pour retenir le cri d'angoisse qui lui montait dans la gorge.

Le grand type s'était retourné et scrutait la pénombre.

Un miaulement retentit.

— Maudite bestiole ! grommela-t-il.

Cléo ! La chatte noire d'Olivia.

Les genoux flageolants, Alexandra s'affaissa contre le tronc.

L'homme tira un grand mouchoir de sa poche et l'agita pour chasser le félin, qui détala dans un feulement courroucé. Si seulement elle avait pu fuir aussi facilement, songea Alexandra. Elle avait l'impression que les secondes s'écoulaient comme autant d'années.

Enfin l'homme se décida à quitter les lieux en marmonnant un chapelet de jurons.

Dès que la porte se fut refermée sur sa haute silhouette, Alexandra se précipita hors de sa cachette pour lui emboîter le pas. Il fallait à tout prix qu'elle voie son visage en pleine lumière.

Alors qu'elle se glissait dans le couloir, elle l'aperçut qui s'éloignait. Elle allongea le pas. Comme il empruntait un autre couloir, l'applique murale jeta un reflet dans ses cheveux bruns pommadés.

Alexandra le suivit jusque sur la galerie qui surplombait la salle de bal. Elle savait qu'une fois en bas du grand escalier, il se fondrait dans la foule d'invités en tenue sombre et qu'elle le perdrait définitivement.

Le cœur battant, elle courut vers la rambarde. Elle n'aurait pas le temps de le rattraper, mais si au moins elle discernait son profil...

L'homme descendait les marches d'un pas sûr et rapide. Alexandra pria pour qu'il se retourne et, comme s'il avait entendu sa prière, c'est exactement ce qu'il fit. Il balaya la galerie du regard, s'arrêta une seconde sur Alexandra, puis descendit les dernières marches.

Quelques secondes plus tard, il disparaissait dans la cohue.

Elle poussa un soupir. Ce visage anguleux ne lui disait rien. L'homme ressemblait à tous ces messieurs élégants qui peuplaient ce genre de réceptions. Elle ne l'avait pas vu d'assez près pour graver ses traits dans sa mémoire et doutait d'être capable de l'identifier.

Mais qu'espérait-elle donc ? Une belle balafre, bien reconnaissable ? La chance des Langdon avait décidément tourné. Elle ferait bien de s'en souvenir.

Indécise, elle réfléchit. Un tel complot dépassait de loin son pouvoir d'action. La pauvreté, la faim et la ruine, elle connaissait, mais là, c'était autre chose.

La vie d'un homme était en jeu. Un homme qu'elle n'avait aucune envie de revoir parce qu'elle lui était redevable.

Kendall.

Mais, bien entendu, elle ne pouvait pas s'asseoir et attendre qu'on l'élimine comme une vulgaire vermine. Cet homme était un héros de guerre. Qui l'eût cru ? Cela dit, son corps athlétique et sa démarche déterminée avaient quelque chose de militaire.

Avait-il été blessé ? Était-il en convalescence ? Quoi qu'il en soit, il ne le resterait pas longtemps si l'on laissait faire ces scélérats.

Elle pouvait parler aux autorités, laisser un juge régler l'affaire. Sauf qu'elle ignorait de combien de temps elle disposait. Le faux valet avait peut-être prévu de frapper dès ce soir. C'était même très probable, vu que la soirée allait de mal en pis.

Elle prit sa décision. Non, elle ne pouvait s'en remettre à un juge. Il n'ajouterait pas foi à ses accusations car elle n'était personne. Lady Alexandra Langdon n'avait jamais assisté au bal du duc de Hammond. C'est Alex Daniels qui avait été invité. Et oserait-elle arborer son déguisement masculin en plein jour, devant des représentants de la loi ?

Non, sûrement pas !

Il y avait des limites qu'elle ne s'autorisait pas à outrepasser. Se costumer en homme, tromper les membres de la haute société pour les soulager de quelques livres dont leurs poches débordaient, passe encore, mais mentir à un magistrat…

Dans un cas il s'agissait de survie, dans l'autre de suicide.

Tiraillée entre sa conscience et son instinct, elle atermoyait toujours. Sapristi, elle aurait voulu oublier Kendall et toute cette histoire ! Mais elle avait maintenant le moyen de payer sa dette. Sa vie en échange de cent livres, c'était un marché plutôt honnête, non ?

Elle rebroussa chemin, fit quelques pas en direction du couloir, puis s'arrêta de nouveau. Il n'y avait pas de raison que Kendall lui prête plus d'attention qu'un magistrat. Un peu plus tôt, quand elle avait proposé de lui rembourser ces cent livres, il ne l'avait même pas écoutée. Il ne voulait rien avoir affaire avec Alex Daniels.

Finalement, une idée lui vint. Elle allait mettre Kendall en garde, mais par écrit. Elle lui adresserait un message anonyme qu'elle ferait porter par un valet dans le salon de jeu. Oui, voilà. Vu les circonstances, c'était le mieux qu'elle puisse faire.

Cet homme avait survécu à la charge de la brigade légère. Il avait chevauché dans la Vallée de la Mort sous les salves des canons et il en était revenu. Il avait sûrement un ange gardien.

3

Garrett Sinclair, comte de Kendall, fusilla du regard l'homme assis en face de lui. Comment s'appelait-il, déjà ? Le vicomte Currans. Ce gandin s'était aspergé d'eau de Cologne, il empestait à dix mètres à la ronde. Et depuis quand portait-on des cravates de couleur ? Sapristi, on aurait dit un paon ! Cela dit, c'était toujours mieux que la veste vert pomme de Morley, qui aurait suffi à aveugler n'importe qui.

Garrett secoua la tête, consterné par ses propres pensées.

Miséricorde. En quoi les artifices de la mode le concernaient-ils ? Il s'intéressait seulement au contenu des poches de ces dandys, ou plus précisément au contenu de leur coffre à la banque. Et encore, cela aussi commençait à perdre de son charme.

Il n'aurait jamais dû venir. Il l'avait compris à la seconde où le majordome du duc de Hammond avait énoncé son nom et son titre, de sa voix sonore de baryton. Cela lui avait fait l'effet d'un boulet qui crève la surface de l'eau en ondes concentriques puissantes. Le silence qui avait suivi s'était peu à peu mué en un brouhaha de chuchotements incrédules. Il avait oublié à quel point la moindre nouveauté pouvait déchaîner les langues et les curiosités.

Et, hélas, il était considéré comme une curiosité !

Depuis qu'il avait fait son entrée dans la haute société, il avait le don d'attirer l'attention et de susciter les commérages. Il payait encore aujourd'hui le prix de ses stupides incartades de jeunesse. On aurait pu espérer que deux années d'absence et les exploits tout aussi imbéciles de la génération suivante l'auraient supplanté dans la mémoire des gens. Par exemple ce crétin de Currans se vantait partout d'avoir amené une actrice à la garden-party de lady Monroe. Cela n'aurait-il pas dû effacer le souvenir de son duel avec Samson ?

Il fallait croire que non.

Garrett ne se souvenait même plus pourquoi ils s'étaient battus. À cause de la femme de Samson ou de sa maîtresse ? De toute façon, aucune de ces deux gourgandines n'en valait la peine. Dieu merci, Samson avait fini par en convenir et, pour célébrer leur réconciliation, ils avaient fini la soirée en s'enivrant de concert. Garrett avait eu beau se montrer discret au sujet de cette histoire, d'autres s'étaient empressés de la monter en épingle. C'est en partie ce qui l'avait poussé à acheter cette charge d'officier. Et puis, rejoindre le régiment des lanciers avait aussi eu le mérite de mettre en rage son beau-père, cet imbécile autoritaire.

Mais une fois encore, Garrett avait été le seul à payer le prix de sa stupidité. Et il continuait de régler la note. Il paierait jusqu'à sa mort, quand on l'enterrerait comme les centaines de pauvres diables qui étaient tombés sur le sol écarlate de Balaklava.

Quel massacre insensé ! Une seule goutte de leur sang valait bien plus que la totalité du liquide incolore qui coulait dans les veines des types assis à sa table, qui n'avaient d'autre décision à prendre que choisir la couleur de leur fichue cravate. Et qui parvenaient encore à se fourvoyer !

Le souvenir d'un regard bleu orageux s'imposa à lui. Comment s'appelait ce jeune idiot ? Alex Denny ? Dannel ? Pourquoi pensait-il encore à lui ? Sans doute parce qu'il ne lui rappelait que trop ces jeunes soldats, morts sous son commandement. L'air faussement bravache. L'incroyable innocence. La lueur de panique dans les yeux, vite remplacée par la fierté.

Pourquoi diable l'avait-il suivi ? se demandait-il encore.

Parce qu'il savait reconnaître le désespoir dans un regard. Il avait tout de suite compris que le jeune homme était au bord du gouffre et avait refusé d'être responsable de sa chute. Surtout pour de l'argent dont il n'avait nul besoin.

Mais la vérité, c'était que la détresse de ce Denny l'avait touché. Et il lui en voulait d'autant plus. La vie endurcissait ceux qui avaient la force nécessaire pour survivre. Et, comme sur le champ de bataille, les faibles se faisaient piétiner. Garrett avait perçu chez Denny une douceur qui l'avait déstabilisé.

Dieu merci, ce garçon n'était pas sous sa responsabilité. Mais il était si jeune. Garrett lui-même ne l'avait jamais été. À six ans, la vie l'avait déjà précocement mûri.

Il abattit son jeu, récolta ses gains. Puis, ignorant les jérémiades de ses compagnons, il quitta la table. Il en avait assez.

Il était revenu à Londres pour redonner du rythme à sa vie. Sans résultat. Il ne savait pas ce qui lui manquait. Cet endroit et ces gens l'assommaient. Il n'avait plus sa place ici.

Garrett sortit par la grande porte et savoura la fraîcheur de la brise vespérale. Après plusieurs inspirations profondes, ses épaules et son dos se détendirent. Son regard remonta la file de voitures qui encombraient l'allée, nimbées de volutes de brouillard sale. De la musique lui parvenait. Les notes se mêlaient aux murmures des conversations, aux hennissements occasionnels des chevaux et aux bruits en provenance des rues voisines.

Il demanda à un des valets de faire avancer son attelage. Tandis qu'il patientait, il remarqua non loin un autre domestique qui discutait avec un gentleman dont l'allure juvénile lui était familière. Comme le valet désignait Garrett, le jeune homme se raidit et pivota à contrecœur.

Denny. Encore lui !

Il avait à la main une feuille de papier pliée. Une reconnaissance de dette ? Garrett ravala un juron. Que ce nigaud aille au diable.

D'un geste vif, Denny fourra le papier dans la main du valet en lui glissant quelques mots à voix basse.

À cet instant, un cliquetis de sabots sur le pavé prévint Garrett que sa voiture arrivait.

Ned, son cocher, et Havers, son ordonnance, étaient assis sur le siège extérieur. À la lumière des lanternes, on distinguait sur la portière le blason des Kendall, deux épées croisées sur un bouclier.

Garrett s'avança vers le véhicule. Lorsqu'il passa près de Denny, il jeta sans ralentir l'allure :

— Je vous ai dit que je ne voulais pas de votre argent.

D'un geste, il intima à Ned de ne pas quitter son perchoir. Il ouvrit lui-même la portière et ajouta :

— Suivez mon conseil, rentrez chez vous. Et n'en sortez pas avant d'avoir grandi. Cela vous fera économiser de l'argent !

Il s'était déjà détourné pour monter dans la voiture quand il entendit des pas se rapprocher rapidement.

Il retint un soupir excédé. Décidément ce garçon était persévérant. Aussi persévérant que les vautours qui volaient au-dessus des morts et des blessés.

— Si vous accordez un tant soit peu de valeur à votre vie, je vous conseille de lire ce mot. Mais après tout, à vous de choisir.

Le ton était plein de défi. Garrett pivota pour faire face à Denny, dont le visage était empourpré. Ses joues avaient-elles seulement connu le feu du rasoir ? Mince comme un fil, il était aussi petit. On aurait presque dit un adolescent.

— Si vous insistez.

Sans cacher son agacement, Garrett saisit le papier. La main gantée de Denny le retint une demi-seconde avant de le lui abandonner. Garrett, qui comptait le fourrer dans sa poche sans plus y accorder d'attention, changea soudain d'avis en voyant Denny reculer avec une expression méfiante.

Il déplia le feuillet et le parcourut rapidement.

Dieu tout-puissant.

À quoi cela rimait-il ?

Sa colère enfla. Comme il relevait la tête, il vit que le garçon était sur le point de détaler. En soldat aguerri habitué à réagir dans la seconde, Garrett fut plus rapide. Son bras se détendit et accrocha celui de Denny.

À sa grande surprise, une décharge électrique le parcourut. Il se rappela avoir éprouvé une sensation similaire un peu plus tôt, dans le salon de jeu, lorsqu'il avait entraîné vers la fenêtre le jeune homme sur le point d'avoir un malaise.

Par réflexe, il desserra sa prise. Denny était si frêle. Il aurait pu lui briser l'humérus d'une simple torsion du poignet. Et sapristi, ce n'était pas l'envie qui lui en manquait !

Quel sale petit fourbe !

— Pourquoi ne pas monter dans ma voiture que nous puissions discuter de cette affaire en privé ?

La peur traversa le regard de Denny.

— Je ne sais rien de plus, affirma-t-il en tentant de se dégager.

— Si vous refusez de vous expliquer, vous pourrez toujours le faire devant un juge. À vous de choisir, railla Garrett, reprenant les termes que Denny avait utilisés un instant plus tôt. Montez dans cette voiture !

— Avec vous ? Seul ? croassa-t-il, l'air horrifié.

— Ça suffit ! rétorqua Garrett, à bout de patience. Montez.

Il poussa le jeune homme vers le marchepied, mais comme celui-ci continuait de se démener, il finit par l'attraper par le dos de sa veste et le hissa littéralement à bord. Puis il lui donna une bonne poussée sur le postérieur pour le propulser dans l'habitacle.

Le garçon poussa un cri vibrant d'indignation. Sa voix était si aiguë que Garrett retint un ricanement. Il n'avait même pas encore mué, ce freluquet ! Il glapissait comme une donzelle. Ce qui ne faisait que confirmer son impression première : Denny était un faible.

Avant de grimper à son tour à l'intérieur, il leva les yeux sur Havers qui s'était retourné pour lui lancer un regard interrogateur. La vue de son visage familier aux traits rudes calma un peu Garrett.

— Faites un tour dans le quartier. Nous ne rentrons pas tout de suite à la maison. Et Havers, soyez sur vos gardes. Il va peut-être y avoir du grabuge.

Ce dernier ne cilla pas.

— Bien, mon capitaine.

D'une loyauté inconditionnelle, obéissant, Havers était décidément le meilleur.

Recroquevillé au fond de la voiture, Denny le fusilla du regard.

— Comment osez-vous porter la main sur moi ? Je n'irai nulle part avec vous. Vous êtes fou !

Il voulut plonger vers la porte. Garrett le retint par le col de sa veste et le tira brusquement en arrière. Denny retomba sur la banquette. Il devait peser une bonne trentaine de kilos de moins que lui, supputa Garrett, qui décida de ne pas prendre la peine de sortir son pistolet caché dans un compartiment secret, sous le siège.

— Je suis fou ? C'est vous qui allez bientôt vous balancer au bout d'une corde à Newgate. Pour qui travaillez-vous ?

— Qu... quoi ? souffla Denny, qui s'était figé.

— Je veux des noms. Tout de suite.

— De quoi parlez-vous ? Je ne sais rien de plus que ce que je vous ai écrit. J'ai surpris une conversation entre deux hommes. J'ai à peine vu leurs traits et ils n'ont pas donné leurs noms. Seigneur, ils préparaient un meurtre ! *Le vôtre !* Ils n'échangeaient pas vraiment leurs cartes de visite.

Denny acheva sa phrase dans une sorte de hoquet étouffé. Cillant furieusement, il tourna la tête vers la fenêtre.

Ce manque de sang-froid pathétique dégoûtait Garrett.

— Écoutez-moi bien, Denny. Vous n'irez nulle part tant que vous ne m'aurez pas livré des noms, articula-t-il, implacable.

— Je m'appelle Daniels, pas Denny. Vous pourriez commencer par prononcer correctement *mon nom* !

— À quoi bon ? Quand le juge en aura fini avec vous, cela n'aura plus d'importance. On ne s'adresse pas aux morts.

Daniels laissa échapper un cri étouffé et se jeta de nouveau vers la porte. La main de Garrett jaillit. Sa paume plaquée sur le front du garçon, il le fit basculer en arrière.

— Arrêtez. Vous ne sortirez pas de cette voiture. Nous pouvons rester assis ici toute la nuit – à moins que la mémoire ne vous revienne.

Daniels se renfonça contre le dossier de la banquette. Son regard glissa sur l'intérieur de la voiture, avant de revenir se poser sur Garrett, une flamme belliqueuse dans ses prunelles bleues. Il serra les poings.

— Vous ne pouvez pas m'extorquer des informations que je n'ai pas. Si j'étais impliqué dans ce complot, pourquoi vous aurais-je alerté ? Pour risquer ma vie ? Vous me prenez vraiment pour un idiot ?

Garrett ébaucha un geste menaçant en direction de l'impertinent. Celui-ci glissa dans l'angle de la voiture, les mains levées pour se protéger. Garrett fut décontenancé. Il avait l'impression d'avoir attaqué un homme blessé. Soit Daniels était un acteur formidable, soit il disait la vérité.

Avec un soupir, Garrett s'adossa à la banquette et se passa la main dans les cheveux.

— Commencez depuis le début et dites-moi tout ce que vous savez.

Daniels lui jeta un regard soupçonneux, puis lui relata la conversation qu'il avait surprise entre deux inconnus, dans la cour située à l'arrière de la propriété du duc.

— Un homme grand en habit de soirée, et un plus petit déguisé en valet ? ricana Garrett. Merci, cela m'aide beaucoup !

Ce gamin était-il complètement niais ? Comment combattre un ennemi qu'on ne connaissait pas ? De tout temps, c'était le camp le mieux renseigné qui gagnait la guerre.

— Il faisait nuit noire, se défendit Daniels, les joues écarlates. Et j'étais caché derrière un arbre. Il y avait plus de trois cents invités ce soir, ce n'est pas vraiment surprenant que je ne les connaisse pas tous. Vous êtes peut-être à tu et à toi avec toute la haute société, mais pas moi, Dieu merci !

La remarque étonna Garrett. Ce garçon n'était peut-être pas si niais, finalement.

— Pourquoi n'êtes-vous pas allé trouver immédiatement le duc ? Nous aurions pu attraper ces types avant qu'ils s'évaporent dans la nature. Vous auriez dû...

— Comment les arrêter si je ne suis pas capable de les reconnaître ? Je vous le répète, la seule information que je détienne, je vous l'ai transmise dans ce mot.

— Pourquoi n'avez-vous pas suivi le grand type dans la salle de bal ?

— Il s'est fondu dans la foule, je l'ai perdu de vue. Je suis désolé.

— Moi aussi, marmonna Garrett.

Le silence retomba, seulement troublé par le martèlement des sabots sur les pavés et le grincement des essieux.

Au bout d'un moment, Garrett demanda :

— Vous dites que le premier a donné quelque chose au second. Vous avez vu de quoi il s'agissait ?

— Non, mais cela scintillait. Ce devait être en or.

— Enfin une précision précieuse, commenta Garrett, sarcastique.

— Je suis sûr qu'à ma place vous auriez demandé à y jeter un coup d'œil, lâcha Daniels.

— Si j'avais été à votre place, ces deux types seraient morts.

— Malheureusement nous ne sommes pas tous des héros de guerre.

— Nul besoin d'être un héros pour faire preuve de courage.

De nouveau, le silence. Daniels s'agita sur son siège, puis se racla la gorge.

— Savez-vous qui pourrait vouloir attenter à votre vie ? Un mari jaloux ? Quelqu'un avec qui vous vous seriez battu en duel ? Ou qui aurait perdu au jeu contre vous ?

— Je constate que depuis votre retour à Londres, vous avez réussi à combler votre retard en matière de ragots.

— Je ne suis pas sourd, monsieur. Si je l'étais, nous ne serions pas là, n'est-ce pas ?

— Sans doute. Mais si je vous suis dans votre raisonnement, nous en revenons à votre personne. Vous avez perdu aux cartes contre moi, non ?

— Oui, mais vous m'avez rendu l'argent.

— Et du coup vous n'avez plus envie de me tuer ?

Daniels poussa un soupir excédé.

— Encore une fois, pourquoi serais-je ici si je souhaitais votre mort ? Pourquoi vous aurais-je mis en garde ? Écoutez, j'essaie juste de vous aider. Vous n'êtes pas obligé de me croire, mais au moins soyez vigilant. Enfin, si vous tenez un tant soit peu à la vie.

— Là est la question, murmura Garrett avec cynisme. Cela dit, je n'ai pas besoin qu'on me rappelle qu'il y a tout un tas d'hommes qui aimeraient me faire manger les pissenlits par la racine.

— N'oubliez pas les femmes. Je parie que devant tant de charme et de grâce, elles tombent à vos pieds comme des mouches.

Surpris par la pique, Garrett darda un regard acéré sur Daniels qui parut se recroqueviller sur la banquette.

Décidément, quelque chose le chiffonnait dans les réactions de ce gamin. Il lançait ses flèches, mais semblait incapable d'encaisser les retours de bâton. Telle une souris donnant un coup de patte à un lion.

Ce morveux n'aurait pas survécu un jour sur le champ de bataille.

— Certes, elles tombent à mes pieds, acquiesça-t-il. Mais pas grâce à mon charme. Vous comprendrez avec l'âge et l'expérience. Ou pas. Néanmoins vous avez raison, il ne faut pas omettre les femmes dans la liste de mes ennemis. Je suis sûr que certaines, comme la fille de Hérodiade, aimeraient voir ma tête servie sur un plateau.

Détournant les yeux vers la fenêtre, Daniels ne répondit pas. Garrett en profita pour étudier son profil. Ce gamin était vraiment particulier. Il y avait quelque chose d'efféminé en lui, qu'accentuaient ses grands yeux bleus frangés de cils noirs. Ses joues étaient creuses, sa silhouette excessivement mince.

Seules ses lèvres étaient pulpeuses, presque sensuelles, d'un rouge framboise…

Garrett tressaillit. Daniels avait raison, il devenait fou. Il était en train de contempler la bouche d'un homme, nom d'un chien ! Et puis quelle importance qu'il soit maigre ou gras ? Ce qui comptait, c'était de savoir s'il disait la vérité ou s'il mentait comme un arracheur de dents.

Mais, avant que Garrett puisse poser une autre question, une détonation retentit au-dehors.

Il reconnut le bruit caractéristique d'une balle.

Dans la foulée, une bordée de jurons s'éleva du siège du conducteur. Les chevaux passèrent soudain au galop et la voiture se mit à bringuebaler sur les pavés, secouant ses passagers comme des pruniers.

D'autres coups de feu éclatèrent. Garrett comprit que Havers avait répliqué. Il agrippa la poignée de la porte au moment où la voiture prenait un tournant à vive allure, se cogna le crâne et se retrouva plaqué contre la cloison. Le véhicule tangua, comme les deux roues droites se soulevaient en même temps… puis versa sur le côté.

Garrett reçut en pleine poitrine le corps désarticulé de Daniels. Celui-ci poussa un cri aigu, qui s'étrangla dans sa gorge lorsque sa tête heurta le cadre de la fenêtre. Inerte, le jeune homme s'affaissa contre lui.

Dehors, c'était le chaos. Des voix masculines retentissaient. Garrett reconnut celle de Havers. Tant bien que mal, il repoussa le corps inanimé de Daniels, se redressa, puis s'agenouilla pour se pencher sur le jeune homme inconscient. Une belle bosse commençait à lui pousser sur le front. Garrett voulut écarter une mèche de cheveux, et se rendit compte qu'il s'agissait d'une perruque !

Déconcerté, il souleva légèrement le postiche, découvrit de fins cheveux blonds plaqués sur son crâne. Étrange. Les perruques n'étaient plus à la mode depuis longtemps. Désormais seuls les évêques et les avocats en portaient.

La portière s'ouvrit soudain au-dessus de sa tête et le visage anxieux de son cocher apparut.

— Tout va bien, milord ?

— Oui, ça va, Ned. Et Havers ?

— Il est aux trousses d'un des deux salopards qui nous ont tendu une embuscade. Il a eu le premier.

— Blessé ou mort ?

— Mort, milord.

— Les chevaux ?

— Ils n'ont pas été touchés. Ils sont nerveux, mais je vais les calmer.

— Où sommes-nous ?

— À deux pâtés de maisons de Mayfair. Un gars qui passait est parti chercher la garde de nuit.

Un bruit de pas, puis la tête de Havers se matérialisa à côté de celle de Ned. La mine rougeaude, les cheveux en bataille, il fit son rapport d'une voix haletante :

— Désolé, mon capitaine, j'ai perdu le second. Nous avons un cadavre et un fugitif.

Garrett marmonna un juron. Impossible d'obtenir des informations, maintenant.

— Des gens sont là pour nous donner un coup de main, dit encore Havers. Ils ont entendu la voiture verser. On va vous aider à sortir de là…

— Attendez.

Garrett se pencha pour récupérer dans le compartiment caché le pistolet qu'il tendit à Ned, sachant que Havers ne se séparait jamais de son arme. Ce dernier avait servi deux ans sous ses ordres en Crimée, en tant qu'aide de camp.

Accoutumé au commandement, Garrett donna ses ordres dans la foulée :

— Ned, prenez ceci et rentrez à la maison. Sellez Champion et revenez avec lui. Mon invité s'est assommé dans l'accident, je ne peux pas le déplacer sans moyen de locomotion et je ne veux pas louer un fiacre, je n'ai pas confiance. Et surveillez vos arrières. Tout danger n'est peut-être pas écarté. Havers, montez la garde en attendant la police. Il ne faudrait pas se faire prendre à revers encore une fois. Dites à ceux qui voudront bien nous secourir qu'ils recevront une belle récompense pour leur peine. Et ceux qui auraient des informations à fournir sur le cadavre recevront le double.

— Bien, Monsieur, répondirent les deux hommes d'une même voix.

Ils se volatilisèrent. Garrett reporta son attention sur Daniels. Doucement, il glissa la main sous les épaules du jeune homme pour le redresser en position assise. À son contact, un drôle de frisson remonta le long de son échine. La sensation ressemblait à celle qu'il avait éprouvée sur le champ de bataille, quelques minutes seulement avant que la moitié de ses hommes perdent la vie dans cette charge folle.

Daniels gémit. Ses yeux papillonnèrent un instant avant de se refermer. Sa vulnérabilité toucha Garrett malgré lui, remuant des émotions profondément enfouies. De la compassion ? Perturbé, il reporta son poids sur ses talons, se frotta la nuque.

Soudain il se figea.

Son regard glissa sur les traits délicats, la peau claire, les pommettes rosées, et cette bouche généreuse en forme de cœur.

Ôtant l'un de ses gants, il entreprit de dénouer la cravate de Daniels. Puis, une main glissée dans l'échancrure de sa chemise, il tâta son pouls. Sous ses doigts, la peau était douce, tiède, satinée. Sa main s'aventura plus bas sur la poitrine qu'il trouva cerclée de plusieurs couches de bandages.

La bouche sèche, il inséra ses doigts sous les bandes… et rencontra une courbe moelleuse. Il retira vivement la main, comme s'il s'était brûlé, se redressa en jurant entre ses dents.

Il savait désormais pourquoi, depuis le début, la présence de Daniels le déstabilisait.

Nom de Dieu.

Une fois de plus, il était tombé dans un piège.

Cela expliquait pourquoi il avait tout de suite été intrigué par Daniels, à la table de jeu. Pourquoi il s'était senti obligé de lui rendre son argent, un peu plus tard. Et pourquoi Daniels n'avait pas osé affronter les deux comploteurs, dans le patio.

Son instinct l'avait d'emblée averti qu'il y avait quelque chose d'insolite chez cette personne. Il l'avait attribué à son extrême jeunesse et ses manières d'écolier, s'était moqué intérieurement de sa peau de pêche et de ses grands yeux bleus, mais pas un instant il ne s'était douté qu'il avait affaire à une *femme* !

Son esprit se cabra devant cette révélation. C'était comme si l'ennemi, en pleine charge, avait brusquement changé de trajectoire. Il serra les dents.

Pourquoi diable cette fille se promenait-elle accoutrée comme un homme ?

Et, plus important, *qui* était-ce ?

Pourquoi venait-elle faire irruption dans sa vie déjà en morceaux ?

4

Garrett n'eut guère le temps de réfléchir à ce surprenant retournement de situation. Havers cria son nom, puis escalada le véhicule renversé. Sa tête apparut dans l'encadrement de la portière.

— Ned arrive, mon capitaine. Voulez-vous qu'on vous extirpe de là ? proposa-t-il avec son franc-parler coutumier.

Encore sous le choc, Garrett s'efforça de reprendre ses esprits.

— Oui, hum... Nous allons d'abord évacuer Daniels. Je vais le hisser vers vous. Je vais la hisser, ajouta-t-il dans sa barbe. Attention à sa tête.

Il la souleva avec précaution et se redressa. Elle était aussi légère qu'une plume et il referma les bras sur elle en un mouvement protecteur.

Depuis quand n'avait-il pas tenu une femme contre lui ? Deux ans.

Mâchoires serrées, il tâcha de se concentrer sur la manœuvre. Havers parvint à attraper Daniels à bras-le-corps et à la sortir de la voiture. Quelques secondes plus tard, il revint tendre la main à Garrett. Avec son poitrail de buffle et des bras comme des troncs, Havers n'eut aucun problème à hisser ses quatre-vingt-cinq kilos.

Garrett sauta sur le sol et contourna le véhicule pour s'agenouiller près de Daniels, que Havers avait installée sur le sol, le dos calé contre le toit de la voiture. S'avisant qu'il faisait frais, il ôta sa veste et la lui enfila. La jeune femme disparaissait presque entièrement dans le vêtement bien trop grand pour elle.

Toujours perplexe, il étudia son visage mince et pâle.

Sacrebleu, comment avait-il pu ne pas s'en apercevoir tout de suite ?

Ces longs cils, ces lèvres douces, la fraîcheur de son teint... Et ces frissons qu'elle avait déclenchés chez lui chaque fois qu'il l'avait frôlée.

Une femme. Une fichue bonne femme !

Par deux fois cette nuit-là, elle l'avait pris au dépourvu. En dépit de son physique délicat, cette jeune personne avait de la trempe. Il fallait un sacré toupet et du courage pour s'introduire dans une salle de jeu, pister un homme qui s'apprêtait à commettre un meurtre, puis s'en aller dénoncer la machination.

Chacune de ces actions avait mis Daniels en danger. Enfin, si tel était bien son nom.

De nouveau, il jura. Il n'aimait pas être piégé. Il n'avait jamais aimé les énigmes, et il n'aimait pas du tout l'idée qu'un beau salopard, quelque part, projetait de lui faire la peau.

Une fois de plus, il était en guerre. Dans un autre lieu, avec d'autres ennemis, mais l'objectif restait le même : tuer ou être tué.

Cette fois, il ne tomberait pas, se promit-il, tandis que l'image de son uniforme bleu de lancier s'imprimait dans son esprit. Le soleil s'était reflété dans les boutons, le faisant flamboyer comme un fanal que les Russes avaient eu tout loisir de viser.

Soudain ce fut le déferlement inévitable des souvenirs. Les salves de tirs, les obus qui pleuvaient, les cris d'agonie déchirants, l'odeur âcre et suffocante de la poudre et de la chair carbonisée…

Il se releva d'un bond, titubant, secoua la tête pour chasser ces sinistres réminiscences. Seigneur. Il avait brûlé ce qui restait de son uniforme déchiqueté et ensanglanté. Malheureusement il n'était pas possible de brûler ses souvenirs.

Quelqu'un lui toucha le bras. Il pivota pour se retrouver face à Havers. La vue de ce visage buriné le rasséréna. Une fois de plus, Havers le ramenait au présent.

— Tout va bien, mon capitaine ?

Garrett se frotta le visage. Tout allait pour le mieux, puisque plus rien n'irait jamais. Et il en allait ainsi pour tous ceux qui avaient survécu à la tragédie de Balaklava.

Il se tourna vers Daniels et hocha la tête. Bien. Nouvelle guerre, nouveaux partenaires. Il devait dresser un plan de bataille qui inclût Daniels. Elle détenait les seules informations dont il disposât, il était obligé de la garder avec lui.

Il se remémora leur échange dans la voiture, ses yeux bleus où il avait vu briller du dédain, du défi ; il y avait eu des attaques, des parades, des retraites. Certes, leur collaboration promettait de faire des étincelles. Heureusement que Daniels semblait avoir de la ressource, car elle allait en avoir besoin dans les affrontements qui s'annonçaient.

Il s'en alla rejoindre Havers afin d'estimer les dégâts subis par la voiture. Il y aurait quelques éraflures du côté qui avait versé sur les pavés, mais rien d'irréparable. Quant aux quatre puissants chevaux bais, ils paraissaient avoir surmonté l'épreuve, constata-t-il en passant la main sur l'encolure du plus proche.

Jetant un coup d'œil autour de lui, il aperçut un groupe d'hommes un peu plus loin, qui attendaient les directives de Havers pour redresser la voiture. Les réverbères à gaz illuminaient les alentours sans vraiment parvenir à percer le brouillard. Un corps gisait à une dizaine de mètres de là.

Garrett s'approcha de l'homme que Havers avait abattu.

Deux yeux sombres le regardaient sans le voir dans un visage marqué par la petite vérole. Garrett ne s'attendait pas à le reconnaître. Ce n'était qu'un sicaire, l'un des nombreux mercenaires qui écumaient les quartiers les plus sordides de Londres, prêt à se charger de toutes les basses besognes en échange de quelques livres ; un pauvre diable, qui ne servait plus qu'à une chose à présent : confirmer les dires de Daniels.

Quelqu'un cherchait effectivement à tuer Garrett.

Ned s'approcha en tenant Champion par la bride. Ses sourcils broussailleux froncés, il désigna Daniels.

— Il va bien, milord ?

— Il est juste évanoui, répondit Garrett, décidant que les éclaircissements attendraient qu'il en sache un peu plus et qu'il ait élaboré une vraie stratégie.

Il enfourcha Champion.

— Havers, aidez-moi à installer Daniels devant moi. Je rentre à la maison. Quand la garde de nuit arrivera, si les officiers souhaitent me poser des questions, envoyez-les chez moi. Non, attendez, se ravisa-t-il, se disant qu'il valait mieux faire preuve de prudence après cette embuscade. Envoyez-les plutôt chez Warren. Je passerai la nuit là-bas.

Il savait que son beau-frère, le comte de Warren, était en ville en ce moment, tandis que Kit, la demi-sœur de Garrett, résidait à la campagne en attendant la naissance de leur troisième enfant.

Cela tombait à pic, songea-t-il en regardant Havers soulever Daniels sans effort.

Aidé de Ned, ils réussirent à hisser la jeune femme en travers de la selle. Garrett s'efforça de détourner les yeux des fesses rondes moulées dans le pantalon. Plus tard, loin des regards, il la changerait de position, mais s'il la redressait maintenant pour la tenir serrée contre sa poitrine, cela ne manquerait pas de susciter l'étonnement, voire quelques ricanements.

Arrivée en homme, Daniels s'en irait en homme. Il n'y avait pas d'alternative.

— Mon capitaine, dois-je informer les autorités que vous redoutez d'autres attaques ?

Havers était aussi vif qu'un faucon, rien ne lui échappait. Garrett n'avait pas l'intention de répéter à la police l'histoire que lui avait racontée Daniels. Il s'agissait seulement de bribes de conversations décousues, et il préférait se renseigner par lui-même avant tout.

Il s'empara des rênes.

— Non. Contentez-vous de leur dire que nous avons été attaqués par des malandrins qui cherchaient à nous rançonner.

Sur un hochement de tête, Havers s'éloigna.

Après un dernier regard à sa voiture renversée, Garrett prit la direction de la demeure de son beau-frère.

La main posée sur le dos de Daniels, il attendit d'avoir parcouru quelques centaines de mètres. Puis, une fois suffisamment loin du lieu de l'accident, il redressa la jeune femme et la cala contre son torse. Sa tête roula sur son épaule et, comme il resserrait son étreinte, sa cuisse mince se plaqua contre la sienne.

La pression de sa hanche ronde contre ses parties intimes réveilla en lui des appétits éteints depuis longtemps.

Ravalant un juron, il changea de position, et mit Champion au pas.

Et pendant tout ce temps, une question ne cessait de tourner dans son esprit.

Qui diable était cette fille ?

Garrett arrêta sa monture devant les piliers de style dorique qui ornaient le porche imposant de Montclair, la résidence londonienne de son beau-frère.

Il était presque 1 heure du matin, ce qui n'était pas si tard en pleine saison mondaine. Warren n'était sans doute pas chez lui, mais cela n'avait pas d'importance. Les portes étaient toujours ouvertes pour Garrett.

Les deux hommes étaient désormais apparentés par alliance, mais les liens qui les unissaient s'étaient tissés bien avant le mariage de Kit et de Warren, au temps de leur jeunesse à Eton. Aujourd'hui encore, Garrett ne savait toujours pas ce qui l'avait poussé à prendre la défense de ce gamin maigrichon aux lunettes de travers malmené par deux chenapans. À dix ans, Garrett était un solitaire, en colère contre le monde entier. Il pouvait se montrer méchant et brutal, aussi l'évitait-on, ce qui lui convenait tout à fait.

Il se serait gardé d'intervenir si le combat était resté égal, à deux contre un – les deux assaillants parlaient plus qu'ils ne cognaient, et il fallait avouer qu'avec son gabarit et ses binocles ridicules Brandon Andrew était une cible ambulante pour n'importe quelle petite brute.

Il avait fallu que Brandon perde ses lunettes et qu'un troisième larron entre dans la bagarre pour que Garrett se décide à rétablir un certain équilibre. Les trois gaillards avaient détalé, et Brandon avait vaguement boxé la joue de Garrett avant de comprendre qu'il avait affaire à un allié.

Et voilà. Ensuite, tel un chiot obstiné, Brandon s'était attaché aux pas de Garrett jusqu'à faire tomber pierre après pierre les murs de la forteresse derrière laquelle il se barricadait.

Brandon avait grandi et pris du poids, il s'était endurci au contact de Garrett et s'était débarrassé de ses lunettes, qu'il ne portait plus que pour lire. On ne les voyait plus l'un sans l'autre, et on s'aperçut vite qu'il valait mieux ne pas les contrarier.

Des années plus tard, après Cambridge, Brandon avait hérité d'un titre de comte et épousé Kit, la demi-sœur de Garrett.

Une fois de plus, Garrett se retrouvait seul.

Il s'arracha avec irritation au flot de souvenirs. Kit se mêlait bien trop de ses affaires pour qu'il puisse prétendre être seul. Il était entouré, et souvent bien plus qu'il ne le voulait. Et en cet instant il était loin d'être seul, songea-t-il, tandis que ses doigts se crispaient sur la taille de Daniels.

Il mit pied à terre en la retenant d'une main, puis la fit glisser dans ses bras et gravit les marches du perron. Il souleva le heurtoir. Si Brandon était sorti, un domestique devait attendre son retour et répondrait, du moins l'espérait-il.

Comme il ne se passait rien, il frappa de nouveau.

La porte s'ouvrit enfin sur la mine revêche de Poole, le majordome, qui tenait d'une main les pans de sa robe de chambre, et de l'autre un candélabre. Il afficha une expression surprise en reconnaissant Garrett.

— Désolé de vous tirer du lit à une heure si tardive, Poole, mais des événements imprévus nous ont contraints, mon invitée et moi-même, à chercher un abri pour la nuit.

— Bien sûr, milord ! Entrez.

Poole s'effaça pour permettre à Garrett de pénétrer dans le hall dallé de marbre.

— Lady Kristen tient à ce que votre chambre soit toujours prête, ajouta le majordome. Et nous allons installer votre ami dans la chambre bleue, juste à côté. Si vous voulez bien me suivre.

Ils gravirent l'escalier sous l'œil sévère des ancêtres de Brandon dont les portraits ornaient les murs. De vieux bougres guindés, un peu comme Poole, songea Garrett.

Les semelles de ses bottes claquaient sur les marches et il sentait la chaleur corporelle de Daniels se communiquer à lui. Il s'efforça de la tenir moins serrée.

— Il faudrait que quelqu'un s'occupe de Champion, dit-il.

— Certainement. Le jeune monsieur aura-t-il besoin d'un médecin ou juste d'un café bien fort ? s'enquit Poole d'un ton neutre.

Garrett réprima un sourire. C'était une allusion directe à sa dernière visite, où les deux avaient été nécessaires.

— Ni l'un ni l'autre, merci. Nous avons eu un accident de circulation et mon ami a été un peu assommé. En revanche, si vous avez une femme de chambre disponible, vous pouvez me l'envoyer.

Le majordome s'arrêta net et Garrett faillit le percuter. Puis le domestique se tourna pour lui adresser un regard réprobateur. Bien sûr. « Une femme de chambre disponible. » Ce n'était pas le genre de requête que le majordome se sentait obligé d'honorer.

Poole avait officié plusieurs décennies chez le père de Brandon, avant de passer au service de ce dernier. Il avait donc connu Brandon et Garrett en culottes courtes et même aujourd'hui, il n'hésitait jamais à leur rappeler les convenances lorsqu'il estimait que celles-ci étaient sur le point d'être bafouées.

Sous ce regard sévère, Garrett se retint de se dandiner avec embarras, comme le garnement qu'il était jadis.

— Il y a un détail épineux, voyez-vous, Poole. Cet ami est en réalité *une* amie. Et même si cela vous semble difficile à croire, je ne suis pour rien dans ce micmac. J'expliquerai tout à Warren quand il rentrera, mais pour l'heure cette demoiselle a besoin d'un lit. Et d'une femme de chambre si possible.

Les yeux bleus un peu larmoyants de Poole se fixèrent un instant sur le visage de Daniels, puis il hocha la tête et reprit sa progression sans mot dire.

Il s'arrêta devant la troisième porte, au bout du couloir, l'ouvrit, et s'écarta pour laisser entrer Garrett.

— Le comte est à la maison. Il est rentré tôt et s'est retiré dans ses appartements, signala-t-il alors.

— Brandon se couche avec les poules, maintenant ? s'étonna Garrett.

Il alla déposer Daniels sur l'immense lit qui trônait au milieu de la pièce. Elle était si légère qu'elle s'enfonça à peine dans l'édredon de plumes. Garrett la manipula avec précaution pour récupérer sa veste, qu'il jeta au bout du lit. Son manque de réaction ne l'inquiéta pas outre mesure. D'expérience, il savait qu'un homme qui avait reçu un coup sur la tête pouvait rester inconscient plusieurs heures. Et plus longtemps encore s'il n'avait aucun désir de retourner à la réalité, croyait-il. Lui-même reconnaissait les mérites de cet état d'inconscience bienheureuse qui vous libère du danger et de la douleur.

— Ce n'est pas habituel chez lui, reconnut Poole, mais en rentrant il s'est plaint d'une méchante migraine, due, m'a-t-il dit, au mauvais whisky et à une piètre compagnie. Toutes mes excuses, mais j'en avais déduit qu'il avait passé la soirée avec vous, milord.

Après avoir allumé la lampe de chevet, Poole se redressa, impassible. Garrett lui jeta un regard noir. C'était fâcheux d'avoir à son service des domestiques aussi loyaux qu'impertinents. On ne pouvait pas les renvoyer.

— Je vous en prie, Poole. Je ne bois que le meilleur whisky.

— Pardon, milord, c'est vrai. Avec vous, c'est la quantité qui est en cause, non la qualité. Mais permettez-moi de vous dire que je suis heureux de constater que vous êtes sobre ce soir. Bienvenue, milord. Vous nous avez manqué.

Les yeux bleus de Poole pétillaient. Il se dirigea vers la porte, s'immobilisa, la main sur la poignée. Son regard revint se poser sur Daniels.

— J'ose toutefois espérer que vous n'avez pas abandonné un vice pour un autre, ajouta-t-il. Je vais vous envoyer Molly. Voulez-vous que je demande à Shelby de réveiller le comte ?

Un compliment suivi d'un reproche. Garrett pesta en silence contre Poole et acquiesça :

— Oui, s'il vous plaît. Je vais l'attendre dans son bureau.

Il laissait au valet de Brandon l'honneur de réveiller son maître. Cela apaiserait peut-être sa mauvaise humeur. Quoi qu'il en soit, Garrett n'avait aucun scrupule à tirer son ami du lit. Lui-même n'avait pas eu une nuit entière de sommeil depuis plus de six mois.

Depuis le 25 octobre 1854, quand les portes de l'enfer s'étaient ouvertes pour vomir la mort et l'horreur.

Garrett se frotta la nuque. Avait-il commis une erreur en venant là ? D'un autre côté, il n'avait pas vraiment eu le choix. Il avait besoin de renforts et Brandon avait toujours couvert ses arrières.

Un mouvement du côté du lit attira son attention. Daniels gémit, sans toutefois reprendre conscience. Garrett ôta ses gants et lui palpa le front. La bosse avait maintenant la taille d'un œuf de caille. Elle était chaude et dure.

Sourcils froncés, il glissa les mains derrière sa tête à la recherche des agrafes qui maintenaient la perruque. Celle-ci enlevée, il découvrit un fin bonnet de coton, qu'il ôta également, ainsi que plusieurs épingles. Une cascade de boucles couleur miel se répandit sur l'oreiller. Machinalement, Garrett saisit une mèche, l'approcha de son nez ; il inspira un léger parfum fleuri qu'il ne reconnut pas. Et ferma les yeux.

Puis il se ressaisit dans un sursaut, atterré par son comportement. Tournant abruptement les talons, il se dirigea vers la porte, l'ouvrit, et faillit heurter la femme de chambre qui se tenait sur le seuil, le poing levé, prête à frapper.

Remise de sa surprise, elle plongea dans une brève révérence.

— M. Poole m'a dit que vous aviez besoin de moi, milord.

— Oui, en effet.

Garrett agita la main en direction du lit. Il dut s'éclaircir la voix avant de pouvoir donner quelques instructions cohérentes à la domestique, puis quitta la chambre.

Alors qu'il descendait le couloir au pas de charge, il desserra son nœud de cravate. Bon sang, il n'allait pas se mettre dans un tel état à cause d'une femme !

Parvenu au rez-de-chaussée, il s'engagea dans l'aile qui abritait le bureau de Brandon.

Il était temps de renforcer ses lignes, car le danger était plus grand qu'il ne l'avait cru.

Mais il ne provenait pas de ceux qui essayaient de le tuer.

5

— Qu'est-ce qui te prend, bon sang ? Tu ne peux pas te conduire comme un être civilisé et attendre le matin pour discuter ? J'espère au moins que ta vie est menacée, parce que tout le reste aurait pu attendre !

Brandon Andrews venait de faire irruption dans le bureau et avait claqué la porte derrière lui.

— Et rends-moi mon fauteuil. Si je ne peux pas dormir tranquillement dans mon lit que j'aie au moins mon fauteuil !

Brandon n'avait visiblement pas déchargé toute sa hargne sur son valet. Ses yeux verts étincelaient, ses cheveux bruns se dressaient sur son crâne et ses traits d'ordinaires avenants demeuraient figés dans une expression furibonde. Sa chemise blanche était ouverte jusqu'à la taille, et il n'avait pas jugé bon de glisser les pans dans son pantalon chamois.

— Arrête de geindre. On dirait un plouc de la campagne. C'est le matin. Il est juste un peu tôt.

Sous le regard torve de Brandon, Garrett quitta le fauteuil. Il contourna le bureau et s'approcha de la desserte pour remplir un verre de cognac.

— Tu devrais être en train de boire à ton club. Mais tu peux tout aussi bien le faire ici, dit-il en posant le cognac devant Brandon qui, toujours maussade, considéra le verre un instant avant de s'en emparer avec brusquerie.

— Que diable me veux-tu ? marmonna-t-il en s'affalant dans son siège, après avoir bu une gorgée.

— Il se trouve que ma vie est bel et bien en danger. Et tu vas m'aider à la sauver.

Brandon pressa les doigts sur sa tempe.

— Je ne suis pas sûr d'avoir bien entendu, mais j'écoute. De toute façon, ma migraine ne peut pas empirer.

— Chez Hammond, ce soir, quelqu'un a surpris une conversation entre deux hommes qui projetaient de m'assassiner. Ils se disputaient parce que le tueur à gages trouvait son salaire trop bas pour éliminer un héros de guerre.

Brandon, qui s'apprêtait à boire une autre gorgée de cognac, se figea.

— On a engagé quelqu'un pour te tuer ?

— Oui, et la tentative de meurtre a eu lieu dans la foulée. Deux scélérats m'ont tendu une embuscade alors que je rentrais chez moi en voiture.

Tout en arpentant la pièce, Garrett raconta les circonstances de l'accident, puis comment il avait découvert le véritable sexe de Daniels, avant de décider de venir passer la nuit chez Brandon.

— Étrange retournement de situation, murmura celui-ci.

— Que veux-tu dire ?

— Dans la mesure où cela fait six mois que tu essaies de te tuer, je suis surpris que tu t'offusques autant que quelqu'un veuille finir le boulot.

Garrett ouvrit la bouche pour répliquer vertement, mais se ravisa sous le regard perçant de Brandon.

Au vu de son passé de joueur, de trousseur de jupons et de bagarreur, il n'était guère surprenant que certaines personnes souhaitent sa mort. Et depuis son retour de Crimée, il aurait pu lui-même s'inclure dans le lot. Non pas qu'il eût vraiment voulu mourir durant son exil volontaire, noyé dans les vapeurs d'alcool. Disons plutôt qu'il n'avait pas accordé une importance particulière à sa vie. La frontière entre ces deux notions était mince, et il avait dansé dessus.

Il ferma les yeux. En les rouvrant, il croisa le regard têtu de Brandon. Il était temps d'emprunter un autre chemin. Il avait survécu quand tant d'autres étaient morts. Et s'il avait fallu pour lui rappeler la valeur de sa propre existence une sombre machination et l'intervention courageuse de la jeune femme qui gisait inconsciente à l'étage, alors... qu'il en soit ainsi.

Il était vivant. Et il était grand temps qu'il recommence à vivre.

S'étant raclé la gorge, il lâcha :

— Eh bien, cela m'offusque, figure-toi.

— Tant mieux, opina Brandon, parce que moi aussi. Bon retour parmi nous, ajouta-t-il en levant son verre en direction de Garrett.

Il en vida le contenu, le posa sur le bureau, puis attrapa une feuille de papier et une plume.

— À présent, rassemblons toutes les informations dont nous disposons et dressons un plan de bataille, déclara-t-il après avoir chaussé ses lunettes. L'attaque est toujours la meilleure défense. Allons, ne reste pas planté là, secoue-toi !

Les yeux de Brandon étincelaient. Pas étonnant que ce type ait épousé sa sœur, songea Garrett. Ces deux-là avaient un point commun : ils adoraient le bousculer. Ils ne lui auraient pas permis de tergiverser très longtemps. Et s'il n'était pas revenu de lui-même dans le monde des vivants, ils l'y auraient ramené de force. Qu'il soit prêt ou pas.

Par chance, il était prêt.

Alexandra flottait dans un vide brumeux aussi impénétrable que l'épais brouillard qui nimbait la ville. Elle se débattit pour en émerger, ouvrit les yeux et cilla, désorientée, tandis que son regard balayait son environnement.

Elle reposait dans un grand lit, les couvertures remontées jusqu'au menton, sous un dais fleuri. Elle aperçut une coiffeuse et sa chaise, une armoire et une commode. La veilleuse posée sur la table de chevet permettait de distinguer les bouquets d'œillets roses qui ornaient la tapisserie. La chambre était accueillante, confortable, et totalement inconnue.

Le cœur d'Alexandra se mit à battre à grands coups. Elle s'efforça de contenir la panique qui l'assaillait et de rassembler ses souvenirs, tel les pièces d'un puzzle. Mais c'était comme essayer de saisir des ombres floues et fuyantes.

Elle était dans le salon de jeu du duc de Hammond. Elle venait de perdre contre…

Kendall.

Elle se redressa abruptement. Une douleur aiguë lui vrilla la tête. Elle ferma les yeux, et un flot d'images désordonnées la submergea. Un complot… la confrontation avec Kendall… l'accident… et le trou noir.

Seigneur, Kendall avait-il été tué finalement ?

— Chut, mademoiselle, tout va bien. Allongez-vous et reposez-vous. Vous ne risquez plus rien.

La voix avait un accent campagnard réconfortant. La main qui pesait sur son épaule était douce, quoique ferme.

On posa un linge frais sur son front. La douleur diminua et, peu à peu, la respiration d'Alexandra se calma. Sa peur reflua. Elle rouvrit les yeux et découvrit, penchée sur elle, une domestique à l'air soucieux.

— Je m'appelle Molly. Vous avez une vilaine bosse sur la tête, mais ça va guérir. Ç'aurait pu être pire, vous nous avez fait peur.

La femme de chambre s'en alla humidifier le linge dans la cuvette en porcelaine, l'essora. Petite et potelée, elle avait une silhouette en forme de poire et marchait en se dandinant.

Revenue vers le lit, elle tendit un petit verre à Alexandra.

— Tenez, une goutte de cognac, pour vous requinquer, mademoiselle. C'est la boisson du diable, mais les anges disent que ça soulage aussi le mal de tête.

Alexandra se redressa avec précaution. Si elle se mouvait lentement, elle parvenait à contrôler son vertige. Elle saisit le verre, puis s'arma de courage pour poser la question qui la taraudait :

— Et lord Kendall ? Il a survécu… à l'accident ?

— Ne vous tracassez pas, répondit la femme de chambre avec un petit geste de la main. C'est lui qui m'a fait appeler. Il faudrait bien plus qu'un accident de voiture pour l'abattre. Il a survécu à bien pire. Les horreurs de la guerre, et tout ça, ajouta-t-elle dans un chuchotement.

Alexandra se laissa aller contre l'oreiller. Elle titubait peut-être sous le poids de ses fardeaux, mais l'annonce du meurtre d'un homme l'aurait mise à terre.

Portant le verre de cognac à ses lèvres, elle en but une gorgée. Le liquide lui brûla le gosier et lui fit monter les larmes aux yeux. Elle cilla, toussa et poussa un gémissement. Elle avait l'impression que son crâne venait d'éclater. Un remède contre la migraine, ça ? On devait oublier jusqu'à sa propre mère quand on abusait de ce breuvage redoutable.

Mieux valait garder les idées claires, décida-t-elle en posant le verre sur la table de chevet.

Elle se figea à la vue de son bras nu. Était-elle dévêtue ? Doux Jésus ! Comme elle plaquait la main sur sa poitrine, elle lassa échapper un soupir de soulagement. Soulevant le drap et les couvertures, elle constata qu'on lui avait passé une chemise de nuit en satin d'un bleu profond, et d'une douceur exquise. Un vêtement de qualité, luxueux, et de toute évidence conçu pour plaire aux hommes. Ses seins débordaient du décolleté plongeant.

Les joues brûlantes, elle se recouvrit vivement.

Kendall. Séducteur notoire et vaurien.

Comment osait-il ? Il lui avait donné le déshabillé d'une de ses maîtresses, comme si elle s'apprêtait à endosser ce rôle ! À présent la mémoire lui revenait au triple galop, et le soulagement qu'elle avait éprouvé en apprenant qu'il était en vie s'évaporait. Il avait peut-être découvert qu'elle était une femme, mais il ne savait pas encore quel genre de femme ! Et certainement pas ce genre-*là*. Ou plutôt, *son* genre.

Ni maintenant ni jamais.

— Mademoiselle, tout va bien ? Vous avez les joues toutes rouges.

— Euh... oui. C'est le cognac.

— Et vous avez l'estomac vide. Il est encore très tôt, mais je vais aller voir du côté des cuisines. Ce serait bien le diable si je ne vous dénichais pas un morceau à grignoter. Vous avez la peau sur les os, si je peux me permettre. Reposez-vous en attendant.

Molly tapa les oreillers pour leur redonner du gonflant et borda Alexandra avant de quitter la chambre. Comme l'attestait sa silhouette généreuse, la domestique considérait manifestement la nourriture comme la meilleure des panacées.

Alexandra ferma les yeux et maudit son estomac qui s'était mis à gronder. Pourquoi fallait-il manger pour vivre ? La pauvreté aurait été tellement plus facile à supporter sans l'aiguillon de la faim !

Avec un soupir, elle secoua la tête. L'accident lui avait de toute évidence dérangé l'esprit. Elle tâta d'un geste précautionneux la bosse sur le côté de son front, grimaça de douleur, puis enfouit les doigts dans sa chevelure en désordre. Qu'était-il advenu de sa perruque et de ses habits masculins ? Et qu'avait pensé Kendall lorsqu'il s'était avisé qu'elle n'était pas un homme ?

Elle espérait bien qu'il s'en était étranglé de stupeur. Et qu'il avait éprouvé des remords pour l'avoir traitée avec tant de rudesse dans la voiture. Elle frémit au souvenir de sa main sur son postérieur. Il l'avait empoignée sans ménagement pour l'obliger à le suivre, puis avait desserré son étreinte en se rendant compte de sa fragilité physique.

En soldat chevronné, il avait su contenir sa colère. Il était peut-être antipathique, dur et froid, mais il ne lui ferait pas de mal. Il l'avait prouvé.

Cet homme l'intriguait. En dépit de la méfiance qu'elle lui inspirait, il avait pris soin d'elle. Et cela faisait si longtemps que personne ne s'était soucié de son bien-être. Pas depuis qu'elle avait quitté la maison, en tout cas, plus d'un an auparavant.

Son regard erra dans la pièce, s'arrêta sur un vêtement posé au pied du lit. Sa veste, sans doute. Elle se redressa pour s'en saisir, s'aperçut qu'il s'agissait en fait de celle de Kendall. Un parfum masculin l'imprégnait. Curieusement, elle le trouva familier. Après une brève hésitation, elle l'enfila, croisa les pans sur sa poitrine, puis retroussa les manches qui lui recouvraient les mains. Ainsi emmitouflée, elle avait l'impression d'être dans ses bras.

La sensation d'intimité la prit de court...

Elle tressaillit en entendant la porte s'ouvrir. C'était Molly qui revenait, et Alexandra la bénit en silence de l'arracher à ses pensées déconcertantes qui l'entraînaient en terrain interdit.

La domestique portait un plateau et arborait grand sourire.

— La cuisinière est une vieille radine qui ferme son garde-manger à clé. Mais j'ai réussi à chiper du pain et du fromage, et surtout de la crème anglaise. Ça devrait vous remplumer un peu, mademoiselle ! conclut-elle avec un clin d'œil.

Molly avait également préparé une tasse de cacao bien chaud. Alexandra referma les doigts sur la tasse fumante et sirota le breuvage avec bonheur. Elle s'obligea à attendre le départ de la domestique pour attaquer le pain et le fromage. Un véritable festin qui la faisait saliver. Il lui fallait reprendre des forces et remettre de l'ordre dans ses pensées si elle voulait pouvoir affronter Kendall à égalité.

Elle dévora et ne put s'empêcher de fermer les yeux pour savourer la première cuillerée de crème anglaise. Renversée contre les oreillers moelleux, elle s'autorisa un sourire de contentement.

— Pourquoi cette mine béate ? Molly vous aurait-elle dit que j'étais mort ?

Molly sursauta et cilla en découvrant Kendall sur le seuil. Appuyé contre le chambranle, les bras croisés sur la poitrine, il avait les yeux rivés sur elle. Elle déglutit, s'empressa de s'essuyer la bouche avec sa serviette.

— Non, pas du tout ! protesta-t-elle.

Kendall referma la porte derrière lui avant de s'approcher. Il jeta un coup d'œil au contenu du plateau.

— Ah, de la crème anglaise ! Molly a risqué sa vie pour s'introduire dans l'antre de la cuisinière. Cela ne m'étonne pas d'elle, vu qu'elle pense que la nourriture guérit tout. Elle a peut-être raison, puisque vous avez repris des couleurs. Et que vous avez même retrouvé le sourire, *monsieur* Daniels.

Alexandra ne put s'empêcher de resserrer le col de sa veste trop large. La mine sévère, Kendall la dévisageait. Là, dans la semi-pénombre de la chambre, il avait l'air encore plus impressionnant que dans la voiture.

Elle se troubla sous son regard pénétrant. Pourquoi diable son pouls s'emballait-il ainsi ? Elle avait beau ne pas craindre qu'il s'en prenne à elle physiquement, il demeurait beaucoup trop séduisant… et trop proche pour qu'elle ne se sente pas mal à l'aise.

— Comment va votre tête ?

Sa question la prit au dépourvu.

— Bien, répondit-elle, du moment que je ne bouge pas.

— Nous y veillerons, assura-t-il. Joli peignoir, ajouta-t-il d'un air narquois en désignant sa veste.

— Je vous rappelle que vous m'avez confisqué mes vêtements, rétorqua-t-elle. J'aimerais d'ailleurs que vous me les rendiez, que je puisse enlever les frusques de votre maîtresse et rentrer chez moi.

Continuant sur sa lancée pour ne pas perdre courage, elle enchaîna :

— Les événements de ce soir vous ont confirmé que je disais la vérité. Nous avons failli être tués tous les deux, vous ne pouvez donc plus me suspecter de faire partie du complot.

— Vous allez bel et bien mieux, commenta Kendall.

Il tira une chaise près du lit, la retourna et s'assit dessus à califourchon.

— Êtes-vous sûre qu'il s'agit d'une *frusque* ? Rendez-moi ma veste que je puisse vérifier.

Alexandra crispa les doigts sur le col du vêtement. Il y avait quelque chose en lui, et sur lequel elle ne parvenait pas à mettre le doigt. Bien sûr, il n'était plus en colère contre elle. Il paraissait plus détendu, mais il n'y avait pas que cela. Elle se rendit soudain compte qu'elle le fixait et, le voyant réprimer un sourire, elle se sentit rougir.

— Non ? fit-il en arquant un sourcil. Vous préférez garder la veste ? Comme vous voudrez. Je vous demande juste de ne pas la porter la prochaine fois que vous entrerez dans le salon de jeu de Hammond.

Il la taquinait. C'était cela qui était différent ! Le Kendall d'avant n'aurait jamais fait cela, il n'avait aucun sens de l'humour. Elle lui jeta un regard méfiant. À quoi jouait-il ?

En une seconde, il reprit son sérieux.

— S'il semble certes que vous ayez dit la vérité à propos de cette conspiration, vous avez beaucoup menti par ailleurs, *mademoiselle* Daniels. Enfin, si c'est bien votre nom ?

— C'est mon nom, confirma-t-elle en se hérissant. Je me suis déguisée dans l'espoir de gagner quelques livres, et après ? C'était une petite mascarade qui ne prêtait pas vraiment à conséquence, sauf peut-être pour la dignité de ces messieurs s'ils avaient appris qu'ils jouaient contre une femme. Et encore, si j'avais gagné. Ce qui n'est pas le cas, vous le savez mieux que quiconque.

— Filmore est un crétin et Chandler n'a aucune dignité. Mais vous ? Vous ne vous souciez donc pas de votre réputation ? Si l'on vous avait découverte, imaginez le scandale. Ce genre de dégât est irréparable.

Une fois de plus, le regard gris acier la transperça. Elle se retint de répliquer qu'elle se moquait comme d'une guigne de l'opinion de la haute société. Son regard tomba sur le plateau et elle se rappela cette époque où elle faisait durer une miche de pain plusieurs jours. Non, elle ne vivait plus dans la société dont parlait Kendall. Dans son monde, une réputation sans tache ne vous nourrissait pas, ne vous mettait pas de vêtements sur le dos et ne vous donnait pas un toit. Alors à quoi cela lui aurait-il servi ?

— Certains risques valent la peine d'être pris, déclara-t-elle sans parvenir à masquer son amertume.

Cette fois elle soutint son regard. Dans le silence qui suivit, il continua de l'étudier, comme s'il voyait sans peine ce que cachaient ses airs bravaches.

C'est alors qu'elle remarqua que ses yeux n'étaient pas d'un gris uniforme, mais cerclés de bleu pâle, et frangés de longs cils. Sa lèvre supérieure était plus pleine que sa lèvre inférieure, plus douce, presque sensuelle. Et soudain, cette bouche s'incurva en un sourire inattendu, malicieux. Toute sa physionomie s'en trouva métamorphosée, adoucie. En réaction, le pouls d'Alexandra s'emballa, tandis qu'un flot brûlant lui embrasait les joues.

— Certains risques valent la peine d'être pris, nous sommes d'accord sur ce point, acquiesça-t-il, le regard chaleureux.

Déconcertée, Alexandra se trémoussa. Il y avait des risques qu'elle était prête à prendre, des limites qu'elle était prête à franchir, et d'autres pas. Kendall se tenait de l'autre côté de cette frontière, en territoire interdit. Elle aurait dû s'éloigner, mais son corps félon la trahissait. Kendall la retenait captive sans même poser un doigt sur elle.

Son sourire s'évanouit soudain, ses sourcils se rapprochèrent et son regard se fit soupçonneux.

— Vous ne fuyez pas des créanciers ? s'enquit-il. Ou la police ? Ou un mari jaloux ?

— Certainement pas, se récria-t-elle. Je n'ai pas de dettes et je ne suis pas mariée. Ce serait plutôt à vous de vous inquiéter d'un mari jaloux !

— Vous êtes de plus en plus vous-même, commenta-t-il, amusé. Mais bon, vous me raconterez votre histoire plus tard. Ou pas, si tel est votre choix. Du moment que vous n'êtes pas recherchée par la police et que vous n'avez rien d'illégal à vous reprocher, je m'en tiendrai là – pour le moment.

— Je vous répète que je n'ai pas de problème avec la loi.

— Je vais devoir vous faire confiance. Comme vous l'avez dit, il y a des risques qui valent la peine d'être pris. À présent, si vous voulez toujours tenter votre chance, j'aimerais faire monter les enchères.

Elle se raidit. De quoi parlait-il ? Elle ne franchirait pas cette limite-*là*. Et aucune parole mielleuse, aucun sourire dévastateur ne la feraient changer d'avis.

— Que voulez-vous dire ?

— Je vous demande de m'aider à arrêter ces hommes qui ont voulu attenter à ma vie.

— Moi ? s'exclama-t-elle dans un souffle. Mais je vous ai dit tout ce que je savais. Je ne...

— Vous êtes ma seule source d'information. Je ne peux pas me permettre de vous laisser filer.

Ses paroles furent un choc, comme si une énorme vague venait de déferler sur elle, la laissant trempée et frissonnante.

— En contrepartie, j'ai quelque chose à vous offrir, reprit-il en commençant à arpenter la pièce. Quelque chose dont vous avez besoin.

— Je ne vois pas ce que cela pourrait être, à part mes vêtements.

— De l'argent, dit-il en s'arrêtant au pied du lit. Si vous avez bravé les convenances pour entrer dans ce salon de jeu, c'est que vous avez besoin d'argent. Et j'en ai. Le mien, ainsi que la somme que je vous ai rendue, et que vous avez promis de me rembourser.

— Vous avez dit que vous n'en vouliez pas !

— J'ai dit que je n'en avais pas besoin, nuance. Vous pouvez garder ce viatique, si vous êtes prête à m'assister dans cette enquête. Je vous paierai pour le temps passé. Autrement, je me verrai dans l'obligation de réclamer le remboursement intégral de votre dette.

Elle lui adressa un regard chargé de mépris.

— Pourquoi vous ferais-je confiance ?

— Parce que moi, je vous fais confiance. Je suis prêt à renoncer à mon dû. Et vous ? Avez-vous vraiment envie de rester ma débitrice ? Je n'ai pas l'impression que cette perspective vous fasse plaisir. Vous recherchiez des enjeux élevés pour acquérir votre indépendance financière, vous ne vous intéressez pas à l'argent d'autrui. Vous n'avez pas tenté de devenir gouvernante ou dame de compagnie, comme tant de femmes désargentées. Alors si vous voulez jouer comme un homme, vous devez aussi payer comme un homme.

Une bouffée de colère envahit Alexandra. Maudit Kendall. Il ne savait rien d'elle, de ses choix ou des risques qu'elle était prête à prendre. Comment aurait-elle pu devenir gouvernante ou dame de compagnie dans une maison respectable ? La nouvelle serait revenue aux oreilles de son oncle, et ce rapace cupide se serait empressé de ruiner toute tentative de sa part de gagner sa vie décemment. Jamais il ne lui pardonnerait de lui avoir tenu tête et d'avoir gâché, en s'enfuyant, les sinistres projets qu'il avait pour elle. Elle n'allait pas risquer d'attirer son attention en se lançant dans une enquête criminelle aux côtés d'un membre de la haute société !

— Si vous acceptez de m'aider, reprit-il, vous recevrez un dédommagement substantiel et vous pourrez envisager l'avenir de manière plus sereine, sans être obligée de vous commettre dans les salons de jeu déguisée en homme, au risque de vous retrouver endettée jusqu'au cou.

Elle s'efforça d'ignorer cette allusion à sa situation de débitrice, et se concentra sur le reste. Un revenu stable, qui lui permettrait de manger à sa faim, voilà ce qu'il lui proposait. Et il fallait admettre que cela donnait à réfléchir.

— Mais... pourquoi ? balbutia-t-elle.

Il haussa les épaules.

— Considérez cela comme un échange de bons procédés. Ma vie contre la vôtre. Après les événements de cette nuit, nous sommes tous deux conscients des dangers inhérents à l'aventure. Je vous promets de faire tout ce qui sera en mon pouvoir pour vous protéger, mais regardons les choses en face, ceux qui cherchent à me tuer se moquent visiblement de faire des victimes innocentes. Vous devez en avoir bien conscience avant de prendre votre décision. C'est aussi la raison pour laquelle je suis prêt à me montrer généreux.

Alexandra se remémora les quelques secondes horribles qui avaient précédé l'accident. Les images se mirent à tourbillonner dans sa tête, et elle pressa les mains sur ses tempes. N'était-elle pas sur le point de tomber de Charybde en Scylla ?

Certes, certains risques valaient la peine d'être pris, mais il y avait des limites. Et le sourire de Kendall n'était pas le moindre des dangers.

— Je vous préviens, je ne serai pas votre maîtresse, déclara-t-elle.

Il tressaillit. Pour la première fois, elle l'avait pris de court. Après un silence gêné, il se ressaisit.

— Je ne crois pas avoir formulé une telle exigence, mais c'est entendu. Peut-être quand nous nous connaîtrons mieux, ajouta-t-il en la parcourant d'un regard amusé.

Les joues d'Alexandra s'embrasèrent. Ses mains se crispèrent sur le drap.

Mais déjà Kendall redevenait sérieux.

— Alors, mademoiselle Daniels, puisque tel est votre nom, sommes-nous d'accord ?

Cet homme changeait décidément d'humeur à la vitesse de l'éclair, mais elle reconnut la lueur de défi qui brillait dans son regard. Il avait l'avantage pour le moment, mais elle se sentait capable de le surprendre. Il était du reste grand temps.

Elle redressa les épaules, et soutint son regard. Durant l'année qui venait de s'écouler, elle s'était débrouillée pour survivre avec très peu d'argent, sans protection. Kendall lui offrait les deux. Et cela lui serait très utile pour mener à bien ses projets personnels.

— Très bien, dit-elle, je vous aiderai.

Kendall eut un bref sourire.

Alexandra en ressentit aussitôt l'impact et le maudit.

Oui, songea-t-elle, certains risques valaient la peine d'être pris. Mais quel serait le prix à payer ?

6

Garrett nota la mine déterminée de la jeune femme et faillit approuver d'un hochement de tête. Décidément, il ne s'était pas trompé en misant sur elle. Elle avait du cran.

Pour le moment il se contenterait de sa participation volontaire. Mais, se promit-il, il finirait par découvrir sa véritable identité. Ne disait-on pas : « Surveille tes amis de près et surveille tes ennemis d'encore plus près » ? Quoi qu'il en soit, il la garderait à l'œil.

— En échange de votre aide, je vous verserai une rétribution, et vos frais éventuels seront couverts, bien entendu. J'assurerai également votre protection. Et j'attends de… Quoi ? demanda-t-il en la voyant se rembrunir.

— Je ne vois pas comment je pourrais vous aider plus que je ne l'ai déjà fait. Je vous ai dit ce que je savais.

— Pour l'heure, vous êtes mon seul lien avec ces deux hommes. Vous avez entendu leurs voix, vous les avez entrevus. Peut-être allez-vous vous rappeler un détail concernant leur voix, leur démarche, une attitude particulière. Vous avez reçu un coup sur la tête, qui sait, cela va peut-être faire remonter un souvenir précis à la surface. Parfois, des soldats qui ont subi un traumatisme durant la bataille vivent des expériences étonnantes ; ils voient leur vie défiler en images, par exemple. Il n'est pas exclu que vous ayez ce genre de visions, qui nous fournisse un renseignement précieux. Voilà pourquoi j'ai besoin de vous. En tout cas, je mise sur cette hypothèse. Contrairement à vous, mademoiselle Daniels, je ne joue que ce que je peux me permettre de perdre.

— Avez-vous envisagé toutes les répercussions ? répliqua-t-elle, agacée. Que dira votre maîtresse de cet arrangement ?

La question le surprit et l'amusa tout autant :

— Vous voulez parler de la maîtresse de maison ? Celle dont vous portez les *frusques* ?

Elle hocha la tête.

Il réprima un sourire. Dommage qu'elle se soit emmitouflée dans sa veste, il aurait aimé voir la chemise de nuit qu'elle portait. Kit était toujours très élégante, et ses chemises de nuit ne devaient pas faire exception. Soie ou satin, ce devait être d'une légèreté aérienne. De quelle couleur ? Un bleu vif s'harmoniserait avec la couleur de ses yeux, mais un rouge éclatant offrirait un joli contraste avec sa peau claire…

Il tressaillit, et recula d'un pas. Seigneur, quelques heures plus tôt, il la prenait encore pour un homme. Il savait à présent qu'elle était une femme, mais rien de plus. Il devait se dépêcher de quitter cette chambre, ou il n'allait pas tarder à l'imaginer nue.

Il s'efforça de se concentrer sur la question qu'elle lui avait posée. Kit, avec son sens de l'humour un peu pervers, adorerait qu'on la prenne pour une cocotte.

— Si vous m'aidez à sauver ma peau, je peux vous assurer que vous aurez toute la gratitude de Kristen. Après tout, elle m'aime, déclara-t-il malicieusement en se dirigeant vers la porte.

Avant de sortir, il jeta un coup d'œil par-dessus son épaule et constata qu'il avait fait rougir Mlle Daniels. On n'était pas censé parler de son amante devant une dame, mais Kit n'était pas sa maîtresse et il n'avait dit que la vérité. En outre, après les récents événements, Daniels et lui avaient dépassé le stade des formalités et du respect de l'étiquette. Ils allaient devoir inventer de nouvelles règles pour encadrer leur étrange alliance.

Et puis, sans bien savoir pourquoi, il voulait que Daniels sache que, même s'il ne le méritait pas, certaines personnes avaient de l'affection pour lui. Tout le monde ne souhaitait pas sa mort, que diable !

— Vous devriez vous reposer. J'ai quelques affaires à régler, cela vous donnera une journée pour reprendre des forces. J'ai pris des dispositions pour qu'un médecin passe vous ausculter, et Molly veillera à satisfaire tous vos besoins. Nous partirons demain matin, ajouta-t-il en se détournant.

Elle se redressa brusquement dans le lit.

— Partir ? s'écria-t-elle. Où ? Pourquoi ?

— Je préfère quitter Londres. Rester serait trop dangereux. J'imagine que les endroits que je fréquente d'ordinaire seront surveillés par mes ennemis. Je possède dans le Kent un manoir dont très peu de gens connaissent l'existence, et nous avons besoin de rallier un endroit sûr afin d'établir une stratégie. Ensuite, nous reviendrons confondre ces rufians.

Il marqua une pause, puis :

— Si ce départ imprévu vous a surprise, il pourrait aussi surprendre nos adversaires – ce qui nous donnerait une longueur d'avance sur eux. Molly a rangé vos vêtements dans l'armoire, mais nous passerons chez vous prendre d'autres affaires. De quoi tenir quelques jours.

— Dans le Kent ? Vous et moi ? Seuls ? dit-elle d'une voix haut perchée tout en triturant le couvre-lit.

Il sourit.

— Il est tout à fait convenable que deux gentlemen voyagent sans chaperon, *monsieur* Daniels. Avec votre déguisement, la réputation de Mlle Daniels ne souffrira pas. Même s'il est un peu tard pour s'en soucier, si je puis me permettre.

— Vous avez mille fois raison, répliqua-t-elle. C'était stupide et tellement présomptueux de ma part de m'aventurer dans le sanctuaire de ces imbéciles hautains pour leur soutirer quelques livres ! J'aurais pu les priver d'une nouvelle cravate indispensable à leur garde-robe. Ou de choses aussi essentielles qu'une nouvelle babiole à offrir à leur maîtresse. Non, il aurait mieux valu que je me laisse mourir de faim et que je permette qu'on vous assassine. Nous serions tous deux morts à l'heure qu'il est et je n'aurais pas à me soucier de ma réputation qui, en l'état actuel des choses, demeure mon seul atout.

Ses yeux bleus étincelaient. De nouveau, elle attaquait. Elle savait viser et il ne pouvait s'empêcher de l'admirer.

— Je vous présente mes excuses, vous n'avez pas tort, admit-il avec un sourire. Je ne voudrais surtout pas vous voir mourir de faim. Au temps pour moi, vous aviez toutes les raisons de dépouiller ces dandys. Si j'avais su que tel était votre plan, je vous aurais prêté main-forte. Une autre fois, peut-être.

Son expression ahurie l'amusa. Elle ne s'attendait visiblement pas qu'il capitule si vite, alors qu'elle était encore d'humeur belliqueuse. Mais depuis Balaklava, il savait désormais quand battre en retraite et quand charger.

— Pensez-vous être en état de voyager demain matin ? s'enquit-il.

Comme elle lui retournait un regard interloqué, il précisa :

— Votre tête ? Vous m'avez dit que la douleur se manifestait lorsque vous bougiez. Croyez-vous pouvoir supporter un voyage en voiture après une journée de repos ?

Retrouvant sa voix, elle répondit :

— Cela ira, ne vous inquiétez pas.

— Parfait. Alors je vais vous laisser dormir.

Il s'inclina brièvement et ouvrit la porte. Il sortait dans le couloir quand une pensée le frappa soudain.

— Quand vous avez fait allusion à ces imbéciles hautains, étais-je inclus dans le lot ?

— Bien sûr que non. Vous êtes un soldat, vous vous êtes battu en Crimée.

Il fut déconcerté par sa réponse. Un soldat qui s'était battu en Crimée, c'était donc ainsi qu'elle le voyait ? Pourtant il avait commis la pire erreur de sa vie en achetant cette charge d'officier.

Une erreur qu'il n'avait pas fini de payer.

Ravalant son amertume, il la salua d'un hochement de tête raide et referma la porte derrière lui.

Alexandra fixa un instant la porte qui venait de se refermer, puis se laissa aller contre les oreillers.

Pourquoi ne pouvait-elle s'empêcher de provoquer cet homme ? C'était plutôt imprudent de mordre la main qui vous nourrissait.

Bon, elle ne l'avait pas vraiment mordu, plutôt écartée d'une tape. Mais quand il l'avait accusée de traiter sa réputation avec désinvolture, elle avait vu rouge. Justement, elle était très attachée à sa vertu ! Autrement elle n'aurait pas pris tous ces risques.

Elle ferma les yeux et, du bout des doigts, exerça une pression légère sur ses globes oculaires. Elle ne pouvait se permettre de refuser la proposition de Kendall, mais elle ne pouvait non plus accepter de devenir son alliée en continuant à l'attaquer sabre au clair à tout bout de champ. Sinon ils s'entretueraient avant le coucher du soleil.

C'était la faute de Kendall. Il l'avait sermonnée comme une gamine qui n'avait pas réfléchi aux conséquences de sa fugue. Néanmoins, quand elle s'était rebiffée, il avait convenu qu'il avait eu tort et lui avait présenté ses excuses.

À quoi diable jouait cet homme ?

Peu importait, en définitive, décida-t-elle. Leur arrangement n'était que temporaire. Elle affronterait l'épreuve, puis passerait à autre chose. Mais ils avaient au moins un point commun : tous deux avaient été blessés à la guerre, et tous deux avaient survécu.

Plus tard dans l'après-midi, Garrett revint chez Brandon de fort méchante humeur. Ces maudits policiers n'étaient qu'un ramassis de bons à rien, incapables de trouver la moindre information sur deux assassins qui se promenaient en toute liberté à moins qu'on ne les leur apporte sur un plateau !

Et encore, sans doute auraient-ils eu du mal à découvrir leurs noms et à obtenir des informations en lien avec l'attaque perpétrée contre lui !

Il se débarrassa de sa veste avec brusquerie avant de remarquer l'absence du zélé Poole. Ce vieux bougre gardait l'entrée du sanctuaire de Warren tel un bouledogue tenace. Qu'il ne soit pas là était étrange, sinon inquiétant.

Garrett remit sa veste et s'enfonça dans les profondeurs de la maison, guidé par un bruit de voix qui s'échappait du salon. S'immobilisant sur le seuil, il aperçut la silhouette rigide de Poole et, au-delà, celle d'un visiteur qui était en train de se servir un cognac.

— Oui, monsieur, disait Poole. Mais je crains que lord Warren ne soit pas disponible avant un moment. Je comprends que vous ayez besoin de lui parler, mais il est actuellement occupé à régler certaine affaire délicate. Il vaudrait peut-être mieux...

L'homme, toujours de dos, agita la main.

— Oui, oui, mais je suis sûr qu'il trouvera le temps de me recevoir. Je suis le père de sa femme. J'ai quand même la priorité sur ses collègues.

Garrett se rembrunit. Puis il appuya l'épaule contre le chambranle et croisa les bras sur sa poitrine en une attitude faussement nonchalante.

— Vous avez toujours autant de culot, Arthur, lança-t-il. Et cela ne vous dérange pas de boire d'office le meilleur cognac de Brandon ?

Son beau-père lâcha la carafe qui heurta bruyamment l'acajou. Poole se précipita pour empêcher que le précieux cognac connaisse un triste sort. Pour un vieux bougre, il avait encore de sacrés réflexes, nota Garrett.

Arthur Brown fit volte-face. Dans son visage pâle, ses yeux de chat étincelaient.

— Toi ! Que fais-tu là ? aboya-t-il.

— Qu'est-ce qui vous étonne au point d'être si maladroit ? Que je sois à Londres ? Ou que je sois sobre ?

Arthur ferma les yeux et prit une profonde inspiration, comme s'il pouvait puiser des trésors de patience dans ses réserves inexistantes.

— Je ne sous-entendais rien de tel, mais on peut toujours compter sur toi pour penser le pire.

— Au contraire, penser le pire est votre spécialité. Mais seulement quand je suis concerné, peut-être ?

Arthur arracha la carafe des mains de Poole et, tournant le dos à Garrett, se resservit une rasade généreuse.

Conscient que sa présence en tant que médiateur était totalement superflue, Poole se retira, non sans avoir adressé à Garrett un regard d'avertissement. Salaud ou pas, Arthur était un invité sous le toit de Brandon et Poole entendait qu'il soit traité comme tel. Garrett allait devoir rengainer son épée. Il croiserait le fer une autre fois.

Avec un soupir, il regarda Arthur vider d'un trait le contenu de son verre. Son beau-père fut pris d'une quinte de toux et, courbé en deux, dut tirer son mouchoir de sa poche pour le porter à son visage.

Garrett l'observa avec attention et nota son teint grisâtre. Arthur s'exprimait également d'une voix nasillarde qui ne lui était pas habituelle. Son regard brillait d'une lueur fiévreuse. Il était malade, de toute évidence, et aurait dû être au lit. Avec n'importe qui d'autre, Garrett l'aurait fait remarquer, mais cela faisait beau temps qu'Arthur rejetait toute tentative d'ouverture de sa part, et il n'allait pas se risquer sur ce terrain-là.

Se ressaisissant, Arthur posa son verre vide sur le plateau d'argent, puis se laissa tomber dans le fauteuil près de la table. Il s'éclaircit la voix.

— C'était une question de pure forme. Tu t'es fait rare en ville, ces derniers temps. Tu as bien fait comprendre que Londres n'avait aucun intérêt. D'ailleurs rien ne trouve grâce à tes yeux depuis ton retour. Il est donc normal que je sois surpris de te trouver là.

Garrett dévisagea son beau-père, se demanda s'il était possible de le chasser à l'insu de Poole. Impossible. Pourtant Garrett avait autant envie de converser avec lui que d'attraper sa grippe.

Trop tendu pour songer à s'asseoir, il s'approcha de la cheminée, s'appuya contre le manteau.

— Ce que vous pensez en réalité, c'est que j'ai vécu en reclus avec mes bouteilles ces derniers mois. Non, inutile de protester, ajouta-t-il. Quoi qu'il en soit, je suis sobre maintenant. Je suis arrivé la semaine dernière, mais ne vous inquiétez pas, je repars très bientôt. Vous ne serez pas obligé de me saluer au club ou de vous asseoir en face de moi à une table de jeu.

— Je vois. Poole essayait d'être diplomate en me conseillant de ne pas attendre Warren. Il craignait une altercation entre nous. Quelle sollicitude de sa part.

— Poole n'aime pas voir le sang couler.

— Nous pouvons éviter cela pour lui faire plaisir.

— En effet. Alors permettez-moi de vous raccompagner, dit Garrett en se dirigeant vers la porte. Après vous, ajouta-t-il avec un geste de la main.

— Toujours aussi insolent. Il se trouve que je suis venu voir Warren pour discuter avec lui. Et il se trouve que cela te concerne, alors peut-être vaudrait-il mieux que je m'adresse directement à toi.

Garrett jeta un regard soupçonneux à son beau-père qui reprit :

— Certaines rumeurs sont parvenues jusqu'à mes oreilles.

— Oh, je vois ! Non, je n'ai pas couché avec lady Beaumont, ni pris la virginité de Mlle Peoples, ni demandé en mariage les jumelles Dunford, que ce soit ensemble ou séparément. Oui, j'ai soulagé lord Bradbury et le vicomte Morrell de plus de cent livres chacun, mais je les avais prévenus que j'avais une main imbattable. Évidemment, ils étaient trop saouls pour écouter la voix de la raison, et, malheureusement pour eux, j'étais aussi sobre qu'un chameau. Ce qui est une nouvelle surprenante, je vous l'accorde. Maintenant voulez-vous que je vous escorte jusqu'au grand hall, ou laisser cet honneur à Poole ? Je ne…

— Le sujet que je comptais aborder concerne une entreprise commerciale, coupa Arthur. Tu aurais l'intention d'installer une brasserie sur une de tes propriétés.

Garrett ne réagit pas.

— Eh bien ? Est-ce vrai ? aboya Arthur en épongeant son front perlé de transpiration avec son mouchoir.

Il aurait dû aller se coucher au lieu de lui faire la morale. Garrett avait passé l'âge d'écouter ses sermons. Mais Arthur ne doutait de rien.

Pourquoi fallait-il qu'il soit le père de sa demi-sœur ? Si seulement il avait pu s'étouffer avec sa propre arrogance, Garrett aurait eu la paix, et Kit moins de colère enfouie en elle.

— Non, se décida-t-il à répondre.

— Non, tu ne produis pas de bière, ou non tu ne te lances pas dans le commerce ?

— Non et si.

— Bon sang, réponds-moi clairement ! Tu es pair du royaume, tu ne peux pas t'abaisser à faire du commerce et continuer de paraître à la cour. Plus important, tu ne peux pas souiller le nom et le titre des Kendall avec tes sordides projets dont l'idée t'est sûrement venue un soir de beuverie.

Garrett serra les dents.

Arthur se leva et commença à aller et venir en agitant les mains.

— La bière Kendall ! Tu imagines ? C'est proprement scandaleux ! Et si tu es venu chez Warren pour régler une « affaire délicate », comme le dit si pudiquement Poole, c'est sans doute pour l'impliquer dans tes affaires douteuses. Je ne tolérerai pas que tu entraînes toute la famille dans la fange ! Pense à tes neveux, bon sang ! Tu pourrais tout perdre. Pense à Beau et à Will.

— Qui vous dit que ce n'est pas le cas ? Mais vous n'envisagez pas que mon entreprise prospère et que je puisse léguer les profits à Will. Ce serait équitable, puisque c'est Beau qui, en tant qu'aîné, va hériter du titre de Warren.

Les yeux exorbités, Arthur ouvrit et ferma la bouche à plusieurs reprises avant de retrouver sa voix puis éructa :

— Arrête de faire le malin et donne-moi une réponse claire !

Se redressant de toute sa hauteur, Garrett rétorqua d'un ton glacial :

— Vous vous oubliez. Je ne réponds à personne d'autre que moi-même.

— Vraiment ? Et comment t'en sors-tu tout seul ? En te claquemurant au fin fond de la campagne, en t'enivrant jusqu'au coma, en culbutant je ne sais combien de catins et en faisant Dieu sait...

— Vous allez trop loin, l'interrompit Garrett d'une voix grondante. Je vous conseille de vous en tenir là, si vous ne voulez pas que Poole soit contraint de nettoyer ce beau tapis.

Arthur referma la bouche. Ses bajoues tremblotaient d'indignation. Il considéra Garrett un instant, puis soupira :

— Je perds mon temps à essayer de te convaincre. Je suis venu voir Warren. Tu ne saurais pas quand il doit rentrer, par hasard ?

— Non, désolé.

Arthur hocha la tête, plia le mouchoir qui était roulé en boule dans sa main et le remit dans sa poche.

— Je reviendrai, dit-il en se dirigeant vers la porte.

— Bonne idée. Je compte quitter la ville quelques jours avec la catin qui me tient lieu de distraction en ce moment, ainsi vous aurez tout loisir de harceler Warren.

Il ne résistait pas à l'envie de titiller Arthur. C'était l'unique plaisir que lui procurait leur relation houleuse. Son beau-père marqua une pause et Garrett l'entendit marmonner dans sa barbe :

— Tu ne changeras jamais. Que Dieu nous protège !

Cette remarque était sans nul doute destinée à être entendue, car Garrett savait d'expérience que son beau-père mettait un point d'honneur à avoir le dernier mot. Lui-même avait d'ailleurs la même opinion à son endroit : Arthur ne changerait jamais et resterait toujours le même salopard bouffi de suffisance.

Garrett attendit que la porte d'entrée se soit refermée pour sortir du salon. Il sentit sa tension refluer et gagna rapidement l'étage avant que Poole lui mette le grappin dessus. Il avait eu son compte de sermons pour la journée.

Il chassa Arthur de ses pensées, comme il avait appris à le faire au fil des ans. Il avait dit vrai, du moins en partie, en lui annonçant son départ imminent. Sauf qu'il ne partait pas avec une maîtresse, mais avec Mlle Daniels.

Il ne put s'empêcher de sourire en imaginant sa réaction si elle l'avait entendu la traiter de « catin ». Sans doute se serait-elle emparée de l'épée qu'Arthur venait d'abandonner pour le pourfendre. Il ne savait pas pourquoi cette idée le mettait de si bonne humeur et lui rendait le sourire, mais c'était bel et bien le cas.

Raison de plus pour la garder près de lui.

7

Après une journée et une nuit de repos, Alexandra se réveilla les idées plus claires. Sa tête n'était plus douloureuse dès lors qu'elle ne faisait pas de mouvements brusques. Le médecin appelé à son chevet lui avait assuré qu'elle se remettrait sans problème.

Comme Kendall l'avait promis, Molly avait pris soin d'elle et n'était jamais entrée dans la chambre les mains vides. Elle lui avait apporté un recueil de poèmes, une tisane corsée d'un trait de cordial médicinal, et surtout de délicieux repas bien roboratifs.

Alexandra avait parcouru le recueil, délaissé la tisane et mangé avec un appétit qui avait enchanté Molly. Et en dépit de l'assurance des festins à venir, elle n'avait pu s'empêcher de cacher quelques petits pains sous ses couvertures. Elle ne parvenait pas à oublier l'époque où elle ignorait de quoi serait fait le lendemain. Ce souvenir creusait dans son estomac un trou qui, pensait-elle, ne serait jamais tout à fait comblé.

Ayant demandé des nouvelles de Kendall, elle avait appris qu'il était sorti et devait rentrer sous peu. Molly n'en savait pas plus et Alexandra n'avait pas insisté. Elle se disait qu'il allait sûrement venir s'enquérir de sa santé. Puis, les heures passant sans qu'il se manifeste, elle avait décidé de s'en moquer totalement.

La façon dont il occupait son temps ne la concernait pas plus qu'elle ne l'intéressait.

Elle éprouva néanmoins un certain soulagement le lendemain matin lorsqu'on l'informa que lord Kendall avait demandé qu'elle le rejoigne dans le salon, à 9 heures précises. Bien que cela ressemblât fortement à l'ordre d'un commandant à son soldat, Alexandra se sentait prête à l'affronter – jusqu'à ce qu'elle ouvre l'armoire et se retrouve face à ses habits masculins.

Seigneur, cela allait lui prendre un temps fou de se bander la poitrine et de mettre en place le rembourrage censé lui épaissir la taille. Et sans Gus pour lui nouer sa cravate…

Elle se figea. *Gus*.

Ce pauvre cher Gus.

Elle s'assit sur le lit. Kendall avait dit qu'ils passeraient chez elle prendre quelques affaires. Et là-bas, il y aurait… Gus.

Tiendrait-il seulement debout ? C'était peu probable. Depuis la mort de Meg, il ne lâchait plus son litron. Un flot de souvenirs douloureux l'envahit à la pensée de sa nounou chérie qui l'avait élevée. Chère Meg, que sa tante avait renvoyée sans autre forme de procès quand son oncle avait hérité du domaine de ses parents. C'était chez elle que la jeune femme avait couru se réfugier lorsque toutes les autres portes s'étaient fermées devant elle.

Des mois avaient passé depuis que la grippe avait emporté Meg. Si le chagrin d'Alexandra était encore à vif, Gus, le mari de Meg, avait été tout simplement anéanti. Vétéran de la guerre, il avait supporté avec stoïcisme la blessure à la jambe qui l'avait rendu invalide, ainsi que la vente des chevaux du père d'Alexandra. Mais la mort de sa femme l'avait brisé. Bien entendu, il ne trouvait pas de travail et, la plupart du temps, il ne parvenait qu'à se traîner jusqu'à la taverne la plus proche.

Au moins, abruti par l'alcool, Gus ne s'inquiéterait pas de la disparition d'Alexandra. Et peut-être avait-il échoué chez un de ses amis, un autre de ces vétérans qui hantaient les mêmes estaminets.

Ignorant l'aiguillon de la culpabilité, Alexandra se releva. Il était temps de s'habiller, de partir et d'aller de l'avant. Son avenir était entre les mains de cet homme énigmatique à qui elle avait eu la drôle idée de s'allier. Mais il lui semblait moins sombre maintenant qu'elle avait certaines perspectives financières. Encore fallait-il qu'elle apprenne à tenir son sale caractère en bride, comme le lui avait dit et répété son père. Il est vrai qu'elle avait toujours eu beaucoup de mal à lui obéir. Mais, en toute objectivité, ses conseils n'étaient guère avisés la plupart du temps.

Elle devait tirer son épingle du jeu, et peut-être la chance serait-elle de son côté cette fois-ci.

Avec l'aide de Molly, elle parvint à enfiler son déguisement masculin, excepté la cravate. Elles eurent beau essayer l'une et l'autre, aucune n'obtint le résultat élégant escompté. Alexandra finit par laisser le tissu pendre autour de son cou et décida qu'elle s'en occuperait plus tard.

Tandis qu'elle longeait le couloir, elle étudia son environnement. Une maison était le reflet de son propriétaire, et elle cherchait des signes distinctifs, des clés qui lui permettaient de mieux connaître l'homme.

À l'extrémité, la lumière qui entrait par la fenêtre éclairait le tapis oriental. Sur une console se dressait la statue d'une beauté grecque drapée d'une toge. La maison était élégante et cossue, sans luxe ostentatoire.

Au moment de descendre l'escalier de marbre, sans trop savoir pourquoi, Alexandra se retourna. Telle la femme de Lot, elle le regretta aussitôt en se retrouvant face à un immense tableau suspendu au mur. Un portrait de femme. Sans aucun doute cette fameuse maîtresse dont Kendall lui avait parlé.

Kristen. Oui, qui d'autre ?

C'était scandaleux d'exposer ainsi son amante aux yeux de tous, mais cela ne l'étonnait pas vraiment de la part de Kendall.

La femme était superbe avec ses épais cheveux auburn qui cascadaient sur ses épaules nues et ses yeux ambrés à l'éclat vif et chaleureux. Son sourire de madone semblait se moquer d'Alexandra. Sa peau, qui paraissait aussi douce et pure que l'albâtre, était mise en valeur par le vert émeraude de sa robe et le rang de perles qui ornait son cou de cygne.

Elle était belle, oui. Et les paroles de Kendall tournaient dans la tête d'Alexandra. *Elle m'aime.*

Soudain oppressée, Alexandra se détourna de la femme du tableau et de son sourire malicieux. Elle pressa le pas pour rattraper Molly. Mais, dans un coin de son esprit, elle ne put s'empêcher de se demander si Kendall était amoureux, lui aussi... avant de tordre bien vite le cou à cette pensée.

Pour ce qu'elle en avait à faire !

Comme elle atteignait le rez-de-chaussée, elle vit Kendall sortir d'une pièce sur la droite. Il était élégamment vêtu d'un pantalon à rayures noires et grises et d'une veste noire qui soulignait sa carrure. À sa vue, il s'immobilisa, tira une montre en or de sa poche et fronça les sourcils.

— Vous avez vingt minutes de retard et... vous n'êtes même pas prête, acheva-t-il en arrêtant le regard sur la cravate qui pendouillait autour de son cou.

Il referma sa montre dans un claquement sec, la rempocha et fixa Alexandra d'un air impatient.

La main posée sur la rampe, elle s'immobilisa avant d'atteindre le rez-de-chaussée, ravie de pouvoir le regarder de haut.

— Toutes mes excuses, rétorqua-t-elle. Si j'avais su que mon habillage était chronométré, je vous aurais envoyé Molly pour vous prévenir que j'avais besoin de plus de temps.

— Approchez.

Voyant qu'elle ne bougeait pas, il s'avança et saisit les extrémités de la cravate.

— Que faites-vous ? s'exclama-t-elle en lui agrippant spontanément les poignets.

— Je noue votre cravate.

Sans attendre, il joignit le geste à la parole.

Alexandra détourna la tête, au comble de l'humiliation. Les doigts de Kendall étaient chauds contre son cou nu et semblaient lui brûler la peau. Agiles, ils formèrent un nœud complexe et impeccable en deux temps, trois mouvements.

L'odeur de son eau de Cologne flotta jusqu'aux narines d'Alexandra. Ses joues commencèrent à lui cuire et son souffle se fit erratique. Une fois de plus, cet homme était beaucoup trop près.

Le débauché qu'il était ne devait pas se soucier outre mesure de cette proximité, mais peu importait, Alexandra s'en souciait pour deux. La bienséance interdisait qu'un homme et une femme soient aussi proches physiquement, sauf quand ils dansaient, alors que dire s'il *l'habillait* ? Elle n'osait imaginer quelle frontière ils venaient de franchir.

Il fallait mettre un terme à cette familiarité déplacée. Elle avait accepté de l'aider, rien de plus. Elle pensait avoir été claire en lui signifiant qu'elle ne serait pas sa maîtresse. Il devait avoir la mémoire courte, ou bien il avait l'habitude que les femmes tombent à ses pieds.

Certes, il possédait un charme indéniable. Vus de près, ses cheveux brun foncé semblaient aussi doux que... Elle cilla. Ses pensées s'égaraient. Elle n'arrivait pas à réfléchir correctement quand il se tenait aussi près.

Du bout des doigts, il lui souleva le menton. Debout sur la première marche, elle avait les yeux à peu près au même niveau que les siens. Son regard croisa les prunelles grises, aussi sombres qu'un ciel d'orage, et elle retint son souffle.

— Je n'aime pas attendre, dit-il. Souvenez-vous-en la prochaine fois.

Pour qui diable se prenait-il ? Elle repoussa sa main.

— La prochaine fois, demandez-moi au lieu de me donner un ordre. Vous n'êtes plus dans l'armée, et je ne suis pas l'un de vos soldats dociles.

Il étrécit les yeux, et elle eut du mal à demeurer droite comme un I sous son regard scrutateur.

Au bout d'un moment, il recula.

— Vous avez raison, une fois de plus. Et vous n'êtes certainement pas docile. Dommage.

Son regard glissa sur elle, s'attarda sur son pantalon, puis remonta jusqu'à son visage tandis qu'un sourire canaille lui incurvait les lèvres, il ajouta :

— Mais je pourrais vous apprendre la docilité. Enfin, quand nous nous connaîtrons mieux, peut-être. Il est temps d'y aller, nous sommes en retard, enchaîna-t-il en pivotant vers la porte.

Alexandra le suivit du regard, excédée par son arrogance. Cet homme ne doutait de rien et avait décidément beaucoup de défauts. Ce qui était d'autant plus ennuyeux qu'ils allaient devoir coopérer.

— Alors, vous venez ? lança-t-il par-dessus son épaule, avant d'ajouter : Oh pardon, c'était un ordre ? Auriez-vous, s'il vous plaît, la bonté de me rejoindre ?

Un éclat espiègle dans les yeux, il s'inclina et lui fit signe de le précéder.

Tête haute, elle le dépassa. Être habillée en homme avait ses avantages. On n'avait pas besoin d'attendre qu'on vous ouvre la porte. Elle sortit et, avec une profonde satisfaction, claqua le battant derrière elle.

Sur le perron, elle sortit ses gants de sa poche et les enfila. Arrogant, insolent, insupportable. Elle ne savait lequel de ces défauts supplantait les autres, mais elle trouvait que la liste commençait à s'allonger de manière inquiétante.

Garrett fixait la porte qu'elle venait de lui refermer au nez.

Bon sang, cette fille aurait été utile à Balaklava ! Quand Cardigan avait ordonné la charge de la brigade légère dans la Vallée de la Mort, Mlle Daniels aurait refusé tout net d'obéir à cet ordre suicidaire et envoyé cet âne bâté au diable.

Quand on songeait à toutes les vies qui auraient pu être sauvées…

Plus de six cent soixante hommes avaient chevauché dans cette vallée. Après la bataille, il n'en restait plus que cent quatre-vingt-quinze debout. Garrett n'en faisait pas partie.

Machinalement, il frotta la cicatrice sur son flanc, souvenir de la blessure qui avait failli le tuer. Puis il secoua la tête. Oui, il admirait cette femme. Vraiment.

Qui diantre était-elle ?

Il avait besoin d'en savoir plus sur son compte. Cela devenait un impératif. Un peu plus tôt, elle avait dit qu'elle avait refusé de se laisser mourir de faim. Qu'est-ce qui l'avait empêchée de se tourner vers les solutions qui existaient pour qu'une femme respectable gagne sa vie ? Il suspectait quelque sombre histoire. Elle fuyait quelque chose ou quelqu'un. Pas la loi, ni un époux, elle avait été catégorique sur ce point, et son indignation avait paru sincère. Non, il fallait chercher la raison ailleurs.

Alors ?

Un amant délaissé ? Sa famille ? Aucune de ces éventualités ne lui paraissait plausible. En tout cas elle avait décrété ne pas faire partie de la catégorie des maîtresses. Dommage. La vision de ses yeux bleus lançant des éclairs et de ses cheveux blonds, à présent cachés sous cette perruque brune ridicule, le titilla. Il se souvint de la façon dont elle s'était empourprée lorsqu'il avait évoqué Kit. En dépit de sa vaillance, elle était prude. Innocente.

Garrett n'avait pas l'habitude des jeunes filles en fleur. Frayer avec elles menait tout droit au mariage, et il n'avait pas l'intention de s'égarer de ce côté-là. Mais cette révélation au sujet de Mlle Daniels lui confirmait un autre point : elle venait d'une bonne famille.

Sa manière de s'exprimer, son maintien, sa beauté classique en attestaient. Elle avait reçu une bonne éducation et savait se comporter en société. D'où ses réticences à enfreindre les règles de la bienséance. Elle le faisait, certes, mais seulement pour survivre.

Certains risques valent la peine d'être pris.

Oui, Mlle Daniels aurait fait un bon soldat. Non qu'il regrettât qu'elle ne fasse pas partie de l'armée. Il se remémora le contact satiné de sa peau, la ligne gracieuse de son cou, sa respiration hachée lorsqu'il avait noué sa cravate. Non, il ne regrettait rien. Mlle Daniels était là où il la voulait. Près de lui.

Il ne lui restait plus qu'à découvrir sa véritable identité.

Il sortit à son tour, l'aperçut plantée devant la voiture stationnée dans l'allée, les yeux rivés sur la portière qui arborait le blason des Warren, son écu vert émeraude et ses trois lions d'or.

— Qu'y a-t-il, mademoiselle Daniels ?

— À qui appartient cette voiture ? demanda-t-elle sans tourner la tête.

— Au comte de Warren. Comme vous le savez, la mienne a besoin de quelques réparations. Celle-ci est plus sûre, il n'y a pas de cible dessinée dessus. N'êtes-vous pas d'accord ?

— Si, si, bien sûr, murmura-t-elle.

Il lui prit le bras et elle se laissa entraîner à contrecœur. Havers vint leur ouvrir la portière et arrondit les yeux à la vue de la main de son patron sur le coude de *M.* Daniels. Garrett laissa vivement retomber sa main. Hum. Il allait devoir mettre Havers dans le secret, mais le moment était mal choisi.

— Havers, il faudra tout d'abord nous conduire à… ?

Il laissa sa phrase en suspens et se tourna vers la jeune femme :

— Oh... Chelsea, répondit-elle, l'air ailleurs.

Situé à l'ouest de Londres, le quartier de Chelsea n'était pas une adresse élégante. Garrett connaissait l'endroit à cause de l'hôpital qui offrait des lits aux vétérans trop âgés pour trouver du travail ou sans famille pour les accueillir.

Il n'arrivait pas à imaginer Mlle Daniels dans un tel environnement.

Havers grimpa sur le siège du cocher sans attendre pour refermer la portière. Garrett s'en chargeait toujours lui-même. Il détestait les égards réservés aux privilégiés qui lui donnaient davantage l'impression d'être un invalide qu'un gentleman.

Sans réfléchir, il saisit Mlle Daniels par la taille et la souleva. Elle poussa un cri étouffé et, les joues écarlates, se réfugia à l'autre bout de la banquette en murmurant un remerciement.

Il se souvint de l'avoir fait monter *manu militari* la première fois et de lui avoir appliqué une main sur les fesses. Dommage, s'il avait su à l'époque, il aurait savouré l'instant.

Il s'installa à son tour. Mlle Daniels avait spontanément pris place dans le sens de la marche, comme l'aurait fait n'importe quelle dame. Garrett détestait voyager en sens inverse de la marche. Avec un regard qui la mettait au défi de protester, il s'assit à côté d'elle.

Elle haussa les sourcils, mais tourna la tête vers la fenêtre sans faire de commentaire. Elle avait l'esprit pratique, ce qui était assurément une qualité. Du poing, il cogna contre la cloison de bois pour indiquer qu'ils pouvaient partir.

La voiture s'ébranla. Pendant quelques minutes, ils roulèrent dans un silence seulement troublé par le crissement des roues sur les pavés. Garrett étudiait le profil de la jeune femme qui se mordillait la lèvre. À quoi pensait-elle ?

Il n'eut pas à attendre longtemps pour le savoir.

— On m'a raconté une histoire au sujet du comte de Warren.

— Une seule ? feignit-il de s'étonner. Comme c'est décevant ! Il circule une multitude d'anecdotes croustillantes à son sujet. Voyons, laissez-moi deviner…

Il passa rapidement en vue les aventures les plus célèbres et risquées qu'il avait partagées avec Brandon. La plupart étaient trop graveleuses pour que quiconque se soit risqué à les raconter à une innocente jeune fille.

— Le Market Theatre ?

À la façon dont elle s'empourpra, il comprit qu'il avait vu juste.

— C'est une de celles qui a fait le plus parler. Qu'avez-vous entendu ? Que le comte et l'un de ses amis avaient acheté ce théâtre pour l'actrice Lily Blake, afin qu'elle puisse être la vedette de toutes les futures pièces ? Qu'elle était…

— La maîtresse de *deux* comtes ! acheva-t-elle. Il paraît que l'ami de Warren est un débauché notoire qui collectionne les femmes et s'en débarrasse au même rythme que Beau Brummell changeait de cravate. Cet ami est connu pour suborner d'innocentes jeunes filles, et toutes les femmes savent qu'elles risquent leur réputation en sa présence.

Le regard planté dans le sien, elle semblait le mettre au défi de réfuter ses dires.

Il porta la main à sa bouche, toussota pour masquer sa surprise.

— Pardonnez-moi, mais, euh... je n'étais pas au fait de cette partie de l'histoire.

— Vraiment ? Et quelle version avez-vous entendue ?

— Lily Blake aurait été la maîtresse de Warren.

Suborner d'innocentes jeunes filles ? Diantre. Garrett s'était toujours éperdument moqué des rumeurs qui circulaient sur son compte, mais Mlle Daniels le dévisageait toujours et, apparemment, elle n'avait pas épuisé le sujet.

— Warren et son ami ont acheté ce théâtre pour Lily Blake, et chaque soir ils escortaient dans leurs loges respectives une femme différente pour assister à la représentation.

Elle semblait enchantée de partager cette information. Un éclat étrange éclairait ses yeux bleus. Garrett jugea plus prudent de détourner la conversation de sa personne :

— Avez-vous vu Lily Blake sur scène ? Aucune comédienne ne lui arrive à la cheville. Son interprétation de Juliette a arraché des larmes aux spectatrices, dit-on.

— Pensez-vous qu'elles pleuraient à cause du talent de Mlle Blake ou de la façon scandaleuse dont les hommes se comportaient avec elle ?

— Eh bien, tout dépend de ce que ces femmes pensent des ragots.

— On dit en général qu'il n'y a pas de fumée sans feu.

— La plupart des rumeurs partent de faits réels, je vous le concède. Puis les commères se chargent de les déformer. Les langues se déchaînent et chacun veut ajouter son écot à l'affaire, histoire de se donner de l'importance. Du coup la moindre anecdote se transforme en scandale, à coup d'insinuations et d'outrances.

Elle sourit.

— Je ne vous imaginais pas philosophe.

Ce commentaire et son sourire le désarmèrent. C'était la première fois qu'elle lui souriait et une sorte de déclic se produisit chez lui, un relâchement d'une tension dont il n'avait même pas eu conscience.

— Cela m'arrive à mes moments perdus.

Elle avait des yeux magnifiques, limpides, d'un bleu lumineux, frangés de longs cils sombres. Lorsqu'elle se déridait, ils brillaient comme deux lunes aux reflets argentés.

Seigneur ! Non content de pontifier sur la propagation des ragots comme un vieux cuistre ridicule, voilà qu'il donnait dans la métaphore d'un lyrisme échevelé. Que lui arrivait-il ? Elle était en train d'abattre ses défenses, de briser la carapace qu'il s'était forgée dans sa jeunesse et avait renforcée à la guerre. Et il n'aimait pas du tout cela !

Quand on baissait sa garde, on était vulnérable.

Il aurait dû changer de place, s'asseoir en face d'elle, établir entre eux une distance de sécurité avant de se mettre à déclamer des poèmes calamiteux sur la beauté de sa bouche purpurine. Ce serait une catastrophe, car il n'avait jamais été doué pour les compliments. En outre, elle le prenait pour un don Juan invétéré. « Un suborneur d'innocentes jeunes filles. »

— Connaissez-vous l'ami de Warren ? s'enquit-elle.

Il s'apprêtait à répondre quand il repéra la lueur malicieuse dans ses yeux. Il cilla. Bon sang, elle était douée ! Secouant la tête, il sourit.

— Presque aussi bien que vous.

— Oh, j'en doute fort !

Et elle éclata de rire. Un rire frais, vibrant, joyeux, qui tinta à ses oreilles tel le ruissellement d'une eau pure. Ses traits s'adoucirent et, l'espace d'un instant, elle parut insouciante et gaie, ravie de sa plaisanterie. Il se rendit compte alors à quel point elle s'était surveillée jusqu'alors. Comme lui, elle était sans cesse sur ses gardes.

Ils formaient une belle paire.

Pourquoi était-elle d'un naturel si méfiant ? Ou plutôt qu'est-ce qui l'avait rendue ainsi ?

Qui était-elle, bon sang ?

— Comment l'avez-vous appris ? demanda-t-il.

— J'avais oublié cette histoire, elle m'est revenue lorsque j'ai vu la voiture du comte de Warren. J'ai reconnu les trois lions sur ses armoiries. Et je me suis souvenue qu'on disait qu'il ne se séparait jamais de son alter ego fauteur de troubles, le comte de Kendall.

— Le tristement célèbre suborneur d'innocentes ? Qui risquent la ruine morale rien qu'en l'approchant ?

— On raconte aussi qu'elles s'évanouissent à vos pieds, terrassées par votre charme. J'ai hésité, mais j'ai préféré parler de vos vices.

— Décision difficile, j'imagine.

— Oui, en effet.

Ses yeux pétillaient toujours. Elle se carra contre le dossier de la banquette.

— Alors dites-moi, qu'y a-t-il de vrai dans l'histoire du Market Theatre ?

— Nous avons effectivement acheté ce théâtre pour Mlle Blake, parce que Brandon est un amateur de théâtre et un mécène généreux, et il m'a proposé de m'associer à cette entreprise lucrative.

Il s'était exprimé avec tout le sérieux requis, mais il la vit arquer les sourcils en attendant la suite. On ne la roulait pas dans la farine si aisément.

Avec un haussement d'épaules, il capitula :

— Brandon avait bu un coup de trop, il jouait aux cartes et il a promis par écrit d'acheter le théâtre, de le rénover du sol au plafond et de confier tous les rôles principaux à Mlle Blake. Et il a mis nos deux noms sur le document.

— Qui a bien pu exiger cela de lui ?

— Le cousin de Lily, une espèce de grande brute à qui il ne vaut mieux pas se frotter. Une fois le papier signé, il n'était pas question de se dédire. Il nous aurait éliminés sans remords.

— Non ? s'écria-t-elle, les yeux écarquillés.

Elle était ravissante, adorable... et aussi crédule que lui.

— Non, confirma-t-il.

Elle éclata de rire.

— Bien joué !

À cet instant, la voiture roula sur une bosse et elle fut projetée contre lui. Il eut le temps de sentir la douce pression de sa cuisse contre la sienne, avant qu'elle se redresse. Un flot de chaleur se déploya dans une certaine partie de son corps qu'il avait crue en sommeil et qu'il n'avait nulle envie de voir se réveiller dans un endroit aussi confiné.

Il toussota.

— Ce cousin est un vieil ami de Brandon, cela faisait des années qu'il l'incitait à investir dans ce théâtre. Brandon aurait fini par mettre la main au porte-monnaie, mais la partie de cartes qu'il a perdue a été le facteur déclenchant. Et nous avons tous été gagnants dans l'affaire, car l'investissement s'est révélé plus que rentable. Lily Blake fait vraiment verser des torrents de larmes dans le rôle de Juliette.

— C'est ce que j'ai entendu dire, milord.

— J'apprécie votre sens de l'humour. Et puisque nous sommes appelés à mieux nous connaître et à œuvrer de concert, pourquoi ne pas m'appeler Garrett, tout simplement ?

— Garrett ? répéta-t-elle.

— Oui, c'est mon prénom. Garrett Sinclair. Maintenant que ce point est éclairci, à votre tour, mademoiselle Daniels. Il est temps de faire les présentations en bonne et due forme, vous ne croyez pas ?

Elle parut méditer ces paroles quelques instants, puis répondit :

— Je m'appelle Alexandra, mais il arrive qu'on m'appelle Alex.

Il n'était à peine plus avancé, car Richmond la lui avait présentée comme « Alex Daniels » chez Hammond. *Alexandra.* Il en aimait la sonorité. C'était le prénom d'une impératrice, volontaire, avisée.

Il n'insista pas pour tenter de lui arracher son nom de famille.

Il possédait maintenant la première pièce du puzzle, et bientôt, il avait confiance, les autres finiraient par s'assembler.

Il y veillerait.

8

La voiture s'immobilisa. Alexandra se déplaça à l'extrémité de la banquette pour jeter un coup d'œil dehors. La voyant se mordiller la lèvre, Garrett se demanda ce qui la tracassait. Ou peut-être *qui* ? Inquiet à l'idée que ce puisse être un homme, il demanda :

— Quelqu'un se sera inquiété de votre absence ?

Il préférait faire preuve de tact plutôt que de lui demander tout de go si elle vivait avec quelqu'un. À son regard amusé, il comprit qu'elle n'était pas dupe. Il est vrai qu'il avait rarement des raisons d'être subtil. Avec ses hommes, un ordre direct, parfois souligné d'un bon coup de pied dans le derrière, était encore ce qui fonctionnait le mieux.

— C'est possible, admit-elle. C'est donc une bonne chose que je rentre indemne. Mon… oncle Gus est un vétéran de la guerre de Crimée. C'était un excellent soldat, qui veille jalousement sur moi. Vous feriez bien de ne pas l'oublier.

Elle lui adressa un grand sourire avant de se détourner.

Cette mise en garde déconcerta Garrett. Ici non plus, pas de circonvolutions diplomatiques. Alexandra allait droit au but. Il se pencha pour saisir la poignée de la porte avant qu'elle en ait le temps.

— Permettez-moi. Je ne voudrais pas que votre... *oncle* ait d'entrée de jeu une mauvaise image de moi.

Son hésitation avant qu'elle prononce le nom de son prétendu parent ne lui avait pas échappé. Si ce Gus était son oncle, Havers était le sien.

Il descendit de voiture, se tourna pour l'aider et, sans chichis, la souleva pour la déposer sur le sol. Ses mains s'attardèrent un instant tandis qu'il lui souriait. Elle était petite, et si menue que ses deux mains auraient presque fait le tour de sa taille. Dommage qu'ils aient dû quitter le domicile de Brandon. Il aurait aimé la laisser là-bas et la confier aux bons soins de Molly qui l'aurait remplumée en quelques semaines. Cela dit, il serait toujours temps de le faire. Il avait pensé à envoyer Ned en éclaireur afin d'engager une cuisinière et des aides.

Un toussotement rocailleux l'arracha à ses pensées. Il s'écarta d'Alexandra sous l'œil perplexe de Havers. Bon sang, il devait vraiment trouver le temps d'expliquer à son valet qu'Alexandra n'était pas un homme. Rien n'échappait à Havers, et cette qualité si précieuse en temps de guerre était à présent un sacré inconvénient.

Havers se tenait près des chevaux de tête, les bras croisés sur son torse impressionnant. Son regard insondable passait de Garrett à Alexandra. Tout à coup il plissa les paupières, les yeux fixés sur le fin visage de la jeune femme, qu'il voyait pour la première fois au grand jour. Sa bouche pincée se détendit et son regard croisa celui de Garrett. Il hocha brièvement la tête avant de remonter sur le siège du cocher.

— Allons-y, déclara Garrett. Votre oncle doit se ronger les sangs à votre sujet.

— Il ne sera peut-être pas là, prévint-elle.

Ils se trouvaient devant une rangée de maisons mitoyennes, toutes semblables. Garrett observa la façade. Le bâtiment était à peine mieux entretenu que la plupart des taudis de l'East End. Les réverbères étaient rares, les carreaux du premier étage, cassés, et une odeur nauséabonde montait du sol boueux où les détritus s'accumulaient. Ce n'était pas la misère, mais on n'en était pas loin.

Garrett prit Alexandra par le coude pour l'escorter jusqu'à la porte.

— Parfois, le travail de Gus l'empêche de rentrer pendant plusieurs jours, précisa-t-elle encore.

— Et quel travail fait-il ?

Elle venait de sortir une clé de la poche de sa veste. Au lieu de répondre à sa question, elle se battit un moment avec la serrure, jusqu'à ce qu'il se décide à intervenir. Ayant réglé le problème, il s'inclina.

— Après vous.

Elle entra, s'arrêta devant une volée de marches.

— C'est au troisième.

Il la précéda dans l'escalier, comme l'exigeait l'étiquette. Il n'était pas convenable qu'un homme fixe le postérieur d'une dame tandis qu'elle gravissait les marches. Ce qui était fort dommage, car avec ce pantalon qui lui moulait les fesses, il aurait certainement apprécié le spectacle.

— Gus était palefrenier en chef, mais depuis qu'il est rentré de Crimée, il a du mal à trouver un emploi à plein temps.

Garrett savait que les hommes qui n'étaient pas soldats de métier découvraient souvent, à leur retour de guerre, qu'un autre avait pris leur place. Et s'ils avaient le malheur d'être invalides, ils étaient condamnés au chômage. Cela le révoltait.

Alexandra le rattrapa au palier supérieur et se dirigea vers une porte au bout du couloir. Elle sortit une deuxième clé et, cette fois, réussit à ouvrir la porte sans peine. Elle parut hésiter à entrer, puis se tourna soudain et chuchota :

— Il ne faut pas faire de bruit. Quand Gus est à la maison, il se couche très tard et dort souvent jusqu'à midi.

Il la dévisagea, conscient qu'elle était tendue et lui cachait manifestement quelque chose.

— Entendu, se borna-t-il à répondre.

Ils pénétrèrent dans l'appartement, et il jeta un regard circulaire. Les vitres étaient recouvertes de cette pellicule de suie et de poussière qui tapissait toute la ville. Un tapis usé jusqu'à la trame recouvrait le plancher. Contre le mur du fond, il y avait un petit sofa fatigué, ainsi qu'une table au plateau taché. Une reproduction aux couleurs passées d'un cottage était accrochée au mur. La pièce, pauvrement meublée et quasi dépourvue d'effets personnels, était propre, quoique vide. Garrett comprit qu'il ne trouverait pas de réponses là.

Alexandra poussa un petit cri étouffé qui attira son attention. Elle était entrée dans la cuisine. Garrett la rejoignit et la trouva agenouillée près du corps d'un homme étendu de tout son long sur le dos, à côté d'une cuisinière à bois.

Le fameux Gus. Ce soldat si protecteur.

Garrett vit que la large poitrine de l'homme se soulevait. Il remarqua également la bouteille abandonnée dans un coin, et la jambe coupée au niveau du genou. Son cœur se serra. Il n'avait été que trop souvent témoin de ce genre de scènes. Bon sang, il les avait vécues !

Il se baissa, glissa le bras sous les épaules de Gus pour le redresser en position assise, et l'adossa au mur. Un ronflement sonore échappa à ce dernier et Garrett faillit suffoquer en recevant en pleine figure son haleine fétide au relent de mauvais gin. Le poison du pauvre.

— Il… il a dû s'endormir là sans pouvoir rejoindre la chambre, murmura Alexandra d'un air gêné.

— Allez donc chercher vos affaires, je vais le mettre au lit.

— Oh non ! C'est moi qui…

— Ne vous inquiétez pas, coupa-t-il, puis, comme Gus émettait un autre ronflement : Vous voyez, il est d'accord. N'oubliez pas qu'avant de rejoindre les rangs de ces imbéciles hautains chez le duc de Hammond j'ai fait la guerre en Crimée. Et je vous promets que Gus n'est pas le premier soldat que j'aide à regagner son lit.

Elle hocha la tête, repoussa une mèche de cheveux sur le front de Gus, avant de se relever.

— Sa chambre est là, dit-elle en indiquant une pièce juste à côté de la cuisine.

Garrett attendit qu'elle soit sortie pour ôter sa veste et se retrousser les manches. La chambre de Gus était une pièce aveugle, et il dut laisser la porte ouverte pour pouvoir se mouvoir à l'intérieur. Le temps que ses yeux s'accoutument à la faible luminosité, il discerna un lit sommaire, une table de chevet, une commode et une chaise. Un pilon de bois traînait dans un coin, une paire de béquilles gisait sur le plancher jonché de vêtements. Les tiroirs de la commode étaient ouverts, le lit défait.

Garrett retourna chercher Gus, glissa le bras sous l'un des siens et le hissa sur son dos. Gueule de bois ou pas, celui-ci allait devoir se réveiller pour lui donner les réponses qu'il attendait. Il le transporta jusque dans la chambre, le laissa tomber sur le lit.

Puis, après avoir été récupérer un seau d'eau froide dans la cuisine, il revint et, saisissant Gus par la nuque, lui plongea la tête dedans.

— Eh ! Qu'est-ce que...

Arraché à sa torpeur avinée, le visage dégoulinant d'eau, Gus se débattit comme un beau diable.

— Voilà qui devrait vous réveiller, rétorqua Garrett, avant de réitérer son geste.

Cette fois, il lui maintint la tête dans l'eau un peu plus longtemps.

— Et ça, c'est pour vous rincer la bouche.

Toussant, crachant, trempé, Gus voulut lui décocher un coup de poing que Garrett bloqua sans mal. Les yeux injectés de sang, l'homme retomba sur le matelas en débitant une bordée de jurons.

— Espèce de sale fils de p...

La voix anxieuse d'Alexandra retentit depuis le seuil.

— Mon Dieu, mais qu'est-ce que vous faites ?

La main sur la bouche, elle affichait une expression horrifiée. Garrett rappela Gus à l'ordre.

— Un peu de tenue, soldat. Surveillez votre langage en présence d'une dame.

Gus le fusilla du regard sans cesser de tousser. Il avait le teint jaunâtre.

— Avez-vous fait votre malle ? demanda Garrett à Alexandra. Dépêchez-vous, je me charge de votre oncle.

— Mais... vous allez lui faire mal ! protesta-t-elle en avançant d'un pas.

— Sûrement pas. Croyez-moi, cette séance est plus pénible pour vous que pour lui.

Elle hésita, les yeux embués, et se décida finalement à obtempérer.

— Vous n'allez pas me laisser avec ce cinglé ? s'égosilla Gus.

— Pour vous, ce sera capitaine Sinclair, le reprit rudement Garrett. Désolé, mon vieux, mais en cas de pénurie de café, cette technique est la plus rapide pour dessaouler. Ça marche très bien pour la plupart de mes hommes. Et pour moi.

Gus passa sa main charnue sur son visage et rejeta ses cheveux hirsutes en arrière, avant de jauger Garrett du regard. Ses petits yeux noirs glissèrent sur la cravate aux plis soignés et la chemise de lin impeccable. Son expression devint franchement suspicieuse.

— Cavalerie, 17e régiment de lanciers, lâcha Garrett en soutenant son regard.

— Bonté divine ! souffla Gus.

— Et vous ? s'enquit Garrett en désignant son moignon.

— Infanterie. J'ai combattu au côté des Turcs à l'Alma. Ma jambe n'a pas eu de chance, grâce à un ami qui s'est débrouillé comme un manche pour recharger son fusil.

— La déveine, c'est bien la seule chose qui ne manquait pas là-bas, commenta Garrett, qui ajouta après un silence : On m'a dit que vous vous occupiez de chevaux.

— C'est ce que je faisais, oui, acquiesça Gus, sur la défensive. Enfin, c'est mon métier.

— J'ai revendu ma charge d'officier. Je ne suis plus capitaine, je suis lord Kendall et je fais rénover les écuries d'une de mes propriétés. Vous vous y connaissez en pur-sang ?

Gus émit un ricanement désabusé.

— Autant que beaucoup et mieux que la plupart.

— Parfait. Vous êtes engagé.

Gus sursauta, étrécit les yeux.

— Quoi ? Comme ça, sans références ? J'ai perdu ma patte, pas ma tête. Qu'est-ce que vous voulez ? Et qu'est-ce que vous voulez à Alexandra ? ajouta-t-il d'un air belliqueux en serrant ses gros poings.

— Vous êtes un malin. Vous ferez l'affaire.

Garrett alla chercher une chemise à peu près propre dans la commode. Il la lança à Gus qui réussit à l'attraper au vol. Garrett referma le tiroir avant de se tourner vers le lit, les bras croisés.

— *Alexandra* va très bien, déclara-t-il en insistant sur le prénom pour que Gus sache qu'il n'avait pas été abusé par son déguisement. Comme vous venez de le constater. Nous nous sommes rencontrés dans le salon de jeu du duc de Hammond. La prochaine fois, inquiétez-vous d'elle *avant* de la laisser partir. Après, c'est trop tard.

Gus détourna les yeux, mal à l'aise. Garrett enchaîna :

— De toute évidence, elle a décidé de prendre son destin en main alors laissons-la en dehors de tout cela. Nous parlions de vous, ou plutôt de votre futur emploi. J'ai des références puisque Alexandra m'a loué vos compétences professionnelles. J'ai besoin d'un palefrenier en chef et vous avez besoin d'un travail. Depuis quand êtes-vous… au chômage ?

— J'ai travaillé pendant vingt ans dans les écuries du vicomte Langdon, dans l'Essex. Et j'y serais encore s'il n'avait pas vendu tous ses chevaux avant de mourir. Tous les employés sont partis quand son frère a hérité du titre et est venu s'établir sur le domaine.

Le regard dur, Gus ajouta :

— L'oncle de Mlle Alexandra nous a tous chassés. Il disait qu'il n'était pas sûr de notre loyauté. Moi, je crois plutôt qu'il ne voulait pas payer nos gages. Mais quand les écuries étaient pleines, nous avions les plus beaux chevaux qu'on puisse trouver, et je veillais sur eux comme sur la prunelle de mes yeux. Vous pouvez demander aux gens du coin, ils ne vous diront que du bien de mon boulot !

— Je ne manquerai pas de les interroger, murmura Garrett, masquant sa surprise.

Le vicomte de Langdon ? Alexandra était donc fille de vicomte ? Elle venait bel et bien d'une bonne famille, comme il l'avait subodoré.

Langdon. Lady Alexandra Langdon. Ce nom ne lui disait rien. Mais il n'avait pas fréquenté la haute société pendant plus de deux ans. Il faudrait demander à Brandon de se renseigner sur cette famille, qui semblait avoir connu des aléas.

Pourquoi avoir vidé les écuries ? Et si Alexandra avait un oncle, pourquoi avait-elle fui la demeure ancestrale ? Les réponses de Gus provoquaient en fait d'autres questions que Garrett n'osait formuler de peur d'éveiller ses soupçons. Et puis, il n'avait pas le temps. Alexandra allait revenir d'une minute à l'autre, et elle ne verrait pas d'un bon œil qu'il interroge son « oncle » Gus.

Celui-ci lissa d'une main sa crinière poivre et sel, et carra les épaules.

— Je connais mon métier, insista-t-il.

— J'espère bien. Laissez-moi une journée, le temps que j'adresse une lettre d'introduction à mon secrétaire. Il vous contactera pour vous dire en quoi consiste précisément cet emploi et vous accordera une avance sur salaire afin de couvrir vos frais de transport et autres. Il n'est pas question de boire sur votre lieu de travail. Ce que vous faites de votre temps libre vous regarde. Bien, quand peut-on compter sur vous ?

Stupéfait, Gus ouvrit la bouche, puis la referma. Il se racla la gorge, déglutit à plusieurs reprises avant de parvenir à articuler :

— Hier, mon capitaine.

— *Monsieur* suffira, dit Garrett en réprimant un sourire. Et présentez-vous d'ici une semaine.

— Bien, mon capitaine.

Garrett haussa un sourcil. L'homme était apparemment aussi obéissant qu'Alexandra. Rien d'étonnant. Il lui tendit la main. Gus la fixa si longtemps que Garrett finit par se demander s'il ne lui était pas poussé un sixième doigt durant la nuit. Enfin Gus se décida à la lui serrer. Il s'y agrippa comme un noyé à sa bouée de sauvetage. Une lueur nouvelle s'était allumée dans son regard, la flamme vacillante de l'espoir.

D'innombrables soldats avaient été blessés à la guerre, mais la perte d'un membre n'était pas la pire souffrance. La perte de leur dignité était bien plus grave. Un simple soldat était considéré comme un moins-que-rien et ne valait guère mieux qu'un repris de justice. En Crimée, la piétaille était vue par le commandement comme un rebut d'humanité, de la chair à canon soumise aux caprices et aux lubies des officiers de haut rang. La solde était maigre, et quand les hommes rentraient au pays, personne ne se souciait d'eux, qu'ils soient blessés ou mutilés.

Garrett savait bien qu'à lui seul il ne changerait pas des préjugés et des pratiques vieux de plusieurs siècles. Cependant, en tant que comte, il avait les moyens d'intervenir et disposait des ressources qui le lui permettaient. Et il avait des projets, qui nécessitaient l'embauche d'employés. Au souvenir du sermon que lui avait infligé son beau-père chez Brandon, il serra les dents. Il était d'autant plus résolu à mener cette entreprise à bien que son beau-père la voyait d'un très mauvais œil.

Durant ses deux années d'absence, ce dernier ne s'était pas préoccupé de l'entretien des domaines. Les fermiers avaient été livrés à eux-mêmes, on ne s'était pas soucié de collecter les loyers ni de payer les salaires, aussi nombre d'employés étaient-ils partis.

Quand il n'était pas ivre mort, Garrett avait passé son temps à aller d'une propriété à l'autre pour tenter de réparer les dégâts dus à la pingrerie de beau-père. Cette occupation avait été le seul lien, ô combien ténu, qui l'avait rattaché à la vie.

Il serra la main de Gus d'une pression amicale. Il ne pouvait pas sauver tous les vétérans ni leur rendre leur vie gâchée. Mais, sapristi, cela faisait du bien d'aider au moins l'un d'entre eux !

Les yeux embués de larmes, Alexandra se tenait sur le seuil de la chambre. Les deux hommes n'avaient même pas remarqué sa présence.

Son cœur s'était arrêté de battre quand elle avait entendu Kendall parler de lettre d'introduction. Seigneur, il venait de proposer un emploi à Gus !

Il ne le connaissait pas, et le peu qu'il savait de lui n'incitait guère à l'indulgence. Alexandra avait fait de son mieux pour le couvrir, mais le relent de gin qui flottait dans l'appartement suffisait à le trahir. La vue de Gus affalé sur le sol lui avait serré le cœur, elle qui gardait le souvenir de l'homme joyeux et énergique qu'il était.

C'était Gus qui lui avait appris à monter son premier poney ; Gus qui glissait dans sa poche des friandises à donner aux juments et la hissait sur ses épaules pour nourrir les chevaux. Ce n'était pas facile d'accepter la perte de cet homme-là quand elle avait déjà tant perdu elle-même. Elle aussi lui avait tourné le dos, parce qu'elle ne pouvait lui donner la seule chose dont il avait vraiment besoin : un travail, le moyen de gagner décemment sa vie.

Mais qui aurait voulu embaucher un unijambiste ?

Kendall.

Pourquoi était-il différent des autres ?

Et, plus important, qu'attendait-il en échange de ses largesses ?

Pourtant l'expression de Gus quand il lui avait serré la main donnait à réfléchir. Elle sentit quelque chose éclore dans sa poitrine, comme un bourgeon timide. De peur que ce soit son cœur – le traître – bêlant tel le proverbial agneau avant le sacrifice, elle posa la main sur son sein et recula d'un pas.

Elle n'était pas comme sa mère. Les gestes galants et les paroles charmeuses ne lui tourneraient pas la tête. Elle refusait de s'attacher à un gredin, joueur et coureur, capable de miser une fortune aux cartes, qui séduisait les jeunes femmes crédules, se battait en duel avec leurs maris, trompait son épouse…

Elle se raidit. Elle était en train de mélanger Kendall et son père. Kendall n'était même pas marié – du moins, pas encore. Mais il avait une maîtresse.

Elle ne put s'empêcher de repenser à la belle Kristen. « Elle m'aime », avait-il dit. Comme chaque fois qu'elle se remémorait cet instant, sa poitrine se contracta sous l'emprise d'une étrange émotion.

Elle se ressaisit. Grand bien lui fasse, à cette Kristen.

Kendall s'écarta de Gus et aperçut Alexandra sur le seuil. Il lui sourit et une seule pensée surnagea dans son cerveau.

Pourquoi fallait-il qu'il soit aussi séduisant ?

Il était en bras de chemise, manches retroussées. À la vue de ses avant-bras nus et de ses pectoraux puissants qui tendaient le tissu, elle se troubla de nouveau. Il était tellement différent de ces pauvres diables au corps décharné et mutilé à qui elle allait faire la lecture à l'hôpital de Chelsea, à l'époque où Gus était encore en convalescence. Il était tellement... athlétique. Un flot de chaleur la submergea.

Elle était peut-être innocente, mais cela ne voulait pas dire qu'elle ignorait tout des choses de la vie. Cet homme l'attirait. Il lui avait plu à l'instant où elle avait posé les yeux sur lui, chez le duc de Hammond. Et elle devait lutter de toutes ses forces contre cette attirance.

Dieu merci, elle avait la tête sur les épaules. C'était une chose que d'admettre ressentir un attrait physique pour un homme, c'en était une tout autre de se laisser guider par cet attrait. Ce qu'elle ne ferait pas.

Elle méritait mieux.

Dès qu'elle aurait rempli sa mission auprès de Kendall, elle pourrait se lancer dans ses propres projets – des projets qui lui permettraient de ne plus jamais dépendre d'un homme.

9

Bien plus tard, de nouveau installée dans la voiture du comte de Warren, Alexandra regardait défiler le paysage sans le voir. Comment se concentrer sur quoi que ce soit quand toutes ses pensées, tous ses sens, étaient centrés sur l'homme assis à ses côtés ? L'odeur de son eau de toilette, si masculine et subtile, flottait jusqu'à elle. Son cœur s'affolait à la vue de sa cuisse musclée à quelques centimètres de la sienne. Si elle l'avait osé, elle n'aurait eu qu'à tendre la main pour le toucher.

Sous prétexte qu'elle était habillée en homme, il avait le toupet de s'asseoir à côté d'elle. Il était trop proche. De temps en temps, un cahot la projetait contre lui bien malgré elle. Depuis qu'elle s'était avouée à elle-même cette attirance qu'elle éprouvait pour lui, sa proximité lui était pénible, inacceptable... et... elle n'aimait pas cela. Elle ajouta l'impudence à la liste croissante des défauts de Kendall.

Son irritation augmentait à mesure que les lieues défilaient. La raison lui conseillait de changer de place, mais sa fierté rejetait cette idée avec obstination. Ce serait comme une défaite dans cette bataille de volontés qui ne disait pas son nom. Et elle s'y refusait catégoriquement. De plus, elle détestait voyager à contresens de la marche.

La tête renversée contre le dossier, elle lui glissa un regard entre ses cils. Puis se redressa abruptement.

Il souriait, se moquant visiblement d'elle.

— Puis-je savoir ce que vous trouvez de si drôle ? s'enquit-elle en le foudroyant du regard. Et, je vous en prie, ne me dites pas que c'est la situation présente !

— Que ferez-vous si c'est ce que je vous réponds ?

Elle ajouta mentalement *idiot* à la liste de ses défauts.

— Je ne peux pas me permettre de perdre mon argent. Contrairement à vous, j'en ai besoin.

— Je ne vois pas en quoi mon amusement pourrait mettre en danger votre situation financière.

— J'ai accepté de vous aider dans votre enquête contre une rétribution, mais vous ne risquez pas de me payer si je vous étrangle de mes propres mains !

Elle lui retourna un sourire suave, satisfaite de voir une lueur de surprise s'allumer dans son regard.

— Je vois, dit-il.

— Tant mieux.

Une pause puis :

— Vous pouvez changer de place, vous savez.

— Si vous étiez un gentleman, vous l'auriez déjà fait.

— Vous oubliez, *monsieur* Daniels, qu'aujourd'hui vous êtes, vous aussi, un gentleman.

— Et comment puis-je m'en souvenir si vous ne cessez de m'ouvrir les portes, de me faire monter et descendre de voiture et de porter mes bagages ?

— Ce n'est pas faux, et je vous présente mes excuses les plus sincères, déclara-t-il d'un air tout sauf contrit. À ma décharge, c'est la toute première fois que je dois me faire pardonner mes bonnes manières.

— Parce que d'habitude vous vous conduisez en goujat, j'imagine.

— Non, j'ai été plutôt bien élevé. Mais dorénavant je vous promets de vous laisser ouvrir les portes et transbahuter vos bagages. Et si vous aviez la bonté de m'aider à monter et à descendre de voiture…

Son amusement était contagieux, et elle ne put s'empêcher de sourire.

— Très drôle.

— Oui, je suis réputé pour mon sens de l'humour.

Le timbre velouté de sa voix lui arracha un frisson.

— Je suis forcée de vous croire sur parole. Et êtes-vous aussi renommé pour votre générosité ? Vous vous êtes montré très charitable avec Gus. Merci.

Il se rembrunit.

— Vous confondez générosité et pragmatisme. Gus avait besoin d'un travail et moi, d'un palefrenier. Nous sommes parvenus à un arrangement mutuel, comme l'accord que nous avons passé, vous et moi. Il n'y a pas de charité là-dedans.

Le ton acerbe décontenança Alexandra. Elle retrouvait le Kendall dont elle avait fait connaissance chez le duc de Hammond. Dur et indéchiffrable. Avait-elle touché un point sensible ?

— La plupart des gens refuseraient d'engager Gus à cause de sa jambe, observa-t-elle.

— La plupart des gens sont des idiots, voilà tout. Et je ne suis pas la plupart des gens.

— C'est indéniable.

— En outre, être en ma présence n'a jamais ruiné la réputation de quiconque, vous ne risquez donc rien à être assise à côté de moi.

Son brusque changement de sujet la prit de court. Si son refus d'accepter sa gratitude lui apparaissait comme de l'arrogance, elle admirait la façon dont il avait cerné le personnage de Gus et su voir au-delà des apparences. Ce dernier n'aurait jamais accepté cet emploi s'il avait pensé qu'on le lui offrait par pitié. Il se serait senti insulté, et encore plus diminué, comme la plupart des gens qui n'ont plus rien que leur fierté.

Kendall était malin.

Néanmoins il se trompait en affirmant qu'elle ne risquait rien à être près de lui. Cette proximité physique était au contraire fort dangereuse. Mais elle faisait partie de ces risques qui valaient la peine qu'on les prenne.

— Tant mieux, parce que je déteste être assise à contresens de la marche et que je n'ai pas l'intention de ruiner ma réputation, répliqua-t-elle.

— Du moins pas avant que nous ne nous connaissions un peu mieux.

Les yeux gris pétillaient.

— Je plains les innocentes qui ont croisé votre route et celle de lord Warren. Je ne pense pas que vous ayez cherché à ruiner leur honneur, mais j'imagine que vous avez laissé bon nombre de cœurs brisés dans votre sillage.

— Et moi, je suis certain qu'elles m'ont oublié à l'instant où le premier dandy venu leur a susurré des mots doux. Les écervelées ont la mémoire courte.

Alexandra doutait fortement qu'on puisse oublier un homme pareil. Mais elle se sentit obligée de protester après cette remarque insultante envers son sexe :

— Nous ne devons pas évoluer dans les mêmes milieux. La plupart des jeunes femmes de ma connaissance ne font aucun cas des déclarations hypocrites que peuvent débiter les vils flatteurs. Que voulez-vous, il est difficile de prendre au sérieux des hommes qui serrent leur cravate au point de ne plus pouvoir tourner la tête. Franchement, ils ressemblent à des cigognes guindées !

De nouveau, il l'étudiait comme s'il se trouvait en présence d'un spécimen d'une grande rareté. C'était horripilant.

— Cela signifie-t-il que vous ne vous êtes jamais laissé séduire par de belles paroles ?

Sa voix était basse et rauque tout à coup, et lui donnait très chaud.

— J'ignorais que nous parlions de moi.

— Aucune femme ne m'intéresse autant.

Sa réponse la désarma, de même que son demi-sourire. À quoi jouait-il ?

— Je ne suis pas différente des autres femmes. Un joli compliment est toujours apprécié, mais la flatterie dans le but de séduire nous laisse de marbre.

— Êtes-vous sûre de parler pour les autres ?

Était-il en train d'insinuer qu'elle était une créature pudibonde et rigide ? Se redressant, elle le toisa et articula, comme en présence d'un enfant obtus :

— Je vous le répète, nous ne devons pas évoluer dans les mêmes cercles. Les femmes que vous fréquentez sont sans doute plus réceptives à vos petits jeux de séduction, mais je vous assure qu'une personne bien élevée ne le sera pas.

Elle n'avait pu s'empêcher d'élever la voix et s'en voulut.

— Un point pour vous. Et dans la mesure où nous allons être amenés à collaborer, je suis soulagé d'apprendre que vous êtes immunisée contre toute flatterie de ma part. Je ne voudrais pas que vous pensiez que je cherche à vous séduire si je vous complimente sur la couleur de vos yeux, le blond de vos cheveux, ou la douceur de votre peau.

Alexandra cilla, la bouche sèche, tout à coup.

Où en était-elle ?

Son corps lui semblait plus léger et s'inclinait spontanément vers Kendall. Dans un sursaut de volonté, elle s'écarta.

— Je ne penserai jamais une telle chose, assura-t-elle.

Kendall se mit à rire. Ses traits se détendirent et il parut beaucoup plus jeune.

— Parfait, dit-il. Cela nous facilitera les choses.

— Sûrement, marmonna Alexandra avant de se tourner vers la vitre en priant pour ne pas se tromper.

10

Garrett souriait, les yeux rivés sur le profil d'Alexandra. Elle venait de le remettre à sa place, mais il était trop intrigué par leur discussion pour en prendre ombrage.

Ainsi donc, la demoiselle se croyait immunisée contre toute tentative de séduction ?

Il avait du mal à croire qu'elle soit innocente au point de ne pas deviner le danger qu'il y avait à affirmer une telle chose. Il adorait relever les défis et n'avait pas l'intention d'ignorer celui-là.

Pour la bataille qui s'annonçait, il avait besoin d'une artillerie différente. Il était versé dans l'art de la séduction et avait tout un arsenal à sa disposition. Chaque arme avait été affûtée sur le terrain et il n'en manquait aucune. Si sa mémoire était bonne, ses conquêtes avaient succombé sans grandes protestations. Et ses victoires avaient été célébrées à la plus grande satisfaction des deux camps. Or il avait une excellente mémoire.

Certes, deux années s'étaient écoulées depuis qu'il avait utilisé ses talents pour séduire une femme. Sans doute était-il un peu rouillé, mais c'était comme monter à cheval, on n'oubliait jamais la technique, ni le plaisir que cela procurait.

La palpitation au niveau de son entrejambe et la conscience grandissante qu'il avait d'Alexandra lui disaient qu'il était grand temps de mettre fin à cette période d'abstinence. Et il avait dit la vérité en affirmant qu'aucune femme ne l'intéressait davantage.

Elle le fascinait. Elle offrait un mélange de candeur et de pragmatisme déconcertant. D'ordinaire il se tenait à distance des innocentes, mais avec Alexandra, il se sentait prêt à faire une entorse à cette règle. Après tout, ce n'était pas une débutante timide et gâtée. C'était une jeune femme indépendante, qui avait du caractère et savait prendre des risques mesurés, comme elle se plaisait à le répéter. Elle était de taille à affronter ses assauts et à décider par elle-même de se rendre… ou pas. Et si elle faisait preuve au lit de la même passion que dans la vie, sa capitulation s'annonçait un délice.

Il s'était carré dans son siège, conscient d'afficher un sourire suffisant, quand il entendit les premiers cris au loin. Il fut aussitôt sur le qui-vive, tous ses sens en alerte.

Il glissa vivement la main dans la poche de la portière pour attraper son pistolet. Puis il se pencha pardessus Alexandra pour fermer le rideau après avoir jeté un coup d'œil dehors.

Deux cavaliers approchaient au grand galop.

— Baissez-vous ! intima-t-il.

Elle poussa un cri lorsqu'il l'agrippa sans ménagement par le bras et la tira sur le plancher du véhicule près de lui. Ils se retrouvèrent serrés l'un contre l'autre dans cet espace confiné, aussi étroit qu'un cercueil.

Une salve de coups de feu éclata.

— Arrêtez cette voiture si vous tenez à la vie ! cria une voix.

Garrett fourra le pistolet entre les mains d'Alexandra et lui replia les doigts autour de la crosse avant de soulever le coussin de la banquette pour s'emparer d'une seconde arme, dissimulée dans le compartiment qui se trouvait dessous.

Comme il vérifiait son fonctionnement, Alexandra le tira par la manche de sa veste.

— Je ne peux pas. Je n'ai jamais… bredouilla-t-elle en tentant de lui rendre son pistolet.

Dehors, Havers aboya un ordre aux chevaux et la voiture s'immobilisa brutalement. Des cris et des jurons se firent de nouveau entendre.

Garrett referma sa main libre sur celle de la jeune femme pour l'empêcher de se débarrasser de son arme.

— Mais si, vous pouvez. Nos vies en dépendent peut-être, déclara-t-il de ce ton impérieux qu'il employait pour se faire obéir de ses hommes, les obliger à surmonter leur peur et à agir.

Ses grands yeux bleus étaient rivés aux siens. Elle était de toute évidence terrifiée, mais elle ne manquait pas de courage, se rappela-t-il. Elle était forte. Elle ne s'effondrerait pas.

Cette fois encore, elle ne le déçut pas. Après avoir essuyé sa main tremblante sur son pantalon, elle désigna le pistolet sur lequel elle avait affermi sa prise.

— Que faut-il… Si j'ai besoin…

Il releva le chien de l'arme en prenant soin de diriger le canon vers le sol, et répondit :

— Il faut juste appuyer sur la détente, et ne pas se laisser surprendre par le recul.

— Kendall ! Nous savons que vous êtes là-dedans. Sortez et votre cocher aura la vie sauve.

Garrett croisa le regard d'Alexandra, qui le scrutait comme si elle cherchait des réponses à ce qui leur arrivait. Bon Dieu, il aurait dû être plus vigilant, au lieu de se laisser distraire par ses projets de séduction ! Mais à quoi bon s'invectiver maintenant ? Avec un peu de chance, il en aurait tout le temps plus tard.

Pour l'heure, il lui fallait un plan d'attaque.

— Comment puis-je être sûr que vous ne l'avez pas déjà tué ? cria-t-il pour gagner du temps.

Puis il chuchota à l'oreille d'Alexandra :

— Je vais sortir par la porte opposée, et j'ai besoin que vous fassiez diversion. Tirez à travers la fenêtre, puis laissez-vous tomber sur le sol. Surtout ne vous relevez pas. La porte de leur côté est verrouillée, ils ne pourront pas entrer rapidement.

— Mais si jamais…

— Chut, souffla-t-il, un doigt pressé sur sa bouche pour la réduire au silence. Tout ira bien. Faites-moi confiance, je sais ce que je fais.

— Mon capitaine ? fit la voix de Havers qui, sur l'injonction des deux assaillants, venait de frapper sur la paroi de bois.

Garrett retint un soupir de soulagement. Au moins son ancien aide de camp était-il en vie. Il avait la ferme intention que tous trois le restent.

Il chercha le regard d'Alexandra. Elle lui adressa un petit hochement de tête résolu et cela lui échauffa le sang. Seigneur, elle était brave, belle, et il la désirait.

Comment résister ? Ils étaient peut-être en train de vivre leurs derniers instants.

Se penchant, il la saisit par la nuque et posa sa bouche sur la sienne. Elle eut un petit hoquet de surprise, ses lèvres s'entrouvrirent et il but son souffle, comme on prend une gorgée d'un vin capiteux qu'on prendra le temps de savourer plus tard. Elle sentait le miel, le thé et Alexandra. Une saveur douce et explosive à la fois. Un goût de paradis avant de plonger dans l'enfer. Il en voulait davantage.

Encore juste un peu, pour étancher le désir incandescent qui avait jailli en lui, attisé par le danger. Sa langue plongea dans sa bouche et, après une hésitation, la sienne lui répondit, s'aventura à sa rencontre avant d'entamer un ballet humide, tandis qu'elle crispait les doigts sur son épaule.

Un grondement de jubilation masculine monta dans sa gorge lorsqu'elle s'abandonna contre lui dans une douce reddition. Elle était magnifique. Sensuelle et réceptive.

Un cri dehors le ramena au présent. Il s'écarta en jurant, avec l'impression que ses veines charriaient de la lave. Alexandra le regardait en battant des paupières, les yeux embrumés, le souffle court. Il lui indiqua la fenêtre. Chaque seconde comptait à présent.

Elle parut reprendre ses esprits. Elle se redressa, pointa le pistolet en direction de la fenêtre et lui jeta un coup d'œil, le doigt sur la détente, dans l'attente de son ordre.

Il hocha la tête. Alors, fermant les yeux, elle tira.

Au moment où elle se laissait tomber entre les deux banquettes, Garrett jaillit par l'autre portière et se plaqua contre le montant, tandis que les chevaux, effrayés, ruaient dans les brancards en hennissant.

Des jurons éclatèrent, tant du côté de Havers, perché sur le siège du conducteur, que de celui de leurs assaillants.

Une autre détonation retentit.

Garrett entendit le bois de la voiture voler en éclats et pria pour que le coup ait été tiré suffisamment haut pour ne pas atteindre Alexandra. Il s'aplatit à terre et se mit à ramper sous le caisson. Il aperçut les jambes d'un homme qui se précipitait vers la portière et fit feu.

L'homme s'effondra.

Plus qu'un, songea Garrett en rechargeant.

Mais avant qu'il ait le temps de tirer, il y eut un autre coup de feu. Le second homme tituba un instant en arrière avant de tomber à son tour. Une mare de sang ne tarda pas à se former sous son corps.

Garrett s'extirpa de dessous la voiture au moment où Havers, pistolet en main, sautait de son siège. Les deux armes encore fumantes mêlaient leurs odeurs de métal chaud et de poudre brûlée.

— Bien joué, approuva Garrett.

— Quels crétins, grogna Havers. Ils auraient dû me descendre d'entrée de jeu.

— Heureusement, ils ne l'ont pas fait. J'ai besoin de vous.

Garrett s'approcha de l'homme qu'il avait abattu. Celui-ci n'était pas mort et se tordait de douleur sur le sol, les mains crispées sur l'abdomen. Havers alla examiner l'autre forban, le poussa du bout de sa botte, puis secoua la tête pour indiquer qu'il n'avait pas survécu.

Tant pis, il en restait au moins un susceptible de leur fournir des informations. Garrett s'agenouilla près de lui, pointa son pistolet sur sa tempe et arma le chien.

— Qui vous a payé pour nous attaquer ?

L'homme avait le cheveu rare et une vilaine balafre sur la joue. Ses yeux étaient exorbités dans son visage pâle.

— Je sais rien, haleta-t-il. Je donnais juste un coup de main à Dickie. Il m'a dit qu'il partagerait l'argent… mais vous l'avez tué… Oh Seigneur…

Il regardait à présent ses mains pleines de sang. Ses yeux se révulsèrent et il perdit connaissance. Garrett se pencha pour presser deux doigts contre sa carotide. Il sentit le pouls faiblir, puis disparaître. Le corps de l'homme s'affaissa, son regard vitreux fixant le ciel sans le voir.

Garrett se releva, bouillonnant de colère. Il avait visé les jambes, mais de sa position sous la voiture, il n'avait pu être aussi précis qu'il le voulait. Et les morts ne parlaient pas.

— Est-il… mort ?

Garrett pivota. Alexandra venait d'ouvrir la portière et s'y agrippait d'une main, le pistolet dans l'autre. Les yeux rivés sur le cadavre, elle était blanche comme un linge.

— C'est moi… qui l'ai tué ? balbutia-t-elle.

Lâchant son arme, elle se couvrit le visage des mains. Garrett se précipita avant qu'elle glisse à terre. Il la retint par les épaules, lui donna une bonne secousse pour l'obliger à se redresser.

— Non, ce n'est pas vous, c'est moi. Ce type était un assassin qui s'apprêtait à nous éliminer, lui rappela-t-il.

— Oui, vous avez raison, acquiesça-t-elle dans un souffle, encore bouleversée.

Il l'attira à lui et entoura de ses bras son corps secoué de spasmes incoercibles. Le visage pressé contre sa poitrine, elle s'accrocha à lui.

— Ça va, souffla-t-elle. J'ai juste besoin d'une minute. Juste une minute.

Tournant la tête, il ordonna à Havers :

— Prenez des couvertures dans la voiture et recouvrez les corps.

La chaleur d'Alexandra se diffusait en lui, l'aidant à évacuer peu à peu sa propre tension. Il aurait pu la garder ainsi dans ses bras une éternité.

Un autre coup de feu retentit dans le lointain.

Il était temps de revenir à la réalité.

Il jeta Alexandra à terre, et la couvrit de son corps, puis l'empêchant de se redresser, il leva la tête pour balayer du regard leur environnement immédiat.

Des cris fusèrent quelque part dans la campagne alentour.

Havers, qui avait aussi plongé à terre, pistolet au poing, secoua la tête pour répondre à la question silencieuse de Garrett. Lui non plus ne voyait rien.

Garrett se redressa d'un bond, entraînant Alexandra avec lui, et, d'un bras passé autour de sa taille, il la tira vers la voiture, puis la poussa à l'intérieur. Il ramassa son pistolet, le lui fourra d'autorité dans la main.

— Baissez-vous, lui enjoignit-il.

Ignorant son expression alarmée, il claqua la portière. Un bruit de cavalcade retentit. Garrett savait qu'il n'avait plus le temps de se mettre à couvert. Il pivota, mit un genou à terre et leva son pistolet, tandis que Havers prenait position à ses côtés, bien campé sur ses jambes. Ils ignoraient à combien d'assaillants ils devaient s'attendre, craignaient que ce ne soit perdu d'avance, mais deux hommes armés valaient mieux qu'un seul.

Un unique cavalier apparut au bout de la route, dans leur ligne de mire. Un corps inerte était posé en travers de la selle, ballotté par le trot désinvolte de la monture. Imperturbable en dépit des deux armes à feu braquées sur lui, le cavalier s'arrêta à quelques mètres de Garrett et de Havers, et arqua les sourcils.

— Si vous me tuez, ça ne va pas faire plaisir à Kit. Tu as vu ta sœur en colère, Garrett. Ce n'est pas beau à voir.

Le cœur encore battant, Garrett se redressa en marmonnant une bordée de jurons.

— Bon sang, Brandon, qu'est-ce que tu fiches ici ? Je t'ai demandé d'engager des policiers, pas de jouer toi-même les redresseurs de tort !

Brandon se tourna vers Havers.

— Il est toujours aussi ingrat ou c'est juste avec moi ?

Havers émit un vague grognement, avant de désigner le corps inanimé en travers de sa selle.

— Qui c'est, celui-là ?

— Le troisième mousquetaire, répondit Brandon en mettant pied à terre. Les autres aussi sont morts ? Bon sang, nous ne tirerons plus rien de ces lascars ! On aurait dû viser les jambes, conclut-il, faisant écho aux propres pensées de Garrett.

— Si tu crains la colère de Kit, explique-moi pourquoi batifoles-tu dans la campagne en pourchassant des criminels qui ont juré d'avoir ma peau ? Tu crois que ça va la mettre de bonne humeur ? ironisa Garrett.

— Je t'en prie, depuis que j'ai épousé ta sœur, il n'est plus question de batifoler. Tu ne vas pas le lui dire, au moins ? Tu ne voudrais pas que Beau et Will grandissent sans père.

Garrett secoua la tête.

— Tu aimes vivre dangereusement, pas vrai ?

— Ce n'est pas moi qui me balade avec une cible sur le front et tous les malandrins du pays aux trousses.

Garrett jeta un coup d'œil du côté de la voiture, mais ne vit pas trace d'Alexandra. Comme il ouvrait la bouche pour répondre, deux cavaliers émergèrent au petit trot des bosquets qui longeaient la route.

— Voilà la cavalerie, annonça Brandon. Comme tu me l'as demandé, j'ai bien engagé des policiers pour mener l'enquête sur la première attaque dont tu as été victime. Ils sont aussi censés m'aider à assurer ta protection. Mais quand nous t'avons rejoint, le deuxième larron venait de s'écrouler, et il nous a semblé que tu n'avais pas franchement besoin de nous. Du coup nous avons trouvé plus judicieux de nous occuper du troisième. Et heureusement, sinon il aurait pris la poudre d'escampette.

— Merci quand même pour cette arrivée tardive.

— Mais de rien.

Garrett regarda approcher les deux policiers robustes qu'on surnommait les Peelers, d'après sir Robert Peel qui, durant son mandat de ministre de l'Intérieur, avait créé et organisé les forces de police.

Tandis que Havers leur demandait de charger les cadavres sur leurs chevaux, Garrett se tourna vers son beau-frère.

— Maintenant que je t'ai dûment remercié, tu vas me faire le plaisir de décamper. C'est à cause de toi que j'ai été attaqué la première fois, à Londres.

— À cause de moi ? s'insurgea Brandon. Qu'est-ce que tu racontes ?

Poings serrés, Garrett se mit à aller et venir sur la route.

— Ces gens me connaissent. Ils connaissent mes habitudes et les endroits que je fréquente. Ils ont deviné, en ne me voyant pas rentrer chez moi, que j'irais chez toi. Ils savaient que je fuirais la ville et ils n'ont eu qu'à me tendre une embuscade sur la route.

Ta maison doit être surveillée. Et, manifestement, ils se moquent de faire des victimes innocentes. Ce qui signifie que, toi aussi, tu as besoin de protection. Voilà pourquoi je veux que tu ailles sur-le-champ à la campagne pour vérifier que Kit et les garçons vont bien.

— Bonté divine, grommela Brandon. Tu as raison. Les policiers n'ont obtenu aucune information consistante depuis la première attaque, mais ils sont en train de remonter plusieurs pistes. Comme tu me l'as demandé, j'ai eu un entretien avec Hammond, qui est désireux de nous aider. Il m'a fourni la liste des invités présents l'autre soir. Tiens, ajouta-t-il en tirant de sa poche une feuille de papier pliée. Il ne te reste plus qu'à la passer en revue et à établir la liste des hommes qui veulent ta tête sur un plateau et ont les moyens financiers de se la faire livrer.

— Quelle pensée plaisante ! grommela Garrett en glissant la liste dans sa poche.

— Et n'oubliez pas les femmes, fit une voix derrière eux.

Les deux hommes pivotèrent d'un même mouvement.

Désobéissant à la consigne de Garrett, Alexandra avait rouvert la portière de la voiture. Elle avait toutefois son pistolet à la main. Pour quelqu'un qui refusait de se servir d'une arme un peu plus tôt…

— N'oubliez pas les sœurs, mères ou épouses que vous auriez dédaignées, insista-t-elle. Vous cultivez peut-être la sainteté, mais cela n'a pas toujours été le cas.

Le regard de Brandon passa d'Alexandra à Garrett, puis un grand sourire ravi éclaira son visage.

— Très juste, dit-il. Il ne faut pas négliger cet aspect de la question. Il n'y a rien de plus dangereux qu'une femme dédaignée !

Garrett étrécit les yeux. Il aurait dû se douter qu'Alexandra ne perdrait pas une miette de leur conversation.

— Tu ne me présentes pas ton compagnon ? s'étonna Brandon.

Garrett se dirigea vers la voiture.

— Si ce démon vous ennuie, je vous autorise à lui tirer dessus, chuchota-t-il à Alexandra avant de l'aider à descendre.

Il pivota, et ce n'est qu'en voyant l'expression de Brandon qu'il se rendit compte de ce que son geste avait d'incongru aux yeux de son beau-frère.

— *Mademoiselle* Daniels, voici le comte de Warren.

— Enchanté de faire votre connaissance, mademoiselle Daniels, assura Brandon, qui avait retrouvé son sourire.

Rougissante, Alexandra changea son pistolet de main avant de tendre celle-ci à Brandon, qui la porta à ses lèvres avec galanterie.

Garrett se renfrogna. Son beau-frère se comportait comme s'ils étaient dans un salon, et non en rase campagne, entourés des cadavres des hommes qui avaient tenté de les tuer. Quel idiot !

— Il fallait beaucoup de courage pour prévenir lord Kendall du complot qui se tramait contre lui, affirma Brandon. Et s'il ne vous a pas exprimé sa gratitude, veuillez accepter la mienne et celle de mon épouse. Garrett est son unique frère, et s'il devait lui arriver malheur, Kit ne s'en remettrait pas. Voilà pourquoi je m'efforce de maintenir cet animal en vie.

— Je retire mes remerciements pour ton aide, grommela Garrett. Tu aurais dû laisser ces types m'abattre, ainsi je n'aurais pas été obligé de t'écouter débiter tant de sornettes.

Brandon se pencha pour souffler à l'oreille d'Alexandra :

— Gardez ce pistolet à portée de main, et s'il devient trop pénible, n'hésitez pas à faire feu. Je vous promets de vous faire sortir de Newgate.

— Je crois comprendre que vous êtes amis, dit-elle, pince-sans-rire, en glissant un regard à Garrett.

— Un moment d'égarement de ma part, répliqua ce dernier. Que je paie chèrement.

— Et un acte de charité chrétienne de la mienne, renchérit gaiement Brandon. Le pauvre n'a que moi, vous comprenez.

— En plus de sa sœur ? fit Alexandra en regardant Garrett.

Il lui adressa un regard interrogateur. Elle paraissait douter qu'il ait une sœur. S'imaginait-elle donc qu'il était né des entrailles de Lucifer ?

— J'ai bel et bien une sœur, confirma-t-il. Hélas, elle a épousé Warren, si bien qu'il m'est à présent impossible de me débarrasser de lui ! Bien, enchaîna-t-il, tout danger semblant écarté, il serait temps que nous reprenions notre route.

— Je fais traîner les présentations en longueur, dit Brandon avec un clin d'œil à l'adresse d'Alexandra. En dépit de ces circonstances fâcheuses, ce fut un plaisir de vous rencontrer, mademoiselle Daniels.

Il s'inclina devant elle, avant d'ajouter à l'intention de Garrett :

— On se revoit dans une semaine.

Garrett le raccompagna jusqu'à son cheval. Les policiers, qui avaient sanglé les corps des deux gredins sur leurs selles, enfourchèrent leurs montures. Brandon veillerait à ce qu'ils soient livrés au juge et qu'une enquête soit menée.

— Celui-ci se nommait Dickie, précisa Garrett en désignant l'homme que Havers avait abattu. C'est du moins ce qu'a dit l'autre avant de rendre l'âme.

— C'est la deuxième tentative d'assassinat qui échoue, remarqua Brandon. Peut-être des camarades de ces lascars vont-ils se faire connaître pour fournir quelques détails contre une petite rétribution.

— Donne-leur ce qu'ils demandent.

— Bien entendu. J'irai aussi traîner au *White* et laisserai entendre que tu es parti, en donnant des adresses différentes à chaque interlocuteur.

— A-t-on posé des questions sur moi ?

— Tu es un héros de guerre, doublé d'un survivant de la charge de la brigade légère, rétorqua Brandon. Tu as fait une brève apparition lors d'une soirée après deux années d'absence, avant de disparaître de nouveau le plus mystérieusement du monde. Tu imagines bien que tu es au centre de toutes les conversations.

— Nom de Dieu ! jura Garrett.

— Exactement. Je ferai attention à ceux qui se montreront plus curieux que les autres à ton sujet. Mais à ta place, je m'occuperais d'abord de la liste de Hammond. C'est la seule piste que nous ayons pour le moment. Et cette fille t'a sauvé la vie.

Le regard de Garrett dériva vers Alexandra, qui l'attendait près de la voiture.

— En effet, acquiesça-t-il.

Et elle avait accepté de rester auprès de lui en dépit du danger que cela représentait. Se remémorant les détails divulgués par Gus, il ajouta à mi-voix :

— Encore une chose, Brandon. Pourrais-tu te renseigner sur un certain vicomte de Langdon, qui serait propriétaire terrien dans l'Essex ?

— Oui, bien sûr.

— Merci. Ensuite, comme nous l'avons envisagé, vous me rejoindrez au manoir, Kit et toi. C'est l'endroit le plus sûr, à mon avis. Ils sont très peu à en connaître l'existence, la plupart sont des vétérans de la guerre qui me sont loyaux et seraient prêts à en découdre pour moi.

— Kit devient folle, enfermée à la campagne. Elle sera enchantée de jouer les chaperons, ou du moins ravie que tu aies réclamé sa présence par souci des convenances.

Garrett ne put retenir une grimace à la pensée de sa demi-sœur et Alexandra réunies.

— Sois prudent, dit-il. Et si tu crains d'être suivi dans tes déplacements, reste à l'écart.

— Je serai vigilant, promit Brandon. Et toi aussi. Surveille tes arrières, mon vieux, conclut-il en pressant brièvement l'épaule de Garrett.

— Je surveille toujours mes arrières, rétorqua celui-ci.

Il s'écarta pour permettre à Brandon de grimper en selle, et le regarda s'éloigner au petit trot en compagnie des deux autres cavaliers. Ce ne fut que lorsqu'ils eurent disparu au détour de la route qu'il fit face à Alexandra.

Plus que jamais, il devait être sur ses gardes.

Cet épisode lui avait rappelé ce qu'il risquait à relâcher son attention. Il n'y allait pas seulement de sa vie, mais aussi de celle d'Alexandra. Il se rappela la terreur dans son regard, mais se souvint aussi de ce qu'il avait éprouvé lorsqu'il l'avait tenue dans ses bras, avait goûté à ses lèvres.

Il refusait qu'il lui arrive quoi que ce soit.

Il ignora la petite voix qui lui chuchotait que, peut-être, il était en train de s'éparpiller. Il livrait bataille sur trois fronts : contre un ennemi invisible qui voulait sa mort, contre son beau-père qui, de tout temps, avait cherché à lui nuire, et maintenant contre cette femme qu'il s'était promis de conquérir.

Il allait devoir adapter sa stratégie, mais il était hors de question de renoncer. Il la désirait et il était plus que jamais résolu à la séduire. Belle, courageuse, fascinante, elle lui donnait une raison de vivre, et cela ne lui était pas arrivé depuis très, très longtemps.

11

L'odeur âcre de la poudre prenait Alexandra à la gorge. La vision des cadavres de leurs assaillants la hantait. Des *assassins.* De sinistres individus qui n'hésitaient pas à tuer pour se remplir les poches.

Elle avait l'impression d'avoir plongé dans un cauchemar et de commencer à peine à comprendre quels dangers la guettaient. Dans son zèle à coopérer avec Kendall, elle avait omis un fait : quelqu'un voulait le voir mort. Et ce quelqu'un n'aurait aucun scrupule à éliminer tout témoin gênant. Elle pressa la main sur son cœur. À quoi servirait une récompense sonnante et trébuchante si elle était morte ?

Elle avait naïvement cru que son attirance pour Kendall était le plus grand danger qui la menaçait.

Elle leva les yeux. Il la regardait. Le vent lui ébouriffait les cheveux. Durant un interminable instant, son regard resta rivé au sien. Puis il baissa les yeux sur sa bouche.

Elle retint son souffle.

Comment avait-elle pu oublier leur baiser ?

Pendant quelques secondes étourdissantes, le pistolet dans sa main, les brigands dehors et sa peur qui allait croissant avaient disparu.

Alors que sa vie était menacée, plus rien n'avait existé que cet homme et la sensation de ses lèvres sur les siennes. D'un seul baiser, il avait fait naître en elle des émotions, des besoins, des désirs dont elle ignorait l'existence.

Spontanément, elle frôla ses lèvres du bout de ses doigts. Elle avait goûté sur sa langue la saveur du danger, de l'excitation, l'essence même de cet homme. Troublée, elle laissa retomber son bras et s'efforça de se ressaisir. Il était grand temps de se remémorer la longue liste des défauts de Kendall ! Malheureusement, pour le moment, aucun ne lui revenait en mémoire.

Sa témérité aurait pu leur coûter la vie, et c'était le contraire qui s'était produit. Maudit soit-il ! Comment une femme était-elle censée résister à un tel homme ?

Et Warren ? Elle le maudissait également de lui avoir prouvé que les amis de Kendall étaient prêts à donner leur vie pour lui. Aurait-on pris de tels risques pour quelqu'un qui n'en valait pas la peine ?

Comme il s'approchait, elle serra la crosse de son pistolet comme si cela pouvait la préserver de l'attrait qu'il exerçait sur elle. Son cœur se mit à tambouriner dans sa poitrine et elle s'humecta les lèvres.

— Si je vous promets de m'asseoir en face de vous, accepterez-vous de lâcher ce pistolet ? demanda-t-il.

Garrett fixait ostensiblement la main d'Alexandra dont les articulations avaient blanchi. Il était partagé entre l'amusement à la voir encore d'humeur si combative et une certaine méfiance – il restait une balle en réserve. Et ce n'était pas toujours le feu de l'ennemi qui terrassait les soldats durant la bataille. Gus en savait quelque chose.

La jeune femme rougit, pointa le canon vers le sol, puis, tenant le pistolet entre le pouce et l'index, elle le lui tendit.

— S'il vous plaît, prenez-le avant que je ne tue l'un de nous deux.

— Vous vous en êtes très bien tirée, la félicita-t-il. Vous feriez un excellent soldat.

— Pas si je dois ouvrir les yeux en même temps que je tire. Ou si je dois tuer quelqu'un !

Ses yeux d'ordinaire si bleus s'étaient assombris. Garrett hocha la tête.

— Je m'inquiéterais davantage si vous trouviez cela naturel. Le vrai courage consiste à agir en dépit de ses peurs et à les surmonter. Ce que vous avez fait. Il est temps de poursuivre notre route, enchaîna-t-il. Il nous reste encore beaucoup de chemin à parcourir.

— Ce n'est pas étonnant que Tennyson ait voulu graver dans les mémoires le courage des soldats tombés à Balaklava. Une telle vaillance est rare. Les hommes dont j'ai surpris la conversation ont dit que… que vous aviez survécu à la charge de la brigade légère.

Alexandra scrutait son visage – qui s'était fermé à la seconde où elle avait prononcé le nom de Balaklava –, comme si elle essayait de lire son expression. Il se raidit, sentit une douleur sourde dans ses entrailles.

— Je ne sais pas comment vous avez survécu, reprit-elle, mais j'en remercie Dieu car je vous dois la vie. Ces hommes nous auraient tués sans pitié.

Depuis qu'elle était entrée dans sa vie, deux jours plus tôt, pas un instant il n'avait songé au cauchemar qui avait fait voler son univers en éclats et l'avait plongé dans la « Vallée de la Mort », selon les mots de Tennyson.

Le poète avait écrit cet hommage destiné à être publié dans l'*Examiner* quelques minutes après avoir lu un compte rendu de la bataille dans les pages du *Times*. De retour au pays, Garrett avait brûlé tous les exemplaires qu'il avait reçus de ces deux journaux. Contrairement à Alexandra et à la plupart des lecteurs qui pensaient que le poème faisait l'éloge du courage héroïque des soldats, il ne voyait dans ce texte que le témoignage de la stupidité et de la suffisance de ses concitoyens. Bon sang, cette œuvre était à la gloire d'une bataille qui avait été un échec colossal !

Hélas, brûler le poème ne pouvait en effacer les mots ni gommer l'étendue de la tragédie ! « Quelqu'un leur avait failli, mais ils n'avaient rien à dire, ils n'avaient qu'à obéir et mourir. »

Un vacarme assourdissant rugissait sous son crâne, lui martelait les tempes.

Il lutta pour refouler ses pensées, mais les mots combinés au relent de poudre qui flottaient encore dans l'air ravivaient le cauchemar dans tous ses détails les plus odieux : visions d'horreur, détonations, odeurs pestilentielles ; corps déchiquetés, chevaux qui trébuchaient sur les morts et les mourants, cris déchirants des blessés ; odeur putride de la tripaille, de la peur et de la mort entremêlées.

Si seulement lord Cardigan avait attendu que les ordres de Raglan soient confirmés ! Si seulement il lui était venu à l'esprit que, peut-être, il les avait mal interprétés ! Si seulement...

Assez !

Tout cela ne servait à rien.

Le front inondé de sueur, les mâchoires contractées, il pivota brusquement vers la voiture. Il avait déjà arpenté ce chemin-là maintes fois. C'était une voie sans issue qui n'offrait aucun abri et où les ténèbres finissaient toujours par l'engloutir. Il devait cesser de se poser ces questions sans réponse.

— Mon capitaine ?

La voix de Havers transperça le brouillard qui s'était refermé sur lui. Il ferma les yeux, s'obligea à inspirer profondément, plusieurs fois de suite.

— Milord ? Garrett ?

Cette fois, c'était la voix douce d'Alexandra. Sa main légère s'était posée sur son épaule. Il rouvrit les yeux, s'efforça de contrôler sa respiration hachée. Il avait juste besoin d'une minute pour se reprendre. Il avait été beaucoup mieux ces derniers temps, il allait y arriver, il suffisait…

Il entendit Alexandra s'adresser à Havers :

— Pouvez-vous vous occuper des chevaux ? Lord Kendall aimerait repartir au plus vite.

Le calme de sa voix l'apaisa. Il s'y raccrocha, comme si elle avait le pouvoir de l'arracher à l'obscurité. Comme Havers lui jetait un regard indécis, il eut un bref hochement de tête pour signifier son assentiment.

Alexandra le considérait d'un air soucieux.

— Ça va ? murmura-t-elle.

— Mais oui, bien sûr.

Il irait bien. Un jour.

Évitant de croiser son regard, il ajouta :

— C'est juste qu'il ne faut plus mentionner…

Il s'interrompit, dut se racler la gorge. Mais il fallait que ce soit dit :

— Nous ne parlerons pas de Balaklava. Je ne peux pas.

Sans attendre, il se tourna pour l'aider à monter dans la voiture. Il s'installa à côté d'elle et non en face, mais elle ne protesta pas.

D'un coup frappé sur la portière, il signala à Havers qu'ils pouvaient partir.

— Je suis navrée.

Le murmure flotta jusqu'à lui. Il serra les dents, le regard perdu au loin, le poing serré contre sa cuisse. Soudain la main douce et réconfortante d'Alexandra se posa sur la sienne. Il se figea, puis son souffle reprit un rythme plus normal et il finit même par fermer les yeux. Ses muscles se relâchèrent petit à petit et, l'espace d'un instant, il s'autorisa à penser que son contact avait le pouvoir de le guérir.

— Moi aussi, je suis navré. Chaque jour que Dieu fait, réussit-il à articuler.

Il aurait aimé que cela soit suffisant.

Le cœur serré, Alexandra observait à la dérobée le profil de Garrett. Son expression torturée, quelques instants plus tôt, l'avait bouleversée. Cet homme paraissait fort, indestructible, d'un courage qui frisait la témérité. Il venait d'affronter deux hommes armés sans flancher… Et puis elle avait prononcé ce mot : « Balaklava ».

Ses blessures étaient loin d'être cicatrisées, elle s'en rendait compte.

Elle continua de l'étudier alors que, la nuque calée contre le dossier de la banquette, il avait fermé les yeux. Son cœur battait parce que, pour la première fois, elle comprenait pourquoi cet homme énigmatique lui faisait autant d'effet. Le jour de leur rencontre, elle avait vu quelque chose dans ses yeux, une ombre, un fantôme. Et aujourd'hui elle savait.

Kendall n'était pas différent des soldats dont elle s'était occupée à l'hôpital de Chelsea. Il cachait simplement ses fêlures sous un vernis impeccable. Mais lorsqu'elle avait mentionné Balaklava, ce vernis s'était craquelé et les vieilles blessures s'étaient rouvertes.

Voilà ce qu'elle avait perçu chez lui d'emblée, ce qui l'avait attirée et continuait de l'attirer, ce qui le différenciait des autres hommes qui se pressaient dans les salons du duc de Hammond.

Elle n'était pas naïve au point de nier que cette attirance était aussi physique, car Kendall était un très bel homme. Toutefois cela ne suffisait pas à expliquer sa fascination. Elle avait rencontré quantité d'hommes séduisants lors de ses débuts dans le monde. Certains étaient plus beaux que Kendall, mais aucun ne l'avait touchée comme lui.

Elle ne croyait pas au destin. Cependant ce ne pouvait être le fruit du hasard si elle avait surpris cette conversation entre les deux félons. Contrairement à Kendall, elle n'avait guère d'espoir que des détails de cette scène lui reviennent en mémoire et leur permettent d'identifier les criminels. Mais cela ne l'inquiétait pas vraiment. Kendall lui paraissait de taille à se défendre. N'avait-il pas repoussé par deux fois une attaque ennemie ? En revanche, elle pouvait lui apporter son soutien dans un autre combat : celui qu'il livrait contre ses souvenirs.

Il ne guérirait pas tant que les blessures les plus profondes n'auraient pas cicatrisé. Ayant soigné des vétérans à l'hôpital, elle savait que, pour l'aider, il faudrait qu'il se confie à elle.

Or ce n'était pas du tout dans ses intentions, visiblement.

« Nous ne parlerons pas de Balaklava. »

Il avait été catégorique. Elle allait donc devoir gagner sa confiance. Il lui avait sauvé la vie et, avec un peu de chance, elle sauverait la sienne.

— À quoi pensez-vous donc ? J'ai l'impression d'entendre les rouages de votre cervelle cliqueter. Cela m'empêche de dormir, maugréa-t-il.

Alexandra s'avisa soudain qu'elle était en train de lui broyer les doigts et le lâcha vivement.

— Oh, je... je ne pensais à rien de particulier, prétendit-elle en se retranchant du côté de la portière. Je suis fatiguée, je crois que je vais essayer de dormir un peu.

— Bonne idée. Il nous reste plusieurs heures de route. Sentez-vous libre de vous appuyer contre moi.

— Ce ne sera pas nécessaire, merci, fit-elle d'une voix un peu guindée qu'elle trouva irritante.

Elle se cala contre la paroi, à l'extrémité de la banquette. Ce n'était pas vraiment confortable, elle ferma néanmoins les yeux en espérant qu'il n'insisterait pas.

— Quand nous nous connaîtrons mieux, peut-être, murmura-t-il.

Sa petite plaisanterie, désormais familière, prononcée d'une voix veloutée, fit courir un frisson le long de sa colonne vertébrale. Elle s'efforça de l'ignorer. C'était d'autant moins facile que Kendall s'était mis à rire, de ce rire grave et sensuel qui lui donnait la chair de poule.

Elle doutait de trouver la sérénité dans le sommeil. À coup sûr, cet homme et le souvenir de son maudit baiser allaient s'inviter dans ses rêves.

12

Garrett se détendit notablement lorsque la voiture atteignit le village qui abritait Charlton Manor. Il inspira l'air chargé du parfum iodé de la mer toute proche, et des fleurs qui poussaient dans les jardins alentour. Le domaine était vaste et imposant, comme il seyait aux propriétés faisant partie d'un comté, mais pour Garrett, la résidence de son défunt oncle nichée dans un coin du Kent était son foyer.

Enfant, il n'allait pas souvent en visite chez son oncle William, le frère cadet de sa mère, pourtant ces rares escapades avaient suffi à remplir tous les espaces vides de son cœur.

Parfois son oncle débarquait sans prévenir à Eton, répondant d'un rire sonore à l'expression réprobatrice du professeur principal. Il lançait un clin d'œil à son neveu et le confisquait le temps d'un week-end ou pendant les vacances durant lesquelles sa mère l'avait si souvent négligé. Au cours de ces séjours magiques à Charlton Manor, Garrett retrouvait son sourire perdu.

Il avait été brisé de chagrin quand William avait rejoint l'armée britannique des Indes, quittant par la même occasion le pays et sa vie. Après sa mort, quand Garrett avait atteint sa majorité, il avait naturellement suivi les traces de son oncle et acheté une charge d'officier dans le 17e régiment des lanciers. La fureur de son beau-père n'avait fait que conforter sa décision.

D'un mouvement de tête, il chassa ces souvenirs. Seigneur, son oncle était mort depuis des années, il n'était plus un jeune homme, et il avait perdu en Crimée beaucoup plus qu'un simple sourire. Son âme même, craignait-il dans les moments les plus sombres.

De nouveau la sueur lui perla au front. Il l'essuya d'un revers de main, se figea en sentant Alexandra remuer à son côté. Elle avait dormi durant les dernières heures de l'après-midi qui avaient vu le soleil plonger vers l'horizon.

La voiture venait de bifurquer un peu brusquement dans l'allée de Charlton Manor, ce qui réveilla la jeune femme en sursaut. Elle battit des paupières, se redressa, puis, comme un cahot l'envoyait contre Garrett, elle ferma de nouveau les yeux et, la joue calée contre son épaule, se rendormit dans un soupir.

Il sourit. Cela ne le dérangeait pas de servir de coussin. La chaleur de son corps se communiquait au sien, le réchauffait. Non, décidément cela ne le dérangeait pas du tout. Il résista à l'envie de l'entourer de son bras pour l'attirer plus près encore. Mais ils étaient arrivés, il devait la réveiller.

Dans une minute, décida-t-il.

Il se pencha pour inspirer son parfum. Il aurait voulu enlever cette perruque ridicule, libérer ses longs cheveux blonds et enfouir les doigts dans les mèches soyeuses.

Dans son sommeil, elle entrouvrit les lèvres et sa main retomba sur la cuisse de Garrett. Sa réaction physique fut immédiate. Une petite décharge de plaisir le parcourut et son sexe durcit dans son pantalon.

Charlton Manor le comblait sans doute de bonheur du temps de sa jeunesse, mais à présent il était un homme, avec des désirs d'homme, et il brûlait de sentir des mains de femme sur lui. Un long soupir lui échappa. Il se pouvait qu'il ne retrouve jamais ce qui lui permettrait de se sentir entier, mais avec Alexandra peut-être parviendrait-il à sauver des morceaux de son âme en miettes et à les rassembler pour former un tout.

L'allée tourna de nouveau. Il sentit l'impatience le gagner. Dans un élan d'exubérance, il inclina la tête et posa ses lèvres sur celles de la jeune femme endormie. Un murmure lui échappa et elle posa la main sur sa joue. Ses doigts glissèrent jusqu'à sa nuque, se refermèrent sur ses cheveux.

Garrett émit un grondement de plaisir. Seigneur, c'était tellement bon ! Une flambée de désir l'embrasa et, l'entourant de ses bras, il approfondit son baiser.

Alexandra ouvrit vivement les yeux et se raidit.

Les lèvres de Garrett s'incurvèrent en un sourire contre ses lèvres.

Elle le repoussa soudain des deux mains.

— Arrêtez ! Vous ne pouvez pas m'embrasser à tout bout de champ !

— Mais j'aime cela. Et vos réactions me disent que c'est réciproque.

— J'étais à moitié endormie ! protesta-t-elle.

— Alors imaginez comme ce sera merveilleux quand vous serez tout à fait réveillée, riposta-t-il avec malice.

Il voulut l'attirer de nouveau contre lui pour savourer la sensation de son corps doux contre le sien, mais arc-boutée, elle détourna la tête.

— Lord Kendall, je vous ai dit…

— Garrett. C'est mon prénom. Vous l'avez utilisé tout à l'heure. Vous pouvez bien m'appeler Garrett dans l'intimité.

— Quelle intimité ? se récria-t-elle. Quelques baisers volés, ce n'est pas assez pour prétendre…

— Bien, alors poussons l'expérience plus loin.

— C'est hors de…

Elle ne put achever sa phrase car il la fit taire d'un autre baiser. Sa langue plongea dans sa bouche. Elle se débattit, mais ne tarda pas à s'affaisser contre lui en gémissant. Seigneur, elle avait meilleur goût que le plus succulent des desserts ou le plus capiteux des vins ! Il la dévorait, tel un homme affamé. Deux ans, c'était long. Son corps était en train de le lui rappeler de manière impérieuse. Il allait peut-être sortir de la voiture courbé en deux sous le joug d'un désir ravageur, mais qu'importe, cela en valait la peine. Au besoin il ramperait.

Lorsqu'il la relâcha enfin, elle retomba contre le dossier de la banquette, haletante.

— Hors de question, articula-t-elle, le visage empourpré, en le foudroyant du regard.

Il lui sourit, nullement contrit.

— Lord Kendall…

— Garrett.

Elle ouvrit la bouche, la referma dans un soupir.

— Garrett, capitula-t-elle. Vous devez cesser de me voler des baisers. Ce n'est pas…

— Tout à fait d'accord. Pourquoi ne pas me les offrir, que je n'aie pas à vous les dérober ?

— C'est hors de…

— Quand nous nous connaîtrons mieux, peut-être, coupa-t-il en riant.

Elle se passa la main sur le front.

— Cessez de répéter cela ! Nous avons conclu un accord, et il n'était pas question de cela.

— Vous avez raison, convint-il en reprenant son sérieux.

La voiture s'immobilisa et le silence retomba dans l'habitacle. Alexandra se redressa, tira sur les pans de sa veste, ajusta sa perruque qui était de guingois.

Garrett ouvrit la portière et lui rappela :

— Mais vous m'avez aussi affirmé que vous étiez immunisée contre toute tentative de séduction. Alors quelques baisers volés ne prêtent pas à conséquence, n'est-ce pas ?

Il sortit avant qu'elle ait le temps de voir sa mimique amusée, mais ne put retenir un rire comme elle demeurait muette de stupéfaction.

Recouvrant l'usage de sa voix, elle cria :

— Une minute, lord Kendall ! Venez ici, ajouta-t-elle en se penchant par la portière ouverte. Je pense…

— Oh Seigneur, surtout pas !

— Pardon ?

— Surtout ne pensez pas.

Il la saisit par la taille, la souleva pour la déposer sur le sol sans se soucier de son cri de protestation.

— Une femme qui pense, c'est sans doute une nouveauté pour vous, mais il va falloir vous y habituer, car cette discussion est loin d'être terminée !

— Je ne dis pas le contraire, mais nous ne sommes pas seuls, lui rappela-t-il en indiquant Havers du menton. Il va donc falloir attendre un peu.

Alexandra fit volte-face. Havers hocha la tête dans sa direction, puis :

— Je vais m'occuper des chevaux et vous faire monter vos bagages, Monsieur.

Garrett attrapa le coude d'une Alexandra rougissante et l'entraîna vers la maison.

Elle avait raison, ils n'en avaient pas terminé.

Ils ne faisaient que commencer.

Alexandra avait le tournis. Elle ne protesta pas quand Kendall – enfin Garrett – l'entraîna à sa suite. Elle craignait de chanceler s'il la lâchait.

Cela n'avait rien d'étonnant. Il ne lui arrivait pas tous les jours d'être tirée du sommeil par un baiser étourdissant. Et elle ne savait plus où elle en était. Depuis maintenant un an, le monde échappait à son contrôle. Mais au moins, avant que Garrett s'en mêle, elle se tenait fièrement à la proue de son bateau. À présent elle n'était plus qu'une vulgaire passagère ballottée par les flots, tandis que lui tenait la barre. Pire, elle ne savait même pas si le cap qu'il avait pris lui plaisait.

Mais, Seigneur, il savait embrasser ! Et elle devait admettre qu'elle aimait cela.

Elle avait encore sur la langue le goût corsé du cidre qu'il avait bu dans une taverne, durant la courte halte qu'ils avaient effectuée un peu plus tôt. Ses baisers étaient grisants, et avaient éveillé en elle des sensations qui semblaient remonter du tréfonds de son être. Elle avait été prise d'une envie irrésistible d'enfouir les doigts dans ses cheveux et de presser son corps contre le sien.

Encore sous le choc, elle effleura ses lèvres des doigts tout en observant la façade du manoir.

La pleine lune illuminait la maison de briques rouges de style élisabéthain, les deux pignons identiques qui flanquaient le porche et les hautes fenêtres entre lesquelles courait un lierre épais.

— Voici Charlton Manor, l'ancienne demeure de mon oncle, qui m'appartient désormais. Les seules personnes à connaître son existence sont les membres de ma famille et quelques vétérans d'une loyauté à toute épreuve. Nous devrions donc y être en sécurité.

Alexandra ravala un rire. En sécurité ? Il ne comprenait donc pas que pour elle, le danger émanait de lui ? Qu'en l'embrassant et en déchaînant ces émotions paroxystiques, il la mettait dans un état de vulnérabilité extrême ?

Avec un soupir, elle le suivit dans le hall où ils furent accueillis par un jeune valet. Un élégant lustre de cristal était suspendu au plafond, et un bel escalier d'acajou s'incurvait vers la galerie de l'étage supérieur.

— Je constate que vous êtes bien arrivé, Ned, dit Garrett au valet. Tout est en ordre ici ?

— Oui, milord. J'ai engagé une cuisinière et des femmes de chambre, comme vous me l'aviez demandé. Un grand nettoyage a été entrepris.

Ned était aussi brun et aussi grand que Garrett. Lorsqu'il suivit ce dernier jusqu'à l'escalier, Alexandra remarqua qu'il boitillait.

— Milord, reprit-il après une hésitation, la cuisinière m'a demandé de faire l'argenterie et… j'ai bien réfléchi. Je ne pense pas que cette tâche m'incombe. Puis j'ai encore réfléchi, et je me suis dit que je n'étais peut-être pas fait pour être valet. Je me débrouille mieux avec les chevaux. Alors ne vaudrait-il mieux pas que je m'occupe des écuries ?

Garrett s'immobilisa, puis fit face à Ned, qui rougit et commença à se dandiner d'un pied sur l'autre. Alexandra ne put s'empêcher de sourire.

— On dirait que vous avez beaucoup cogité, Ned. Pourquoi, en effet, ne vous occuperiez-vous pas des quelques chevaux que nous avons ici ? Je viens justement d'embaucher un palefrenier en chef pour remettre les écuries en état, et il aura sûrement besoin d'aide. Si vous préférez cela au travail de maison, libre à vous.

Un sourire radieux illumina le visage de Ned.

— Merci, milord ! Je vous assure que je serai meilleur palefrenier que valet. Chacun de nous y gagnera, vous verrez.

Alexandra se retint de rire comme Garrett hochait la tête d'un air solennel.

— Merci d'avoir attiré mon attention sur ce point, Ned. Un homme ne devrait pas perdre son temps dans une activité pour laquelle il n'a aucune aptitude. À présent, si vous en avez terminé, je vais montrer sa chambre à notre charmante invitée.

— Oh, bien sûr, milord !

Ned porta son attention sur Alexandra comme s'il n'avait pas eu conscience de sa présence jusque-là. Il balaya du regard son accoutrement masculin, puis tourna un regard ahuri vers Garrett.

— *Mademoiselle* Daniels et moi-même sortons d'un bal costumé, expliqua ce dernier d'un ton détaché qui ne souffrait cependant pas la contradiction.

Ned rougit, puis s'inclina brièvement.

— Encore merci, milord. Je vais aux écuries de ce pas.

Sans sa patte folle, il est certain que la joie l'aurait poussé à courir jusqu'à la porte.

Alexandra ne put s'empêcher de commenter :

— Il est adorable, ce garçon. Et sa jambe ? Un accident ou une blessure en Crimée ?

— Un accident à cause de Duc et de l'orgueil démesuré de jeunesse – ou de la stupidité. Le père de Ned est palefrenier en chef des écuries d'un autre domaine, enchaîna-t-il comme elle affichait un air perplexe. Duc est un étalon que j'ai acheté récemment. Ned a cru pouvoir le débourrer. Il a eu de la chance, car sa jambe guérira complètement avec le temps. Mais pour le punir et lui mettre du plomb dans la cervelle, son père l'a envoyé ici officier en tant que valet. Comme vous pouvez le constater, Ned a d'autres projets concernant son avenir.

— Et quel est votre avis sur la question ?

— Je pense que ce garçon est en âge de faire ses propres choix et d'en subir les conséquences, douloureuses ou pas. Comme nous tous, ajouta-t-il, le regard sombre tout à coup. Venez, je vais vous montrer votre chambre.

S'interrogeant sur ce « comme nous tous » qui, à l'évidence, faisait référence à autre chose que la guerre, Alexandra lui emboîta le pas. À l'étage, ils empruntèrent un couloir faiblement éclairé dont les murs tapissés de brocard n'étaient égayés par aucun tableau. La plupart des portes étaient closes.

— Voici votre chambre, déclara Garrett en ouvrant l'une d'elles, avant de s'effacer pour la laisser entrer. Je vais envoyer une caméariste avec vos affaires.

— Merci, murmura-t-elle, consciente de la chaleur de son corps tout proche.

— Vous ne m'embrassez pas pour me souhaiter bonne nuit ?

Elle tressaillit.

— Je ne pense pas.

— Parfait, coupa-t-il, avant de l'enlacer d'un geste autoritaire pour l'attirer contre lui.

Une fois de plus, il la réduisit au silence d'un baiser. Elle se cramponna à lui par réflexe. Sans le soutien de ses bras, elle aurait sûrement glissé au sol telle une poupée désarticulée. Au fond, elle savait qu'elle aurait dû se débattre et le repousser, que des associés ne s'embrassaient pas à bouche-que-veux-tu, mais il avait si bon goût… Elle ne voulait pas qu'il s'arrête.

Une vague de passion submergea la voix de la raison qui s'obstinait à lui crier que c'était une très mauvaise idée.

Lorsque Garrett releva la tête, une éternité plus tard, elle était à bout de souffle.

— Parfois il vaut mieux ne pas penser et se contenter de ressentir, déclara-t-il d'une voix dans laquelle perçait l'amusement.

Il la libéra. Elle recula en titubant, sentit le mur dans son dos.

— Bonne nuit, Alexandra.

Un sourire entendu aux lèvres, il s'inclina, puis tourna les talons.

Les jambes flageolantes, elle le suivit du regard avant de se ressaisir et de se réfugier dans sa chambre. Garrett l'entraînait sur un terrain dangereux. Demain, elle reprendrait la barre. Ce soir, elle était bien incapable de réfléchir. En effet, parfois il valait mieux ne pas penser. À l'instant, dans ses bras, elle n'avait certes pas réfléchi. Et, Seigneur, elle avait éprouvé des sensations terriblement… perturbantes.

Bras serrés autour d'elle, elle laissa errer son regard sur la chambre pour ne plus penser à Garrett.

La décoration se déclinait dans des tons sourds de vieux rose, de vert jade et de bleu. La tête de lit en fer forgé était agrémentée d'arabesques et de corolles. Il y avait une armoire dans un angle, une coiffeuse au plateau de marbre surmonté d'un miroir ovale. Un tapis oriental recouvrait le parquet. C'était ravissant, chaleureux et... très féminin. Elle se rembrunit.

Elle n'osait penser au nombre de femmes qui y avaient séjourné ou si Kristen avait dormi dans ce lit. Kristen qui aimait Garrett. Elle avait tendance à oublier ses maîtresses, surtout quand il l'embrassait éperdument.

Mais la réalité s'imposait à elle à présent.

Elle se débarrassa de sa perruque, la posa sur la coiffeuse, puis ôta les épingles qui maintenaient ses cheveux avant de faire glisser ses doigts dans les longues mèches blondes. Elle dénoua ensuite sa cravate, déboutonna son col de chemise et, pour la première fois depuis des heures, put respirer librement.

Un bruit tout proche la fit sursauter.

Elle tendit l'oreille. Le bruit se répéta, comme si un objet léger venait de tomber par terre. Parcourant la pièce du regard, elle repéra une seconde porte, près de la commode.

Sans réfléchir, elle alla l'ouvrir et se retrouva face à...

Garrett.

Il se tenait au milieu de ce qui semblait être à première vue la chambre du maître de maison, les pieds enfoncés dans un épais tapis d'Aubusson. Le regard d'Alexandra dériva du côté de l'immense lit sur lequel étaient empilés des oreillers. Elle remarqua sa veste abandonnée sur l'édredon, avant de détourner vivement les yeux, le cœur battant.

Garrett lui sourit. Il avait ôté ses bottes, d'où le bruit qu'elle avait entendu un instant plus tôt. Sa cravate était dénouée et son col ouvert. Les pans de sa chemise sortaient de son pantalon. À l'évidence, il n'était pas du genre à attendre son valet pour l'aider à se dévêtir. Mais qu'importe, elle n'aurait pas dû songer à cela. De telles pensées étaient… inconvenantes.

Mieux valait s'interroger sur le fait que sa chambre communiquait avec la sienne. Ce qui signifiait que celle d'Alexandra était en fait celle de… la maîtresse de maison.

— Puis-je savoir ce que vous croyez être en train de faire exactement ?

Il haussa les sourcils, l'air faussement innocent.

— Je me déshabille. Si vous voulez vous joindre à moi, vous êtes la bienvenue.

— Il faut que cela cesse ! s'écria-t-elle. Nous avons passé un accord, je vous signale.

Le sourire aux lèvres, il s'approcha d'une petite table, s'empara de la carafe qui s'y trouvait et remplit un verre avant de rejoindre Alexandra d'une démarche nonchalante. Machinalement, elle appuya le dos contre le chambranle.

Sans un mot, il lui prit la main, y plaça le verre, forçant ses doigts à se refermer autour.

— Buvez cela, ordonna-t-il. C'est du cognac, cela va vous détendre.

Comme elle ouvrait la bouche pour protester, il pressa les doigts contre ses lèvres pour l'en empêcher. Le geste était intime, et troublant.

— Je me rappelle fort bien notre accord et je m'y tiens, rétorqua-t-il en laissant retomber sa main. Mais cet accord même m'oblige à assurer votre protection. Quelqu'un veut ma mort, et vous êtes par conséquent en danger, vous aussi. Je pense que nous sommes ici en sécurité, mais je ne peux vous offrir aucune garantie. Et comme je veux veiller sur vous, je dois vous garder sous surveillance constante.

Avec un petit sourire espiègle, il enchaîna :

— Puisque je ne peux vous avoir dans mon lit, je vous ai installée dans la chambre voisine. C'est mieux que rien. Buvez.

Il souleva le verre en direction de sa bouche. Elle lui écarta la main d'une tape, consentit à boire une petite gorgée. Le cognac lui fit venir les larmes aux yeux. Elle cilla furieusement, toussa.

Le rire de Garrett se répercuta en ondes frissonnantes dans sa chair.

— Alexandra, sachez que je n'ai aucun goût pour les partenaires récalcitrantes. Je n'ai jamais forcé une femme. Vous n'avez pas besoin de vous réfugier à l'autre bout de la maison, ni de tirer le verrou sur votre porte. Vous n'avez qu'un mot à dire : « non ».

Il s'appuya de la main au chambranle, s'inclina et captura une mèche de ses cheveux qu'il laissa filer entre ses doigts. Alexandra retint son souffle quand ses phalanges frôlèrent la petite veine qui pulsait à la base de son cou.

— Mais je préférerais un « oui », reconnut-il.

Son sourire avait quelque chose de fascinant, tout comme la lueur qui brillait dans ses yeux. La conversation prenait un tour qu'elle n'avait pas souhaité. Une fois de plus, il était seul à commander le navire.

Mais il disait vrai. Il ne tentait pas de s'imposer à elle, même s'il avouait sans détour son intention de la séduire. Lord Kendall était un débauché, mais aussi un gentleman. Elle n'avait qu'à dire « non » pour le tenir à distance.

Et c'est ce qu'elle ferait la prochaine fois.

Car il y aurait forcément une prochaine fois. Un débauché, gentleman ou pas, restait un débauché. Et les débauchés volaient des baisers, avec plus ou moins de talent. Manifestement Garrett avait de l'entraînement dans ce domaine, car il y excellait.

Elle recula dans sa chambre, sursauta en le voyant tendre la main vers elle. Il se contenta de lui reprendre le verre.

— Bonne nuit, Garrett.

Elle s'apprêtait à refermer la porte quand il la rappela, bloquant le battant de la main :

— Alexandra ? Il faudra que je vous apprenne à vous servir correctement d'une arme à feu. Vous devez être capable de vous défendre.

— Oui, ce serait plus prudent si vous êtes dans les parages. Bonne nuit, répéta-t-elle, satisfaite de voir la surprise se peindre sur ses traits.

Il lâcha le battant et elle le referma d'un geste ferme, avant de s'y adosser, le cœur battant la chamade.

Son rire grave résonna de l'autre côté de la porte, et elle ne put s'empêcher de sourire. Elle n'avait pas encore tout à fait rétabli l'équilibre entre eux, mais on y venait.

Sa dernière pique était un beau début.

13

Assis à son bureau, Garrett écoutait son régisseur lui faire son rapport, lui transmettre les réclamations de ses fermiers et faire le point sur d'autres questions en rapport avec le domaine.

Garrett l'écoutait avec attention, ou du moins en donnait l'impression. Le jeune employé, David Stewart, n'avait pas grande expérience. Dans son zèle, il s'embourbait dans des détails assommants. Garrett aurait dû s'y attendre. Stewart était son ancien sergent artilleur et dans cette profession, la précision était une qualité vitale.

Garrett attendit que Stewart baisse le nez sur ses papiers pour consulter subrepticement sa montre de gousset. Seigneur, cela faisait deux heures qu'ils s'entretenaient ! Cela suffisait. Il devait encore parcourir ses terres pour juger par lui-même de l'état du domaine, et demander à ses employés de faire des patrouilles régulières afin de repérer toute personne étrangère. Il n'allait pas attendre benoîtement que les tueurs viennent le débusquer jusque chez lui. S'ils se présentaient, il les attendrait de pied ferme.

Il décida d'accorder encore quelques minutes à Stewart, puis il mettrait un terme à l'entrevue. Il avait d'autres projets. Il avait aussi une femme à séduire, et n'avait encore pas établi de stratégie à ce sujet.

À la pensée d'Alexandra, il sentit sa tension refluer. Stewart n'était pas le seul à avoir la mémoire des détails. Garrett se souvenait du goût de sa bouche, de la cambrure de son corps ployé contre le sien, de la sensation de ses cheveux entre ses doigts. Croisant les jambes, il s'efforça d'afficher une expression concentrée, mais un sourire était en train de naître sur ses lèvres et il comprit qu'il était en train de perdre cette bataille-là.

Avant que son régisseur le surprenne à sourire niaisement, il toussota, repoussa son siège et se leva.

— Merci, Stewart. Vous avez fait un excellent travail.

Surpris de le voir contourner le bureau, le jeune régisseur se leva d'un bond. Garrett lui pressa amicalement l'épaule et le raccompagna vers la porte.

— Euh... merci, milord. Mais j'avais encore quelques questions...

— Je m'en doute. Dans ce cas, pourquoi ne pas m'accompagner pour faire le tour de la propriété ? Vous pourrez ainsi continuer votre rapport.

— Oui, bien sûr, milord. J'aurais dû penser que vous souhaiteriez inspecter le domaine. Quelle étourderie de ma part.

— Au contraire, j'ai constaté que rien ne vous échappait.

— Merci, monsieur. En fait, le vicaire m'a aidé.

— Le vicaire ?

Le régisseur hocha la tête non sans embarras et ses joues s'empourprèrent. Garrett remarqua alors les cernes sous ses yeux bleus.

— Vous avez été bien inspiré de demander son concours. Je suis sûr qu'il doit être compétent dans de nombreux domaines, dit-il.

— Il l'est, en effet.

— Et il a une fille charmante, ajouta Garrett, la main sur la poignée de la porte.

Stewart rougit de plus belle. Garrett gagna le hall. Son sourire se figea sur ses lèvres et il s'arrêta net en apercevant Alexandra au pied des marches.

Ses cheveux blonds étaient rassemblés en un sage chignon. Elle portait une robe d'un joli bleu roi qui soulignait des courbes que la veste masculine avait dissimulées jusqu'à présent. Garrett, qui l'avait tenue dans ses bras, savait déjà qu'elle était menue, mais qu'elle avait toutefois des rondeurs là où il le fallait, et il ne put s'empêcher de la parcourir d'un regard admiratif. Seigneur, elle était magnifique.

La lueur réprobatrice qui s'alluma dans les yeux bleus l'arracha à sa contemplation. Il venait de se faire surprendre en train de la reluquer, comme un écolier subissant ses premiers émois face à une femme.

Il s'inclina pour la saluer.

— Bonjour, mademoiselle Daniels. J'espère que vous avez bien dormi. Vous êtes ravissante. Après une longue séance de travail, vous êtes le rayon de soleil qu'il me fallait pour affronter le reste de la journée.

Son compliment quelque peu éculé parut la laisser dubitative. Certes, il était un peu rouillé. Pas étonnant. Cela faisait deux ans qu'il ne s'était pas exercé. Tourner des jolies phrases était indispensable dans l'art de la séduction, et il allait devoir affûter ses armes s'il voulait mener à bien son assaut.

— J'ai très bien dormi et bien déjeuné, merci. Et vous, votre matinée s'est bien passée ? s'enquit-elle.

— Je n'aurais pu laisser mon domaine en de meilleures mains. Je vous présente David Stewart, mon secrétaire et régisseur. Nous avons l'intention de poursuivre cette entrevue par une visite du domaine, et vous arrivez juste à temps pour vous joindre à nous.

— Vous êtes sûr ? Je ne voudrais pas m'imposer…

— Vous ne vous imposez pas. En fait, j'insiste. Votre charmante compagnie illuminera notre journée.

Sapristi, quel crétin ! Il devait avoir l'air parfaitement demeuré. Il fallait sur-le-champ arrêter ce flot de louanges sirupeuses, décida-t-il. Mais quand Alexandra lui sourit et que ses yeux pétillèrent, il ne put s'empêcher de sourire à son tour, enchanté.

— Merci. Dans ce cas, j'accepte volontiers de vous accompagner. Vous avez raison d'effectuer vous-même cette tournée. C'est toujours sur le terrain qu'on a le meilleur point de vue pour mener une gestion éclairée.

Sa réponse prit Garrett au dépourvu. Comment se faisait-il qu'elle ait un avis aussi catégorique sur le sujet ? Avait-elle assisté son père jadis ? Ce dernier n'avait-il donc pas d'intendant ? Ces questions ne faisaient que révéler d'autres pièces manquantes du puzzle.

— Quand avez-vous parcouru vos terres pour la dernière fois ? voulut-elle savoir.

— Cela fait un bon moment. Mais Stewart m'a tenu au courant des problèmes les plus urgents, et il a toute ma confiance.

Se tournant vers son régisseur, il ajouta :

— David, vous devriez aller demander à Ned de seller nos montures et de vérifier que la cuisinière nous a bien préparé quelques provisions à emporter, comme je le lui avais demandé.

— Tout de suite, milord.

Stewart tourna les talons. Alexandra le suivit du regard et parut remarquer sa manche de veste coincée dans sa poche.

Elle adressa un regard interrogateur à Garrett.

— Sa main ?

— David était artilleur et servait sous mes ordres. Nous y allons ?

— La cuisinière n'a pas dû prévoir ma présence, et si vous projetez de manger sur place…

— Ne vous inquiétez pas de cela.

— Hum. Vous aviez l'intention depuis le début de m'emmener, n'est-ce pas ? Et si j'avais refusé ?

Il haussa les épaules.

— La question est sans intérêt puisque votre réponse correspond à mes souhaits.

— Voilà qui tombe bien pour vous.

— Effectivement, car vous avez l'air de connaître les questions d'intendance. Avez-vous grandi sur une vaste propriété ?

La voyant s'assombrir, il ajouta :

— Vous n'êtes pas obligée de me répondre, pardonnez-moi.

Elle détourna la tête et il éprouva une pointe de déception. Cela dit, il comprenait qu'il devait gagner sa confiance avant d'obtenir ses confidences. Son entreprise de séduction en serait du reste facilitée.

Contre toute attente, elle répondit tout à coup :

— Mon père était propriétaire terrien et j'étudiais souvent les rapports avec le régisseur en chef. Nous partions aussi en tournée pour rencontrer les fermiers. Mon père, contrairement à M. Stewart, ne... s'intéressait guère aux détails.

Elle semblait sur ses gardes, circonspecte quant à la réaction qu'il était susceptible d'avoir. Craignait-elle qu'il la condamne pour s'être chargée de ces tâches qui incombaient d'ordinaire aux hommes ? Comme s'il attachait de l'importance à de telles sornettes ! Ce qu'il aurait voulu savoir, en revanche, c'est pourquoi elle avait été contrainte de fuir quand son oncle avait hérité du titre.

Cette pièce était essentielle pour résoudre l'énigme. Il ressentit de la colère vis-à-vis de cet oncle inconnu, ou de quiconque était responsable de la situation désespérée qui l'avait obligée à s'introduire chez le duc de Hammond déguisée en homme.

Si sa propre mère avait repris les rênes des mains incompétentes de son beau-père, elle lui aurait peut-être épargné de grosses pertes, songea-t-il. Encore aurait-il fallu qu'elle soit forte, ce qui n'était pas le cas.

Il n'en admira que davantage Alexandra qui affrontait la vie bille en tête et n'aurait pas envisagé une seule seconde de déserter.

Il se rendit compte qu'elle le dévisageait d'un air intrigué. Bien sûr, il souriait encore comme un benêt ! En tout cas, il venait de recueillir sa première confidence, et il ne pouvait faire comme si de rien n'était.

— Vous avez l'œil pour les détails, vous aussi, c'est bon à savoir, déclara-t-il.

Voyant qu'elle paraissait se détendre, il se risqua à poser la question qu'elle avait réussi à éluder jusqu'à présent :

— Et ces terres ? Votre père n'en est plus propriétaire ?

— Mes parents ne sont plus de ce monde. Le domaine est passé aux mains de mon oncle. Mais nous avons eu un différend et j'ai préféré aller vivre ailleurs.

Elle fit quelques pas en direction de la porte, et lui jeta un coup d'œil par-dessus son épaule.

— Nous devrions nous presser. Je suis sûre que vous avez beaucoup à faire.

Fin de la discussion.

Il s'était aventuré aussi loin qu'elle le lui avait permis. Ce qui était un progrès indéniable, décréta-t-il.

Alexandra enfila ses gants et, perdue dans ses pensées, se dirigea vers la porte. Quand Garrett avait parlé de partir en tournée d'inspection sur ses terres, elle avait été transportée dans le temps, à l'époque où, aidée de Marks, le régisseur de son père, elle étudiait les livres de comptes pour tenter de sauver ce que son père avait saccagé.

Ensemble, Marks et elle avaient fait l'impossible, économisant penny après penny pour éponger les dettes. Ç'avait été une période très difficile, et cependant gratifiante. Son père avait dilapidé la fortune familiale, mais elle avait réussi à sauver leur patrimoine. Pour le remettre, hélas, entre les mains de son oncle.

Elle était cependant déterminée à ne pas se laisser totalement spolier.

Sur la côte non loin de Brighton, il y avait un cottage. Alexandra s'était arrangée pour que Marks le vende à un ami de la famille qui avait promis de le conserver jusqu'à ce qu'elle soit en mesure de le lui racheter. L'argent que lui donnerait Garrett pour sa contribution à l'enquête ne suffirait peut-être pas, mais ce serait un bon début.

Elle lui était reconnaissante de ne pas avoir insisté pour connaître les détails de sa vie passée. Elle n'était pas prête à partager son amertume, après avoir tant perdu. Toutefois elle attendait maintenant que Garrett rétablisse l'équilibre en s'ouvrant pareillement à elle. « Échange de bons procédés », comme disait Marks lorsqu'il prêtait de l'argent aux fermiers qui souhaitaient faire des investissements sur leur exploitation.

Elle se tourna pour regarder Garrett qui émergeait à son tour sur le perron, et son cœur s'emballa.

Elle devait garder à l'esprit deux choses essentielles si elle voulait que son plan fonctionne.

C'était elle qui tenait les rênes, et elle avait le pouvoir de dire « non ».

14

Garrett s'apprêtait à enfourcher Champion lorsque Alexandra s'avança à la rencontre d'Automne, la jument qu'il lui avait choisie. Il vit son expression s'adoucir, devenir nostalgique, et il éprouva un pincement au cœur. Dieu qu'il aurait aimé qu'elle le regarde ainsi, avec une telle convoitise dans le regard.

Ned l'aida à se jucher en selle. Elle rassembla les rênes d'une main sûre, le dos bien droit. Son assiette était parfaite. La jument, un peu capricieuse, avait tendance à brouter le feuillage qui passait à sa portée. D'une main douce quoique ferme, Alexandra lui imposa sa trajectoire pour lui faire comprendre qui commandait.

Même si Garrett avait perdu l'habitude de courtiser les dames, il n'avait pas oublié que la plupart étaient sensibles aux cadeaux. Pourtant il n'arrivait pas à imaginer la pragmatique Alexandra se pâmant devant des colifichets. Il aurait adoré la couvrir de bijoux – surtout si elle ne portait que cela ! –, mais il se rendait bien compte qu'elle était différente des autres femmes.

Indépendante, les pieds sur terre, déterminée.

Son Alexandra l'aurait poliment remercié, puis se serait empressée de gager ses cadeaux au mont-de-piété pour acheter de la nourriture. Non, elle méritait quelque chose d'utile, mais qu'elle ne pouvait s'offrir vu sa situation actuelle. S'il lui donnait un cheval, peut-être parviendrait-il à lui faire baisser sa garde. Car c'est ainsi qu'il la voulait, sans défense, abandonnée entre ses bras, sous lui.

Il fit allonger le pas à Champion pour l'amener à la hauteur d'Automne. Alexandra bavardait avec Stewart, mais lorsqu'il les rejoignit, ce dernier se détacha du groupe pour prendre la tête de leur petite expédition. Décidément, ce garçon était futé

— Vous êtes bonne cavalière, remarqua Garrett. Je vais demander à Gus de vous acheter une monture. Il devrait arriver d'ici la fin de la semaine avec des chevaux.

— Cette jument me convient tout à fait, répondit Alexandra qui flatta l'encolure d'Automne. Et de toute façon je n'ai aucun endroit où mettre un cheval quand je retournerai en ville.

Rien. Aucune lueur d'avidité dans ses yeux bleus, aucun de ces petits cris surexcités que poussaient d'ordinaire les femmes lorsqu'elles recevaient un présent. Il se renfrogna. Il ne s'était pourtant pas trompé tout à l'heure, il avait bien vu son expression d'envie quand elle s'était approchée de la jument.

Malédiction. Alexandra était si différente que les tactiques habituelles ne fonctionnaient pas avec elle.

— Mais je vais vous rétribuer, et vous aurez alors les moyens de payer la pension d'un cheval, objecta-t-il.

— Si jamais j'ai besoin d'un cheval à Londres, je m'occuperai d'en acquérir un moi-même.

— Je vous assure que cela me fait plaisir de…

— Merci, mais non, coupa-t-elle. Nous avons passé un contrat, mais il n'y a rien de plus entre nous. Je ne peux pas accepter de cadeaux de votre part, et d'ailleurs je n'en attends pas. Ce n'est pas ce dont nous étions convenus.

— Un contrat peut comporter des avenants.

Son calme et sa logique inébranlable le désarçonnaient. C'était très irritant chez une femme.

— Pas celui-là. Mais, encore une fois, je vous remercie de votre offre.

Puis, donnant un petit coup de talon à Automne, elle s'en alla rejoindre Stewart qui les avait devancés de quelques dizaines de mètres.

Garrett la regarda s'éloigner, les sourcils froncés. Les choses ne se passaient pas comme prévu. Ses compliments tombaient à plat, elle refusait ses cadeaux et elle se servait de Stewart comme d'un tampon entre eux.

Il était temps de changer une nouvelle fois de stratégie.

Il devait trouver son point faible. En avait-elle seulement ? se demanda-t-il. Puis il se rappela leurs baisers, et la façon dont elle y avait répondu. Cette femme réfléchissait beaucoup trop. Il devait faire en sorte que les émotions et les sensations chassent ses pensées.

Il allait prendre le temps de s'occuper des affaires pressantes du domaine, puis il se débarrasserait de Stewart. Après quoi, il trouverait un vallon tranquille.

Charlton Manor n'était pas la plus vaste de ses propriétés à l'époque où Garrett en avait hérité. Mais au fil des ans, il avait racheté des parcelles environnantes, autant qu'il avait pu. À présent, le domaine s'étendait sur plus de trois cents acres de terres fertiles. Et il allait enfin pouvoir réaliser ses grands projets.

Comme ils atteignaient la crête d'une colline, Alexandra poussa une exclamation de surprise. Devant eux se déroulait un paysage de champs labourés dans lesquels s'activaient de nombreux ouvriers agricoles. Certains guidaient de robustes chevaux de trait qui tiraient les charrues et retournaient la terre avant le passage des semeurs.

— Que plantent-ils ? s'enquit-elle.

— Essentiellement du houblon, mais aussi de l'orge, du blé et du seigle.

— Pourquoi du houblon ?

— Pour la fabrication de la bière. C'est l'ingrédient principal des brasseurs. Le houblon du Kent est très réputé. Je compte bien faire fortune avec.

— Vous voulez… faire du commerce ?

— Oui. Ne vous inquiétez pas, j'ai déjà été présenté à la reine.

Elle sourit.

— Je vois qu'être banni de la cour vous anéantirait !

— Assurément. Nous autres, imbéciles hautains, passons notre vie dans l'entourage des têtes couronnées. Enfin, quand nous ne sommes pas occupés à acheter des cravates rouges.

Il était heureux de la voir sourire. Elle avait un sourire adorable, et elle était belle. Sa vue lui faisait battre le cœur.

Il mit pied à terre, puis aida Alexandra à descendre de sa monture.

— Vous ne vendez pas directement aux gens, mais passez par un intermédiaire, je suppose donc qu'on ne peut pas vraiment vous en tenir rigueur, remarqua-t-elle avec ironie.

— Le distinguo est un peu hypocrite, mais astucieux.

— Vous manqueriez trop à la cour, du moins aux dames. En revanche, je suis sûre que leurs maris seraient ravis de votre absence, ajouta-t-elle en lui décochant un regard espiègle sous le bord de son chapeau.

Il s'esclaffa.

— Leurs épouses n'ont rien à craindre de moi. J'ai renoncé aux aventures trop périlleuses pour me tourner vers des entreprises plus lucratives. Ce sont leurs portefeuilles que ces messieurs devraient surveiller.

— Une leçon que j'ai apprise un peu tard, reconnut-elle en riant elle aussi.

— Il n'est jamais trop tard pour apprendre, assura-t-il d'une voix douce, les yeux rivés sur ses lèvres pleines qui ne demandaient qu'à être mordillées.

Le sourire de la jeune femme s'envola et ses pommettes se colorèrent. Elle recula d'un pas, glissa une mèche de cheveux sous son chapeau.

— Eh bien, grâce à votre générosité, je ne serai plus obligée de jouer.

Elle refusait de mordre à l'hameçon. Sacrebleu.

Reportant son attention sur les champs, elle étrécit les yeux et ajouta :

— Puisque vous parlez de votre entreprise, combien parmi ces gens sont des métayers, et combien des vétérans ?

Il se rembrunit, répondit d'un ton rogue :

— Je ne sais pas, je ne tiens pas le compte.

— Cela m'aurait étonnée. Tous ces gens faisaient partie de votre régiment ?

Le regard de Garrett se posa sur l'un des ouvriers agricoles qui, appuyé sur une béquille, discutait avec un autre ancien soldat. Oui, tous ces hommes avaient servi sous ses ordres. Ils lui étaient foncièrement loyaux. Et contrairement à celui qui voulait le tuer, leur nom n'était pas sur la liste des invités du duc de Hammond, car ils n'étaient pas invités aux réceptions les plus huppées de Londres.

C'est pour cette raison qu'il pensait qu'Alexandra et lui seraient en sécurité à Charlton Manor. Il n'avait toutefois pas envie de rappeler à la jeune femme la menace qui pesait sur eux, au risque de voir s'évanouir son beau sourire. Mais il avait l'intention d'avoir un entretien avec Holt, son contremaître, pour lui demander d'établir un périmètre de sécurité autour de la propriété.

— Certains sont des vétérans, acquiesça-t-il, évasif. Ils avaient besoin de travail et j'avais besoin de main-d'œuvre. Ils ont plus que mérité de pouvoir gagner leur vie, ne croyez-vous pas ?

— Bien sûr.

— La plupart des employeurs refusent de réembaucher les invalides à leur retour de la guerre. Ils ne veulent pas de gens diminués physiquement à leur service. C'est vraiment inique.

Une bourrasque de vent malmena le chapeau d'Alexandra et souleva ses jupes. Garrett préféra se concentrer sur ce charmant spectacle, beaucoup plus agréable pour les yeux que celui de ses hommes dans les champs – et en tout cas beaucoup plus léger sur sa conscience.

— Vous avez su leur tendre la main, murmura-t-elle. Mais ce n'est pas seulement un travail que vous leur avez offert, vous le savez, n'est-ce pas ?

Incapable de supporter la lueur admirative dans son regard, il se détourna. Même s'il était fier de s'embarquer avec ses hommes dans ce grand projet, il n'était pas un héros, ni un sauveur. Comment aurait-il pu se considérer comme tel alors qu'il y en avait tant qu'il n'avait pas pu sauver ? Ceux-là aussi étaient ses hommes.

Il répondit à la question d'Alexandra d'un bref hochement de tête, puis s'en alla d'un pas vif, de peur de dire quelque chose qu'il regretterait.

Il éprouvait déjà bien trop de regrets.

Déconcertée, Alexandra regarda Garrett s'éloigner.

Cet homme dévoilait tant de facettes différentes qu'elle commençait à avoir du mal à se rappeler la liste de ses défauts. Et il était à craindre que la somme de ses qualités les rende anecdotiques, ce qui ne le rendait que plus dangereux à ses yeux.

Elle avait vu des ombres hanter son regard juste avant qu'il ne se détourne.

Maudit Garrett.

Il était tel un coffre, hermétiquement verrouillé. Et ce qu'il cachait aux yeux de tous le rongeait de l'intérieur, le consumait à petit feu. Il y avait en lui quelque chose d'énorme et qui bouillonnait. Comme ces machines à vapeur qui explosaient en crachant un nuage de fumée, il aurait eu besoin d'une soupape de sécurité pour évacuer la pression. Elle craignait qu'il n'y ait là plus que des souvenirs torturants de morts et de massacre. Mais quoi ?

Pensive, elle descendit la colline et s'arrêta aux abords du premier champ. À sa vue, quelques hommes portèrent la main à leur casquette, mais ceux qui étaient défigurés par une balafre se détournèrent avec gêne. Alexandra sentit son cœur se serrer, mais elle s'efforça de conserver une expression sereine. Elle ne pleurerait pas pour ces hommes. Ils n'avaient que faire de sa pitié. Ce dont ils avaient besoin, c'était d'un travail qui leur permettait de retrouver leur dignité. Ce que Garrett leur offrait, bien qu'il se refusât à l'admettre.

Un soupir lui échappa.

— Tout va bien, mademoiselle ?

Elle tressaillit en découvrant Stewart à côté d'elle.

— Oui, bien sûr. C'est impressionnant, dit-elle en désignant les champs. Combien de temps faut-il pour que le houblon parvienne à maturité ?

— Je ne suis pas fermier, mais il me semble que les herbacées grimpantes, telles que le houblon, ont une croissance rapide. Il faudra bientôt mettre en place des tuteurs. Holt – c'est l'homme qui est en train de discuter avec lord Kendall – supervise les semailles. Un treillis va ensuite être déployé sur les plantations…

Stewart s'était lancé dans une explication exhaustive et bien plus détaillée qu'Alexandra ne l'avait souhaitée. Néanmoins, intéressée, elle lui prêta une oreille attentive.

— Je pensais que Charlton Manor avait des fermages et sans doute aussi quelques jardins potagers exploités par des maraîchers, mais je ne m'attendais pas du tout à trouver une si grande exploitation agricole, commenta-t-elle.

— Holt et lord Kendall ont tout imaginé quand ils étaient en Crimée, expliqua Stewart avec fierté.

Holt avait repéré des terres qui bordaient celles de Charlon Manor, mais le propriétaire acceptait juste de les louer. Il préférait continuer de percevoir des loyers pour financer ses loisirs. Puis il a contracté des dettes et a fini par accepter la proposition de rachat de lord Kendall afin de continuer à mener grand train. Le luxe a son prix, conclut Stewart avec un sourire.

— La transaction a été cordiale ? demanda Alexandra d'un air innocent.

Garrett avait quand même déplu à quelqu'un au point que ce quelqu'un cherchait maintenant à le tuer. Pourquoi pas un voisin rancunier qui se serait vu contraint de céder son bien à plus riche que lui ?

La terre symbolisait le pouvoir, personne n'aimait en perdre.

— Elle l'aurait été davantage si lord Kendall avait accepté d'épouser la fille de lord Keyes dans la foulée, répondit Stewart, une lueur malicieuse dans les yeux.

— Elle ne lui plaisait donc pas ?

— Non. Mais ne vous inquiétez pas pour elle, elle a plein de soupirants dans la région, et elle est d'ailleurs très sensible à leurs attentions. Elle… Bref, lord Kendall n'a pas du tout l'intention de se marier, acheva le régisseur en rougissant.

Alexandra éprouva un petit pincement au cœur.

Elle n'aurait pas dû être étonnée que Garrett ne soit pas intéressé par le mariage. Il avait déjà une maîtresse et ne semblait pas opposé à l'idée d'en avoir une autre, à en juger par ses attentions envers elle. Dans ces conditions, pourquoi s'embarrasser d'une épouse ?

À vrai dire, ils avaient cela en commun. L'exemple de ses parents et de leur union fantoche n'incitait pas

Alexandra à convoler. Elle avait du reste consenti à bien des sacrifices pour l'éviter. Quant aux aventures galantes, elle n'était pas davantage intéressée.

Elle comptait remplir sa mission auprès de Garrett et tenter de le soulager des maux qui lui gâchaient l'existence, mais rien de plus. Sauf que, dans un cas comme dans l'autre, elle n'avait aucune idée sur la manière de s'y prendre.

Elle avait besoin d'aide.

— Monsieur Stewart, vous avez servi sous les ordres de lord Kendall en Crimée, n'est-ce pas ?

Bien que visiblement surpris par ce brusque changement de sujet, il répondit tout de même :

— Oui. J'étais artilleur.

— Était-il un bon officier ?

Stewart se raidit comme si elle venait d'insulter Garrett en sous-entendant le contraire.

— Contrairement aux autres commandants de la haute, il nous soutenait. Il a puisé dans ses propres coffres pour acheter des vivres aux Français, qui étaient mieux préparés que nous, pauvres diables livrés à nous-mêmes. Il était l'un des rares officiers à demander conseil aux soldats de métier. Et il serait toujours là-bas, à lutter pour ses hommes, s'il n'avait pas été blessé et évacué.

Le regard de Stewart s'était durci à l'évocation de ces souvenirs. Il se reprit, rougit, comme s'il en avait dit plus qu'il ne le souhaitait.

— Lord Kendall doit avoir besoin de moi, mademoiselle, dit-il en s'inclinant brièvement.

— Stewart ? le rappela-t-elle alors qu'il s'éloignait déjà. Lord Kendall soutient toujours ses hommes. Simplement il le fait ici, chez lui.

— En effet, acquiesça le régisseur après l'avoir dévisagée un instant.

Le regard d'Alexandra se porta vers la haute silhouette de Garrett qui écoutait un ouvrier agricole. Calme, attentif, il dégageait une impression de force, de fiabilité.

C'était un homme bien. Intègre. Loyal.

Plus grand que ses compagnons, il avait tant de prestance qu'on l'aurait davantage imaginé dans une salle de bal que dans un champ de houblon. Qui pouvait résister à une telle séduction ?

Songeant à la belle Kristen, elle fronça les sourcils.

Garrett n'était pas libre.

Et soudain elle maudit cette femme qu'elle ne connaissait même pas et se surprit à la détester avec une violence qui la stupéfia.

Elle-même n'aimait peut-être pas Garrett, mais elle était certaine que Kristen ne le comprendrait jamais. Avait-elle vu ses blessures cachées ? Alexandra, elle, avait l'habitude des soldats. Elle connaissait leurs failles, et Garrett n'était pas différent d'eux.

— Ça va ? Vous avez les joues toutes rouges.

Elle tressaillit. Elle n'avait pas vu Garrett s'approcher.

— Ça va très bien, affirma-t-elle.

Ils rebroussèrent chemin en direction de leurs montures.

— Si le temps se maintient, nous pouvons rejoindre le petit promontoire qui surplombe la mer, non loin d'ici, déclara-t-il, les yeux levés sur les nuages gris qui s'amoncelaient à l'ouest. Ce serait l'endroit idéal pour manger un morceau. La vue y est magnifique.

Alexandra avait justement besoin d'un panorama grandiose. De n'importe quoi qui puisse la distraire de Garrett.

Il lui confia les rênes d'Automne, et elle retint son souffle en sentant ses mains lui encercler la taille. D'un mouvement sûr, il la jucha en selle. Puis, comme il lissait sa jupe, il fronça soudain les sourcils, perplexe.

— Qu'est-ce que vous avez là ?

Alexandra se sentit rougir. Elle avait oublié les biscuits qu'elle avait glissés dans sa poche après avoir pris son petit déjeuner. Mortifiée, elle marmonna :

— Ce sont des biscuits.

— Pardon ?

— Des biscuits. Au cas où j'aurais faim en cours de route.

— Bonne idée. Moi aussi, j'ai toujours faim, dit-il d'une voix rauque en parcourant sa silhouette d'un regard appuyé.

Alexandra ouvrit la bouche pour le rappeler à l'ordre, puis renonça dans un soupir. C'était peut-être un bien, mais l'arrogance restait en haut de la liste de ses défauts.

D'un coup de talon, elle mit Automne au petit trot. Pourquoi tenait-elle autant à aider Garrett ? Elle n'en savait rien. Une seule chose intéressait cet homme, et il ne cessait de la titiller pour l'obtenir, conscient que ses regards et ses sourires avaient sur elle un effet dévastateur. Il avait même cru pouvoir la séduire en lui offrant un cheval. Mais elle voyait clair dans son jeu. Elle avait appris très tôt à ne rien convoiter de crainte qu'il ne lui soit enlevé. Petite, son père la couvrait de cadeaux pour mieux les lui reprendre le lendemain, afin de payer ses dettes.

Garrett n'était pas comme son père, mais tous deux étaient des débauchés. Débauché un jour, débauché toujours.

Elle se remémora les paroles de Marks, l'ancien régisseur du domaine de Langdon. « Échange de bons procédés. » Si elle accordait à Garrett un peu de ce qu'il désirait, peut-être lui donnerait-il ce qu'elle voulait en retour ? Peut-être s'ouvrirait-il enfin ?

L'intimité était propice aux confidences.

Non, impossible. C'était trop dangereux.

Plongée dans ses pensées, elle mit Automne au pas en se mordillant la lèvre, attendant que Garrett la rattrape.

Elle avait prétendu être immunisée contre toute tentative de séduction, et il lui avait retourné ses paroles. Si elle avait dit la vérité, elle devait être capable de mettre sa déclaration à l'épreuve. Or elle avait dit la vérité.

Alors quel mal y avait-il à échanger quelques baisers inoffensifs ?

Car c'était là la seule concession qu'elle s'autoriserait.

C'était un jeu dangereux, certes. Elle pouvait fort bien se faire dévorer. Elle prit une profonde inspiration.

« Certains risques valaient la peine d'être pris. »

Avec un regain de confiance, elle sourit à Garrett qui l'avait rejointe. Elle devait se faire confiance. Elle parviendrait à ses fins. Elle réussirait à l'aider.

Et si jamais les choses dérapaient, il lui suffirait de dire « non » pour le tenir en bride. Sinon, eh bien, n'avait-il pas promis de lui apprendre à utiliser un pistolet ?

15

Elle avait une idée en tête. Garrett savait reconnaître la mine de quelqu'un qui réfléchissait à une stratégie. Derrière les immenses yeux bleus, d'implacables rouages s'étaient mis en branle.

Mais que pouvait bien mijoter une jeune fille pragmatique et bien élevée ?

Il l'étudia à la dérobée tandis qu'ils cheminaient en silence. Il n'y avait plus qu'à espérer que ses plans coïncidaient avec les siens. Il n'aimait pas être ainsi dans l'expectative, mais il se refusait à adopter une position défensive alors qu'il avait préparé une attaque frontale.

La falaise était une destination stratégique. L'endroit était bucolique, loin des regards, et romantique avec la plage en contrebas et la mer à perte de vue. Pour se débarrasser de Stewart, Garrett l'avait envoyé remercier le vicaire de sa part pour son aide dans la gestion du domaine. Alexandra avait paru méfiante lorsque le jeune régisseur les avait quittés, mais en femme pragmatique et indépendante, elle n'avait pas réclamé la présence d'un chaperon.

Il y avait également, non loin, un petit pavillon de chasse dans lequel ils pourraient se réfugier si jamais le temps se gâtait. Garrett observa le ciel de plus en plus menaçant. Les conditions météorologiques étaient une variable dont il fallait tenir compte dans n'importe quel plan de bataille, mais il pensait avoir encore un peu de répit avant que le déluge s'abatte sur eux.

Ils traversèrent un véritable paradis de coteaux verdoyants, avant de s'engager dans un sentier qui coupait à travers un hallier. Au-delà s'étendait le promontoire rocheux qui surplombait l'océan. La vue était magnifique, mais pour Garrett la beauté d'Alexandra rivalisait avec celle du panorama. Elle avait un profil de camée et des lèvres pulpeuses qui le rendaient fou. Depuis que sa bouche avait goûté la sienne, une faim dévorante le tenaillait. Mais il n'avait eu qu'un avant-goût et l'impatience le gagnait.

Des aboiements troublèrent soudain le silence.

Garrett tira sur les rênes de Champion et vit que, de son côté, Alexandra raccourcissait les rênes d'Automne. La jument hennit et, comme les aboiements s'intensifiaient, elle commença à ruer. Alexandra entreprit de la calmer en lui flattant l'encolure et en lui murmurant des paroles apaisantes.

C'est alors qu'une détonation déchira l'air.

Une balle rasa l'épaule de Garrett en sifflant. La douleur le fit tressaillir. D'instinct, il se pencha et, un bras passé autour de la taille d'Alexandra, l'arracha à sa selle d'amazone pour l'asseoir devant lui. Puis il piqua des deux et lança Champion au triple galop en direction du hallier.

Les rênes dans une main, il retenait Alexandra de l'autre et était donc dans l'incapacité de saisir son pistolet. Il n'aimait pas battre en retraite, mais la sécurité de la jeune femme primait sur le reste.

Un coup de sifflet retentit et les aboiements se calmèrent aussitôt.

— Bons chiens, bons chiens. Qu'avez-vous trouvé, mes mignons ?

Ce salaud de Keyes.

Garrett fit volter Champion si brusquement qu'Alexandra poussa un cri et s'accrocha à son bras. Un cheval de cavalerie était habitué à obéir au doigt et à l'œil sur un champ de bataille, dans le tumulte des coups de canon. Ce n'était pas une meute de chiens de chasse qui allait impressionner l'étalon.

— Keyes ! hurla Garrett d'une voix vibrante de fureur.

— Kendall, est-ce vous ? Où êtes-vous donc ?

Un homme monté sur un superbe cheval bai, apparut au détour du sentier. Sa veste de chasse n'arrivait pas à dissimuler sa bedaine proéminente et ses cuissots semblables à des troncs d'arbre. Le vent soulevait les quelques rares mèches grisâtres qui restaient sur son crâne.

Il tenait un fusil dont le canon rutilant était pointé vers le sol. L'odeur de la poudre flotta jusqu'aux narines de Garrett. Au pied du cheval, quatre pointers musclés, au pelage lustré, haletaient d'impatience.

— Mais qu'est-ce que vous fabriquez, Keyes ? tonna Garrett, qui mourait d'envie d'aller coller son poing dans la figure rougeaude de son voisin.

— Eh, calmez-vous. Mes chiens ont reniflé quelque chose. Je ne pensais pas que...

— Non, ça me semble une évidence ! Vous avez tiré à l'aveugle. Je devrais aller vous dénoncer au constable ! Comment pouvez-vous...

— Pardonnez-moi, mais la chasse n'a rien d'illégal, coupa Keyes en lui retournant un regard dédaigneux. Et nous ne sommes pas sur vos terres, que je sache. À moins que vous n'ayez également dépouillé Wharton.

— Bon Dieu, si vous criez encore à l'escroquerie, prenez-vous-en à votre notaire. Personne ne vous a obligé à signer l'acte de vente, à part lui peut-être. Estimez-vous heureux que la propriété qui vous reste soit plus spacieuse que la prison pour dettes.

Voyant Keyes postillonner de rage, Alexandra pressa la main de Garrett pour le mettre en garde. Mais celui-ci était trop furieux pour se calmer.

— Et que diable chassez-vous dans les parages ? Les promeneurs ?

Le teint de Keyes passa du rubicond au violet.

— Vous m'accusez de tentative de meurtre, Kendall ?

— C'est vous qui tenez un fusil encore fumant, et moi qui ai une éraflure de balle sur ma manche. Je vous enverrai la note de mon tailleur !

Alexandra poussa un petit cri et se tourna pour tenter de voir la blessure. Kendall resserra son étreinte autour de sa taille pour l'empêcher de bouger.

Keyes fixa Alexandra, les yeux étrécis. Il n'avait pas l'air bourrelé de remords.

— Mon doigt a dû déraper sur la détente, désolé, marmonna-t-il avec un haussement d'épaules. Mille excuses pour votre veste. Mais vous n'avez pas l'air d'en avoir souffert, et j'ajouterai même que vous paraissez entre de bonnes mains. Je ne crois pas avoir eu le plaisir d'être présenté à votre… amie ?

Le sourire égrillard était plein d'insinuations déplaisantes. Garrett sentit Alexandra se raidir. Elle dut fusiller Keyes du regard, car celui-ci baissa les yeux.

— Lady Daniels, lord Keyes, articula Garrett. Cette dame est en visite à Charlton Manor avec lord et lady Warren.

— Tout le plaisir est pour moi, dit Keyes. Ou plutôt pour vous, Kendall.

Alexandra prit une brève inspiration. Garrett faillit sauter à bas de son cheval pour se ruer sur Keyes. Il se contint. Ce crétin n'en valait pas la peine.

— Je ne peux peut-être pas vous traîner devant le juge pour tentative de meurtre, Keyes, mais je peux le faire pour violation de propriété et braconnage. Nous sommes sur les terres de Wharton, et en son absence, son domaine est sous la surveillance de mon régisseur. Je vous suggère donc de déguerpir. Il ne faudrait pas que *mon* doigt dérape sur la détente, ajouta-t-il en sortant son pistolet.

— Vous me menacez ? s'étrangla Keyes, outré.

— Tout à fait. Désirez-vous que je vous rende raison ? Dites-moi l'heure et le lieu.

Il sentit la main d'Alexandra se crisper sur son bras, mais n'en tint pas compte. Il savait bien qu'il n'y aurait pas de duel. Keyes était un couard. Il préférait tirer dans le dos des cavaliers que de les affronter de face.

De fait, Keyes avait pâli.

— Pour que vous me descendiez ? Je ne suis pas idiot, Kendall, même si vous semblez persuadé du contraire. Je m'en vais. Mais vous n'avez pas le contrôle de toute la région. Et chasser est tout à fait légal ! Vous feriez bien de vous en souvenir. *Lady* Daniels, conclut-il en hochant la tête à l'adresse d'Alexandra.

Il avait insisté sur son titre en arborant un air goguenard pour bien montrer qu'il doutait de son statut.

— Êtes-vous en train de *me* menacer ? gronda Garrett.

— Considérez cela comme un conseil, vu que vous êtes nouveau dans la région et que vous ne connaissez pas bien nos coutumes.

Keyes fit tourner bride à son grand bai et siffla ses chiens. D'un geste brusque de la main, il les mit en ligne, puis talonna sa monture.

Dans le silence qui suivit, Garrett rengaina son arme.

— Ce type est un imbécile, grommela-t-il.

— Il faut aller trouver le constable pour lui rapporter l'incident ! décréta Alexandra. Il aurait pu vous tuer. Et qui dit que ce n'est pas précisément ce qu'il cherchait ?

— Keyes raterait sa cible même s'il se prenait les pieds dedans ! C'est un lâche.

— Les lâches aussi tuent.

— Vous avez raison, mais celui-ci ne figure pas sur la liste des invités de Hammond.

— De quoi parlez-vous ?

— À moins que la tête de Keyes ne vous dise quelque chose, il n'était pas présent lors de cette soirée chez le duc, mais ici, chez lui, en train de se lamenter sur ses terres perdues, sa dévergondée de fille et ses dettes galopantes. Stewart m'a confirmé qu'il n'avait pas quitté la région, cela l'élimine donc de la liste des suspects. Keyes est un idiot, pas un assassin.

— Vous vous croyez peut-être immunisé contre les imbéciles, mais l'arrogance aveugle n'arrête pas les balles, rétorqua-t-elle en inspectant sa manche. Laissez-moi voir votre épaule. Il y a du sang sur votre veste. Il faudrait panser la plaie avant de poursuivre notre route.

— Ce n'est qu'une égratignure. Vous pourrez y jeter un coup d'œil tout à l'heure si ça vous fait plaisir, mais pour le moment il est plus urgent de récupérer Automne.

Il rebroussa chemin et sentit sa tension refluer. Le corps d'Alexandra était souple et doux contre le sien. Elle sentait bon le chèvrefeuille et une autre fragrance qu'il ne parvenait pas à identifier.

Cette journée ne serait peut-être pas complètement ratée finalement.

Les premières gouttes de pluie s'écrasèrent sur son crâne et il serra les dents. Il s'était réjoui trop vite. Tout cela commençait à faire beaucoup. Et ou diable était passée cette satanée jument ?

— Est-elle capable de rentrer à l'écurie toute seule ? demanda Alexandra qui courbait les épaules contre les bourrasques de vent.

Garrett la ramena contre lui et se pencha sur elle pour la protéger. La pluie devenait cinglante.

— Sans doute. Elle est intelligente. Il y a du fourrage là-bas et elle sera au chaud.

— Oui, elle est futée, et nous devrions suivre son exemple.

— En effet, marmonna-t-il.

Mais alors qu'il s'apprêtait à talonner Champion, il tira sur les rênes. Il y avait un bout de chemin à faire avant d'arriver au manoir. Le vieux pavillon de chasse était bien plus près. Ils pouvaient attendre là-bas que l'orage se calme. Et ils avaient de quoi manger.

Il fit volter Champion, sa bonne humeur retrouvée tout à coup.

Ce qu'il avait en tête allait peut-être sauver sa journée… ou la ruiner définitivement.

16

Alexandra croisait les bras sur la poitrine pour tenter de se réchauffer. Contrairement à Garrett, elle n'était pas trempée. Durant leur chevauchée, il était resté penché sur elle, la tenant enfermée dans le cercle de ses bras pour la protéger du déluge. Mises à part ses jupes, elle était relativement sèche.

Quelques minutes plus tôt, ils s'étaient réfugiés à l'intérieur d'un vieux pavillon de chasse. La pluie crépitait sur le toit dans un grondement sourd qui évoquait un troupeau d'éléphants en train de charger.

Alexandra jeta un regard au plafond, s'attendant à demi à découvrir une fuite.

Garrett était allé attacher Champion sous l'avant-toit situé à l'arrière du bâtiment. Le mauvais temps ne durerait pas, avait-il assuré, il leur suffisait d'attendre un peu. Alexandra n'était pas convaincue, mais elle avait trop froid et trop faim pour discuter.

Elle balaya la pièce du regard. Il y avait un sofa, une table au plateau éraflé, quelques chaises, des couvertures pliées, jetées çà et là. Dans l'âtre de la cheminée, quelqu'un avait empilé du petit bois sur une bûche à moitié consumée. Bien que l'endroit parût abandonné, quelqu'un devait y passer de temps en temps. D'autres cavaliers surpris par le mauvais temps, sans doute.

Alexandra glissa un coup d'œil aux couvertures moelleuses, refusa de penser aux rendez-vous galants que le pavillon avait pu abriter. Ce n'était pas une bonne idée. Mais mieux valait ne pas s'attarder là.

Elle empoigna ses jupes humides, esquissa un pas vers la porte. Le grondement du tonnerre la fit se pétrifier. Décidément, il lui faudrait attendre. Elle regarda d'un œil torve la tête de cerf accrochée au-dessus de la porte. Sous les bois immenses, les yeux noirs comme du charbon semblaient la fixer, et même s'amuser de sa situation, car elle croyait y voir pétiller un éclat malicieux.

Elle se détourna. C'était ridicule. Elle devait maîtriser ses nerfs. Cela dit, elle ne s'était pas affolée, pourtant il y avait de quoi : les chiens, les coups de feu, cette plaie que Garrett qualifiait d'« égratignure », la plupart des femmes auraient fait une crise de nerfs. Pour sa part, elle était assez fière d'avoir gardé suffisamment son calme pour contrôler Automne.

Ensuite, Garrett avait pris les choses en mains.

Elle se mordit les lèvres au souvenir de son bras musclé autour de sa taille alors qu'ils galopaient dans la forêt. Son cœur avait battu à tout rompre, mais ce n'était pas sous l'effet de la peur.

Elle soupira. L'instinct protecteur de Garrett et son autorité naturelle lui plaisaient, surtout après avoir vécu auprès d'un père indolent et veule. En revanche son arrogance et sa témérité l'inquiétaient. D'emblée il écartait l'hypothèse de la culpabilité de Keyes parce qu'il ne le croyait pas capable d'ourdir un tel complot. Mais pensait-il vraiment que celui qui était derrière cette machination était intelligent ?

Contrairement à Garrett, Alexandra était convaincue que l'assassin était un lâche et que, selon toute vraisemblance, il n'était pas très malin.

Une description qui correspondait parfaitement à Keyes.

La porte d'entrée du pavillon s'ouvrit à la volée. Garrett fit irruption dans la pièce, les cheveux dégoulinants de pluie, un fagot dans les bras, le sac de selle suspendu à l'épaule.

— Nous allons faire du feu. J'ai trouvé une corde de bois sec dans le bûcher, annonça-t-il.

Elle se précipita pour refermer la porte derrière lui et poussa le verrou. Son retour tombait à pic. Elle n'était pas prête à réfléchir plus avant à la possibilité qu'un domaine voisin abrite un meurtrier.

Garrett déposa son fagot devant la cheminée.

— La tempête se déplace vite. Nous sommes arrivés à temps.

Il se redressa, repoussa ses cheveux mouillés de son front, et regarda autour de lui.

— On dirait que nous ne sommes pas les premiers à chercher refuge ici. Regardez, il y a de quoi se sécher.

Il se débarrassa du sac de selle, alla récupérer l'une des couvertures sur le dossier du sofa pour s'essuyer le visage. Lorsqu'il eut fini, ses cheveux en bataille et sa veste trempée lui collaient aux épaules et au torse.

Ses yeux pétillaient.

— Ce n'est pas vraiment la vue que je souhaitais vous montrer, mais au moins nous sommes au sec et nous avons de quoi manger. On ne va pas se plaindre.

— Vous devriez enlever votre veste avant d'attraper froid, suggéra-t-elle.

— Juste la veste ? la taquina-t-il. Parce que ma chemise aussi est mouillée. Tout comme mon pantalon.

Elle ne daigna pas répondre et il rit.

— Bon, très bien, mais je croyais que vous vouliez soigner mon épaule.

— Cette égratignure ? Je pense pouvoir le faire sans que vous ayez besoin d'enlever votre pantalon, mouillé ou pas.

— Dommage.

— Il séchera vite près du feu. Pourquoi ne pas l'allumer ?

— Pourquoi, en effet.

Garrett ôta sa veste, ainsi que sa cravate, déboutonna le col de sa chemise pour révéler un triangle de peau hâlée. Alexandra sentit ses joues la brûler. À quoi bon faire du feu ? Un regard à cet homme et elle s'embrasait.

Une boîte en métal, posée sur le manteau de la cheminée, contenait des allumettes. Garrett en gratta une et mit le feu au petit bois. Comme il se penchait pour souffler dessus, Alexandra l'observa, fascinée. Pour rien au monde elle ne se serait privée d'un tel spectacle. Garrett, agenouillé, sa chemise humide soulignant les muscles noueux de son dos et ses biceps, son pantalon moulant ses hanches étroites et ses fesses…

Elle ne put retenir un soupir.

C'était une très mauvaise idée.

Une violente rafale de vent secoua les carreaux, lui rappelant qu'elle était piégée là. Allons, elle n'avait pas le choix, elle devait s'adapter à la situation. Et il fallait reconnaître que sa situation comportait certains avantages, songea-t-elle en reportant son attention sur Garrett.

Mains sur les hanches, il se redressa pour regarder le feu prendre.

Attirée autant par lui que par la chaleur, Alexandra le rejoignit. Pour la première fois, elle remarqua l'estafilade rougeâtre qui tachait sa manche déchirée, juste au-dessous de l'épaule.

— Vous appelez ça une égratignure ? s'exclama-t-elle.

Elle voulut soulever le tissu, mais le sang coagulé le collait à la plaie. Garrett tressaillit, repoussa sa main.

— C'est bon, je m'en occuperai plus tard. Avez-vous faim ? s'enquit-il en s'approchant du sac de selle sur la table.

— Voyons, ne faites pas l'enfant, laissez-moi vous soigner.

Il hésita une seconde, avant de céder.

— Comme vous voudrez.

Il alla retirer du sac un petit objet enveloppé dans un chiffon, ainsi qu'une flasque en argent. Après avoir déballé un canif qu'il tendit à Alexandra, il tira une chaise devant le feu et s'assit. Puis, saisissant le pan de chemise déchiré au niveau de l'épaule, il tira dessus d'un geste brusque, révélant la blessure couverte de sang séché.

— À vous maintenant, mademoiselle Nightingale[1]. Ne laissez pas le patient faire tout le travail.

Alexandra retourna le canif dans ses mains d'un air perplexe, avant de demander :

— Que voulez-vous que je fasse de cela ? C'est pour vous obliger à rester sage ?

---

1. Florence Nightingale (1820-1910), célèbre infirmière britannique. *(N.d.T.)*

— Non, c'est pour découper ma chemise. Nous utiliserons la manche pour faire un pansement de fortune en attendant mieux.

Alexandra entreprit de couper le tissu, jusqu'à ce que Garrett soit en mesure d'arracher la totalité de la manche. Il attrapa ensuite la flasque, dévissa le bouchon, et versa un peu d'alcool sur la plaie. L'opération ne lui arracha qu'une brève inspiration.

Une fois le sang nettoyé, Alexandra découvrit que la plaie faisait au moins cinq centimètres de long. Même si elle n'était guère profonde, ce n'était pas le genre de blessures à traiter par le mépris.

Garrett lui tendit la manche de chemise.

— En Crimée, on apprenait à faire avec ce qu'on avait.

Elle enroula la bande de tissu autour de son biceps. Le contact de sa peau tiède sous ses doigts la troublait infiniment, et elle avait chaud partout. Sans doute à cause de la proximité du feu, tenta-t-elle de se persuader. Tout en faisant un nœud pour fixer le bandage, elle demanda :

— Avez-vous vraiment rencontré Mlle Nightingale ?

— Non. Au début de la guerre, il n'y avait pas d'infirmières. Les blessés s'entassaient dans des couloirs crasseux plein d'excréments, d'ordures et de vermines. La plupart mouraient de maladie, et non de leurs blessures.

Son visage s'était fermé, et sa voix trahissait une immense amertume. Alexandra poursuivit d'une voix douce :

— Et puis est arrivée la mission de Mlle Nightingale, son équipe d'infirmières si débrouillardes. Du moins c'est ce que j'ai entendu dire.

Elle se tut, espérant qu'il allait dérouler le fil de ses souvenirs et se laisser aller à quelques confidences.

Comme le silence se prolongeait, elle prit une profonde inspiration et se risqua plus avant en territoire interdit :

— Et vous ? Avez-vous été soigné par ces infirmières ?

La main de Garrett se crispa sur la flasque.

— Non, je n'en avais pas besoin, j'avais Havers.

Le ton était bref, le sujet clos. Avec un sourire pincé, il enchaîna :

— Et aujourd'hui, je vous ai, *vous*. Vous êtes beaucoup plus jolie que Havers. Mais n'allez pas le lui dire, ça le démolirait.

Elle lui sourit en retour et une douce chaleur se répandit dans sa poitrine.

— Bien, reprit-il, allons voir ce que la cuisinière nous a préparé. J'espère que cela ira avec vos biscuits.

Elle lui retourna un regard interloqué. *Quels biscuits ?* Puis elle glissa la main dans sa poche. Riant, Garrett se leva pour aller fouiller dans le sac de selle.

Alexandra le regarda faire en maudissant la pudeur de ce diable d'homme. Elle pourrait l'aider si seulement il y mettait un peu de bonne volonté ! Réprimant un soupir irrité, elle le rejoignit et déballa les affaires avec lui. Son regard se posa sur le pansement. Même si elle n'était pas capable de guérir ses vieilles blessures, s'ils faisaient équipe, ils pourraient peut-être lui en épargner de nouvelles, et, plus important, lui sauver la vie.

L'épisode avec Keyes lui avait brutalement rappelé la raison de sa présence dans le Kent. Quelqu'un en voulait à la vie de Garrett, et ils étaient censés élaborer un plan pour empêcher que cela arrive. C'est pour cette raison qu'il la payait, et il était grand temps qu'elle se rende utile.

Une miche de pain coincée sous le bras, les mains pleines de provisions, Garrett décréta :

— Nous allons pique-niquer devant la cheminée. Prenez ces couvertures et étalez-les sur le sol, voulez-vous ?

Alexandra obtempéra, puis l'aida à disposer la nourriture. Il y avait là un véritable festin, un assortiment de viandes froides, de fromages, et ce pain frais croustillant dont l'odeur la faisait défaillir.

Elle s'assit par terre, rassembla ses jupes autour d'elle et attendit qu'il se soit installé à son tour pour déclarer :

— Ce pansement me rappelle la raison de ma présence à vos côtés. Je ne peux accepter votre argent pour un service que je ne vous ai pas rendu, aussi...

Elle s'interrompit comme une brusque quinte de toux secouait Garrett. Les yeux larmoyants, il se frappa la poitrine et mit quelques secondes à reprendre son souffle. Puis, secouant la tête, il se racla la gorge.

— Veuillez m'excuser, c'est votre manière de dire les choses...

Il n'acheva pas, mais son regard espiègle était éloquent. Exaspérée, Alexandra fronça les sourcils.

— Oh, pour l'amour du ciel !

De toute évidence, il estimait qu'une femme ne pouvait rendre qu'une seule sorte de « service » à un homme. Mais elle ne le suivrait pas sur cette pente tendancieuse.

— Vous m'avez demandé de vous aider à confondre ces hommes qui projettent de vous assassiner, reprit-elle, et je crois qu'il est temps que nous échafaudions un plan.

— Je vous assure que partager mon exil campagnard avec une belle femme me suffit amplement.

Toujours cet insupportable sourire.

— Merci pour le compliment. Mais nous avons passé un accord, et je vous conseille de le prendre au sérieux et de trouver le moyen de rester en vie, parce que je ne serai pas rétribuée si on vous assassine.

Il s'étrangla de nouveau. Elle se pencha et lui tapa obligeamment dans le dos.

— Vous n'avez pas tort, reconnut-il. Et pour ce qui est d'un plan, j'en ai un.

— Pardon ?

Elle s'apprêtait à croquer dans un morceau de pain, mais suspendit son geste.

— Vous voyez ! Je fais attention de ne pas vous surprendre la bouche pleine. Je me soucie de *votre* vie.

— J'essaie de faire de même avec vous, mais vous ne me facilitez pas la tâche, riposta-t-elle. Bon, vous comptez m'en dire plus à propos de ce fameux plan ?

— J'attendais pour le mettre en œuvre l'arrivée de ma sœur, car nous aurons besoin de son aide et de celle de Brandon. Mais puisque vous êtes si pressée, nous allons procéder autrement. Je sais que vous n'avez pas l'intention de devenir ma maîtresse, vous avez été très claire à ce sujet, mais seriez-vous aussi rétive à l'idée de *feindre* de l'être ?

Haussant un sourcil, elle le dévisagea froidement.

— Je prends votre silence pour un oui, déclara-t-il, nullement penaud. Bon, cela valait le coup d'essayer. Quand nous nous connaîtrons mieux, peut-être.

— Je vous connais bien assez. À propos de ce plan, de votre sœur et de son mari… ?

— Nous allons retourner sur la scène du crime. Brandon s'est assuré la coopération de Hammond. Celui-ci va donner une autre réception et y inviter tous ceux qui se trouvaient à la soirée où nous nous sommes rencontrés. Le nom de l'assassin figure sur cette liste d'invités, et nous espérons qu'il viendra, surtout s'il sait que je serai présent. Si vous vous retrouvez dans la même pièce que cette ordure, vous aurez plus de chance de reconnaître sa voix ou de repérer une attitude, un tic quelconque, qui ravivera vos souvenirs et nous aidera à l'identifier. Kit va vous apporter quelques toilettes. Brandon et elle joueront les chaperons afin de préserver votre réputation.

Songeuse, Alexandra hocha la tête en silence.

Paradoxalement, en dépit du danger qui menaçait Garrett, elle ne s'était jamais sentie aussi protégée. Anesthésiée par ce sentiment de sécurité trompeur, elle en aurait presque oublié sa propre situation.

Il était inutile de protéger sa réputation, car son oncle s'était déjà chargé de la ruiner. Si jamais celui-ci la retrouvait ou apprenait qu'elle était désormais sous la protection d'un autre homme, il ferait en sorte que tous apprennent son déshonneur, sans se soucier de la vérité ni des répercussions sur d'innocentes victimes. Or, si elle paraissait en public en compagnie de Garrett, il était fort probable que son oncle l'apprenne. Un flot de bile lui monta dans la gorge.

Mais comment refuser d'aider Garrett ?

Elle l'étudia à la dérobée tandis qu'il contemplait les flammes qui dansaient dans l'âtre. Son regard s'attarda sur ses cheveux en désordre, son bras bandé, sa peau lisse et bronzée. Elle dut se retenir de tendre la main pour lui caresser le visage.

Comment aurait-elle pu ne rien faire et attendre qu'un lâche anonyme l'assassine ?

Elle ferma un instant les yeux.

Non, impossible.

Certains risques valaient la peine d'être pris, et la vie de Garrett valait la peine qu'elle risque la sienne.

— Vous croyez que cette fripouille osera retourner chez le duc de Hammond ?

— Espérons-le. J'aimerais en finir avec cette histoire. Je n'aime pas vivre avec une épée de Damoclès au-dessus de la tête. J'ai confiance dans ce plan. Nous démasquerons cette ordure, mais en attendant, nous sommes en sécurité ici. Du moins si nous réussissons à éviter Keyes-le-roi-de-la-détente ! ajouta-t-il, sarcastique.

Il s'empara du tisonnier pour remuer les braises, puis indiqua la nourriture.

— Pourquoi ne mangez-vous pas ? Il faut reprendre des forces. Et on ne peut pas se nourrir exclusivement de biscuits.

Avec un clin d'œil, il se détourna et continua de s'occuper du feu.

Alexandra baissa les yeux sur les provisions déployées devant elle. Par une cruelle ironie du sort, pour la première fois depuis plus d'un an, elle n'avait pas d'appétit.

Garrett termina le morceau de fromage, se demandant comment la cuisinière avait réussi à glisser tant de délices dans un petit sac de selle. Cette femme aurait été bien utile en Crimée. Ou peut-être pas finalement, puisqu'en général leur pitance ne remplissait pas un dé à coudre.

Il s'appuya sur les coudes, étira ses longues jambes qu'il croisa au niveau des chevilles.

Une fois sec, son pantalon avait paru rétrécir autour de son érection persistante, la rendant plus inconfortable encore.

Il observa Alexandra.

Assise devant la cheminée, les bras autour de ses jambes repliées, elle contemplait les flammes qui jetaient des reflets fauves dans sa chevelure, mordoraient certaines mèches et en brunissaient d'autres.

Il mourait d'envie d'ôter les épingles pour enfouir les doigts dans ses boucles épaisses. Brûlait de prendre son visage entre ses mains pour embrasser ses lèvres pulpeuses. Rêvait de déboutonner sa robe lentement, très lentement, un bouton après l'autre, pour révéler sa peau satinée. Il presserait sa bouche à la base de son cou, puis l'allongerait doucement sur la couverture. Il la couvrirait de son corps, sentirait ses seins ronds s'écraser sous son torse, et alors il lécherait…

— Garrett ?

Quoi ? Où ? Il tressaillit. Alexandra venait manifestement de lui parler. Son expression sévère lui donna l'impression d'être un petit garçon surpris en train de reluquer un nu de Rubens.

— Oui ? fit-il en se redressant en position assise.

— Je parlais de votre sœur. J'ai été surprise d'apprendre que lord Warren s'était marié. Sa réputation de débauché n'est plus à faire et j'avoue m'interroger sur le genre de femme qu'il a pu épouser.

Brandon et sa sœur ? Cette pensée suffit à refermer brutalement son livre d'images érotiques. Il soupira.

— Débauché un jour, débauché toujours, c'est cela ? Aussi vous vous dites que ma sœur doit être une fieffée idiote ?

— Non, bien sûr que non ! protesta-t-elle en rougissant.

— Mais si, c'est exactement ce que vous pensez. Ne vous inquiétez pas, je ne le lui répéterai pas.

Ne dit-on pas que les anciens débauchés font les meilleurs époux ?

— On dit aussi que l'amour est aveugle.

— Kit serait donc aveugle en plus d'être idiote. Ma sœur va vous adorer, assura-t-il avec un sourire.

— Vous n'avez pas répondu à ma question.

— Quel genre de femme est-ce ? Voyons, elle est douce, docile et influençable.

Alexandra eut du mal à cacher sa déception et il faillit rire ouvertement.

— J'ai hâte de faire sa connaissance, murmura-t-elle.

Alexandra étant persuadée qu'il avait pour maîtresse une femme répondant au nom de Kristen, il attendait également la confrontation avec impatience.

— Êtes-vous proches ? demanda-t-elle encore.

— Très.

— J'imagine que cela doit faciliter les choses qu'elle soit si malléable. Vous qui êtes tellement autoritaire.

— Moi, autoritaire ? Je préfère dire que je sais ce que je veux. Mais c'est vrai, ma sœur fait toujours ce que je lui dis de faire.

Sauf quand elle n'en avait pas envie. Et dans ce cas, Kit savait se rendre si insupportable qu'il se gardait de discuter avec elle.

— Votre robe est-elle sèche ? s'enquit-il en tendant le bras pour froisser le tissu de sa jupe entre ses doigts.

Elle lui écarta la main d'une tape bien sentie.

— Ma robe est très bien, merci.

— Pas du tout, elle est encore humide. Vous devriez vous rapprocher du feu, sinon vous allez attraper la mort. Je ne mords pas, vous savez.

Elle arqua les sourcils, mais ne fit aucun commentaire. Avec un soupir, il lui tendit la flasque.

— Au moins prenez une gorgée de cela. C'est du cognac, cela vous réchauffera un peu.

— Autoritaire, marmonna-t-elle en acceptant néanmoins le flacon.

Il était grand temps de réchauffer l'atmosphère. Il se releva, jeta une autre bûche dans le feu et réorganisa les braises à l'aide du tisonnier.

— Vous parliez de Florence Nightingale, tout à l'heure. Savez-vous qu'elle m'a aidée, moi aussi ? murmura Alexandra.

Elle avait allongé les jambes et ramené les plis de sa jupe autour d'elle. Elle but une nouvelle gorgée de cognac comme si elle avait besoin de se donner du courage. Aussitôt il sentit ses poils se hérisser sur sa nuque, comme lorsqu'il reniflait un traquenard. La conversation allait dévier sur la guerre. Il avait ouvert une porte qu'il aurait mieux fait de laisser verrouillée.

— Je rendais souvent visite à Gus quand il était en convalescence à l'hôpital de Chelsea, pour lui faire la lecture. Ensuite je l'ai faite à d'autres soldats blessés, ce qui a attiré l'attention d'une des dames patronnesses, une grande admiratrice de Florence Nightingale. Cette dame s'est débrouillée pour me faire verser un petit traitement, afin que je continue à faire la lecture aux patients et écrive le courrier de ceux qui en étaient incapables.

Garrett comprenait mieux à présent pourquoi la jeune femme n'avait ni cillé ni battu en retraite à la vue des ouvriers agricoles mutilés.

Elle se leva pour lui rendre la flasque, puis tendit les mains vers les flammes.

— Certains de ces soldats se sont confiés à moi, ils m'ont raconté ce qu'ils avaient vécu en Crimée. Cela les a aidés à…

— Croyez-vous ? coupa-t-il d'une voix dure.

Sa main s'était crispée sur le tisonnier. Il reposa l'instrument contre le mur, s'obligea à détendre ses doigts.

— Mais oui. Les infirmières m'ont dit qu'ils avaient moins de cauchemars ensuite, assura-t-elle.

La sueur dégoulinait entre les omoplates de Garrett, et cela n'avait rien à voir avec la flambée qui lui chauffait le visage. Il n'en avait déjà que trop entendu.

— Alexandra, je vous ai demandé de ne pas…

— Et je vous ai entendu, l'interrompit-elle en cherchant son regard, une lueur suppliante dans ses grands yeux bleus. Mais vous avez besoin de parler à quelqu'un, et je pense pouvoir vous aider. Vous ne pouvez pas mettre un couvercle sur vos émotions. Cela ne…

— Je ne peux pas ?

Raide comme une trique, il se tourna vers l'âtre. Les flammes léchaient le bois, commençaient à le consumer, tout comme son sentiment de culpabilité le consumait. Il se passa la main sur le visage, porta la flasque à ses lèvres, suspendit soudain son geste.

Bon sang ! Mais que pensait-il donc ? Il n'y avait pas d'échappatoire. D'un geste rageur, il lança la flasque dans le feu, provoquant une gerbe d'étincelles qui arracha un petit cri à Alexandra. Il pivota vers elle et elle eut un mouvement de recul. Seigneur, elle était si naïve ! Pensait-elle vraiment avoir guéri ces soldats pour avoir échangé trois mots avec eux ?

— De quoi voulez-vous que je vous parle ? Des cadavres et des blessés qui jonchaient le sol trempé de sang ? De notre cavalerie qui, dans sa hâte à sauver sa peau, les a élégamment piétinés, comme autant de détritus jetés à terre ? Tennyson a omis ce détail dans son hommage aux six cents valeureux. C'est beaucoup plus difficile de faire un joli poème avec un tel récit !

Il pressa la main contre sa tempe, comme si cela pouvait endiguer le flot de souvenirs.

— Bon sang, je sens encore l'odeur de chair gangrenée et d'excréments ! J'entends encore les cris d'agonie, les appels à l'aide de ceux qui réclamaient de l'eau, leur mère ou qui appelaient la mort !

Il crachait les mots tel un poison qui aurait débordé de son être. Un rugissement lui emplissait la tête. Il fallait que cela cesse. Il devait ravaler ces souvenirs maudits avant qu'il ne soit trop tard, avant qu'il ne se perde totalement.

— Vous croyez pouvoir effacer de telles images de mon esprit ? gronda-t-il en faisant un pas vers elle. C'est impossible ! Vous ne pouvez pas me guérir, parce que je ne suis pas blessé.

— Garrett…

Elle posa la main sur son bras nu. La passion explosa en lui. Il la saisit par les poignets avec brutalité.

— Vous voulez vraiment faire quelque chose pour moi ? Alors oui, aidez-moi à oublier !

Sa bouche fondit sur la sienne, l'écrasa dans un baiser avide. Sa langue plongea entre ses lèvres, les força à s'ouvrir sous son invasion sauvage. Il avait envie de la dévorer. Elle était douce, pure, innocente. Il voulait aspirer son souffle pour se laver de toutes ces souillures.

Ses doigts s'enfoncèrent dans ses cheveux, firent sauter les épingles, libérèrent les mèches qui se répandirent sur ses épaules.

Les mains d'Alexandra glissèrent dans son dos. Il émit un grondement sourd. Sa chemise était une barrière indésirable. Il en tira les pans hors de son pantalon, faillit faire sauter tous les boutons tant il était pressé de sentir ses mains sur sa peau nue. Puis il tomba à genoux, l'entraînant avec lui, et l'allongea sur la couverture.

Agenouillé au-dessus d'elle, il acheva d'ôter sa chemise. Comme Alexandra ouvrait la bouche, il la bâillonna d'un nouveau baiser pour ne pas entendre ses reproches. La chaleur du feu se mêlait à la passion qui flambait entre eux. Il eut l'impression que son sang se mettait à bouillir dans ses veines. Ses mains descendirent sur ses hanches rondes, puis plus bas, mais ses jupes l'empêchaient d'aller plus loin dans son exploration sensuelle. Sa main remonta alors emprisonner un sein. Alexandra émit un gémissement de plaisir et il pesta contre les couches de vêtements qui les séparaient. Il fallait s'occuper de cette fichue robe.

Lui déboutonner sa robe lui prit des heures, lui sembla-t-il. Enfin il parvint à en écarter les pans, puis à la faire glisser sur ses bras. Il dévora du regard ses seins qui gonflaient le décolleté de dentelle.

Elle était magnifique. Parfaite.

Inclinant la tête, il frôla de ses lèvres les douces rotondités. Alexandra se cambra, et plongea les doigts dans ses cheveux. Il voulait être encore plus proche d'elle, mais elle était trop habillée. Il tira sur le ruban qui fermait sa camisole, libérant sa poitrine frémissante, et aspira la pointe d'un sein dans sa bouche.

Il fut récompensé par un long frisson voluptueux tandis qu'elle exhalait un soupir tremblé. Sa réaction passionnée l'enflamma de plus belle. Brûlant de désir, il happa la pointe de l'autre sein tandis que sa main descendait jusqu'à l'ourlet de sa jupe, et se glissait sous des mètres de jupons. Il maudit la vieille fille prude qui devait avoir inventé ces tenues faites de tant de couches superposées de vêtements qu'elles interdisaient presque de toucher une femme. Finalement ses doigts atteignirent son mollet. Il émit un grondement victorieux. Sa main remonta sur sa peau nue jusqu'à son genou, sa cuisse.

Relevant la tête, il reprit sa bouche, plaqua son bassin contre le sien, son érection pressée entre eux. Fébrile, il lui agrippa la cuisse, la cala contre sa propre hanche. Il avait envie de se fondre en elle, de s'enfouir au plus profond de sa chair intime, de se griser de volupté.

D'oublier.

Son corps entier aspirait à cette fusion. Il était aussi dur que le marbre, au bord de l'explosion, et à en juger par ses réactions, elle l'était elle aussi. Sa main quitta sa cuisse pour s'immiscer entre ses jambes, dans les replis moites de sa féminité. Elle était prête à le recevoir. Il caressa la source cachée de son plaisir, inséra un doigt en elle.

Alexandra se cabra, les mains crispées sur ses épaules.

— Arrêtez ! chuchota-t-elle. Garrett, je vous en prie…

Presque incapable de refréner l'élan qui le poussait à s'unir à elle, il se figea pourtant et attendit.

— Non ! cria-t-elle plus fort en le repoussant.

Il mit quelques secondes à reprendre le contrôle de son corps tenaillé par le désir. Puis, avec un grognement contrarié, il roula sur le dos. Le bras replié sur le front, il lutta pour retrouver son souffle.

Au bout d'un moment, il sentit Alexandra s'asseoir. Baissant le bras, il la regarda remonter sa camisole sur ses seins. Le rideau blond de ses cheveux masquait son visage. Elle reboutonna sa robe.

Quel dommage.

Il laissa échapper un soupir et tourna les yeux vers les flammes, à peine plus vivaces que le feu qui lui fouaillait les reins.

L'instant d'après, il sentit une main frôler timidement la cicatrice qui lui zébrait le flanc. Il eut l'impression qu'on le marquait au fer rouge et se redressa vivement en position assise.

La main d'Alexandra s'immobilisa en l'air. Agenouillée, ses cheveux blonds cascadant sur les épaules, le visage empourpré, les lèvres gonflées par ses baisers, elle était d'une beauté étourdissante. Un ange descendu du ciel pour le sauver, l'arracher à son enfer personnel et l'emmener au paradis.

Il se rendit compte alors que la jeune femme fixait sa cicatrice et retint un juron.

À quoi bon espérer une rédemption ?

Il se mit debout. Elle croyait pouvoir le sauver et, l'espace de quelques secondes, il avait cru pouvoir l'être. Mais elle n'était qu'une fille naïve, et lui un bel idiot.

Il ramassa sa chemise, l'enfila avec brusquerie pour cacher cette cicatrice qui serpentait sur son corps tel un cobra venimeux.

Une fois qu'il l'eut boutonnée, il baissa les yeux sur Alexandra.

— Vous voyez. Vous ne pouvez pas me guérir, parce que je n'ai pas de blessures. Juste des cicatrices. Et vous ne pouvez pas m'en débarrasser.

Alexandra tressaillit comme s'il l'avait giflée. Lui tournant le dos, il prit appui des deux mains sur le manteau de la cheminée. Paupières closes, il laissa échapper un profond soupir.

Si Balaklava était l'enfer, il se trouvait au purgatoire.

17

Plus tard ce soir-là, couchée dans sa chambre au manoir, Alexandra écoutait la tempête qui était repartie de plus belle, et faisait écho à celle qui se déchaînait en elle tandis qu'elle se tournait et se retournait dans son lit, et frappait son oreiller sans parvenir à trouver le sommeil.

Comment dormir quand le souvenir de bras musclés et de baisers enivrants la hantait ?

En nage, entortillée dans les draps, elle tentait de chasser ces images torrides de son esprit, en vain.

Maudit Garrett. Pourquoi avait-il soufflé sur les braises d'une passion qu'elle était bien incapable d'éteindre, ni même de nier ?

Un coup de tonnerre déchira le silence de la nuit tel le hurlement d'un dieu en colère. « Vous ne pouvez pas me guérir », avait dit Garrett. Et la vision de son visage torturé l'obsédait.

Elle pouvait l'aider, elle en était sûre. Si seulement il le lui permettait.

Elle se remémora la cicatrice qui marquait son corps magnifique, boursouflée, irrégulière, impressionnante. Ce n'était pourtant pas celle-ci qui la préoccupait, mais l'autre, celle qui lui meurtrissait l'âme et l'avait brisé.

Avec un soupir, elle roula sur le dos.

Un éclair illumina la chambre, suivie d'un autre grondement sourd qui fit vibrer la fenêtre. Un cri poignant, guttural, s'éleva soudain, accompagnant le fracas de la tempête.

Alexandra se dressa dans son lit, les yeux écarquillés, les mains crispées sur le drap. Ce hurlement déchirant semblait avoir été arraché à un homme qu'on torturait.

Garrett ?

Le cœur d'Alexandra battait follement.

Quelques instants plus tard, une porte s'ouvrit et se referma dans la pièce voisine. Un murmure de voix lui parvint.

Bondissant hors du lit, elle attrapa une robe de chambre et se précipita vers la porte qui communiquait avec la chambre de Garrett.

Elle l'entrebâilla sans bruit, glissa un regard à l'intérieur.

Havers était penché sur Garrett qui gisait sur le lit, le drap entortillé autour de sa taille, les bras croisés sur le visage. À la lueur du feu, son torse apparaissait luisant de transpiration.

Havers tenait un plateau sur lequel était posée une timbale. Il tendit le bras, frôla à peine l'épaule de Garrett, mais ce dernier tressaillit violemment. Son bras se détendit soudain et heurta le plateau, envoyant la timbale et son contenu par terre.

— *Non !*

Le cri jailli de sa gorge semblait provenir du tréfonds de son être.

Alexandra courut vers la commode et saisit le pichet pour remplir d'eau la cuvette en porcelaine.

Elle s'empara d'un linge, le trempa dans le liquide frais, puis s'approcha du lit.

— Je m'occupe de lui, dit-elle à Havers.

Sans plus se soucier du valet, elle s'assit au bord du lit et pressa le linge humide sur le front brûlant de Garrett.

— Chuut, souffla-t-elle, comme elle l'aurait fait pour calmer un enfant en proie à un cauchemar. Tout va bien. Rendormez-vous.

Les yeux injectés de sang se fixèrent sur elle sans la voir.

— Chut, murmura-t-elle encore.

La vue de son visage livide, ravagé par la souffrance lui fendait le cœur. Elle posa la main sur son épaule et, doucement, pesa sur lui pour le repousser contre les oreillers.

La respiration laborieuse, l'air hagard, Garrett les regarda tour à tour, Havers et elle. Sans cesser de lui tamponner le front, Alexandra répétait, comme une mélopée :

— Chut. Vous êtes chez vous. Vous êtes en sécurité.

Le regard de Garrett plongea dans le sien comme s'il cherchait désespérément quelque chose d'inaccessible. Les secondes s'égrenèrent. Au bout d'une éternité, son souffle retrouva un rythme plus régulier et ses paupières se fermèrent. Le linge toujours sur son front, Alexandra lui caressa les cheveux un long moment. Puis elle se leva et se tourna vers Havers qui, entre-temps, avait récupéré son plateau et la timbale, mais semblait vissé au sol.

— Allez demander à la cuisinière de préparer un grog, voulez-vous ? Je vais rester avec lui.

L'air indécis, Havers jeta un coup d'œil à Garrett.

— Havers, je vous le promets, je ne quitterai pas son chevet.

Le valet finit par acquiescer d'un bref hochement de tête, puis murmura :

— Parlez-lui. Tout le temps. D'ordinaire, ces crises ne durent pas longtemps, mais ce soir, avec l'orage… le tonnerre… Tout est revenu et…

— Je comprends.

Dès que la porte se fut refermée sur Havers, Garrett se dressa dans son lit, envoya valser le linge humide sur le lit, et balaya frénétiquement la pièce du regard.

Refusant de céder à la peur, Alexandra se rassit au bord du lit. Il ne parut pas la reconnaître. Ses pupilles étaient dilatées si bien que ses yeux paraissaient presque noirs. Elle posa une main légère sur son épaule moite.

— Chuut… Tout va bien. Allongez-vous. Vous ne risquez rien.

Au début, il résista, ses yeux vitreux rivés sur elle, puis il déglutit et s'affaissa enfin sur le lit. Alexandra récupéra le linge et le posa de nouveau sur son front.

Les doigts de Garrett se refermèrent soudain sur son poignet.

— Ne me laissez pas ! dit-il d'une voix rauque. Restez.

— Bien sûr que je vais rester, souffla-t-elle en battant des paupières pour refouler les larmes qui lui montaient aux yeux. Je suis là. Je ne vous quitterai pas, je…

La fin de sa phrase fut couverte par un coup de tonnerre assourdissant. Garrett la repoussa d'un geste brutal et se prit la tête entre les mains, la serrant comme dans un étau. Le dos arrondi, il ferma les yeux, puis les rouvrit, et son expression était celle d'un dément.

— Nous sommes encerclés !... Bon Dieu, fuyez !

— Non, vous êtes en sécurité ! Regardez-moi ! ordonna-t-elle.

Penchée sur lui, elle posa les mains sur les siennes, le força à relever la tête pour plonger son regard dans le sien, comme si par la seule force de sa volonté elle pouvait dompter sa folie.

— Écoutez-moi, Garrett, il ne va rien vous arriver, articula-t-elle d'une voix calme et ferme.

Elle le répéta encore et encore, et lorsqu'elle le sentit revenir au présent, elle l'obligea à baisser les mains, avant de lui caresser les cheveux. Comme le lui avait conseillé Havers, elle continua de lui parler d'une voix posée :

— Quand j'étais petite et que la tempête soufflait, mon père prétendait qu'il s'agissait des cris de protestation des anges du paradis, à qui j'avais cassé les oreilles en jouant sur le piano de ma mère.

Dans le regard de Garrett, la panique parut refluer. Son attention se fixa sur les propos d'Alexandra qui, peu à peu, l'extirpaient des ténèbres. Ses paupières papillotèrent, tandis qu'elle lui bassinait le front, les joues, le cou.

— Mon père me suppliait d'avoir pitié de lui et des anges, de ne pas m'exercer au piano, sauf quand le vieux lord Bates venait nous rendre visite. J'avais alors tout loisir de massacrer tous les morceaux que je voulais. Et si lady Bates accompagnait son époux, j'avais également le droit de chanter. Mon père disait que cette femme était une vraie pie, un charognard qui adorait fouiller dans le nid des autres pour dévorer tout ce qu'elle y trouvait de comestible.

Alexandra sourit à l'évocation de ces souvenirs, avant de poursuivre :

— Mon père disait à ma mère que me laisser jouer du piano était un plan infaillible pour vider le salon et empêcher les fâcheux de se présenter à l'improviste. Il disait aussi qu'il allait « louer » mes talents à ses amis qui se plaignaient des visites indésirables de parents ennuyeux, et que nous ferions fortune. Mon père avait toujours besoin d'argent.

— Cela... cela marchait ?

L'entendre parler normalement était un bonheur.

— Oh oui., répondit-elle. J'ai toujours chanté comme une casserole. C'est pour cela que je vous raconte cette histoire pathétique au lieu de vous chanter une berceuse. J'ai pitié de vos tympans.

Une lueur familière s'alluma dans les prunelles grises.

— Merci, murmura-t-il.

— Je vous en prie.

Son cœur tressaillit dans sa poitrine et elle parvint à lui sourire en dépit des larmes qui lui embuaient les yeux. Elle était tellement heureuse de le retrouver tel qu'elle le connaissait. Elle n'était peut-être pas douée pour la musique, mais en cet instant son cœur jouait une joyeuse mélodie.

— Il faudra que vous chantiez pour Keyes si jamais il avait l'idée de nous rendre visite.

— Oh, il ferait mieux de se battre en duel avec vous ! Cela mettrait un terme plus rapide à ses souffrances.

Il rit. Puis le silence retomba. Le regard de Garrett dériva vers la fenêtre. La tempête s'était un peu calmée et ne formait plus qu'un brouhaha persistant derrière les carreaux.

— Les anges ne sont plus en colère, on dirait.

— En effet, mais je vais rester près de vous. Qui sait ? un gamin pourrait se mettre au piano et déchaîner la fureur céleste.

Elle s'avisa soudain que le torse nu de Garrett était tout proche.

— Vous n'avez pas... hum... de vêtement de nuit ? s'enquit-elle.

— Non, fit-il en se redressant pour arranger les oreillers dans son dos. Je ne les supporte pas. À ce propos, votre robe de chambre ressemble aux nippes d'une vieille fille. Où avez-vous déniché cette horreur ?

Il toucha le col de son peignoir informe. Alexandra lui écarta la main d'une tape et répliqua, paupières plissées :

— Vous avez de la chance que je ne portais pas ma chemise de nuit de soie, la transparente avec un décolleté bordé de dentelle. Le choc vous aurait tué.

— Je ne suis qu'un homme, et vous n'avez aucune pitié, grogna-t-il en fermant les yeux. Attendez...

Il leva la main, puis ajouta avec malice :

— Voilà, ça y est, je vous imagine dans cette tenue affriolante. Et je me sens beaucoup mieux !

Alexandra hésitait entre la réprobation et le rire. Finalement l'amusement l'emporta.

— Vous êtes incorrigible ! s'esclaffa-t-elle.

Elle secoua la tête. Jamais elle n'aurait imaginé être un jour soulagée d'entendre ses impertinences.

— Il me faudrait cependant quelques détails pour avoir une vision plus précise. Dites-moi jusqu'où exactement descend ce décolleté bordé de dentelle ?

Alexandra s'empourpra, mais elle n'eut pas le temps de lui répondre. Un toussotement s'éleva dans son dos. Elle se leva d'un bond et fit volte-face.

Havers s'encadrait sur le seuil, la mine soigneusement impassible. Il tenait une tasse fumante dans une main, et quelques livres dans l'autre.

— Mon capitaine, Ned m'a donné ces ouvrages que votre sœur a laissés ici lors de son dernier séjour.

— Merci, Havers, répondit Garrett.

Le valet tendit tasse et livres à Alexandra, qui s'était approchée, la dévisageant comme si elle était une créature surnaturelle qui aurait ensorcelé Garrett. Puis il s'éclipsa.

Alexandra songea qu'elle devrait l'imiter. Cette intimité troublante, c'était précisément ce qu'elle avait cherché à éviter. Elle pivota pourtant sur ses talons et retourna vers Garrett. Elle lui tendit la tasse.

— Qu'est-ce que c'est ? demanda-t-il en s'emparant du récipient pour en inspecter le contenu. Un bouillon aux yeux de tritons ? C'est inutile. Je promets de ne plus vous imaginer en tenue émoustillante. Voilà, pouf, mon cerveau est vide !

— Très drôle, dit-elle, se retenant de rire. C'est un grog.

En une fraction de seconde, la lumière dans son regard s'éteignit. Il ouvrit les doigts. La tasse s'écrasa sur le tapis sans qu'il daigne lui accorder un regard.

— Garrett ! Qu'est-ce qui vous prend ?

Elle attrapa le linge humide dont elle s'était servie pour lui bassiner le front et entreprit d'éponger le sol. Après avoir posé la tasse vide sur la table de nuit, elle alla rincer le linge dans la cuvette. Lorsqu'elle revint vers le lit, Garrett avait croisé les bras sur sa poitrine.

— Havers sait parfaitement que je ne veux ni alcool ni laudanum. Plus jamais. Il a dû croire que ce grog était pour vous.

Sa mine résolue la dissuada d'insister. Il se passa la main sur le visage, puis soupira :

— Je ne peux pas. Je me remets plus vite si je suis… J'ai besoin de garder le contrôle. Ce jour-là, durant la charge… je n'avais aucun contrôle. Je n'ai rien pu faire. Puis j'ai été blessé et les cauchemars ont commencé. Ils me ramenaient à la bataille, encore et toujours. Jour et nuit. Je ne pouvais pas leur échapper. Alors je me suis mis à boire. Beaucoup. Au début pour m'abrutir et supporter ces images, puis pour tout oublier. Cela a marché un moment, et ensuite… plus du tout. Alors j'ai arrêté.

D'une voix sourde, il continua :

— Les cauchemars ne sont plus si fréquents, maintenant. Ils reviennent juste quand je me retrouve dans une situation incontrôlable. Il y a aussi des facteurs déclenchant.

Alexandra se le rappela chez le duc de Hammond, avec son verre de cognac auquel il n'avait pas touché ; puis dans le pavillon de chasse, quand il avait lancé la flasque dans la cheminée. La tempête faisait rage à ce moment-là.

— Comme l'orage ? murmura-t-elle.

— L'orage. Un bruit violent. Le nom d'un champ de bataille. C'est pour cela que je refuse d'en parler. Ce n'était pas un joli spectacle.

— Garrett, je…

— Non, l'interrompit-il. Je voulais que vous compreniez, vous expliquer. Vous avez été bonne envers moi en dépit de mon comportement aujourd'hui, de ces choses que j'ai dites. Vous auriez pu me laisser seul, mais vous ne l'avez pas fait. C'est tout ce que je peux vous donner. Pour le moment, en tout cas.

Les ombres avaient de nouveau envahi son regard et cherchaient à se glisser dans le cœur d'Alexandra. Elle se raccrocha à ses derniers mots : « Pour le moment. » C'était comme une petite fissure dans un mur.

— Pour cet après-midi, ce n'est rien. Nous nous sommes tous deux laissés emportés, dit-elle, essayant de se montrer aussi honnête que lui.

— Croyez-vous ?

Il avait soudain retrouvé son sourire espiègle.

— Oui. L'orage, ce lieu à l'écart, le feu… Mais cela ne se reproduira pas.

— Dommage.

Il l'étudia de ce regard intense qui la perturbait tant, puis :

— Chez moi, quand je n'arrive pas à dormir, je lis. Cela m'aide à tenir les pires images à distance. C'est pour cela que Havers m'a apporté ces romans. Le gros de la tempête est passé… tout ira bien, merci.

Elle secoua la tête.

— Poussez-vous.

— Pardon ?

— Allons, faites-moi de la place. Je n'ai pas lu de roman depuis une éternité.

Il la considéra avec stupeur, avant d'obtempérer en bougonnant :

— Ce que vous pouvez être autoritaire, vous aussi !

Alexandra réprima un sourire et grimpa sur le lit.

— Vous faites collection d'oreillers ? vitupéra-t-elle encore.

Souriant, il attrapa un oreiller dans son dos et le lui lança.

Il était encore tiède de la chaleur de son corps. Elle songea que si sa réputation n'avait déjà été ruinée, partager le lit d'un homme à demi nu l'aurait assurément réduite en lambeaux.

— Quel livre avez-vous choisi ? s'enquit-elle.

— Celui-ci a un potentiel certain.

— *Histoire de Tom Jones*, de Henry Fielding, lut-elle à voix haute.

— Vous en avez entendu parler ?

Elle repéra dans ses prunelles une petite flamme qui l'alarma.

— Non. Est-ce un bon livre ?

— Disons qu'il est distrayant.

— Je vous propose de lire le premier chapitre, et vous lirez le suivant. D'accord ?

— Mais volontiers, acquiesça-t-il avec un grand sourire.

Quelque chose semblait le réjouir, mais elle préféra ignorer ses interrogations pour se réjouir aussi. Ce soir-là, ils avaient remporté une bataille.

Et elle comptait bien gagner la guerre au bout du compte.

Aussi commença-t-elle sa lecture.

18

Garrett regardait Alexandra dormir.

Elle reposait sur les couvertures, son corps parallèle au sien. Un petit soupir lui échappa et elle roula sur le côté, drapant le bras en travers de son abdomen, tandis que sa joue reposait contre son torse nu.

Son corps réagit aussitôt. Un flot brûlant irradia de son bas-ventre et il retint son souffle.

Seigneur, c'était un véritable supplice !

En général, après une crise, il souffrait de violents maux de tête. Cette fois ce n'était pas cette partie de son corps qui pulsait douloureusement. Mais il s'agissait là d'une réaction normale, et cela faisait si longtemps que cela ne lui était pas arrivé.

Il avait fallu qu'Alexandra entre dans sa vie.

Elle avait vu de lui ce qu'il n'avait osé révéler à personne d'autre.

Elle avait promis de rester près de lui et elle avait tenu parole.

Elle lui avait affirmé qu'il était en sécurité et elle avait dit vrai.

Il s'était retrouvé à nu devant elle, au propre comme au figuré. Et pourtant, à son réveil ce matin-là, il n'éprouvait aucune honte, aucune colère, comme il l'avait craint.

Depuis la seconde où, chez le duc de Hammond, il avait levé le nez de son jeu pour croiser son regard bleu, son univers avait été chamboulé. Et peut-être était-ce exactement ce dont il avait besoin pour se libérer de la boue et du sang de Balaklava ?

Il contempla les lèvres entrouvertes d'Alexandra. Il sentait son souffle tiède lui caresser le torse. Elle était magnifique. Il la désirait, mais il voulait tellement plus que son corps, à présent.

Son cœur et son âme, il en avait bien peur.

Elle avait déjà volé des morceaux des siens, mais elle voulait le renvoyer sur le champ de bataille pour y combattre ses démons. Et cela…

Il ferma les yeux. Non, impossible. Il ne retournerait pas là-bas.

Elle avait bien vu dans quel état cela le mettait, elle devrait comprendre. Et, comme il le lui avait dit la veille, il ne pouvait pas lui donner plus que ce qu'il lui avait déjà donné. Il avait besoin de temps pour retrouver son équilibre. Et il devait aussi mettre la main sur le salaud qui voulait sa peau. En attendant, l'avenir demeurait incertain.

Il rouvrit les yeux et fronça les sourcils. C'était quand même bizarre. La perspective d'affronter un tueur ne le perturbait pas, alors qu'il ne supportait pas l'idée de se replonger dans son passé. Et le sentiment prédominant chez lui était qu'il se comportait comme un lâche.

Il n'avait pas les réponses aux questions qui le hantaient. Mais avant demain, il y avait aujourd'hui. Et Alexandra reposait près de lui… dans son lit. Elle était douce, tiède et, s'il savait s'y prendre, elle serait peut-être consentante.

Alexandra bascula sur le dos. Levant les bras, elle s'étira et battit des paupières, tentant de mettre de l'ordre dans ses pensées confuses où il était question de nourriture et de Garrett. Pas forcément dans cet ordre. Puis elle aperçut son visage tout proche, son sourire, ses cheveux délicieusement en bataille et ses yeux gris qui la regardaient.

Seigneur, elle était toujours au lit avec lui !

Elle s'assit maladroitement, referma la main sur le col de sa robe de chambre. Elle avait dû s'endormir alors qu'il lisait la fin du chapitre. C'était scandaleux. Elle était la pire des dévergondées !

Comme il s'asseyait à son tour, elle eut un mouvement de recul. Le drap avait glissé, révélant son torse musclé. Elle devait s'en aller. Oui, dès que le sang circulerait de nouveau dans ses membres et que ses jambes pourraient la supporter.

— Bonjour, dit Garrett d'une voix de velours.

— Qu… quelle heure est-il ? bredouilla-t-elle.

Il fallait penser à quelque chose, n'importe quoi, sauf à lui. Nu. Au lit. Avec elle.

— Il est tard. Très tard. Savez-vous ce que vous murmurez dans votre sommeil ?

— Rien du tout ! Je ne dis rien.

— Vous ne pouvez pas le savoir, rétorqua-t-il d'un air narquois. Vous dormiez. Mais moi pas, et j'ai tout entendu.

Toujours cramponnée au col de sa robe de chambre, elle lui adressa un regard torve. Il la taquinait. Forcément. Non, elle ne parlait pas dans son sommeil. Si ? S'était-elle trahie elle-même ?

— Vous avez prononcé mon nom. Deux fois. En soupirant.

— Certainement pas ! protesta-t-elle, les joues en feu.

— Je vous jure que si ! Mais bon, si vous ne voulez pas me croire, libre à vous, ajouta-t-il avec un haussement d'épaules.

Elle entrevit la petite étincelle dans son regard et décida qu'elle aussi pouvait jouer à ce petit jeu. À malin, malin et demi.

— Je crois que je vous ai entendu parler, vous aussi.

— Ah oui ? Ai-je prononcé votre nom ?

— La première fois, ce n'était pas très clair. Mais la seconde, vous avez dit « Champion ». Voyons... n'est-ce pas le nom de votre cheval ? s'enquit-elle d'un air innocent.

Il se mit à rire.

— Exact. Un soldat de cavalerie et sa monture ne font qu'un. Ma vie dépendait de Champion sur le champ de bataille. Rien d'étonnant que nous appelions dans notre sommeil celui dont nous nous sentons le plus proche ou dont nous avons le plus besoin, conclut-il en la balayant du regard.

— C'est vous qui le dites. Mais, aussi édifiante que soit cette conversation, je vous confirme qu'il est très tard et que j'ai une faim de loup. Aussi, si vous voulez bien m'excuser.

— C'est à cause de M. Fielding.

— M. Fielding ? répéta-t-elle sans comprendre.

— Oui, l'auteur de l'*Histoire de Tom Jones*. Vous vous rappelez ? Le narrateur qui régale le lecteur du festin de la nature humaine. Cela donne faim. Très faim.

Son regard était de plus en plus éloquent et le timbre grave de sa voix lui donnait des frissons dans tout le corps. Il était très proche. Trop. Elle recula le buste. À l'évidence, il se sentait bien mieux ce matin.

— Le châtelain parle aussi de vertu, lui rappela-t-elle.

— Oui, ce passage était un peu verbeux, mais j'aime ce qu'il dit du désir.

— Du désir ? répéta-t-elle d'une voix haut perchée, à sa grande honte.

— Oui. Vous ne vous en souvenez pas ? Il compare le désir à la faim qu'on pourrait ressentir devant un beau morceau de chair.

Alexandra demeura coite. Que répondre à cela, quand celle de Garrett se trouvait à quelques centimètres seulement ?

Elle comprenait pourquoi il avait choisi ce livre-là.

— Vous ne cachez pas quelques biscuits dans les plis de cette horrible robe de chambre ? la taquina-t-il.

Elle ouvrit de grands yeux en le voyant palper le tissu.

— Arrêtez ! fit-elle en repoussant sa main.

Mais il se pencha sur elle, la forçant à s'adosser à l'oreiller. Son regard plongea dans le sien et elle sentit son pouls s'emballer. La main de Garrett se referma sur son sein. Alexandra lui agrippa le poignet, mais se découvrit incapable de le repousser.

Oui, vraiment, une belle dévergondée.

— Non, vous n'avez pas de biscuits, mais des fruits magnifiques, murmura-t-il en écartant les pans de sa robe de chambre.

Il pressa les lèvres à la base de son cou, le caressa de la langue.

— De belles pommes, ou peut-être des pêches veloutées, mûres à point, fit-il en relevant la tête.

Glissant le bras autour de sa taille il l'attira contre lui et s'empara de sa bouche avec fougue. Au lieu de le repousser, comme elle l'aurait dû, elle entrouvrit les lèvres et gémit. Parce qu'elle était une dévergondée, et parce qu'elle en rêvait depuis qu'il l'avait embrassée dans le pavillon de chasse.

Avec un mélange d'émerveillement et de respect, elle fit courir ses mains le long de son dos puissant. La sensation de ce corps musclé plaqué contre le sien était un bonheur.

Elle poursuit son exploration jusqu'au creux de ses reins, puis sur ses fesses fermes. Garrett émit un grondement de plaisir. Interrompant leur baiser, un sourire diabolique aux lèvres, il saisit le col de sa chemise de nuit. Avant qu'elle puisse deviner ce qu'il avait en tête, il la déchira sur toute la longueur.

— Je vous dois une chemise de nuit. Celle-ci est bonne à jeter, déclara-t-il.

Sans lui laisser le temps de protester, il reprit ses lèvres avec fièvre. Alexandra fut happée dans un tourbillon de plaisir. Sa langue plongeait dans sa bouche, l'explorait, affrontait la sienne dans un ballet humide. Et il avait si bon goût ! Elle plongea les mains dans ses cheveux et se cambra contre lui, tenaillée par une faim grandissante. Les mains de Garrett étaient partout, sur ses seins, son ventre, ses cuisses, caressant, pétrissant, palpant, laissant dans leur sillage des sensations enivrantes et un besoin dévorant de ne plus faire qu'un avec lui.

Dans le brouillard de volupté qui l'engloutissait, elle eut vaguement conscience qu'il lui écartait les jambes, puis plaquait ses hanches contre les siennes. Le contact de son érection contre son intimité fit éclater en elle un mélange de peur et de jubilation. Lorsqu'il glissa la main entre eux, sa protestation demeura cette fois bloquée dans sa gorge.

Voyant qu'elle ne l'arrêtait pas, il se risqua à glisser les doigts entre les pétales de son sexe, chercha la petite crête sensible, source de volupté. Alexandra commença à se tordre et à gémir, le souffle court, essayant d'atteindre quelque chose d'inaccessible.

— Chut, laissez-vous aller, chuchota-t-il contre sa bouche. Faites-moi confiance.

Elle lui obéit, se fiant aveuglément à ses mots et à ses mains, laissant son corps s'ouvrir aux sensations qui déferlaient. Elle se cabra quand il introduisit un doigt en elle, son corps réagissant d'instinct à cette invasion. Puis un gémissement lui échappa comme il commençait à aller et venir doucement. Oh Seigneur, c'était si bon ! Pareil plaisir ne pouvait être que défendu.

Elle lui saisit le poignet pour l'empêcher de continuer… ou d'arrêter, elle ne savait plus.

La vague enflait en elle, grandissait… Soudain elle déborda dans une explosion impétueuse qui lui arracha un long cri. Elle s'arc-bouta contre la main de Garrett, enfonça les ongles dans son poignet.

Elle n'avait jamais rien éprouvé de semblable ! C'était comme un goût de paradis, en mieux. Comme un alcool divin répandant son feu liquide dans ses veines. Un dernier spasme, et elle retomba sur le lit, savourant la sensation du corps de Garrett pesant sur elle. Elle percevait les battements sourds de son cœur qui pulsait au même rythme que le sien. Et ce n'est qu'en sentant sa virilité palpiter contre sa cuisse qu'elle reprit contact avec la réalité. Elle ouvrit brusquement les yeux.

Seigneur, qu'avait-elle fait ?

C'était mal, terriblement mal. Enfin, c'était très bon, mieux que bon même, mais ils ne pouvaient pas aller au bout. Elle n'était pas ce genre de femme. Elle ne pouvait pas…

Elle se pétrifia.

Il y avait quelqu'un de l'autre côté de la porte.

Affolée, elle repoussa Garrett de toutes ses forces, se redressa et referma tant bien que mal sa robe de chambre, la tête baissée pour masquer son humiliation.

— Milord, lord et lady Warren viennent d'arriver. Ils...

— Une minute ! aboya Garrett.

Il s'assit à son tour, ratissa sa chevelure embroussaillée.

Les mains tremblantes, Alexandra s'efforçait de nouer sa ceinture. La matinée devait être beaucoup plus avancée qu'elle ne l'avait cru. Ils avaient veillé tard, à lire ce maudit roman. Elle quitta le lit, balaya d'un geste la main de Garrett qui cherchait à la retenir.

— Non, siffla-t-elle en secouant la tête.

Elle n'avait qu'une envie : fuir.

Elle entendit la voix de Havers, mais elle courait déjà se réfugier dans sa chambre et ne comprit pas ce qu'il avait dit.

Garrett jura et flanqua un coup de poing dans l'oreiller, maudissant l'arrivée imprévue de Havers et la fuite encore plus imprévue d'Alexandra. Tenaillé par la frustration et un sentiment d'intense déception, il retomba sur le matelas.

— Monsieur, lord Warren m'a demandé de vous dire, je cite...

Havers n'eut pas le temps d'achever sa phrase. La porte s'ouvrit à la volée.

— Garrett, je sais que tu es un fumiste de première, mais tu as des invités, alors sors de ce lit avant que je ne sois obligé de venir botter ton arrière-train maigrichon ! As-tu idée de l'heure qu'il est ? Je meurs de faim.

Warren se tut, le considéra un instant, les yeux étrécis, puis demanda d'un ton soupçonneux :

— Dis donc, vieux, tu es sobre ?

Résigné, Garrett se redressa, se frotta le visage, et répliqua d'un ton bourru :

— Primo, mon arrière-train n'est pas maigrichon. Secundo, d'odieux parents par alliance ne sont pas des invités. Et tertio, même si cela ne te regarde en rien, je *suis* sobre. Mais j'avoue que voir ta face de singe au saut du lit donne envie de s'enivrer. Tu ferais peut-être mieux de t'en aller.

— Tu as une mine à faire peur, commenta Brandon, avant de demander un ton plus bas : Tu te sens bien ?

Garrett soupira.

— Très bien. Du moins je me sentais bien jusqu'à ton arrivée. Qu'est-ce que tu fiches là ? Tu n'étais pas censé venir avant la fin de la semaine.

Brandon referma la porte, s'approcha d'une démarche nonchalante et se laissa tomber dans le fauteuil.

— C'était sans compter avec Kit. Elle a appris que tu voyageais avec une jeune inconnue, sans chaperon. Autant dire qu'elle est persuadée que tu te livres aux pires turpitudes et que tu cours au désastre. Je l'ai retenue le plus longtemps possible, mais... comment arrêter un raz de marée ? acheva Warren avec un soupir fataliste.

Évidemment, il fallait toujours que Kit se mêle des affaires des autres. Néanmoins elle avait raison sur un point : il courait au désastre. Quand il songeait à ce qui venait de se passer ici même, dans son lit... Alexandra méritait mieux qu'un vaurien tel que lui.

Sauf qu'il la désirait comme jamais il n'avait désiré une femme. Et sa réaction passionnée indiquait qu'elle le désirait tout autant. Cette idée le réconforta. Il repoussa le drap et se leva.

— Où est Kit ? En bas, en train de faire un trou dans mon tapis à force de faire les cent pas ?

— Exactement. En fait elle était inquiète que tu ne sois pas encore levé et m'a envoyé aux nouvelles.

Garrett, qui était en train d'enfiler son pantalon, se figea, le temps de décocher un regard noir à son beau-frère. Celui-ci se borna à hausser les épaules d'un air d'excuse. Garrett reconnut en son for intérieur que l'inquiétude de sa sœur était légitime. Dieu sait qu'il n'avait pas toujours eu un comportement exemplaire.

Penché sur la cuvette en porcelaine, il plongea les mains dans l'eau, s'aspergea le visage, le frotta avec énergie. Puis il attrapa une serviette.

— Et les garçons ? demanda-t-il en allant chercher une chemise propre dans l'armoire.

— Ils sont aux écuries. Une chatte a mis bas dans une stalle, et depuis qu'ils ont vu la portée de chatons, impossible de les faire ressortir. Je suis censé aller les récupérer après t'avoir arraché à ton lit et ramené dans le salon, de gré ou de force.

— Tu veux dire sobre ou pas, marmonna Garrett qui boutonnait sa chemise.

— Tu n'as toujours pas de valet, à ce que je vois.

— Contrairement à toi, je suis parfaitement capable de m'habiller seul, et de me déshabiller tout pareil, rétorqua Garrett en allant se planter devant la psyché pour nouer sa cravate.

— Hum. La vérité, c'est que Havers est le seul à te supporter.

— Havers est malin. Il est unique en son genre. À part Poole, dont on ne peut que louer la loyauté, quoiqu'elle soit mal placée.

— Il a toujours vu clair dans tes simagrées, remarqua Brandon en souriant.

— Oui, et j'en veux pour preuve mon arrière-train pas si maigrichon qui en porte encore les marques !

— Cela dit, ses corrections ne t'ont pas empêché de devenir un bon à rien.

— À cause de mes mauvaises fréquentations, répliqua Garrett qui pivota et sourit à son beau-frère. Mais maintenant que je suis coincé avec toi, espérons que tu sauras te rendre utile. As-tu des informations sur le vicomte de Langdon ?

— Je croyais qu'Alexandra s'appelait Daniels ?

— Tu te trompais, mais continue de l'appeler Mlle Daniels. Alors, du neuf ?

— Le vicomte Philip Langdon est propriétaire d'un modeste domaine dans l'Essex. Il a trois filles, encore trop jeunes pour avoir fait leurs débuts dans le monde. Il a hérité du titre il y a peu de temps, juste après le décès de son frère aîné. Ce dernier et sa femme sont morts de la grippe il y a deux ans, au cours d'un voyage en Italie.

Garrett s'appuya contre son bureau et croisa les bras.

— Que sais-tu de l'ancien vicomte ?

— Paul Langdon était un coureur de jupons notoire et un joueur invétéré. Il avait le don d'investir dans des affaires douteuses, et il lui est même arrivé de monter ses propres arnaques pour les faire financer par des gogos. Il a perdu tant d'argent qu'il a dû vendre son domaine parcelle après parcelle afin d'échapper à ses créanciers.

Garrett fronça les sourcils en se remémorant l'histoire que lui avait racontée Alexandra au sujet de son père, qui avait eu l'idée de monnayer son « talent » pour faire fuir les hôtes indésirables. « Il avait toujours besoin d'argent », avait-elle soupiré.

— Quoi d'autre ?

— Il avait une fille, annonça Brandon. Lors de ses débuts dans le monde, elle a connu un beau succès et reçu une douzaine de demandes en mariage. Qu'elle a toutes refusées.

— Et ensuite ?

— Elle a disparu. On dit qu'elle aurait interrompu ses études pour entreprendre un grand tour d'Europe. Personne n'a entendu parler d'elle depuis. Hormis toi, bien sûr. Car je présume qu'elle et ta Mlle Daniels ne sont qu'une seule et même personne ?

Garrett ignora la question.

— Et le domaine ? Est-il grevé de dettes ou florissant ?

— Un an avant la mort du vicomte, l'équilibre budgétaire a été rétabli contre toute attente. Il se murmure que Langdon avait engagé un nouveau régisseur qui a su assainir ses finances en gestionnaire avisé. Les dépenses inutiles ont été traquées et une collaboration plus étroite avec les fermiers a généré plus de profits.

« J'étudiais souvent les rapports avec le régisseur en chef. Nous partions aussi en tournée rencontrer les fermiers. »

Garrett aurait parié son dernier penny qu'Alexandra n'avait jamais voyagé en Europe avec ses parents. Elle était restée au domaine pour tenter de le sauver de la ruine en leur absence. Et sans doute avait-elle interrompu ses études parce que son père n'avait plus les moyens de payer son éducation.

Seigneur, quel gâchis ! Il ne s'étonnait plus qu'elle ait accepté sa proposition financière.

— Et le nouveau vicomte ? demanda-t-il, bien que craignant de connaître déjà la réponse à sa question. Comme gère-t-il ses terres ?

— Je l'ignore. Il demeure à la campagne et ne se risque que fort rarement à Londres. Néanmoins il aura trois dots à financer, ce qui n'est pas rien.

— Certes, opina Garrett.

Une autre pensée le frappa. On pouvait trouver de l'argent grâce à un mariage avantageux. Or Alexandra avait éconduit tous ses prétendants. Et il y avait gros à parier que son oncle n'avait guère apprécié son esprit d'indépendance.

Plusieurs pièces du puzzle venaient de s'assembler pour former une image un peu plus nette d'Alexandra et de la vie qu'elle avait menée jusqu'alors. Une vie pas très rose, à première vue.

Il ne restait plus qu'une zone d'ombre : Alexandra s'était-elle enfuie, ou était-ce son oncle qui l'avait chassée ?

Toutes ces informations ne faisaient qu'accroître l'admiration qu'il éprouvait pour elle. Quelle détermination il lui avait fallu pour renflouer le domaine de son père, et quel courage pour tracer ensuite sa propre route.

« Certains risques valent la peine d'être pris », disait-elle.

Elle était différente, il s'en était rendu compte à l'instant où il avait posé les yeux sur elle, même si à l'époque il croyait avoir affaire à un homme.

Un toussotement l'arracha à ses pensées et il s'aperçut qu'il souriait comme un idiot. Il se redressa.

— Eh bien, cela explique…

— Oh bon sang, tu as couché avec elle ! s'exclama Brandon.

— Quoi ? Que…

— Ne nie pas ! coupa Brandon en se levant d'un bond. Kit va nous tuer tous les deux. Et je n'ai pas l'intention de prendre des coups à ta place pour te défendre, parce que tu les auras mérités. Mlle Daniels me semblait pourtant une jeune personne intelligente. Mais qu'est-ce que tu fais à ces femmes, nom d'un chien ? Je croyais que tu avais changé, depuis ton retour.

— J'ai changé, protesta Garrett, qui avait perçu la déception dans la voix de son ami. Il n'y a pas eu d'autres femmes, je te le jure.

Quelques mois plus tôt, il se serait moqué que Brandon pense qu'il était retombé dans ses vieux travers de séducteur. Aujourd'hui c'était différent. Il avait effectivement changé, et cela lui plaisait.

Sous le regard sceptique de Brandon, il insista :

— Je n'ai pas couché avec elle ! Enfin si, mais pas comme tu le penses.

— Oh, je ne pense rien du tout ! Ne me mets surtout pas d'images dans la tête. Épargne-moi les détails, je t'en prie.

— Tais-toi, pour l'amour du ciel. Elle a passé la nuit ici, mais en tout bien tout honneur.

C'était juste au matin que les choses avaient dégénéré, mais il ne voyait pas l'utilité de le préciser.

— Elle m'a aidé. Il y a eu une tempête hier soir, et je… j'ai…

Brandon vint à sa rescousse.

— Je comprends, dit-il. Elle t'a aidé à passer le cap.

— En effet. C'est pour cela qu'elle est restée près de moi pour cette nuit. Et que je me suis levé si tard.

Brandon l'étudia un moment, puis son expression se radoucit.

— Ma première impression à son sujet était sans doute la bonne. Mais cela ne change rien au fait qu'on ne peut vous laisser ici tous les deux sans chaperon. Je vais aller chercher les enfants. Rejoins-nous en bas, Kit n'osera pas te tuer devant les petits.

— Trop aimable.

— J'ai récupéré les renseignements que tu désirais, non ? Et je me suis entendu avec Hammond. Il va t'envoyer des invitations dès que nous aurons fixé une date. À propos, où en es-tu de ton côté ?

— À quel sujet ? demanda Garrett qui cherchait un gilet dans l'armoire.

— Tu étais censé étudier la liste des invités de Hammond et repérer des suspects éventuels afin que nous demandions à la police d'enquêter sur eux.

Comme Garrett gardait le silence, Brandon reprit, sarcastique :

— Je sais qu'ils sont innombrables à vouloir ta tête sur un plateau, de préférence avec une pomme dans le groin, mais j'avais l'espoir que tu réussirais à isoler quelques noms. Mais apparemment tu avais mieux à faire. Pardonne-moi.

— C'est, bon. J'ai compris.

— Vraiment ? Cela m'ennuierait de penser que tu as oublié la raison de ta présence ici. Désolé de te ramener à la sordide réalité, mon vieux, mais quelqu'un veut ta mort. A essayé de te tuer à deux reprises. Tu ferais bien de t'en souvenir. Descends, à présent, enchaîna Brandon en pivotant sur ses talons. Dieu sait pourquoi, ta sœur s'inquiète à ton sujet.

Le claquement de la porte fit honte à Garrett qui laissa échapper un profond soupir.

La matinée avait pourtant si bien commencé. Et puis la machine s'était emballée. Il ignorait comment, mais en un temps record, il avait réussi à fâcher Brandon et sa sœur – et Alexandra n'était pas vraiment ravie non plus.

Il n'avait peut-être pas encore mis le nez dans la liste de Hammond, mais il avait un plan. Il savait fort bien ce qu'il faisait à Charlton Manor. Un homme n'oubliait pas aisément qu'il était une cible ambulante. Et, sapristi, en cet instant il regrettait d'avoir décidé d'arrêter de boire, parce qu'il avait sacrément besoin d'un verre. D'une bouteille entière, même.

Fourrageant dans ses cheveux, il lâcha une bordée de jurons.

La journée s'annonçait longue et difficile.

19

Alexandra attendit que Jemma, la femme de chambre, ait fini de boutonner sa robe – une toilette en mousseline verte –, puis passa mentalement en revue ses projets pour la journée.

Après l'épisode du matin, elle avait décidé de changer de stratégie vis-à-vis de Garrett. Elle ne devait plus lui permettre de la toucher. Car dès qu'il posait la main sur elle, elle cessait d'être cette femme sensée et pragmatique qu'elle croyait être. Entre ses bras, elle devenait une autre, capable de toutes les... Rougissante, elle fit taire la petite voix accusatrice dans sa tête.

Garrett était beau et charmant. Elle ne réagissait pas autrement que la plupart des femmes qui lui étaient confrontées. Il est vrai qu'elle avait croisé le chemin d'autres séducteurs notoires par le passé, sans que cela lui fasse ni chaud ni froid. Mais aucun n'était aussi beau ni aussi courageux, et aucun ne l'avait touchée...

Elle ferma les yeux, et pressa la main sur son front. Où en était-elle, déjà ? Ah oui. Il ne devait plus la toucher. Elle devait se concentrer sur sa mission. Tout détour illicite la conduirait inévitablement à la catastrophe… Bref, il fallait que cela cesse.

Un peu rassérénée, elle rouvrit les yeux.

Maintenant qu'elle savait quoi faire, il lui fallait avancer dans ces eaux troubles sans plus chavirer. Heureusement, l'arrivée de lord et lady Warren l'aiderait à garder le cap.

Pourtant, alors qu'elle suivait Jemma hors de la chambre, ses pieds lui parurent bizarrement lourds, comme lestés de plomb. Occupée à ajuster la dentelle de sa manche, elle ne vit pas Garrett et poussa un cri étouffé lorsqu'il l'attrapa par les bras pour l'empêcher de le heurter. Elle se dégagea, et recula en titubant.

Le regard de Garrett ne croisa pas le sien mais tomba directement sur ses lèvres, avant de descendre lentement le long de son corps. Une boule de chaleur explosa dans son ventre, tandis que des images torrides défilaient dans sa mémoire. Le cœur battant, elle plaqua la main sur sa poitrine.

Il ne devait pas la toucher, ni même la regarder *ainsi*, comme s'il se pourléchait les babines avant de la dévorer.

— Bonjour, dit-il, souriant. Je crois que nous allons dans la même direction. Après vous, ajouta-t-il en l'invitant à le précéder d'un geste.

Comme elle ne bougeait pas, il arqua un sourcil.

— Nous pouvons aussi rester ici jusqu'à ce que vous soyez prête ou que nous ayons faim, ce qui ne serait pas surprenant étant donné que nous avons sauté le petit déjeuner. Je ne sais pas vous, mais moi, je meurs de…

— Arrêtez ! Je vous interdis de faire des allusions douteuses sur la faim, l'appétit et tout cela.

— Très bien, s'esclaffa-t-il.

Elle lui adressa un regard méfiant, puis s'engagea dans le couloir. Il lui emboîta le pas sans mot dire. Cela ne lui ressemblait pas, et lui parut suspect. Mais peut-être, pour une fois, était-il décidé à bien se comporter. Elle lui décocha un regard de biais.

Il avait belle allure avec sa cravate impeccablement nouée, sa veste de costume gris foncé qui soulignait sa carrure puissante, son pantalon... Elle s'arracha à sa contemplation, et chancela en se découvrant au bord des marches. Le bras de Garrett s'enroula vivement autour de sa taille.

— Hola ! Tout va bien ? s'inquiéta-t-il.

— Cela irait beaucoup mieux si vous gardiez les mains dans vos poches, le rembarra-t-elle, les joues en feu.

— Toutes mes excuses. La prochaine fois, promis, je vous laisserai tomber tête la première.

— Vous savez très bien ce que je veux dire.

Elle dévala les marches, poursuivie par son rire. Voilà qui lui ressemblait davantage, songea-t-elle. Mais elle ne voulait plus penser à lui ; elle devait se concentrer sur sa sœur, « docile et influençable », comme il l'avait décrite. Plaquant un sourire sur ses lèvres, elle pénétra dans le salon, où les attendaient lord et lady Warren.

La pièce était vide.

Déconcertée, Alexandra se tourna vers Garrett, qui l'avait rattrapée. Il semblait aussi surpris qu'elle.

— Ils devraient être là, remarqua-t-il. Je pense qu'ils ne vont pas tarder. Il faut que vous sachiez que Brandon a parlé à ma sœur de cette conversation que vous avez surprise chez le duc de Hammond. Il lui a expliqué que vous étiez ici pour apporter votre aide dans l'enquête. Kit admire votre courage.

Alexandra s'était demandé comment Garrett allait expliquer à sa sœur la raison de sa présence au manoir. Quoique toujours aussi nerveuse, elle était heureuse que les choses aient été mises au clair. Kit aurait pu se faire des idées. Presque à raison, s'avoua-t-elle en se mordillant la lèvre.

— Vous m'imposez de nombreux interdits, aujourd'hui, observa Garrett, la mine pensive. Je ne dois pas parler de faim ni d'appétit, je ne dois pas vous toucher. Je veux être sûr d'avoir tout compris. Je ne voudrais pas vous mettre mal à l'aise devant Warren ou ma sœur.

Elle lui adressa un regard perplexe. Où diable voulait-il en venir ?

— Puis-je parler de nourriture ? s'enquit-il encore avec le plus grand sérieux.

— Mais bien sûr.

— Oh, tant mieux. Parce que vous savez à quel point j'adore les jolies pommes et les petites pêches bien mûres…

— Arrêtez ! Pas de pommes, et certainement pas de pêches !

— Bon, je le note. Vous n'avez pas mentionné les baisers, je peux donc en parler, je suppose.

Avant qu'elle ait compris son intention, il glissa le bras autour de sa taille pour la ramener contre lui. Elle protesta :

— Vous me touchez ! C'est interdit.

— C'est vrai. Mais, ma chère Alexandra, vous devriez savoir que je ne suis pas du genre à obéir aux règles. Je n'ai jamais aimé m'y plier et je ne peux pas m'empêcher de les enfreindre.

Sa bouche captura la sienne en un baiser profond qui ranima aussitôt la flamme de son désir. Elle gémit, se débattit sans conviction entre ses bras puissants. Ses lèvres s'entrouvrirent et un soupir lui échappa.

— Je savais que j'aurais dû venir plus tôt ! Je le savais ! J'arrive trop tard, n'est-ce pas ?

Alexandra ouvrit vivement les yeux et repoussa Garrett. Mortifiée, elle s'efforça de rassembler ce qui lui restait de dignité pour affronter sa sœur. Comment avait-elle pu oublier celle-ci aussi complètement en l'espace de quelques secondes ? Mais les baisers de Garrett lui faisaient, hélas, tout oublier. Y compris de dire « non ».

Elle pivota vers la porte et se sentit pâlir.

Ce n'était pas la sœur de Garrett ! C'était bien pire. C'était la femme dont elle avait vu le portrait chez lui. Sa maîtresse.

Kristen.

Et elle était éblouissante. D'épais cheveux auburn encadrant un visage de porcelaine, une bouche pulpeuse – qui, pour l'heure, était pincée en une moue réprobatrice –, et des yeux dorés qui lançaient des éclairs.

Sa toilette élégante ne pouvait masquer l'irréfutable réalité d'une grossesse à un stade avancé.

La consternation envahit Alexandra. Seigneur, comment avait-elle pu oublier que Garrett avait une maîtresse ? Paralysée par l'humiliation, elle avait l'impression que son corps s'était changé en marbre.

Avant qu'elle ait eu le temps de se ressaisir, Kristen lâcha :

— Je constate que la décadence te va bien. Tu es peut-être un incorrigible débauché, mais c'est bon de te voir aussi en forme.

Sa voix se brisa, elle courut se jeter dans les bras de Garrett.

— Et je suis ravi que tu sois venue, même si tu es toujours aussi bien-pensante et que tu continues à te mêler de ce qui ne te regarde pas, rétorqua-t-il en souriant. Oui, je vais bien. Cesse de te tracasser pour moi.

— C'est l'habitude d'une vie, hélas. Que veux-tu, je t'aime, c'est une malédiction, murmura Kristen en acceptant le mouchoir que lui tendait Garrett pour tamponner ses yeux humides.

Ses paroles venaient de fracasser le cœur d'Alexandra. *Cette femme l'aimait.*

Garrett le lui avait dit. Kristen était tout pour lui, tandis qu'elle-même était… quoi ? Une distraction campagnarde ? Le dessert avant le plat principal ? Elle répondait à un désir physique, alors que Kristen… Elle refusait de penser à ce que lui offrait Kristen.

Ulcérée, elle se tourna face à lui, les poings sur les hanches. Cet homme avait survécu à deux tentatives de meurtre. Mais cette fois il allait mourir. Et elle ne pleurerait pas sur lui, se jura-t-elle en retenant stoïquement les larmes qui lui brûlaient les paupières.

— Vous êtes méprisable ! siffla-t-elle. Comment avez-vous osé ?

Surprise, Kristen se tourna vers elle, le sourcil arqué, puis :

— Vous avez raison, ma chère. Ne nous laissons pas distraire.

Pivotant de nouveau vers Garrett, elle planta à son tour les poings sur les hanches, et le fusilla du regard.

— À quoi diable avez-vous pensé, Brandon et toi, en concoctant ce plan stupide ? Comment avez-vous pu traîner cette jeune femme ici, seule, sans chaperon ?

— Nous avons été pris de court, se défendit Garrett. Je devais quitter Londres au plus vite et trouver un endroit où nous serions en sécurité pour dresser un plan d'attaque et...

Remarquant tout à coup l'expression indignée d'Alexandra, il s'exclama :

— Attendez, ce n'est pas ce que vous croyez ! Elle et moi ne sommes pas...

— Vous me prenez pour une imbécile ! coupa Alexandra. Elle attend un enfant. *Votre* enfant !

— Quoi ? se récria Kristen en s'écartant brusquement de Garrett.

— Mais non, pas du tout ! protesta celui-ci. Vous ne comprenez pas.

— Je comprends très bien, au contraire.

— C'est ma sœur. *Ma sœur !*

— Et je ne porte sûrement pas le bébé de mon frère ! renchérit Kristen, qui pressa la main sur son front, avant de soupirer : Oh Seigneur, dites-moi que ces mots ne viennent pas de sortir de ma bouche !

— Promets-moi surtout qu'ils ne sortiront pas de cette pièce, marmonna Garrett. Kit, voici Alexandra Daniels. Alexandra, je vous présente ma sœur, lady Kristen Warren.

Alexandra eut besoin de quelques secondes pour se remettre de sa stupeur.

Kristen... Kit. Bien sûr. Qu'elle était bête ! Et Garrett n'était qu'un sale hypocrite. Elle le foudroya du regard. Il était resté délibérément vague à propos de leur relation. Certes, elle s'abstiendrait de le trucider, mais il n'en souffrirait pas moins. Il lui avait laissé croire qu'il la considérait comme un vulgaire dessert ! Qu'il avait une maîtresse et que chaque baiser qu'il lui donnait était une trahison envers une autre femme. Il lui avait fait croire qu'il n'était pas libre. Non qu'elle ait imaginé une seule seconde qu'ils puissent avoir un avenir commun, mais... eh bien, il méritait de souffrir ! Autant qu'elle avait souffert.

— Veuillez me pardonner ma méprise, dit-elle à Kristen. J'ai vu un portrait de vous chez Garrett, à Londres, mais je ne sais pas pourquoi j'en ai déduit que...

— Oh, je le sais très bien, moi !

Kristen lança un regard à Garrett, avant de presser la main d'Alexandra et de poursuivre :

— Étant donné ma condition, je suis flattée. Bien sûr, je ferais une excellente courtisane, mais je ne saurais accepter mon frère comme protecteur.

— Ces paroles-là *aussi* ont intérêt à rester entre les murs de cette pièce, intervint Garrett.

— Je te soutiens sur ce point.

Celui qui venait de s'exprimer ainsi se tenait derrière Alexandra. Elle fit volte-face, se retrouva face à lord Warren qui, debout sur le seuil, portait dans ses bras un bambin blond aussi qui avait les mêmes yeux verts que son père. Il regarda Alexandra en battant des paupières, fourra trois doigts dans sa bouche, puis nicha son visage au creux de l'épaule de son père.

— Ce portrait que vous avez vu se trouve chez moi, précisa Brandon, avant d'ajouter à l'adresse de Garrett : Désolé d'arriver en retard avec les renforts. Je crains de n'en avoir perdu un en route, mais tu ne m'as pas l'air trop mal en point pour le moment.

— Pour le moment, répéta Alexandra entre ses dents.

Kristen l'entendit et sourit.

— Je crois que nous allons très bien nous entendre, déclara-t-elle.

— Je ne pense pas que ce soit une bonne nouvelle, marmotta Garrett en regardant Brandon.

— Mon cher frère, les femmes ne sont pas des chevaux, commenta Kit, l'air hautain. Nous n'aimons pas qu'on nous mette des œillères. Tu ferais bien de t'en souvenir.

Alexandra allait de surprise en surprise.

Garrett était peut-être un hypocrite et un bon à rien, mais sa sœur « docile et influençable » lui plaisait beaucoup. Elle avait des griffes et savait rugir.

— Maman !

Le petit garçon gigotait dans les bras de son père, les mains tendues vers Kristen. Celle-ci alla embrasser sa joue rebondie, puis procéda aux présentations :

— Ce petit ange s'appelle William. Il a un grand frère qui apparemment est parti vivre une aventure. Beau est un vrai petit diable. Il tient de son oncle.

— Très drôle, commenta Garrett.

— Je ne comprends pas, il était juste derrière moi quand je suis entré dans la maison, maugréa Brandon. Et Gus a dit qu'il avait été sage comme une image. J'aurais dû me douter que cela ne durerait pas.

— Gus ? répéta Alexandra en tournant un regard interrogateur vers Garrett.

Celui-ci confirma :

— Je l'ai engagé comme palefrenier en chef, vous vous souvenez ?

Elle n'avait pas oublié, bien sûr, mais elle n'avait pas pensé une seconde que Gus viendrait travailler dans *cette* propriété. Qu'ils seraient réunis ! Maudit Garrett. Comment continuer de lui en vouloir dans ces conditions ?

— Gus a voyagé avec nous, expliqua Brandon. Si vous allez le saluer, pouvez-vous essayer de localiser notre fils aîné. Il a à peu près cette taille, dit-il encore en positionnant sa main au niveau de son nombril. Et en général il est dans les ennuis jusqu'au cou.

— Je suis là ! pépia une voix flûtée.

Un garçon d'environ six ou sept ans apparut sur le seuil, ses cheveux bruns en bataille, les joues toutes roses.

— Et où étais-tu passé ? s'enquit son père.

— Fiche-lui la paix, Brandon. Il a l'air d'aller bien, intervint Garrett, qui s'avança vers son neveu.

Comme il se penchait pour l'embrasser, ce dernier l'arrêta en lui tendant la main. Garrett la serra solennellement et s'inclina.

— C'est vrai, tu es grand maintenant, remarqua-t-il.

— J'ai presque sept ans. Vous pouvez embrasser Will, oncle Garrett, mais ne lui serrez surtout pas la main, vous vous mettriez de la bave plein les doigts.

Brandon leva les yeux au ciel.

— Certes, Beau, mais…

— Papa, je vous l'ai déjà dit, c'est Nelson, pas Beau, soupira le gamin, avant d'expliquer à Garrett : J'ai changé de nom. Poole m'a raconté qu'on m'avait baptisé d'après le premier comte de Warren qui se nommait Beauregard, mais je déteste ce nom. Je préfère Nelson. C'est bien plus chic, et puis, l'amiral a rossé les Français.

— Nelson, répéta Garrett, qui avait du mal à conserver son sérieux. Excellent choix, mon garçon.

Alexandra dissimula un sourire. Le petit garçon était vraiment charmant. Elle craignait qu'il ne tienne en effet de son oncle.

— Beau… enfin Nelson, se reprit Brandon, à propos de ta veste…

— Ma veste ? répéta Beau en ouvrant de grands yeux innocents.

— Elle remue dans tous les sens.

— C'est mon estomac. Je meurs de faim et il proteste. Il est temps que je monte me changer pour le déjeuner.

Il avait déjà tourné les talons quand sa mère le rappela :

— Un instant, Nelson. On dirait que ton estomac a une queue.

Amusée, elle désignait l'appendice velu qui venait d'apparaître sous l'ourlet de la veste. Beau rougit et rangea la queue sous le vêtement, juste au moment où une petite patte griffue jaillissait par le col.

— Beau... Nelson, je t'ai dit de laisser ces chatons dans le box avec leur mère. Ils sont beaucoup trop jeunes pour être sevrés, déclara Brandon d'un ton sévère.

— Mais celui-ci ne voulait pas rester avec sa mère ! Il m'a suivi et il s'est mis à miauler quand je l'ai posé par terre.

— Parfois Will pleure parce qu'il a envie de te suivre, mais ça ne l'empêche pas d'avoir besoin de sa maman, expliqua encore Brandon. Ce chaton est trop petit pour quitter la portée.

— Je vais raccompagner Nelson aux écuries pour rendre le chaton à sa mère, proposa Alexandra. J'en profiterai pour saluer Gus, et vous aurez tout loisir de discuter avec Garrett.

— Nelson, voici Mlle Daniels, une amie qui connaît bien Gus, expliqua Garrett. Tu devrais aller lui montrer les petits chats.

Garrett avait pris Will dans les bras. Il s'agenouilla devant Beau pour permettre au cadet de caresser le chaton. Alexandra se sentit fondre à la vue de ce tableau. Elle avait un faible pour les enfants, et cette nouvelle facette qu'elle découvrait chez Garrett pourrait se révéler très dangereuse.

— Moi aussi, ze viens ! gazouilla Will qui se tortilla pour échapper à Garrett et s'avança vers Alexandra, ses bras dodus tendus vers elle.

Charmée, elle le souleva dans ses bras.

— Bien sûr. Nous n'allons pas te laisser t'ennuyer avec les grands alors qu'il y a une portée de chatons dans les écuries !

— Moi, z'ai deux ans, déclara encore Will en collant deux doigts poisseux sous le nez d'Alexandra.

— Gus a amené un poney, et il a dit qu'il me laisserait le monter, annonça Beau avec fierté.

— Tu en as de la chance, répondit Alexandra. C'est Gus qui m'a appris à monter quand j'avais ton âge.

Elle emboîta le pas à Beau qui se dirigeait déjà vers la porte, puis se tourna un instant vers Kit et Brandon.

— Je ne serai pas longue, promit-elle. Vu l'heure tardive, je suis sûre que vous avez tous… euh… très faim.

Elle se troubla comme son regard rencontrait celui de Garrett, dans lequel une lueur gourmande venait de s'allumer. Les joues empourprées, elle se détourna et s'éloigna à la hâte.

Bon sang, il était capable, d'un seul regard, de la faire bredouiller en public et de donner un sens caché aux mots les plus simples ! Déjà qu'en sa présence elle avait du mal à réfléchir, voilà maintenant qu'elle n'arrivait même plus à parler.

Décidément, cet homme était en train de la rendre idiote. Elle allait devoir instaurer d'autres règles que, bien entendu, il s'empresserait de transgresser à la moindre occasion.

Elle laissait échapper un soupir lorsque son regard s'arrêta sur la tête brune de Beau. Elle avait besoin de renforts, or elle avait deux parfaits petits soldats capables de l'aider à faire appliquer le règlement.

Et ce plan ne demandait ni réflexion ni mots. C'était idéal pour une idiote muette.

20

— Elle convient tout à fait, déclara Kit quand Alexandra et les deux garçons eurent disparu.

Garrett, encore sous le charme du léger déhanché d'Alexandra, et attendri par la vision du petit bras de Will enroulé autour de son cou, revint à regret à la conversation.

— Puis-je savoir ce que tu entends par là ?

— À ton avis ? Tu es intelligent quand tu es sobre, ce qui est le cas aujourd'hui, Dieu merci.

Ignorant le regard d'avertissement de son frère, Kit s'assit sur le canapé, arrangea les plis de ses jupes et posa les mains sur son ventre rond avant de reprendre :

— Tu t'enfermes ici, à la campagne, avec une jeune femme, sans chaperon. Que voudrais-tu que je dise ? Tu as de la chance qu'elle soit jolie, futée et prête à te pardonner. Tu aurais pu tomber sur pire.

— Pire pour quoi ? demanda-t-il, exaspéré.

— Comme épouse ! rétorqua Kit d'un ton aussi excédé que lui.

Il en resta coi. Une épouse ? Il n'avait pas l'intention de se marier. Ni maintenant ni jamais.

— Qu'est-ce que tu racontes, Kit ? Alexandra est venue m'aider dans mon enquête, car elle est l'unique lien entre les assassins et moi. Je la rémunère pour cela. Je croyais que Brandon t'avait mise au courant ?

Il n'allait pas avouer à sa sœur qu'il avait également d'autres projets concernant Alexandra alors qu'elle semblait résolue à le pousser en direction de l'autel.

— Je vois, lâcha-t-elle. Tu as pris l'habitude d'embrasser tous tes employés ? Cela se passe bien avec Stewart ?

Brandon toussa et ébaucha un mouvement de repli en direction de la carafe de cognac. Garrett l'arrêta d'un regard noir.

— Ce n'est pas du tout ce que tu crois, grogna-t-il.

— Vraiment ? Pourquoi l'embrassais-tu, alors ?

— Parce que… parce que j'aime cela ! finit-il par s'exclamer.

Miséricorde. Ce n'était pas la bonne réponse.

Brandon leva les yeux au plafond, se servit un verre et porta un toast à Garrett :

— Je bois à un homme animé de pulsions suicidaires.

— La ferme ! aboya Garrett.

— Quel dénouement imaginais-tu à cette situation ? insista Kit. Tu as une réputation épouvantable. T'approcher à moins de quelques mètres aurait suffi à ternir la sienne. Les mauvaises langues vont se déchaîner contre cette pauvre fille. C'est sans doute déjà fait, d'ailleurs. Qu'as-tu dit à tes voisins ?

— Rien dit du tout, marmonna Garrett.

Les paroles de sa sœur lui faisaient l'effet d'une grêle de pierres tranchantes. La vérité faisait mal.

— Tu n'en as vu aucun depuis ton arrivée ? s'étonna Kit.

Garrett ouvrit la bouche, la referma, avant d'admettre à contrecœur :

— Si, Keyes. Nous l'avons croisé près de la falaise. Il chassait et nous a même pris pour du gibier.

Un silence abasourdi retomba dans le salon, enfin rompu par Brandon qui, paupières plissées, demanda :

— Tu crois qu'il pourrait être derrière ces tentatives de meurtre ? Ce ne serait pas impossible. Il te déteste depuis qu'il a été contraint de te vendre ses terres.

— Il n'a toujours pas digéré l'affaire, c'est vrai, mais ce n'est pas notre homme, assura Garrett. Keyes est un lâche doublé d'un crétin. Pour fomenter ce complot, il a fallu de l'audace et de l'ingéniosité, sans parler des moyens financiers. Keyes n'a rien de tout cela.

— Au moins pouvons-nous rayer son nom de la liste de tes ennemis, intervint Kit. Liste qui serait beaucoup moins fournie si tu avais gardé ton pantalon boutonné, mon cher frère. Je t'avais pourtant mis en garde…

— Bran, pourrais-tu faire taire ta femme ? Comme d'habitude, elle se mêle de ma vie privée !

— Désolé, répondit Brandon en riant, mais lorsqu'elle dit la vérité, j'ai les mains liées.

— Keyes n'est peut-être pas malin, mais il a une langue, et je suis sûre qu'il n'a pas perdu une minute pour répandre des rumeurs malveillantes sur Alexandra et toi, s'entêta Kit.

— Oh Seigneur !

Garrett se laissa tomber sur le canapé à côté d'elle, avant de s'en prendre à Brandon :

— Arrête d'engloutir mon cognac ! C'est moi qui dois sauver ma peau. C'est moi qui devrais m'enivrer !

Il savait qu'Alexandra était innocente, qu'il aurait dû se garder de la compromettre. Mais il s'était persuadé qu'il pouvait agir autrement, qu'elle était différente, une femme indépendante qui assumait ses choix, sans se soucier des conséquences.

« Il y a des risques qui valent la peine d'être pris. »

Sauf qu'elle était la fille d'un vicomte, ce qui faisait d'elle une épouse potentielle, et certainement pas une maîtresse.

Ne le lui avait-elle pas dit, du reste ?

Bon sang, qu'est-ce qui ne tournait pas rond chez lui ?

Le dos courbé, les coudes calés sur les genoux, il se frotta le visage, et tressaillit en sentant une main se poser sur son dos. Jetant un regard torve à sa sœur, il eut la surprise de lire de la compassion dans ses yeux.

— Je crois que c'est fait, murmura-t-elle.

— Quoi ? Qu'est-ce qui est fait ?

— Tu as déjà sauvé ta peau. Et lady Alexandra t'aidera quand nous serons de retour à Londres. Je lui ai apporté un choix de toilettes. Une couturière passera pour les mettre à sa taille. Je sais que vous êtes en sécurité ici, mais vous ne pouvez pas vous enterrer à la campagne jusqu'à la fin de vos jours. Il faut arrêter ce meurtrier avant qu'il ne soit trop tard.

— Nous n'avons pas la garantie qu'il acceptera l'invitation de Hammond, fit-il valoir. Sans doute se cache-t-il dans son antre en attendant la nouvelle imminente de ma mort.

— Je le peux comprendre, fit remarquer Brandon. C'est ce que je ferais à sa place.

Kit adressa un regard noir à son mari.

— Alors il va falloir l'appâter, rendre cette invitation si alléchante qu'il ne pourra pas la refuser. Nous allons aussi engager des hommes pour assurer la protection de Garrett en ville. Cette ordure ne va quand même pas se risquer à commettre un meurtre pendant un bal, devant plus de trois cents témoins !

— Je croyais que j'étais l'appât ? s'étonna Garrett.

— Non, tu es la cible, corrigea Brandon.

— Kit, ai-je le droit de le frapper s'il ouvre encore la bouche ?

— Je t'en prie. Le bal de Hammond doit donc devenir un événement incontournable. Il faudrait coupler la soirée avec l'annonce de fiançailles. Les tiennes, par exemple.

— Quoi ? Nous y revoilà ! s'exclama Garrett en se levant. J'aurais dû...

— C'est le seul moyen d'emmener lady Alexandra partout avec toi sans susciter les ragots, coupa Kit. Avec Keyes, sois tranquille, les ragots circulent déjà. Tu es célibataire, tu as mauvaise réputation, et...

— Arrête ! dit Garrett, la main levée. Tu t'aventures sur un territoire que tu as déjà parcouru un peu plus tôt.

— C'est un bon plan. Et Alexandra est parfaite pour toi. Si l'on oublie le danger qui te menace, je te trouve dans une excellente forme. Tu es sobre, plus séduisant que jamais, et tu râles après Brandon et moi-même. Tu embrasses une femme, et, pour te citer, tu aimes cela. Si c'est à elle que nous devons ton retour à la vie, j'applaudis. Cela ne me plaisait pas de te voir te suicider au cognac.

— D'accord, d'accord, j'ai compris l'idée générale, inutile de me l'enfoncer dans le crâne, j'ai encore mal à la tête.

— Il lui a fallu beaucoup de courage pour venir te parler de ce complot. Elle a aussi accepté de te venir en aide alors qu'elle pensait t'avoir fourni toutes les informations dont elle disposait. Sans compter qu'elle ne t'a même pas étranglé quand elle a compris que tu t'étais moqué d'elle en lui faisant croire que j'étais ta maîtresse.

— Assez ! gémit Garrett en se frottant les tempes. J'ai compris. Je suis une fripouille qui a ruiné la réputation d'un parangon de vertu.

— Que tu sois une fripouille, personne ne le conteste. Quant à la seconde affirmation, j'émettrai quelques réserves, dans la mesure où je l'ai vue te rendre ton baiser.

Garrett releva vivement la tête. Voyant une étincelle espiègle danser dans le regard de Kit, il sourit. C'est vrai, il avait oublié ce détail. Alexandra lui avait bel et bien rendu son baiser, alors même qu'elle venait de dresser la liste de toutes ces maudites règles. Il détestait les règles. S'empêcher de la toucher ? Cela aurait été comme empêcher la marée de monter à l'assaut du rivage.

Kit avait raison, mais elle ignorait à quel point Alexandra était passionnée et réceptive. Elle ignorait que lorsqu'il la tenait dans ses bras, il se sentait entier. Il ne la méritait pas, mais il la désirait… et c'était réciproque. Alors s'ils se mariaient, ce ne serait peut-être pas si mal. Elle lui appartiendrait, et il aurait enfin le droit de goûter aux plaisirs qui lui étaient pour le moment interdits.

Il pourrait la toucher, l'embrasser, la posséder.

Elle serait sienne.

Pour toujours.

À sa grande surprise, il s'aperçut que cette idée ne le révulsait pas. Il respirait toujours, et se sentait même… bien.

Il étudia Brandon. Après quatre années de mariage, celui-ci ne paraissait pas mal en point. Il arborait même désormais un air suffisant, comme s'il connaissait le secret d'une vie valant la peine d'être vécue. Sapristi, lui aussi méritait de connaître ce secret !

Il se rendit soudain compte qu'il était en train de faire les cent pas devant la cheminée sous l'œil amusé de Kit et de Brandon.

— Très bien, je capitule. Que faut-il faire maintenant ? Publier les bans ?

Kit écarquilla les yeux, et Brandon, qui s'apprêtait à avaler une gorgée de cognac, suspendit son geste.

— Je suis ravie que tu aies abouti à cette décision raisonnable, déclara sa sœur, mais tu n'oublierais pas un détail ?

— Quoi encore ?

Garrett les regarda tour à tour, déconcerté. Il avait la femme, l'approbation de sa sœur, se moquait totalement de celle de son beau-père. Et il avait même un plan pour identifier son meurtrier potentiel, par conséquent il était à peu près sûr d'avoir un avenir.

Que diable avait-il pu oublier ?

Kit reprit la parole du ton docte d'un professeur qui se serait adressé à un cancre :

— Mon cher frère, il y a quand même une question pertinente à se poser, qui n'est peut-être qu'un contretemps pénible pour les hommes, mais qui constitue aux yeux des femmes la première étape vers la félicité conjugale.

Comme Garrett continuait de la considérer d'un air ahuri, elle explosa :

— Tu dois la demander en mariage, imbécile !

Bon sang. Il avait fait l'impasse là-dessus. Et apparemment cette étape pouvait constituer un problème. À en croire Brandon, Alexandra avait décliné plusieurs demandes en mariage lorsqu'elle avait fait ses débuts dans le monde.

Néanmoins il était très déterminé.

Alexandra l'épouserait.

— Comment dois-je m'y prendre pour qu'elle dise oui ? s'enquit-il en regardant sa sœur.

— Oh, par pitié ! s'exclama Brandon. À une époque, tu avais entrepris de séduire la moitié des femmes de la capitale. Deux ans de célibat t'auraient-ils transformé en eunuque ? Bon sang, j'ai essayé de t'empêcher d'acheter cette charge d'officier !

— N'écoute pas mon idiot de mari, intervint Kit. Personne ne va séduire personne, c'est compris ? Il s'agit de lui faire la cour.

— Quelle est la différence ?

Brandon s'esclaffa bruyamment.

— Brandon, mon chéri, voulez-vous aller chercher Alexandra et les petits ? demanda Kit, les dents serrées. Je me sens faible tellement j'ai faim, et dans ces cas-là, j'ai tendance à m'emporter.

Brandon posa soudain son verre, la mine inquiète.

— Voulez-vous que j'aille vous chercher un morceau de pain tout de suite, ma chérie ?

— Non, juste les garçons. Je vais très bien, merci.

— En êtes-vous sûre ?

— Mais oui, répondit-elle avec un doux sourire.

Brandon la dévisagea, puis jeta un coup d'œil à son ventre rebondi avant de se décider à quitter le salon, non sans lui avoir jeté un ou deux coups d'œil supplémentaires par-dessus son épaule.

Garrett se renfrogna. Si le mariage devait le réduire à l'état de carpette, peut-être serait-il sage qu'il reconsidère la question.

La main sur son ventre, Kit poussa un soupir avant de déclarer :

— Écoute-moi, Garrett. Faire sa cour consiste à apprendre à mieux connaître l'autre. Puisque tu en es déjà au stade des baisers, tu as déjà dû faire de grandes avancées dans ce domaine. Montre-toi aussi charmant que tu sais l'être, traite-la avec respect et correction, sois sobre et, bien sûr, oublie toutes les autres femmes. Et, Garrett, si tu pouvais t'abstenir de l'emmener dans ton lit avant de…

— Kit, aie pitié de ma pauvre tête, tu es de nouveau en train de m'enfoncer tes beaux principes dans le crâne. Le premier sermon m'a suffi. Je m'occupe du reste.

— C'est justement cela qui m'inquiète !

— Alors n'y pense pas. Vraiment. À partir de maintenant, je prends les choses en main.

— Tu te débrouilleras très bien, j'en suis convaincue. Maintenant aide-moi à me lever, je suis coincée dans ce maudit canapé.

— Tout de suite. Il ne faudrait pas que tu prennes racine ici.

Souriant, il s'approcha, lui saisit les mains et la remit debout.

— Très drôle, grinça-t-elle. À présent, il faut me nourrir si tu ne veux pas que je devienne très désagréable et intolérante.

— Parce que jusqu'à présent, tu as été un modèle de compréhension ?

— Certes. Même si j'ai demandé à Brandon d'amener ses pistolets. Mon frère m'a appris que, lors d'une négociation, il fallait des arguments de poids pour parer à toute éventualité.

— Je te reconnais bien là !

Sa sœur lui rappelait une autre femme de caractère. Et alors qu'il lui offrait le bras pour l'escorter dans la salle à manger, ses pensées dérivaient déjà vers Alexandra. Qu'il allait devoir courtiser.

L'inquiétude le gagna. Elle s'était moquée de ses compliments et avait refusé qu'il lui offre un cheval. S'il poursuivait dans la même direction, c'était l'échec assuré.

Mais comme venait de le lui rappeler Kit, il fallait des arguments de poids dans une négociation. Si Alexandra s'avisait de refuser sa demande en mariage, eh bien, il l'embrasserait jusqu'à en perdre la raison, la jetterait sur la selle de Champion, et ils fileraient à Gretna Green[1] !

---

1. Gretna Green : village d'Écosse où les couples en fuite venaient se marier sans autorisation. *(N.d.T.)*

21

Ce soir-là, assise à sa coiffeuse, Alexandra se brossait les cheveux. Ses pensées ne cessaient d'aller et venir entre ses retrouvailles avec Gus et sa rencontre avec la sœur de Garrett. Les deux la faisaient sourire.

Gus n'avait jamais paru aussi en forme. Il semblait solide et… sobre. Lorsqu'elle l'avait aperçu sur le seuil des écuries, elle avait eu l'impression de faire un bond en arrière dans le temps. Sans même s'en rendre compte, elle s'était mise à courir et s'était jetée dans ses bras robustes. Retrouver le Gus d'autrefois, c'était le plus beau cadeau que Garrett puisse lui faire. Un cadeau sans prix dont elle s'était réjouie, du moins jusqu'à ce que Gus ouvre la bouche.

Sans perdre de temps, il lui avait fait remarquer qu'elle était encore trop maigre, et qu'elle n'aurait jamais dû voyager seule en compagnie de lord Kendall. Alexandra avait oublié qu'il n'hésitait jamais à lui signifier que son comportement laissait à désirer. Un peu comme Kristen avec Garrett.

Kristen « docile et influençable » ? Franchement ! Cette pensée la fit sourire de nouveau. Néanmoins Garrett ne l'avait pas trompée sur un point : sa sœur l'aimait. Ce qui était encore un point en sa faveur, car elle n'imaginait pas cette femme donner son affection à quelqu'un qui ne la méritait pas.

Il avait des qualités, cela ne faisait aucun doute. Et ce soir il s'était conduit en parfait gentleman.

Le gredin qui la taquinait et essayait sans cesse de lui dérober un baiser avait disparu. Sous le regard vigilant de sa sœur, il avait fait preuve d'une parfaite correction lors du dîner. Et à l'instar de ses neveux, Alexandra était tombée sous le charme.

Posant les coudes sur la coiffeuse, elle se prit la tête entre les mains et soupira.

Elle allait avoir de graves ennuis.

Son cœur la poussait dans une direction où elle n'avait pas le droit d'aller. Par la faute de son oncle.

Relevant la tête, elle regarda son double dans la glace à travers un rideau de larmes. Gus avait raison. À quoi avait-elle pensé en acceptant de voyager seule avec Garrett ? Elle n'était pas libre de suivre les inclinations de son cœur, pas plus que celles de son corps, car rien de sérieux ne pourrait jamais sortir de cette relation.

Un coup frappé à la porte qui communiquait avec la chambre de Garrett la fit sursauter. Interdite, elle pivota sur son tabouret. Il n'oserait pas ! Pas alors que sa sœur et Brandon étaient sous le même toit.

Toc-toc.

Alexandra se mordilla la lèvre. C'était ridicule. Elle n'allait pas rester claquemurée. Elle était tout à fait capable de se faire respecter. Elle ferma les yeux, les rouvrit, se décida à aller répondre.

— Que voulez-vous ?

Ignorant son ton acerbe, Garrett sourit. Il avait ôté sa veste et sa cravate. Les premiers boutons de sa chemise étaient défaits. Alexandra fixa le triangle de peau mate dans l'échancrure de son col et maudit son cœur qui s'affolait. Il avait l'air si désinvolte, était si incroyablement beau avec cette mèche qui lu retombait sur le front et ses yeux gris malicieux.

Le sourire de Garrett s'effaça soudain et elle s'alarma :

— Quoi ? Qu'y a-t-il ?

— Cette robe de chambre est aussi laide que l'autre. Où avez-vous dégoté ces horreurs ? Dans un monastère ? Je pensais que nous n'en avions plus grâce à Henri VIII et sa passion pour Anne Boleyn.

Il tendit la main vers son col. Alexandra la lui écarta d'une tape et rapprocha les pans de sa robe de chambre, avant de resserrer la ceinture d'une main énergique.

— Arrêtez, je vous prie.

— Pardonnez-moi. J'imagine que le mot « passion » se trouve lui aussi sur la liste interdite. Mais si je l'utilise dans un contexte historique, cela ne le rend-il pas inoffensif ? De même pour certains termes tout à fait banals, comme « pommes » et « pêches »…

— Arrêtez, siffla Alexandra. Je savais bien que cela ne durerait pas !

— Quoi ?

— Votre conduite irréprochable. Ce n'est qu'un rôle que vous endossez pour mieux abuser votre famille. À propos, merci de m'avoir fait passer pour une imbécile en me laissant croire que Kristen était votre maîtresse.

— Je n'ai jamais rien fait de tel ! se défendit-il. C'est vous qui avez tiré des conclusions hâtives.

— Pardon ?

— Oui, c'est vous qui avez supposé que la chemise de nuit de Kit appartenait à l'une de mes maîtresses. Je vous ai du reste demandé si vous faisiez allusion à la maîtresse de maison. J'ai dû omettre de préciser que Montclair ne m'appartenait pas, qu'il s'agissait de la résidence londonienne de ma sœur qui, au demeurant, m'aime beaucoup. Vous vous étiez apparemment déjà fait des idées. Or j'ai appris à mes dépens que les femmes n'aimaient pas qu'on les contredise.

— Elles n'apprécient pas non plus les humiliations publiques. Vous m'avez fait passer pour une idiote devant votre sœur, vous savez, celle qui est si « docile et influençable ».

Il eut un sourire qui n'avait rien de contrit.

— Sur ce point précis, je plaide coupable. Kit est à peu près aussi docile et influençable qu'une mule. Mais je ne m'étais pas trompé, elle vous aime bien.

— Ce n'est pas grâce à vous, en tout cas !

Seigneur, elle commençait à ressembler à une gamine irascible. Se reprenant, elle soupira :

— Que voulez-vous ? J'ai du mal à croire que c'est pour critiquer ma robe de chambre ou me rappeler vos indélicatesses que vous êtes venu frapper à ma porte.

— Vous avez raison, nous nous égarons. Je suis venu vous embrasser pour vous souhaiter bonne nuit.

Il s'inclina vers elle. Alexandra fit un saut en arrière, les mains tendues.

— Non ! Je vous l'interdis !

— Bon. Alors pourquoi ne m'embrassez-vous pas plutôt, *vous* ?

— Sûrement pas. Ce ne serait pas prudent.

— Vous avez raison. Souvent un baiser en entraîne un autre. Ensuite, avant même d'avoir compris ce qui se passait, on se retrouve nus sur le sol et…

Il ne put aller plus loin. Prête à tout pour le faire taire, elle se jeta à son cou et pressa sa bouche sur la sienne.

Ce baiser fut aussi explosif que les précédents. Un flot brûlant la submergea. Quand il enroula le bras autour de sa taille pour la plaquer contre lui, elle entrouvrit les lèvres. Il avait si bon goût ! Une saveur puissante, virile, aussi capiteuse que l'arôme d'un vieux xérès.

Maudit soit-il, il avait raison. Un baiser ne suffisait pas. Elle se cambra contre lui.

Elle voulait plus. Tellement plus !

Il fallut que ses mains glissent sur ses fesses pour qu'elle se ressaisisse enfin. Elle le repoussa, recula d'un pas.

— Bonne nuit, Garrett.

Il arborait une expression quelque peu égarée, constata-t-elle non sans satisfaction. Et dut se racler la gorge avant de répondre :

— Bonne nuit, Alexandra. Une dernière chose, ajouta-t-il comme elle commençait à refermer le battant. La prochaine fois, mettez votre chemise de nuit affriolante. Vous savez, celle qui est transparente avec un décolleté bordé de dentelle.

Elle demeura un instant bouche bée, puis lui claqua la porte au nez.

— Faites de beaux rêves ! lança-t-il à travers le battant, avant d'éclater de rire.

Alexandra se débarrassa de sa robe de chambre avec brusquerie, l'abandonna sur la chaise la plus proche, et se mit au lit, remontant drap et couvertures jusqu'au menton.

De beaux rêves ? Il savait pertinemment à quoi elle allait rêver ! Le corps vibrant de désir, elle roula sur le côté et soupira. Ce n'étaient pas vraiment ses rêves qui la préoccupaient, mais plutôt la personne qui y tenait le rôle principal.

Garrett Sinclair.

Dans le silence de la chambre, elle chuchota son nom qui emplit soudain tout l'espace vide dans son cœur.

Le lendemain matin, Alexandra eut droit à un répit. Garrett emmena Brandon faire le tour du domaine tandis que, sous l'œil vigilant d'une domestique, les deux petits garçons allaient voir les chatons dans l'écurie.

Alexandra s'installa dans le jardin en compagnie de Kit, mais elle ne cessait de regarder du côté du portail dans l'espoir d'apercevoir la haute silhouette de Garrett. Agacée contre elle-même, elle se promit de ne plus penser à lui pendant au moins une minute. Difficile, mais pas impossible.

En dépit de son ventre proéminent, Kit avait réussi à s'asseoir sur la couverture déployée à même le sol. Les mains protégées par de vieux gants de jardinage, elle désherbait une plate-bande. Autour des deux femmes poussaient une multitude de fleurs printanières de toutes les couleurs. Le spectacle était un peu anarchique, comparé à la plupart des jardins anglais entretenus avec soin, mais pour sa part Alexandra trouvait que ce joli désordre convenait à la rusticité du manoir et au charme de son propriétaire.

Elles bavardèrent un moment, parlant de tout et de rien, puis Alexandra s'avisa qu'elle ignorait si Kit et Garrett avaient un ou deux parents en commun.

— Garrett avait sept ans quand mon père a épousé notre mère, expliqua Kit. Je suis née un an plus tard. Garrett est mon demi-frère.

— Mais vous êtes très proches.

— Oui. Dès qu'il rentrait du collège, je le suivais comme son ombre, se rappela-t-elle en riant.

— Et il ne protestait pas ? La plupart des grands frères détestent cela.

— Petite, j'étais une vraie diablesse. Je suppose que Garrett m'a prise sous son aile parce que personne d'autre n'avait l'énergie nécessaire. Les gouvernantes se succédaient à une allure folle.

— Et vos parents ? Où étaient-ils ?

Alexandra était elle-même très différente de sa mère, mais cette dernière avait tenu à donner à cette forte tête qu'était sa fille une éducation irréprochable. Alexandra était « le seul bijou de famille qu'il n'avait pas vendu », avait ironisé son père.

— Mon père m'a toujours ignorée, répondit Kit. Je ne lui rappelais que trop son incapacité à engendrer un héritier mâle.

Elle se pencha pour rassembler les mauvaises herbes qu'elle venait d'arracher.

— Mais il ne considère donc pas Garrett comme son fils ? s'exclama Alexandra.

— Non. Garrett est le portrait craché de son père, ce qui fait de lui, aux yeux du mien, le symbole de son échec. En outre, le père de Garrett avait été le grand amour de notre mère ; le voir rappelait sans cesse à mon père qu'il n'était qu'un second choix. Garrett et mon père ne se sont jamais entendus. Garrett a essayé de faire des efforts, puis il a fini par renoncer. Il a compris, je pense, que pour mon père il resterait toujours le fils d'un autre homme.

— C'est très triste, murmura Alexandra.

— Non, c'est mon père tout craché : Arthur Brown. Ce n'est pas quelqu'un d'admirable, ni de gentil. Il est dur, intransigeant, rancunier... Un jour, je lui ai demandé de déboutonner sa chemise. Garrett m'avait affirmé qu'il avait un trou noir à la place du cœur, et je voulais vérifier.

Kit eut un sourire penaud.

— Et votre mère, quelle était son attitude face à leurs dissensions ?

— Elle aussi a tenté d'arrondir les angles, mais plus elle s'occupait de Garrett, plus cela irritait mon père. Prise entre deux feux, elle a choisi le mauvais camp. Garrett méritait qu'elle le soutienne, pas mon père.

— Cela s'appelle sacrifier le bonheur de son enfant au sien, commenta Alexandra, incapable de contenir son indignation.

— Disons plutôt sacrifier son enfant à son mariage. Ma mère avait besoin qu'on s'occupe d'elle, et mon père habitait la propriété voisine de la sienne. Quand elle s'est retrouvée veuve, il a tout pris en main et Garrett a été envoyé en pension. Il n'a pas pu s'occuper d'elle.

— Mais c'est *elle* qui n'a pas pu s'occuper de lui. C'est *elle* qui a failli à sa tâche !

Consciente de se montrer très dure envers la mère de Kit, Alexandra ouvrit la bouche pour s'excuser. Et découvrit que Kit souriait.

— Je n'aime pas dire du mal des morts, toutefois étant moi-même mère, je ne peux qu'abonder dans votre sens, Alexandra. Je n'ai jamais été proche de ma mère. C'est difficile d'admirer quelqu'un qu'on ne respecte pas.

L'histoire de Kit faisait écho à celle d'Alexandra. Sa propre mère avait été l'incarnation vivante de l'adage : « L'amour est aveugle. » Sa dévotion envers son époux lui avait fait accepter tout le reste, les aventures, les dettes, les investissements ratés. Elle l'avait aimé pour le meilleur et surtout pour le pire.

Alexandra s'était juré de n'appartenir à aucun homme et de prendre sa destinée en main. Elle avait compris que si elle ne voulait pas supporter sans mot dire un mari infidèle et joueur, elle devait être financièrement indépendante. Elle ne voulait pas que ses enfants se voient offrir un poney et découvrent un jour que celui-ci avait été vendu pour éponger quelque dette. Ni que sa fille soit obligée de cacher ses bijoux de crainte qu'on ne les gage au mont-de-piété le jour de paie des domestiques.

Kit avait entrepris de couper les fleurs fanées qui déparaient un rosier sauvage. Le regard d'Alexandra s'arrêta sur son ventre arrondi et elle se rembrunit. En prenant toutes ces farouches résolutions, elle avait omis un détail.

Les enfants.

Son cœur se serra. Si elle s'obstinait à rester célibataire, elle n'aurait jamais un petit Beau voleur de chats ni un petit Will qui suce son pouce pour illuminer ses journées. C'était là le point faible de son plan, car elle voulait des enfants. De toute son âme. Elle devrait aussi renoncer aux baisers torrides et à ce qui se passait dans un lit avec un homme...

— Êtes-vous heureuse en ménage ? demanda-t-elle sans réfléchir.

Kit lui lança un coup d'œil étonné avant de rire doucement.

— Oui, beaucoup. Et tant mieux, car il serait trop tard pour y faire quelque chose, à présent. Mais parlez-moi plutôt de vous et de mon frère.

— Il n'y a rien entre nous, prétendit Alexandra en se raidissant.

— *Rien* ? répéta Kit, narquoise. Ce n'est pas ainsi que j'aurais qualifié ce baiser.

Alexandra se sentit rougir sous le regard espiègle de Kit. Elle avait oublié que celle-ci les avait surpris en train de s'embrasser.

— Pardonnez-moi, je suis trop franche parfois. Brandon me le reproche assez souvent. C'est juste que, depuis son retour de Crimée, Garrett… n'était plus le même. Il…

— Oui, je sais, dit Alexandra en posant sa main sur celle de la jeune femme.

— Depuis, je ne l'ai pas vu en compagnie féminine. Non pas que j'approuvais qu'il coure les jupons, mais je me rendais bien compte qu'il le faisait surtout pour rendre mon père fou. Ce que je veux dire, c'est qu'aujourd'hui je le trouve métamorphosé, et je ne pense pas que ce soit grâce à l'air de la campagne.

Alexandra ne put s'empêcher de sourire. Elle voulait aider Garrett, et s'entendre dire qu'elle y était parvenue lui réchauffait le cœur.

Mais Kit venait de préciser que les femmes qui avaient traversé la vie de Garrett n'étaient que des pions dans la querelle qui l'opposait à son beau-père. Et depuis son retour de la guerre, il n'en avait fréquenté aucune. Aucune avant *elle*.

Son cœur se mit à battre à grands coups. L'ironie de la chose l'emplissait d'amertume. Elle avait lutté contre ses sentiments, feignant de croire que Garrett n'en était pas digne, et se persuadant qu'il n'était pas libre, de toute façon. Mais alors qu'elle était sur le point de perdre cette bataille contre elle-même, elle découvrait que ces scrupules étaient sans objet.

Peu importait que Garrett soit libre ou pas.

Car elle ne l'était pas. Son oncle y avait veillé.

Alexandra Daniels pouvait peut-être suivre les élans de son cœur, mais certainement pas Alexandra Langdon.

22

Garrett posa sa plume et se renversa contre le dossier de son siège. C'était absurde. Il aurait dû faire la cour à Alexandra, ne pas s'enfermer dans son bureau pour étudier une liste de plus de trois cents noms. Mais Kit avait raison, ils ne pouvaient pas rester indéfiniment terrés à Charlton Manor.

S'il se faisait tuer, les cloches ne tinteraient pas pour célébrer son mariage.

Néanmoins Brandon s'était trompé sur un point. Il n'était pas resté les bras croisés. Il avait envoyé deux de ses hommes en ville pour tenter de glaner des informations sur les deux attaques dont il avait fait l'objet. La police n'ayant rien trouvé, il avait décidé d'employer des enquêteurs d'une autre envergure.

D'après Alexandra, celui des deux comploteurs qui était déguisé en valet avait l'accent de l'East End. Les deux recrues de Garrett étaient nées dans ces quartiers défavorisés, ils en connaissaient chaque venelle, chaque repaire où grouillaient escrocs et assassins. Ils parlaient le même argot et savaient quelles pattes graisser pour obtenir des renseignements. Ils allaient écumer les bas-fonds de la capitale pour tenter de retrouver le faux valet et de le piéger, comme le rat qu'il était.

Ils avaient également pour mission de découvrir ce qui avait servi de paiement chez Hammond pour satisfaire la cupidité du prétendu valet. Il y avait gros à parier que l'objet en question se trouvait maintenant dans un mont-de-piété. Si on remettait la main dessus, sans doute pourrait-on remonter jusqu'à cette crapule et, de fil en aiguille, jusqu'au commanditaire du meurtre.

Oui, Garrett avait confiance, ils parviendraient à confondre ce salopard. Ce n'était qu'une question de temps. Et il espérait encore en gagner en examinant la liste des invités sur laquelle se trouvait forcément le nom dudit commanditaire.

Déterminé, il reprit sa plume.

Un peu plus tard, il marqua un temps d'arrêt devant l'un des noms : M. Alexandra Daniels. Il sourit, se demandant comment Alexandra avait réussi à obtenir un carton d'invitation à l'un des bals les plus chics de la saison. Encore une énigme à résoudre.

« La liste. Concentre-toi », se tança-t-il.

Brandon avait griffonné quelques notes à côté des noms de ceux qui étaient susceptibles d'avoir des griefs contre Garrett. Par exemple, il rappelait à ce dernier qu'il avait confondu le bichon de lady Weatherbee avec son manchon et s'était assis sur la pauvre bête ; ou qu'il avait demandé à lord Ashton s'il jouait le rôle de Puck dans *Le Songe d'une nuit d'été*, parce que cet imbécile portait une veste bordeaux et une atroce chemise verte qui le faisaient effectivement ressembler à un lutin.

Brandon lui rappelait également qu'il avait donné un rendez-vous galant à lady Brisbane dans ses jardins, à minuit, rendez-vous auquel il n'avait jamais daigné se rendre. La dame en question, qui l'avait attendu toute la nuit, avait pris froid et l'en avait tenu pour responsable.

Garrett laissa échapper un soupir et se passa la main sur le visage. Il savait qu'il s'était fort mal conduit à de multiples reprises, parce que cela l'avait amusé, et aussi parce qu'il savait que ces anecdotes scandaleuses seraient aussitôt répétées à son beau-père.

Mais tout cela avait eu lieu avant la guerre.

Avant Alexandra.

En général, penser à la jeune femme le mettait de bonne humeur. Cette fois pourtant, il se rembrunit.

Il était censé lui faire la cour.

Et jusqu'à présent, l'opération se révélait un fiasco.

Pourquoi ? Trois baisers. *Trois baisers en trois jours.* C'était dérisoire pour un homme de son expérience. Et le troisième ne comptait même pas, car à ce moment-là il avait Will dans les bras.

Il se sentait comme un baril de poudre sur le point d'exploser. Si le tueur ne s'en chargeait pas avant, c'est Alexandra qui aurait sa peau.

Il se leva brusquement, sortit du bureau au pas de charge, et fit irruption un instant plus tard dans le salon où Kit était occupée à tricoter. Brandon se tenait près de la cheminée, et son arrivée soudaine interrompit leur conversation.

— Cela ne va pas, annonça-t-il. Elle s'intéresse davantage aux enfants qu'à moi, sauf quand je l'embrasse. Et comment suis-je censé l'embrasser alors qu'elle a constamment les enfants dans les jambes ? J'ai besoin d'être seul avec elle pour la séduire. Dès que nous serons en tête à tête, je l'embrasserai, je la demanderai en mariage dans la foulée, et nous en aurons terminé avec ces tergiversations !

— Ces tergiversations ? répéta Brandon avec amusement.

— Il voulait dire indécisions, je pense, intervint Kit. Garrett, mon chéri, tu devrais cesser de penser à ces baisers et songer à profiter de la compagnie d'Alexandra. Concentre-toi sur la cour, pas sur la séduction.

Garrett la fixa comme si elle avait perdu l'esprit. Sa patience était à bout.

— Mais que diable crois-tu que j'ai fait pendant la semaine qui vient de s'écouler ? Avec la plupart des femmes, deux, trois colifichets, quelques compliments, un petit flirt, et l'affaire est dans le sac, non ?

— Je pense...

— Ne l'interromps pas, coupa Brandon, ce qu'il dit est intéressant.

— On fait semblant de les écouter babiller à propos de leur nouveau chapeau ou de la prochaine garden-party de lady Machin-chose, on congratule leur meilleure amie qui vient de massacrer un morceau au piano, et en général cela suffit. Mais pas avec Alexandra. Cette femme est une énigme. Et vous savez ce que je pense des énigmes, acheva-t-il avec un geste de la main qui trahissait son exaspération.

— Oui, c'est le fléau de ton existence, dit Brandon en adressant un clin d'œil à sa femme.

— Vous ne comprenez pas. Elle collectionne les biscuits, bon sang !

— Les biscuits ? fit Brandon, l'air perdu.

— Oui, les biscuits, les gâteaux. Elle les cache au fond de ses poches, comme un écureuil qui ferait des réserves pour l'hiver. Le régisseur de son père l'avait prise sous son aile et lui avait expliqué comment gérer un domaine, et elle n'arrête pas de me poser des questions sur le mien. Elle chante comme une casserole et joue très mal du piano. Elle est polie avec moi, mais garde ses distances, alors qu'elle jacasse comme une pie avec Beau et Will. Elle refuse de rester seule avec moi, et je sais bien pourquoi. Elle sait que si cela se produit, je l'embrasserai, et qu'elle réagira enfin comme une femme normale. Et alors...

Il se tut abruptement et regarda sa sœur.

— Et ? s'enquit-elle.

Garrett s'empourpra, jeta un coup d'œil féroce à Brandon qui se retenait visiblement de rire. Puis il alla s'asseoir sur le canapé à côté de Kit et se prit la tête à deux mains.

— Vas-y, rigole. Je ne suis pas sourd, je m'entends moi-même. Je suis le bouffon qui amuse ton paysan de mari !

Une main se posa sur son épaule.

— Non, mon cher frère, tu es un homme qui est tombé amoureux et qui est trop stupide pour s'en rendre compte. Tu n'es pas le premier, rassure-toi.

Garrett la considéra en haussant un sourcil.

— Je ne suis pas un bouffon, mais je suis stupide, c'est ce que tu es en train de dire ?

— Tu es celui qui porte un bonnet d'âne et qu'on envoie au coin, déclara Brandon.

— Kit, peux-tu m'expliquer une fois de plus pourquoi tu as épousé cet homme ?

— Un moment d'égarement.

— Préviens-moi si cela te reprend. Je ne voudrais pas... Hé, une minute ! Je n'ai jamais dit que j'étais amoureux. Je disais juste...

— Combien il est douloureux d'être follement amoureux de quelqu'un et de ne pas être certain que ces sentiments soient réciproques. Je sais par quoi tu passes, crois-moi. J'ai enduré cela pendant des années, jusqu'à ce que Brandon reprenne ses esprits quand je lui ai annoncé que j'allais épouser Ned.

— Je ne pouvais décemment pas te laisser faire de ta vie un enfer, commenta Brandon.

Kit s'esclaffa. Garrett se leva et se dirigea vers la fenêtre.

— Je devrais peut-être dire à Alexandra que je vais épouser la fille de Keyes, marmonna-t-il.

Il s'était persuadé qu'il devait épouser Alexandra pour des raisons pragmatiques, parce qu'il la désirait plus qu'aucune autre femme et qu'il ne pouvait la posséder autrement. Elle avait ranimé une partie de lui-même qu'il croyait avoir laissé sur le champ de bataille de Balaklava. Il était rentré de Crimée brisé, en lambeaux, mais elle avait réussi à rassembler les morceaux pour qu'il soit de nouveau entier.

Kit avait raison.

Il était follement, irrévocablement amoureux d'Alexandra.

Cela avait commencé lorsqu'elle avait ouvert les yeux et exigé ses vêtements. Il avait reconnu son intelligence lorsqu'elle avait dénigré les dandys stupides et hautains. Il avait admiré son sens pratique quand elle avait accepté de collaborer avec lui. Mais il n'avait pas compris avant ce jour.

Elle était parfaite. Il allait la garder. Son destin était scellé.

— Tu te trompes, Garrett, déclara Kit. Ta tactique, quelle qu'elle soit, fonctionne très bien. Tu joues de toutes ses faiblesses, expliqua-t-elle comme il lui adressait un regard perplexe.

— Dans la mesure où je n'ai aucune idée de ce qu'elles pourraient être, je vais devoir te faire confiance sur ce point. Mais si tu éclairais ma lanterne, je pourrais peut-être affûter ma technique et accélérer un peu le processus.

— C'est vrai, opina Brandon. Dis-nous Kit, quelle est la faiblesse principale d'Alexandra ?

— Les enfants, bandes d'idiots ! Elle adore les garçons. Te voir jouer avec eux suffirait à attendrir n'importe quelle femme. Et puis, elle n'arrête pas de te regarder, je l'ai remarqué. C'est donc que tu lui fais de l'effet et que tu atteins ton but.

Les enfants. Il n'y avait pas pensé. Cela tenait debout. Alexandra n'avait que faire des cadeaux de prix, elle ne voulait pas s'attacher aux choses susceptibles de disparaître du jour au lendemain. Mais les enfants... Les enfants ne risquaient pas de se volatiliser. Autrefois, il n'était pas contre l'idée d'avoir des enfants, mais depuis son retour de Crimée l'idée ne lui avait pas effleuré l'esprit. Maintenant, avec Alexandra, c'était différent. Seigneur, il se sentait prêt à lui en faire toute une nichée ! Bon, deux ou trois suffiraient peut-être, rectifia-t-il en jetant un coup d'œil au ventre de sa sœur. Car ils demeuraient pendus à vos basques jusqu'à un certain âge, tout de même.

— Tu as raison, Kit.

Il se leva, fonça vers la porte, puis s'immobilisa soudain.

— Tu crois... tu crois qu'elle m'aime, elle aussi ? risqua-t-il, soudain inquiet.

— Oh Garrett ! Comment pourrait-elle ne pas t'aimer ?

Kit se leva, traversa la pièce et attira la tête de son frère à elle pour l'embrasser sur la joue.

— Moi, en tout cas, je t'aime, dit-elle.

— Et je t'aime aussi, assura-t-il.

— Ne me regarde pas ainsi, grogna Brandon. Je te tolère uniquement parce que tu m'as tiré d'affaire deux ou trois fois quand je m'étais mis dans une situation délicate.

— C'est réciproque. Tu seras le parrain de notre aîné, et je te prierai de ne pas le pousser dans le lac *avant* de lui avoir appris à nager.

Sur ce il sortit, le sourire aux lèvres, tandis que Brandon s'exclamait dans son dos :

— Quoi ? Je n'ai pas droit à un baiser ? C'était il y a deux ans ! Il est temps de tourner la page. Et comment aurais-je pu deviner que tu allais couler comme une pierre ?

Le lendemain après-midi, Alexandra et Garrett se rendirent aux écuries avec Will. Elle l'observait à la dérobée, tandis qu'il marchait à longues enjambées énergiques. Il portait un costume bleu et affichait ce sourire conquérant qui lui faisait battre le cœur. Et son regard gris était terriblement dangereux. Mais elle aurait fait n'importe quoi pour échapper à la couturière qui était arrivée au manoir ce matin-là et qui, des heures durant, l'avait mesurée sous tous les angles.

Les robes de Kit étaient certes magnifiques, mais Alexandra avait des doutes quant à ce plan, qui consistait à retourner à Londres et à paraître en public chez le duc. Pour la première fois depuis un an, elle n'avait pas peur pour elle, mais pour Garrett qui allait quitter la sécurité du manoir pour affronter un assassin anonyme. Kit avait promis de leur fournir un chaperon et des hommes chargés de veiller à leur protection, néanmoins Alexandra ne misait pas gros sur le succès de leur entreprise.

D'un autre côté, c'était la meilleure idée qu'ils avaient eue jusqu'à présent.

Une fois les robes retouchées, ils prendraient la direction de Londres où ils s'efforceraient de vaincre l'ennemi. Garrett l'avait sauvée de la débâcle, et elle s'était promis de faire tout ce qui était en son pouvoir pour l'aider. Elle ne voulait surtout pas penser à un éventuel échec.

Pour ne pas s'abandonner à ces pensées moroses, elle se remémora les quelques jours qui venaient de s'écouler et la campagne de séduction dans laquelle Garrett s'était lancé.

Oh, il était habile ! Il n'avait pas son pareil pour abattre ses défenses. Quoi d'étonnant à cela ? Il avait été soldat et savait se battre pour obtenir ce qu'il voulait.

Il l'assiégeait et elle, dans le rôle de la forteresse, n'avait qu'une envie : agiter le drapeau blanc et se rendre.

Ces pensées la perturbaient tout autant que les précédentes.

Elle tourna les yeux vers Will, qui jouait avec la montre de gousset de Garrett et se donnait beaucoup de mal pour tenter de l'ouvrir. Il y parvint enfin et, très fier, montra l'objet à Garrett avec un sourire radieux.

Garrett avait-il eu quelqu'un à qui montrer ses victoires de petit garçon ? Alexandra en doutait. Il avait profité de son père jusqu'à six ans, mais à cet âge, on n'était guère plus qu'un bébé. Heureusement après il avait eu Kit, puis son ami Brandon.

— Kit m'a dit qu'elle vous suivait partout quand vous étiez enfants.

— Jusqu'à ce que j'amène Brandon à la maison, précisa-t-il, le sourire aux lèvres. Ensuite elle n'avait plus d'yeux que pour lui. Aucune loyauté, ajouta-t-il en secouant la tête. Je me souviens du jour où Brandon a fait sa connaissance. Elle s'était sauvée de la maison et avait disparu depuis plusieurs heures quand nous avons enfin découvert où elle se cachait.

— Et où se cachait-elle ?

— En haut d'un arbre.

Garrett rit devant la mine ébahie d'Alexandra.

— Et vous avez été obligé d'aller la chercher là-haut ?

— Oui. Malheureusement la branche sur laquelle elle se tenait n'a pas supporté mon poids, et elle a cassé. Nous avons dégringolé et nous avons bien failli nous rompre le cou.

— Mon Dieu ! Et vous ne vous êtes rien cassé ?

— Brandon était au pied de l'arbre, il a rattrapé Kit, et est devenu son héros. Un jour, elle va se réveiller et se rendre compte que la chute avait altéré son jugement.

— Cela m'étonnerait. Et vous ? Comment vous êtes-vous sorti de cette aventure ?

— J'ai porté le bras gauche en écharpe pendant deux mois et la fracture a fini par guérir, mais je garde une raideur qui ne disparaîtra jamais. Vous pourriez peut-être y jeter un coup d'œil tout à l'heure ? Vous avez fait des miracles l'autre jour, dans le pavillon de chasse.

— Il est un peu tard pour mettre une attelle.

— Qui parle d'attelle ? Je voulais juste que vous m'embrassiez pour que j'aille mieux.

— Devant ce pauvre Will ? Il serait choqué !

— Vous avez raison. Nos baisers sont torrides. Tant pis, nous attendrons d'être chaperonnés par Beau. C'est un garçon solide, il ne s'émouvra pas aussi aisément.

La lueur espiègle dans son regard la fit rire.

Une petite brise glissa sur eux. Alexandra repoussa de la main une mèche échappée de son chignon. Elle avait oublié son chapeau sur le banc, dans le jardin, et Garrett avait coincé une rose derrière son oreille, en affirmant que cela allait à ravir avec ses joues rosies par le soleil. Ce cadeau l'avait bien plus touchée que lorsqu'il avait proposé de lui offrir un cheval.

À l'approche de l'écurie, Will se trémoussa dans les bras de Garrett pour que celui-ci le libère, et lâcha la montre de gousset.

Alexandra se pencha pour la ramasser. En se relevant, elle remarqua une inscription gravée sur l'arrière : *Pour Arthur, affection, Garrett.*

Le souffle coupé, elle leva les yeux sur Garrett. Celui-ci surveillait Will qui trottinait en direction de la porte de l'écurie. Il tourna la tête vers elle et son sourire se figea.

— Qu'y a-t-il ? demanda-t-il.

Son regard tomba sur la montre. Lèvres pincées, il la récupéra et l'empocha comme si de rien n'était.

— Rattrapons-le, il est en train de nous distancer, dit-il en désignant Will.

Bien que soucieuse de respecter son intimité, Alexandra ne put résister à la curiosité.

— Je sais que cela ne me regarde pas, mais je me demande pourquoi vous avez cette montre qui est un cadeau que vous avez fait à votre beau-père. Vous l'aurait-il retournée ?

— Non. Je l'ai prise à son valet au cours d'une partie de cartes. Comme vous le savez, je suis plutôt doué aux tables de jeu, ajouta-t-il avec un clin d'œil. J'avais acheté cette montre grâce à mes derniers gains.

— Et le valet ? L'avait-il gagnée en jouant contre votre beau-père ? demanda-t-elle d'un ton aussi détaché que le sien, même si elle était consternée et se doutait qu'elle s'aventurait en terrain dangereux.

— Non, je crois qu'elle lui avait été donnée en remerciement pour avoir particulièrement bien ciré une paire de bottes.

— Mais, Garrett... pourquoi vous promenez-vous avec cette montre dans la poche comme s'il s'agissait d'un trésor ?

— Un trésor ? Pas du tout. C'est un pense-bête.

— Pardonnez-moi, mais je ne vois pas bien l'intérêt, à part vous rappeler un individu qui ne mérite aucune considération de votre part ! Même si le cadeau ne lui faisait pas plaisir, votre beau-père aurait pu avoir la décence de le garder.

— C'est exactement ce que cela me rappelle, rétorqua-t-il froidement. Mon beau-père est une fripouille et j'ai été stupide de l'oublier.

Gus venait de sortir de l'écurie pour s'avancer à la rencontre de Will. Garrett attendit que le palefrenier et le petit garçon aient disparu à l'intérieur pour reprendre :

— J'ai mis des mois à rassembler l'argent nécessaire pour acheter cette fichue montre. Des mois ! Je me suis entraîné pour m'améliorer aux cartes et, au début, j'ai perdu bien plus que je n'ai gagné, y compris la chemise que j'avais sur le dos. J'étais très jeune, mais j'ai réussi. J'ai si bien appris à maîtriser les subtilités du jeu que j'ai pu payer moi-même les frais de pension, que personne ne songeait à régler, la plupart du temps. On ne pensait pas à moi, mais je n'avais plus besoin de personne.

« Mais je n'aurais pas dû avoir à apprendre cela. Je n'aurais pas dû avoir à acheter les faveurs d'un salaud sans cœur qui était censé me donner son affection gratuitement. Il était mon beau-père, mais il ne m'a jamais considéré comme son fils. Je n'étais rien à ses yeux. Et cette maudite montre est là pour me rappeler chaque jour quel genre d'homme est Arthur Brown. La leçon a été dure, mais vous pouvez être sûre que je ne l'oublierai jamais.

Sur ces mots, il la devança pour gagner l'écurie à grands pas.

Alexandra aurait aimé pouvoir remonter le cours du temps et prendre dans ses bras le petit garçon courageux et mal-aimé qu'il avait été. Le rejet dont il avait souffert l'avait profondément meurtri, et elle venait de jeter du sel sur ses plaies. Elle aurait dû se taire et le laisser tranquille.

Elle lui aurait volontiers pris cette montre pour la briser d'un coup de talon. Et si une partie d'elle-même comprenait pourquoi Garrett la conservait, une autre se demandait pourquoi il s'infligeait cela. Songeant à la cicatrice qui lui zébrait le flanc, elle se demanda combien de coups un homme pouvait endurer avant d'être brisé.

Garrett croyait l'être, mais il se trompait.

Il était un survivant.

Sur ces entrefaites, Gus sortit des écuries et se porta à sa rencontre.

— Ce petit Beau, il a tout pour devenir un cavalier hors pair ! s'exclama-t-il d'un air réjoui.

— Sous votre égide, je n'en doute pas. Regardez ce que vous avez fait de moi !

Souriant, elle glissa son bras sous le sien et ils contournèrent le bâtiment.

— Le capitaine Kendall a une très bonne assiette, lui aussi. Il tient les rênes comme s'il était né avec. Il a une autorité naturelle, les bêtes le sentent.

Et regardez ce qu'il a fait avec cette exploitation de houblon ! C'est impressionnant. C'est vraiment quelqu'un de bien, votre capitaine.

« Ce n'est pas *mon* capitaine ! » faillit-elle protester, avant de se raviser. Gus ne faisait qu'énoncer ce que savait déjà son cœur. Garrett ne lui appartenait pas, mais elle aimait que ce soit le cas.

Oui, c'était quelqu'un de bien. Et elle était follement amoureuse de lui.

Elle avait vaillamment tenté de dresser la liste de ses défauts. C'était un coureur de jupons, un joueur, un de ces aristocrates gâtés par la vie qui ne se soucient que d'eux-mêmes. Bref, elle avait voulu voir en lui un homme semblable à son père, un homme sans panache ni qualités, qu'elle n'aurait aucune difficulté à oublier.

De même que Garrett s'était servi de cette montre pour se rappeler l'insensibilité de son beau-père, elle s'était cramponnée à la liste de ses prétendus défauts pour se protéger, s'empêcher de le voir tel qu'il était, ignorer les élans de son cœur.

Ses yeux s'embuèrent. Elle dut ciller pour retenir ses larmes.

Elle s'était conduite comme une idiote et une lâche, mais c'était terminé. Il était temps de brandir le drapeau blanc et de se rendre.

Elle offrit son visage au soleil. Elle n'avait peut-être que peu de temps à passer en sa compagnie, mais au moins pouvait-elle profiter de cette journée.

— Oui, c'est quelqu'un de bien, opina-t-elle. Comme vous, Gus.

Et, se hissant sur la pointe des pieds, elle déposa un baiser sur la joue burinée du palefrenier.

23

Après avoir installé Will avec les chatons, Garrett s'en alla chercher Beau. Il trouva ce dernier dans une stalle, avec son poney. Beau avait enlevé la paille dans un coin pour installer une armée de petits soldats de plomb. Agenouillé devant son bataillon, il déclamait :

— *Canonnade sur leur droite, canonnade sur leur gauche, canonnade droit devant, dont les salves éclatent comme autant de coups de tonnerre, dans une pluie d'obus et de mitraille.*

Un rugissement explosa dans la tête de Garrett, qui dut s'agripper à la grille du box.

Une minute. Il avait juste besoin d'une minute et tout irait bien.

Il ferma les yeux pour tenter de se défendre contre les images qui l'assaillaient, secoua brusquement la tête pour les chasser. Il s'était laissé prendre au dépourvu. Et les questions d'Alexandra concernant la montre d'Arthur l'avaient déstabilisé.

Bon sang, il avait l'impression que les murs de l'écurie étaient en train de se refermer sur lui. Il étouffait.

Il s'écarta du box, et sortit d'un pas titubant, luttant pour échapper aux ténèbres qui menaçaient de l'engloutir. Pas question d'accepter la défaite. Se rappelant les conseils d'un vétéran, il prit une profonde inspiration. Dans sa tête, le rugissement s'apaisa.

Il rouvrit les yeux, regarda autour de lui. La douceur de la brise et la clarté du soleil déclinant le calmèrent.

Sa respiration se fit plus régulière.

Peu à peu, il sentit la tension quitter ses épaules.

Alexandra aperçut Will qui observait les chatons et, un peu plus loin, Beau qui jouait avec ses soldats. Mais de Garrett nulle trace.

Elle pivota vers Gus qui haussa les épaules en réponse à sa question muette. Puis, comme elle s'approchait de la stalle où Beau parlait tout seul, elle se figea en reconnaissant un fragment du poème de Tennyson.

— *Eux, qui avaient si bravement combattu, entraient dans les mâchoires de la Mort, alors qu'ils sortaient de la bouche de l'Enfer.*

Garrett avait-il entendu son neveu déclamer les strophes de *La Charge de la brigade légère* ?

Elle fit volte-face. La dernière stalle était déserte. Elle sortit du bâtiment, scruta les environs, la main en visière au-dessus des yeux, et localisa enfin Garrett, à l'autre bout de l'enclos.

Les mains fourrées dans ses poches, la tête rejetée en arrière, il laissa le vent lui malmener les cheveux. Il paraissait terriblement seul, et Alexandra sentit son cœur se serrer.

Elle le rejoignit d'un pas vif, puis s'arrêta à quelques mètres, ne sachant comment l'approcher et redoutant sa réaction.

— Garrett ?

— Saviez-vous que c'était la première fois que lord Raglan commandait des troupes pendant une bataille ?

Lord Raglan était le commandant de l'armée britannique en Crimée.

— Non, je l'ignorais, répondit-elle.

Il lui fit face.

— Il a officié en tant qu'aide de camp aux côtés de Wellington pendant quarante ans, mais jamais il n'avait pris le commandement d'une armée. La plupart des officiers en Crimée n'avaient aucun entraînement, aucune expérience de terrain. Ils ne savaient rien des tactiques militaires, de la stratégie, de l'organisation martiale. Quand Raglan est arrivé en Crimée, il n'avait même pas de carte de la péninsule !

Son regard dériva vers les chevaux qui broutaient paisiblement dans l'enceinte de l'enclos. Alexandra se rapprocha. Il poursuivit d'une voix calme :

— Il y avait des hommes bien plus qualifiés pour prendre le commandement, des soldats de carrière qui avaient servi aux Indes, mais on ne leur a pas offert ces postes-là parce qu'ils n'étaient pas de haute naissance. L'aristocratie anglaise, reprit-il en tournant vers Alexandra un sourire désabusé, est persuadée que la fierté et le sens de l'honneur sont les seules qualités nécessaires quand il s'agit de mener les hommes au combat. Notre sang bleu nous confère un sens inné du commandement.

Il ricana.

— Je savais pertinemment que ma naissance ne m'avait donné aucune des qualités militaires qui s'acquièrent par l'expérience. Et je savais que si je voulais rester en vie, je devais écouter les conseils de ceux qui avaient été sur le terrain. À cette époque, je tenais à la vie. Et j'étais responsable de celle des hommes sous mes ordres. J'ai mis du temps à gagner leur confiance et, plus tard, leur respect. Je me suis donné beaucoup de mal pour cela. Si je devais les mener à la bataille, il fallait d'abord que je leur prouve ma valeur, que je démontre que j'étais à leur tête à cause de mes mérites personnels, et non pas simplement parce que j'avais eu les moyens d'acheter une charge d'officier.

Il s'approcha de la clôture.

— Mais tout cela n'avait aucune importance, car ils ont placé lord Lucan et son beau-frère lord Cardigan à la tête des brigades de cavalerie. Et notre destin a été scellé.

Alexandra vint à côté de lui. Elle avait envie de le toucher, de le prendre dans ses bras pour le réconforter, mais son immobilité l'effrayait. Elle craignait qu'il ne vole en éclats si elle se rapprochait. Alors elle se borna à faire ce qu'elle avait si souvent fait avec les blessés de guerre dont elle s'était occupée à l'hôpital. Elle l'écouta.

Seul le vent qui agitait les feuilles des arbres troublait le silence. Au bout d'une longue minute, Garrett reprit :

— Dire que mon cheval est plus intelligent que Lucan et Cardigan réunis serait faire insulte à Champion. Pourtant ils ont pris la tête de deux bataillons de cavalerie, un total de mille deux cents hommes. Je servais sous les ordres de Cardigan, au sein du 17e régiment des lanciers. Aucun de ces deux bougres n'avait d'expérience de terrain, mais ils portaient le titre de comte. Et comme si la situation n'était pas assez délicate, ils se détestaient cordialement, passaient leur journée à se quereller. La plupart du temps, ils ne s'adressaient pas la parole.

— Lucan ne connaissait pas les règles du commandement militaire, et Cardigan tenait les soldats dans le plus profond mépris. Ses hommes vivaient dans des conditions épouvantables dans le camp militaire, pendant que lui dormait sur son bateau, avec un cuisinier français à bord. Mes hommes appelaient Lucan « le crétin pusillanime », à cause de son incapacité à galvaniser les troupes. Cardigan, lui, était « le crétin dangereux », parce qu'il était toujours prêt à envoyer ses soldats au feu, quelles que soient les circonstances.

La voix de Garrett se durcit tandis qu'il enchaînait :

— Ces deux crétins ont envoyé plus de six cents cavaliers dans la mauvaise direction parce qu'ils étaient trop arrogants pour clarifier les ordres ambigus donnés par Raglan, ou pour demander à un subordonné de le faire à leur place. Ensuite, Cardigan s'est retiré sur son bateau pour dîner au champagne. Lucan n'a envoyé aucun renfort après la charge de la brigade. Était-ce une vengeance personnelle envers son beau-frère détesté ? Nous ne le saurons jamais.

Le silence retomba. Le cœur d'Alexandra battait si furieusement qu'il lui semblait l'entendre.

Garrett pivota pour lui faire face. Son expression était de pur désespoir.

— Les armes que Raglan voulait faire saisir pour empêcher qu'elles tombent entre les mains des Russes ne se trouvaient pas dans la vallée nord, mais à l'extrémité gauche de la chaîne de Causeway Heights. Lucan et Cardigan se sont disputés sur l'interprétation des ordres, mais ni l'un ni l'autre n'a daigné demander au capitaine Nolan, qui les leur avait transmis, de spécifier de quelles armes il s'agissait. Vous comprenez, Nolan était un soldat de métier, ils n'allaient pas s'abaisser à lui adresser la parole.

« Ainsi, c'est l'arrogance aveugle de deux imbéciles qui a envoyé six cents hommes et leurs montures dans une charge suicidaire. Les Russes nous attendaient au fond du goulet, avec tout un arsenal militaire. Ils avaient posté des fusiliers sur les flancs gauche et droit. Ceux qui ont survécu par miracle à cet étau ont encore dû faire demi-tour pour rejoindre les lignes arrière. Cent quarante-sept de mes hommes ont chargé dans la Vallée de la Mort, et trente-huit ont répondu à l'appel le lendemain.

Garrett inspira à fond avant d'exhaler un long soupir. Il fixa l'horizon, comme s'il ne pouvait plus soutenir le regard d'Alexandra.

— J'ai vu un cheval porter le corps décapité de son cavalier d'un bout à l'autre de la vallée, aller et retour. J'ai voulu porter secours à un autre qui venait d'être blessé, mais il a perdu l'équilibre et a été désarçonné, avant de se faire piétiner par le reste de la cavalerie qui déferlait. Mes hommes se faisaient cribler de balles avant de chuter. Il en tombait tellement que certains se servaient de leur épée comme d'une faucille pour se frayer un chemin.

Alexandra luttait contre l'horreur qui la submergeait. Elle savait que Garrett avait besoin de parler, de tout dire.

— Au milieu de toute cette folie, je me moquais de mourir parce que je me croyais déjà mort et catapulté en enfer. Je ne me rappelle pas avoir été blessé, ni que Champion m'ait ramené vers nos lignes. Quand j'ai repris conscience, Havers me soignait.

Plus tard, Brandon est arrivé pour me ramener en Angleterre.

Alexandra brûlait de l'envelopper de ses bras, mais, voyant qu'il luttait de toutes ses forces pour ne pas perdre le contrôle, elle se retint. Ces souvenirs étaient comme un poison dont il devait se débarrasser. Elle avait entendu des récits similaires à l'hôpital de Chelsea, avait lu dans *La Gazette de Londres* la dépêche de Raglan qui, par la suite, avait tenu lord Lucan pour responsable de cette débâcle. Mais être témoin de la souffrance infinie de Garrett n'avait rien de comparable.

Il se passa la main sur le front, puis reprit d'un ton résigné :

— Savez-vous quelle a été la priorité de Cardigan après la bataille ? Il ne s'est pas soucié du carnage ni de ce qui restait de ses troupes décimées, non. Il a porté plainte contre Nolan qui avait osé tenter de le dépasser. Le capitaine Nolan avait voulu chevaucher, sabre au clair, pour indiquer la bonne position, l'endroit où se trouvaient les armes que nous étions censés récupérer, mais nous subissions déjà l'attaque ennemie et il a été tué.

« La charge dans la vallée et le retour des survivants ont duré moins de vingt minutes. Mais pour tous les hommes qui sont revenus, elle ne finira jamais, car chacun de nous doit désormais vivre avec la culpabilité. C'étaient mes hommes et je n'ai pas réussi à les sauver, alors pourquoi ai-je survécu ?

Il leva les bras en une supplique poignante envers le ciel injuste, les laissa retomber et reprit d'une voix sourde :

— Cette question reste en suspens au-dessus de ma tête tel le couperet de la guillotine. Je n'y échapperai jamais, car chaque fois que je respire, je me souviens. C'est pour cela que j'ai bu. Pas seulement pour oublier ce carnage, mais aussi pour oublier que j'étais en vie quand tant d'autres braves dont on m'avait confié le sort ne l'étaient plus.

Il se détourna et, essuyant ses mains tremblantes sur son pantalon, s'éloigna. Son corps était si tendu qu'il semblait sur le point de se briser en deux.

Le récit de Garrett avait glacé Alexandra. Elle mesurait le poids écrasant du fardeau qu'il traînait depuis des mois, de ce sentiment de culpabilité qu'il portait sur ses épaules tel un manteau ensanglanté.

Pourtant il avait tort. Il n'était pas responsable.

Et elle ne permettrait pas que cette maudite bataille continue de le faire saigner. D'une voix claire, dans l'espoir que ses mots l'atteignent, elle articula :

— Je peux répondre à votre question. Je sais pourquoi vous avez survécu.

Elle attendit qu'il s'immobilise, puis se tourne lentement vers elle, pour continuer en désignant d'un large geste circulaire les champs alentour :

— Vous avez survécu pour eux. Pour Stewart et Gus, et chacun de ces vétérans qui n'auraient eu nulle part où aller sans vous. Pour ces hommes qui ont tout donné pour leur pays, mais n'ont rien reçu en retour. Vous vous battez pour eux, vous les représentez désormais. Si vous étiez mort, qui le ferait ? Que seraient-ils devenus ? Vous avez aussi survécu pour Kit et Brandon. Vous êtes la seule famille qui leur reste.

« Non, vous n'avez pas pu sauver vos hommes, mais vous ne les avez pas tués non plus. Leur sort a été scellé par des chefs incompétents pétris d'arrogance. Vous, vous avez écouté vos soldats, vous avez veillé sur eux en mettant la main à la poche. Et vous avez chevauché à leur côté en enfer. Qu'auraient-ils pu exiger de plus de votre part ?

« Vous n'oublierez jamais les horreurs de cette journée, mais le temps adoucira les angles de votre douleur. Ne vous reprochez plus d'être en vie, Garrett. Vous avez survécu parce que cela devait être ainsi.

Les mains enfoncées dans les poches de son pantalon, il la considérait en silence, le regard sombre, troublé.

Elle n'imaginait pas que ses mots allaient miraculeusement le guérir. Elle n'était pas naïve à ce point. Elle espérait juste qu'ils avaient réussi à abattre quelques pierres de la muraille de culpabilité derrière laquelle il s'était retranché.

— Ainsi vous pensez que mon heure n'était pas venue ? dit-il finalement en haussant un sourcil, une étrange lueur au fond des yeux.

— Exactement.

Une ombre de sourire flotta sur les lèvres de Garrett, et le cœur d'Alexandra se gonfla dans sa poitrine.

— Eh bien, je crois que je vais faire une petite promenade pour réfléchir à tout cela, déclara-t-il en portant le regard vers les champs de houblon.

L'idée de le laisser seul avec ces images atroces qui le hantaient la révolta.

— Je viens avec vous.

— Non. Merci, mais ça va, assura-t-il en levant la main. J'ai besoin d'être un peu seul avec moi-même. Pouvez-vous ramener les garçons à la maison, que Kit ne s'inquiète pas ?

— Oui, mais… Vous êtes sûr ? Je peux…

— Je suis sûr. Vraiment. Je vais bien. Ou du moins j'irai mieux, en partie grâce à vous.

Son sourire doux s'enroula autour du cœur d'Alexandra. Indécise, elle se mordilla la lèvre. S'il voulait réfléchir, eh bien, elle allait lui donner de quoi penser.

Avant qu'il ait le temps de pivoter pour s'éloigner, elle le rejoignit en courant, se jeta à son cou et plaqua ses lèvres sur les siennes, le gratifiant d'un baiser ardent. Elle l'embrassa comme il le lui avait appris, avec passion et sensualité. Son cœur menaçait d'exploser dans sa poitrine, et pourtant elle continuait de l'embrasser, les doigts enfouis dans ses cheveux.

Remis de sa surprise, Garrett émit un grondement de plaisir et referma les bras sur elle. La soulevant presque du sol, il lui rendit son baiser avec une fougue égale à la sienne.

Alexandra gémit tandis que le désir déroulait en elle sa spirale familière. Non, Dieu merci, cet homme n'était pas totalement brisé. Certaines parties de sa personne étaient même bien vivantes !

Ce fut elle qui se décida finalement à interrompre leur étreinte. Haletante, elle s'arracha à ses lèvres et s'écarta. Le regard brumeux de Garrett et ses cheveux en bataille la firent sourire. Il avait les mains tendues, comme s'il ne savait trop quoi faire maintenant qu'elle n'était plus dans ses bras.

Tant mieux.

— Je voulais juste vous donner matière à réflexion, déclara-t-elle, avant de tourner les talons. Bonne promenade !

Elle avait atteint l'écurie lorsqu'elle risqua un regard par-dessus son épaule.

Garrett n'avait pas bougé d'un pouce. Il avait l'air perplexe et la regardait comme s'il attendait quelque chose.

Elle dut faire appel à toute sa volonté pour ne pas rebrousser chemin et aller se jeter de nouveau dans ses bras afin de lui chuchoter ce que son cœur lui avait répondu lorsqu'il avait demandé pourquoi il avait survécu.

Pour moi.

24

Ce soir-là, Alexandra faisait les cent pas dans sa chambre.

Où diable était passé Garrett ?

Il était peut-être revenu de la Vallée de la Mort et avait survécu à deux tentatives d'assassinat, mais il ne survivrait pas à sa fureur ! Il n'était pas rentré dîner. Kit et Brandon avaient fait la conversation, mais l'atmosphère était plutôt tendue, car personne n'arrivait à oublier la chaise vide qu'aurait dû occuper Garrett.

Alexandra comprenait qu'il ait eu besoin de réfléchir, mais sapristi, il n'était pas seul ! Il devait cesser de pécher par arrogance et laisser ses amis l'aider à le débarrasser d'une partie de son fardeau.

Comment un homme pouvait-il être si fort, alors même qu'il était constitué de tant de morceaux brisés qu'il risquait de s'écrouler au moindre heurt ? Aujourd'hui elle l'avait malmené, elle en était consciente. Elle l'avait poussé à changer de point de vue. Parfois une personne demeurait si longtemps au même endroit qu'elle n'avait plus aucune perspective. Garrett était en train de pourrir sur place. Alors non, elle ne regrettait pas de l'avoir secoué afin d'ébranler les racines qui l'empêchaient de bouger.

Elle consulta l'horloge. Il était presque minuit.

Où était-il passé, bon sang ?

Un bruit la fit sursauter. Son regard vola vers la porte de communication entre leurs deux chambres. Au bout de quelques secondes, elle vit un rai de lumière filtrer sous le battant.

Comment allait-il ? Était-il sobre ? Elle s'efforça de chasser ses craintes. N'avait-il pas admis que boire ne l'avait pas aidé à oublier ? Elle devait lui faire confiance.

Il était tard. Il fallait qu'elle se couche. Elle hésita, puis décida qu'elle allait juste attendre que Garrett se mette au lit.

Les minutes s'égrenèrent. Dans la pièce adjacente, la lampe ne s'éteignait pas. Immobile, Alexandra regardait la lumière au ras du sol tel un papillon hypnotisé par la flamme d'une lanterne.

Et tout à coup, ses jambes se mirent en mouvement comme animées par une volonté propre. Elle s'approcha de la porte. Elle n'arrivait plus à réfléchir correctement, mais la voix grave de Garrett résonnait dans sa tête : « Parfois il vaut mieux ne pas penser et se contenter de ressentir. »

Une vague d'émotions la submergea. Angoisse. Désir. Frustration. Ce mélange bouillonnant la brûlait vive. Elle ferma les yeux, les rouvrit presque aussitôt, leva le menton.

Elle en avait assez de réfléchir.

Cette lumière était le signe qu'elle attendait. La preuve que Garrett était éveillé, solitaire, qu'il ressassait de vains souvenirs.

Aujourd'hui elle s'était avoué à elle-même qu'elle l'aimait. Ce soir, elle refusait d'ignorer cet amour, de se dérober une fois de plus. Rien d'autre ne comptait que Garrett, qui avait besoin d'elle.

Elle referma la main sur la poignée, prit une profonde inspiration et ouvrit la porte.

Une unique chandelle éclairait la chambre. Lorsque ses yeux se furent accoutumés à la semi-pénombre, Alexandra repéra Garrett, allongé sur le lit. Il était torse nu, le drap remonté jusqu'à la taille. Les yeux grands ouverts, il la regardait.

La flamme de la bougie jetait des ombres tentatrices sur sa poitrine. Le souffle d'Alexandra s'accéléra. Garrett ne bougeait pas, et cette immobilité patiente qui lui ressemblait tellement était précisément ce qui faisait monter en elle cette exaltation sauvage, certainement semblable à celle qu'il avait dû éprouver avant de se jeter dans la bataille. Un mélange d'excitation et de peur.

Comme lui, elle refusait de battre en retraite. Et pourtant il n'y aurait pas de combat, car elle avait l'intention de se rendre sans condition.

Ses pieds nus parurent glisser sur le tapis, tandis qu'elle traversait la pièce. Elle ne portait pas de robe de chambre. Pour quoi faire ? Elle s'immobilisa près du lit, déboutonna sa chemise de nuit. Les pans s'écartèrent, alors, d'un frémissement d'épaules, elle fit glisser le vêtement le long de ses bras. Il tomba à ses pieds dans un froissement inaudible. Elle ne bougea pas, laissa le regard de Garrett l'envelopper, la caresser. Un frisson la parcourut.

Puis Garrett souleva le drap en une invite silencieuse, s'écartant légèrement pour lui faire de la place.

Elle se glissa dans la chaleur accueillante du lit. Elle s'attendait que Garrett l'enlace doucement, mais il n'y avait aucune douceur quand il l'attira à lui. Avant même qu'elle se rende compte qu'il était entièrement nu, sa bouche écrasa la sienne, dure, exigeante. Loin de chercher à se dérober, elle se cambra contre lui tandis que sa langue, taquine et audacieuse, entamait un ballet érotique avec la sienne.

Sa faculté de penser fut la première chose dont elle accepta de se dépouiller.

Garrett s'écarta pour reprendre son souffle. Le regard qu'il plongea dans le sien était brûlant de passion.

— Vous êtes… magnifique ! balbutia-t-elle.

— Vous me volez ma réplique, chuchota-t-il en faisant glisser une longue mèche blonde ente ses doigts. Quand vous avez quitté la table de jeu, chez Hammond, je me suis ordonné de ne pas vous suivre. Mais, Dieu merci, je ne me suis pas écouté.

— À ce moment-là, je vous ai maudit, avoua-t-elle faisant courir son pouce sur sa lèvre inférieure. Vous me preniez pour un gamin irresponsable, et vous avez été odieux avec moi. Vous n'arrêtiez pas de jurer, vous m'avez même poussée vers la fenêtre.

— Je devrais sans doute faire amende honorable pour me faire pardonner ma brutalité. Depuis, je me suis rendu compte de mon erreur. Il n'y a rien de masculin chez vous, assura-t-il en prenant l'un de ses seins en coupe.

Elle retint un instant son souffle, puis répliqua, pince-sans-rire :

— Vous êtes très perspicace. Quant à faire amende honorable… l'idée n'est pas pour me déplaire. Comment comptez-vous vous y prendre ?

— Auriez-vous des suggestions ?

— Peut-être. Pourquoi ne pas vous en remettre à moi ? Je vous dirai ce qui me ferait plaisir.

Elle se pencha vers lui et couvrit sa bouche de la sienne pour le gratifier d'un baiser fiévreux. Lorsqu'elle y mit fin, elle constata, ravie, qu'il avait le regard embrumé.

— Enfin... euh... jusqu'à ce que nous en arrivions au moment où j'aurai besoin que *vous* me disiez quoi faire, reprit-elle. Après tout, vous avez promis de m'apprendre tant de choses quand nous nous connaîtrions mieux...

— Alors pourquoi ne pas vous en remettre entièrement à moi, d'entrée de jeu ? proposa-t-il d'une voix enrouée.

— Ce serait peut-être... une meilleure idée, haleta-t-elle, comme il agaçait du pouce la pointe érigée de son sein.

Il avait des mains si merveilleuses, fortes et habiles. Elle gémit tandis qu'il lui pétrissait doucement les seins, mais déjà il reprenait sa bouche pour un baiser étourdissant. Ses paumes glissèrent jusqu'à sa taille, coururent sur l'arrondi de sa hanche, avant de venir lui presser la cuisse. En soldat chevronné, il savait comment gagner du terrain et obéissait à une stratégie diaboliquement efficace pour obtenir sa reddition... sauf qu'elle avait déjà capitulé depuis longtemps.

— Vous devez m'arrêter si je fais quelque chose qui vous déplaît. Et surtout me dire ce que vous aimez, ce que vous désirez.

La voix de Garrett lui parvenait de très loin, tandis que sa bouche laissait un sillage humide de son cou à sa poitrine.

Comme il happait entre ses lèvres la pointe durcie d'un sein, elle gémit de plus belle, transportée, assaillie par des émotions d'une intensité inouïe. C'était comme s'il avait ouvert sa boîte de Pandore personnelle pour libérer des émotions inconnues, paroxystiques. Passion. Désir. Plaisir charnel.

C'était si bon de *ressentir* !

Lorsque sa bouche abandonna son sein, elle faillit crier de frustration.

— Alexandra, souffla-t-il en se redressant en position assise, j'ai envie de vous. Mais vous devez me dire ce que vous voulez.

— Que voulez-vous… que je vous dise ? haleta-t-elle, éperdue.

Son haleine la brûlait. Elle ferma les yeux. Elle était en feu. Le rire bas de Garrett la fit frissonner.

— Souhaitez-vous que je vous touche ici ? murmura-t-il en laissant sa main glisser sur son épaule, puis le long de son bras. Ou là ? ajouta-t-il en cueillant un sein au creux de sa paume pour tracer du pouce des cercles délicieux autour de son mamelon hypersensible.

— Garrett !

— Vous aimez, alors ?

Elle rouvrit les yeux, vit la flamme passionnée qui tremblait au fond des siens et sortit peu à peu de sa transe voluptueuse. Garrett jouait avec elle. Il savait très bien ce qu'elle voulait.

Eh bien, s'il voulait jouer à ce petit jeu, ils seraient deux.

Elle ne connaissait peut-être pas toutes les règles, mais il lui en avait enseigné quelques-unes et elle était bonne élève. D'un coup de reins, elle s'assit à son tour. Ses mains remontèrent sur les épaules de Garrett, puis sur son cou. Elle approcha sa bouche de son oreille et, d'une voix sensuelle, elle demanda :

— Vous voulez que je vous dise ce que je veux ? Ce dont j'ai vraiment besoin ?

Elle rougit de sa hardiesse, mais la surprise de Garrett lui fit prendre conscience du pouvoir qu'elle avait sur lui. C'était follement excitant.

— Je veux sentir vos mains sur moi. Je veux qu'elles me touchent et me caressent partout. Les bras, les seins, le ventre, les cuisses. Je veux que vous m'embrassiez jusqu'à me faire perdre la raison. Vous voyez, ajouta-t-elle en enfouissant les doigts dans ses cheveux, j'ai bien retenu ma leçon. Vous m'avez appris à ne rien faire d'autre que ressentir… et ce soir, je veux que vous me fassiez l'amour. Et que vous me laissiez vous aimer en retour.

Ravie de le voir si stupéfait, elle ne lui laissa pas le temps de se ressaisir, pressa sa bouche sur la sienne et, les bras noués autour de son cou, pesa sur lui pour le faire basculer sur le lit. Ses mains explorèrent son corps splendide – l'abdomen plat et noueux, les cuisses puissantes, les fesses fermes. Il était tout en muscles et en angles durs, en bon soldat que la guerre a ciselé, bataille après bataille.

Les doigts d'Alexandra hésitèrent un instant avant de toucher la cicatrice épaisse qui lui zébrait le flanc. Garrett frémit à son contact, émit un bref grognement de protestation. Alors elle se laissa glisser le long de son corps et posa les lèvres sur sa blessure, avant de suivre du bout de la langue le tracé en zigzag qui allait se perdre sur la hanche.

Il aurait pu mourir à Balaklava, mais il avait survécu. Elle sentit son souffle s'échapper lentement entre ses lèvres et son corps se détendre.

— Dieu merci, vous avez survécu, murmura-t-elle. Pour moi.

— Alexandra.

Garrett prononça son prénom d'une voix sourde. Puis la tira à lui pour s'emparer de ses lèvres.

En amant expérimenté, il avait comblé et avait été comblé par nombre de femmes. Mais ces relations étaient purement charnelles et ne servaient qu'à assouvir un désir mutuel. Rien de plus. Il pensait que cela suffisait. Qu'il était incapable de ressentir davantage.

Alexandra était en train de lui prouver le contraire.

— Seigneur ! souffla-t-il lorsqu'elle interrompit leur baiser pour reprendre sa respiration.

Il dévora des yeux son doux visage, ses lèvres gonflées, sa chevelure qui se déployait autour d'eux, les isolant du reste du monde. Il s'attarda sur ses joues empourprées, puis cessa de penser comme elle immisçait la main entre eux et la refermait sur son sexe.

Il se cabra, et la sueur lui perla au front. La caresse timide de ses doigts délicats faillit le rendre fou ! Il serra les dents. Il fallait l'arrêter avant qu'il se ridiculise…

— À mon tour, gronda-t-il.

Resserrant son étreinte, il la fit basculer sous lui. Puis, prenant appui sur le bras, il glissa sa main libre entre ses cuisses.

Elle poussa un petit cri et frémit de la tête aux pieds. Déjà ses doigts habiles exploraient les secrets de sa féminité, lui arrachant des gémissements qu'il vint cueillir sur ses lèvres. Elle se raidit, agrippa le drap. Du pouce, il encercla la petite crête sensible entre les replis de son sexe. Elle sursauta violemment.

— Du calme, chuchota-t-il.

Incapable de résister à la tentation, il s'agenouilla entre ses jambes et approcha la bouche de son sexe. Alexandra cria, l'attrapa par les cheveux pour l'en écarter. Il rit, mais n'insista pas, se contentant d'insérer doucement un doigt en elle. Alexandra gémit de nouveau. Elle était si réceptive à ses caresses ! Et prête à le recevoir. Mâchoires serrées, il lutta contre la pulsion charnelle qui le poussait à la posséder sur-le-champ. C'était trop tôt.

Il fit aller et venir son doigt en elle encore et encore, et bientôt elle s'arc-bouta et, lui agrippant les épaules, cria comme la jouissance l'emportait :

— Garrett !

Sa voix haletante et ses ongles qui s'enfonçaient dans sa chair, ce fut comme de jeter une allumette sur le feu de son désir. Son pouls s'emballa et son cœur lui parut sur le point d'exploser. Il la couvrit de son corps, lui attrapa le genou pour le caler contre sa hanche. Il brûlait d'être en elle.

Il mit quelques secondes à se rendre compte qu'elle s'était pétrifiée. Levant la tête, il lut dans son regard bleu l'anxiété, le doute, la peur. Bon sang, il avait failli oublier qu'elle était vierge. Elle savait peut-être exprimer son désir, elle répondait peut-être passionnément à ses caresses, mais il n'en restait pas moins qu'elle n'avait aucune expérience.

Il lui fallut faire preuve d'une volonté de fer pour ignorer le brasier qui lui incendiait les reins. Inclinant la tête, il déposa un baiser sur le front de la jeune femme, puis sur sa tempe, sa joue… Elle ferma les paupières et se détendit sous lui.

— Tout va bien, Alexandra. Nous pouvons nous arrêter là, si vous préférez.

— Non !

— Non ? répéta-t-il, taquin, car elle venait de prononcer le seul mot qui, selon leur accord, pouvait l'empêcher d'aller plus loin.

— Non, n'arrêtez pas ! Je ne suis pas… je veux…

Elle s'interrompit, le visage et la gorge écarlates.

— Que voulez-vous ? chuchota-t-il, parce qu'il avait besoin de le lui entendre dire.

— Vous, souffla-t-elle en prenant sa joue en coupe. Je veux tout de vous, Garrett.

— Enfin, soupira-t-il le front appuyé contre le sien. Parce que j'ai envie de vous depuis une éternité !

Il reprit sa bouche, doucement pour commencer, puis son baiser s'approfondit. Alexandra glissa la main sur sa nuque. Paupières closes, elle murmura encore une fois son prénom tandis qu'il se positionnait entre ses cuisses. Sans la quitter des yeux, il entra lentement en elle. Elle était toute moite et il la désirait comme un fou. Il prit appui sur ses bras, qui tremblaient presque, et s'enfonça d'un seul coup de reins.

Elle cria et rouvrit les yeux, son corps s'arquant d'instinct contre la douleur.

— Chut, mon ange, détendez-vous, dit-il d'une voix rauque.

Patienter, la laisser s'habituer à sa présence en elle, était une torture. Elle était si délicieuse et il attendait depuis si longtemps…

— Ça va ? demanda-t-il, les dents serrées.

Cramponnée à ses épaules, elle hocha la tête, remua légèrement sous lui. Il émit un grondement de fauve qui la fit écarquiller les yeux.

— Garrett…

— Tout va bien, mon ange. Vous êtes en train de me tuer, grogna-t-il, au supplice.

— De vous… tuer ?

Il sourit.

— C'est si bon. Je ne voudrais pas que cela finisse avant d'avoir commencé.

— Il y a donc plus ?

— Je ferais peut-être mieux de vous montrer ?

— Mmm, oui, peut-être, acquiesça-t-elle.

Il arqua les hanches, se retira lentement tout en déposant une pluie de baisers légers sur son visage pour la distraire. Lorsqu'il s'enfonça de nouveau en elle, Alexandra poussa un petit cri, mais cette fois, elle ne se raidit pas.

Il commença alors à se mouvoir en rythme, lui arrachant un gémissement chaque fois qu'il plongeait en elle.

À présent, elle creusait spontanément les reins pour l'accueillir.

Il accéléra la cadence, se délectant de l'entendre gémir de plus en plus fort. C'était comme une danse sensuelle, une fusion de leurs deux corps qui les rapprochait sans cesse du point d'ébullition. Il n'allait pas pouvoir tenir très longtemps encore.

— Alexandra, Seigneur, vous êtes incroyablement douce !

— Garrett, je... je...

— Je sais, ma belle.

Elle enroula les jambes autour de ses reins et enfonça les ongles dans ses épaules comme il la pilonnait de plus belle. Quelques instants plus tard, emportée par un nouvel orgasme, elle laissa échapper un cri qui suffit à déchaîner la jouissance de Garrett. Cabré au-dessus d'elle, il déversa sa semence à longs traits, le corps secoué de spasmes.

Lorsqu'il s'affaissa sur Alexandra, sans forces, elle referma les bras autour de sa taille en une étreinte qui le bouleversa.

Au bout d'une éternité, il trouva enfin l'énergie de rouler sur le dos. Alexandra soupira, mais sourit quand il l'attira dans ses bras. Elle se blottit contre lui, la main posée sur son torse. Ses paupières se fermèrent et sa respiration s'apaisa. Le menton calé sur son crâne, Garrett huma le doux parfum, mélange de rose et de lavande, qui s'échappait de sa somptueuse chevelure.

Un sourire flotta sur ses lèvres comme il se la remémorait à l'instant où elle avait franchi le seuil de sa chambre. Son cœur s'était mis à battre la chamade, et il avait cessé de respirer lorsqu'elle avait déboutonné cette affreuse chemise de nuit. Dans la lueur dorée de la chandelle, son corps lui était apparu dans toute sa splendeur. Des seins hauts, la taille fine, de longues jambes, et une cascade de boucles blondes. Un ange descendu du paradis.

Son ange.

« Dieu merci, vous avez survécu, avait-elle murmuré. Pour moi. »

Demain matin, il la demanderait en mariage.

Alexandra s'étira, et grimaça en éprouvant un élancement à un endroit de son anatomie qui ne lui était pas familier. Un rire masculin acheva de la réveiller tout à fait. Elle ouvrit les yeux.

Calé sur le coude, les cheveux délicieusement en bataille, Garrett la regardait, l'œil pétillant.

Elle rougit. Vu tout ce qu'ils avaient fait ensemble, elle n'aurait pas dû être embarrassée. Il n'empêche, se réveiller à côté d'un homme nu était quelque peu déconcertant. Il lui adressa un regard entendu et, pour la première fois de sa vie, elle comprit ce que signifiait un tel regard.

Elle s'était totalement abandonnée.

Ils avaient fait l'amour, non pas une, mais deux fois. Un peu plus tôt, c'étaient ses mains et sa bouche qui l'avaient tirée de son sommeil. Son cœur avait pris son envol et, très vite, son corps avait chanté sous ses caresses, tel un instrument dont lui seul savait tirer des notes enchantées.

Elle ne serait plus jamais la même.

Un frisson la secoua. Elle avait donné son cœur et son innocence à cet homme. Que pouvait-il lui prendre de plus ?

Son âme, craignait-elle.

— Bonjour, murmura-t-il en écartant une boucle de sa joue pour y déposer un baiser.

Alexandra jeta un coup d'œil à l'horloge. Il était tôt, le jour n'allait pas tarder à se lever, nota-t-elle, soulagée. Dès qu'elle en aurait le courage, elle irait se réfugier dans sa chambre, et personne ne saurait rien de son escapade nocturne. En dehors de Garrett et elle. Car elle n'oublierait jamais. Il avait apposé sa marque sur son corps, de ses mains, de sa bouche…

Son rire la ramena au présent.

— Vous voilà de nouveau en train de cogiter, commenta-t-il, amusé. C'est un peu tôt, mais si c'est une habitude chez vous, je vais devoir m'assurer que vos pensées tournent autour de moi.

Sur ce, il glissa la main sous la tête d'Alexandra, s'inclina sur elle et captura sa bouche. Elle posa la main sur son torse, mais n'eut pas la force de le repousser. Après tout, elle n'était pas obligée de se lever déjà.

Les lèvres de Garrett glissèrent dans son cou, s'attardèrent sous le lobe de l'oreille, là où la peau est si sensible. Alexandra soupira.

— Voilà, c'est beaucoup mieux, approuva-t-il. C'est ainsi qu'il faudra se réveiller chaque matin. J'ignore si je vous permettrai de quitter cette chambre, car je ne serai jamais rassasié de vous, il me semble. Mais nous pouvons toujours nous faire monter nos repas. Et je veillerai à ce que la cuisinière nous serve des pêches, beaucoup de pêches. Vous savez que ce sont mes fruits préférés.

Sa bouche descendit plus bas, s'aventura sur la courbe de son sein, avant de venir en titiller la pointe. Les yeux mi-clos, Alexandra réprima un gémissement, puis protesta faiblement :

— Kit et Brandon risquent de s'inquiéter.

— Je vais demander à Stewart de les renvoyer chez eux avec les enfants. Ils étaient utiles quand je vous courtisais, mais maintenant nous allons nous enfermer ici et faire nos propres bébés. Vous aimez les enfants, nous en aurons donc deux. Un garçon et une fille.

— Quoi ? s'exclama Alexandra en rouvrant brusquement les yeux.

— D'accord, quatre si vous voulez. Mais pas plus. Nous appellerons l'aîné Arundel, reprit-il en parsemant son ventre de baisers légers. Mais il exigera de se faire appeler Wellington. Ensuite nous aurons une fille, une beauté aux yeux bleus très indépendante et pragmatique, qui grimpera aux arbres et commandera Wellington. Nous la prénommerons…

Repoussant frénétiquement Garrett, Alexandra bondit hors du lit, et faillit trébucher dans sa hâte. Elle ramassa sa chemise de nuit et, secouée de frissons, la plaqua devant elle.

La courtiser ? Faire des bébés ? Il évoquait un avenir qui n'existerait jamais !

Garrett s'assit au bord du lit et commença à se lever.

— Alexandra, que…

— Arrêtez ! cria-t-elle en tendant la main devant elle. N'approchez pas. Vous ne comprenez pas. Je ne peux pas. Nous ne pouvons pas… C'est impossible !

Elle secoua la tête, ses cheveux masquant son visage et ses yeux embués de larmes tandis qu'elle reculait vers la porte.

Garrett la dévisagea sans mot dire, les lèvres pincées, le regard dur. Comme il se levait, elle détourna les yeux de son corps nu. Elle n'aurait jamais dû le toucher.

Il méritait plus que ce qu'elle pouvait lui offrir.

— Qu'est-ce que je ne comprends pas ? demanda-t-il d'une voix sourde. Pourquoi ne pas m'expliquer ? Qu'est-ce que cela signifie pour vous ? ajouta-t-il en désignant le lit aux draps froissés.

— Tout ! Cela représente tout pour moi !

Les larmes jaillirent. Elle les essuya d'un revers de main.

— Il ne s'agit pas de nous, mais de moi ! Je ne peux vous donner plus que ce que je vous ai déjà donné. Il n'y a pas d'avenir pour nous, parce que je ne peux être celle que vous désirez. Celle que vous méritez. Je ne suis pas libre de l'être. Je... j'appartiens à un autre.

— Quoi ? Non, c'est impossible ! explosa-t-il. Vous êtes mienne !

Un cri s'échappa de la gorge d'Alexandra qui recula comme il avançait sur elle, le regard noir. Elle bredouilla :

— Mon oncle m'a fiancée à un homme, et s'est arrangé pour faire croire que cette union avait été consommée...

— Ne me prenez pas pour un imbécile. Je suis bien placé pour savoir que vous étiez vierge. Vous...

— Peu importe ! Mon oncle s'est assuré que ma réputation serait ruinée si je refusais ce mariage. Je n'ai pas couché avec cet homme, mais il a passé la nuit dans ma chambre. Si je romps ces fiançailles pour épouser quelqu'un d'autre, mon oncle a juré de faire savoir partout que j'avais perdu ma vertu.

— Alexandra, cela n'a pas d'importance. Je vous aime, et je me moque des manigances de votre oncle.

Elle battit des paupières, et crut que son cœur aller éclater tant ces paroles la bouleversaient. Puis elle secoua tristement la tête.

— Vous ne comprenez pas. Il est trop tard. Mon oncle s'est assuré le témoignage d'autres hommes qui sont prêts à affirmer qu'ils ont aussi couché avec moi. Et je ne peux pas...

— Mensonges ! tonna Garrett. Je sais que vous étiez pure, vous le savez aussi, aussi rien de ce que raconteront ces ordures ne nous atteindra. Alexandra, vous...

— Non ! Vous ne comprenez toujours pas, s'écria-t-elle d'une voix entrecoupée.

— Alors expliquez-moi ! Car je préférerais être pendu plutôt que de renoncer à vous à cause d'une poignée de mensonges fielleux.

— Il le faudra pourtant !

Il la fixait d'un air si accablé qu'elle ne put s'empêcher de se recroqueviller sur elle-même. Seigneur, il fallait mettre un terme à toutes ces souffrances.

— Je ne suis pas comme vous, Garrett. Vous êtes un soldat. Vous avez l'habitude qu'on vous attaque. Moi pas. Mon père... était un coureur de jupons notoire. Je l'ai détesté pour cela. J'ai détesté ce défilé incessant de femmes, chambrières et gouvernantes qu'il mettait dans son lit, avant de les jeter comme autant de cravates usées. Il avait une réputation épouvantable et largement méritée, mais par Dieu, je refuse de lui être comparée ! Je ne peux pas ! Vous ne pouvez pas me demander cela. Personne n'en a le droit.

Sa voix se brisa. Elle laissa passer quelques secondes, le temps de se ressaisir, puis reprit plus doucement :

— Et je ne serais pas la seule dont la réputation serait ruinée par les accusations de mon oncle. Ses filles, mes cousines, seraient également éclaboussées par le scandale. Toute cette fange retomberait sur elles, et je ne supporte pas cette idée. Mes parents ne se sont jamais souciés des conséquences que leur comportement pouvait avoir sur ma vie. Ils m'ont obligée à quitter l'école et à renoncer à mes débuts dans le monde. Jamais je n'infligerai la même chose à mes cousines.

Elle recula et, glissant la main dans son dos, chercha à tâtons la poignée de la porte. Elle l'ouvrit, se réfugia dans sa chambre. Après avoir tiré le verrou, elle se laissa aller contre le battant, puis s'affaissa doucement jusqu'au sol.

Secouée de sanglots, elle écouta Garrett frapper du poing contre la porte en criant son nom.

Elle ne pouvait lui ouvrir. Elle n'en avait pas la force.

Il était trop tard pour eux.

Elle le savait depuis le début.

— Alexandra ! Bon sang, ouvrez cette fichue porte !

Garrett finit par donner un coup d'épaule, mais le solide battant de chêne résista. De nouveau, il cogna du poing. Il avait envie d'étrangler quelqu'un, et il savait parfaitement qui. L'oncle d'Alexandra, ce sale type, manipulateur et dénué de scrupules.

Seigneur, il tuerait ce lâche de ses propres mains !

De l'autre côté de la porte, les sanglots étouffés d'Alexandra lui brisaient le cœur. Il agita de nouveau la poignée, puis, résigné, se mit à arpenter la chambre d'un pas rageur. Cette affaire était loin d'être terminée. Alexandra lui appartenait, et elle le savait. Elle n'aurait pas pleuré toutes les larmes de son corps si elle n'avait eu envie de lier son existence à la sienne. Elle s'était peut-être gardée de le dire lorsqu'il lui avait déclaré sa flamme, mais ses sentiments étaient réciproques, il en était sûr.

Il ne renoncerait pas à elle. Jamais.

Elle croyait ne pas avoir la force de se battre contre son oncle, mais lui pensait tout autrement. Cette femme était dotée d'un courage incroyable. Il ne serait pas tombé si follement amoureux d'elle si elle n'avait pas été aussi combative. Comme lui, c'était une guerrière. Sauf qu'elle avait peur. Son oncle l'avait menacée, et son père l'avait humiliée. Mais ensemble, ils pourraient abattre des montagnes, il en était convaincu. Lorsqu'il aurait tué son oncle, les choses rentreraient dans l'ordre.

Fort de cette certitude, il sortit des vêtements de rechange de l'armoire. Il allait s'habiller, empaqueter quelques affaires et tirer Brandon du lit. Ce feignant lui serait utile quand il s'agirait d'enterrer le cadavre.

Il emmènerait quelques hommes afin d'assurer sa protection, mais vu son état d'esprit actuel, quiconque oserait se dresser en travers de sa route n'y survivrait pas.

À son retour, il dirait de nouveau à Alexandra qu'il l'aimait – sans hurler –, la forcerait à admettre qu'elle aussi l'aimait, l'informerait qu'ils allaient se marier, puis ils s'attelleraient à fabriquer ces maudits bébés.

Il quitta la chambre, remonta le couloir au pas de charge. Heureusement qu'un homme n'était censé se marier qu'une fois dans sa vie, car il ne se voyait pas revivre l'épisode d'aujourd'hui.

Mais Alexandra en valait la peine.

Oui, elle valait la peine qu'on se batte pour elle.

25

Alexandra enfila une chemise de nuit propre avant de se glisser dans son lit. Pelotonnée sous les couvertures, elle sombra dans un lourd sommeil.

Un bruit répété la réveilla en sursaut. Désorientée, elle crut un instant que le bruit provenait de sous son crâne, taraudé par une douloureuse migraine. Puis elle se rendit compte que quelqu'un tambourinait à la porte de la chambre. Et reconnut la voix de Kit qui l'appelait de l'autre côté du battant.

Alexandra s'assit, remonta le drap sur sa poitrine avant de répondre. Même si elle mourait d'envie de disparaître, elle se sentait obligée d'expliquer la situation à Kit. Elle en avait assez de fuir et de se cacher.

La demi-sœur de Garrett entra, lui jeta un coup d'œil, puis se dirigea vers la fenêtre pour ouvrir les rideaux.

Comme le soleil inondait la pièce, Alexandra se recroquevilla sous le drap, se protégeant les yeux derrière son bras replié.

— Au nom du ciel, que s'est-il passé cette nuit ? s'exclama Kit. J'ai été réveillé aux aurores par

Garrett qui appelait Brandon en hurlant. Et à peine une demi-heure plus tard, ces deux idiots avaient fait leur sac et s'éloignaient au triple galop pour aller trucider votre oncle !

Horrifiée, Alexandra se redressa dans le lit.

Kit agita la main.

— Ne vous inquiétez pas, ils ne tueront personne ! Je les ai prévenus qu'il était hors de question que j'élève mes fils à l'ombre de leur père et de leur oncle suspendus par le col au gibet de Newgate !

Alexandra retomba contre les oreillers et ferma les yeux. Elle sentit le matelas s'enfoncer légèrement comme Kit s'asseyait près d'elle.

— Je vous en prie, Alexandra, dites-moi ce qui s'est passé pour donner à Garrett des envies de meurtre et inciter mon époux, qui est d'ordinaire un homme raisonnable, à promettre de l'aider à cacher le corps.

Jetant les bras autour du cou de Kit, Alexandra enfouit le visage au creux de son épaule. Elle croyait ne plus avoir de larmes. À tort.

Kit la laissa pleurer un moment avant de la repousser doucement pour lui tendre un mouchoir. Elle attendit qu'elle se soit essuyé les yeux, puis murmura :

— Parlez-moi, Alexandra. Je pourrai peut-être vous aider.

Prenant son courage à deux mains, Alexandra lui raconta tout, les aventures de son père, ses dettes de jeu, la dévotion sans faille de sa mère envers et contre tout. Puis elle avoua qu'elle s'était juré de ne jamais dépendre à ce point d'un homme, ce qui l'avait poussée à rejeter toutes les demandes en mariage qu'on lui avait adressées.

— Ce n'était pas difficile de repousser mes soupirants, car aucun n'éveillait de sentiments en moi. Aucun ne ressemblait à Garrett.

— Bien sûr que personne ne lui ressemble. Il est unique ! C'est pour cela que vous l'aimez, déclara Kit.

— Les ennuis ont vraiment commencé à la mort de mes parents, quand mon oncle a hérité du domaine. En dépit de mes objections, il voulait à tout prix me marier. À l'époque, je ne comprenais pas pourquoi, mais je sais aujourd'hui qu'il espérait me voir épouser un beau parti, ce qui lui permettrait de financer les dots de ses trois filles – ce dont il était bien incapable.

Alexandra posa sur le drap le mouchoir humide qu'elle avait tordu en tous sens, avant de poursuivre :

— Un défilé de prétendants potentiel a alors commencé. Mais aucun ne me plaisait. Aucun ne me faisait éprouver… les émotions que Garrett éveille en moi, et que je n'imaginais même pas pouvoir ressentir à ce moment-là.

— C'est normal, puisque vous n'aviez pas encore rencontré la bonne personne.

— Je me croyais différente des autres jeunes filles, moins romantique, plus… Le mot que mon oncle se plaisait à employer à mon sujet était « frigide ».

Kit sursauta.

— Garrett a raison ! Cet homme mérite la mort. Miséricorde, pourquoi suis-je intervenue ? Cela m'apprendra à me mêler de tout.

Un petit rire s'échappa des lèvres d'Alexandra telle une bulle fragile. Elle secoua la tête.

— Peu importe. J'étais déterminée à préserver mon indépendance et certaine qu'aucun homme ne me ferait jamais changer d'avis.

— L'indépendance, c'est très surfait, vous savez. Cela ne réchauffe pas votre lit la nuit et ne vous donne pas des enfants.

— C'est vrai, admit Alexandra, mélancolique.

Elle songea à son projet de racheter le cottage familial. Dans ce tableau, il n'y avait ni Garrett ni enfants. Il ne s'agissait là que d'un rêve de gamine. Garrett lui avait proposé de fonder une famille, et ensemble ils avaient failli mettre le feu au lit. Non, désormais, elle ne pouvait plus rêver de son cottage solitaire.

— Mon oncle a fini par perdre patience et a pris les choses en mains. Après un dîner où l'alcool avait coulé à flots, je me suis retirée tôt dans ma chambre. Je terminais mes ablutions lorsque la porte s'est ouverte. Un homme qui m'avait courtisée avec insistance quelque temps plus tôt est entré. Il était beaucoup plus âgé que moi. Je l'ai prié de sortir, mais il m'a rétorqué qu'il était parvenu à un accord avec mon oncle, que nous étions désormais officiellement fiancés, et qu'il venait réclamer son dû pour la somme qu'il avait déjà versée. Je lui avais coûté une fortune, m'a-t-il précisé, et il entendait bien en avoir pour son argent.

— Mon Dieu ! souffla Kit, atterrée. Ces deux hommes mériteraient d'être livrés au bourreau. Il doit bien rester un chevalet quelque part dans un donjon pour leur faire souffrir mille morts ! Brandon a des relations, il m'aime, il en trouvera un.

Kit posa la main sur celle d'Alexandra et murmura :

— Je suis désolée, vraiment. Ce qui vous est arrivé…

— J'ai échappé au pire, heureusement. Cet homme a essayé de me tripoter et j'ai dû me défendre, mais comme il avait beaucoup bu, ça n'a pas été trop difficile. J'ai fait semblant de céder à ses exigences, et je lui ai dit que je voulais m'apprêter avant de le rejoindre, qu'il n'avait qu'à m'attendre sur le lit. Je crois qu'il s'est endormi dans la minute.

« Je me suis faufilée dans la chambre voisine, qui était celle de mon ancienne nourrice, puis je suis sortie dans le couloir et j'ai rejoint un escalier dérobé que mon père utilisait pour ses escapades galantes. Je connaissais d'autant mieux cet endroit que je l'utilisais pour dissimuler mes bijoux, à l'époque où je craignais que mon père ne me les prenne pour les gager au mont-de-piété. Ils étaient cachés derrière une cloison amovible, dans une alcôve secrète. Je les ai donc récupérés, mais je savais que je n'irais pas bien loin en pleine nuit, au cœur de l'hiver.

« Je me suis réfugiée dans la chambre d'une des bonnes avec qui je m'entendais bien et qui détestait mon oncle. J'y suis restée une semaine, sans que celui-ci, fou de rage après ma disparition, ait l'idée de faire fouiller la maison. Il était persuadé que j'avais pris la première diligence.

— Ingénieux. Il faudra que je m'en souvienne si jamais je me fâche avec Brandon. Garrett dit toujours qu'il faut avoir un plan de secours. Mais je doute de pouvoir me cacher très longtemps, déclara encore Kit en baissant les yeux sur son ventre.

— La domestique qui était ma complice me tenait au courant de ce qui se passait dans la maison, reprit Alexandra, qui expliqua ensuite comment elle avait appris que son oncle menaçait de ruiner sa réputation si jamais elle s'avisait de rompre ses fiançailles.

— Quel être abject ! Le chevalet est encore trop bon pour lui. Il faut l'écarteler et le démembrer ! Quelques pièces glissées dans les bonnes poches devraient nous assurer un travail correct, tempêta Kit, au comble de l'indignation.

— La domestique a réussi à gager l'un de mes bijoux, et j'ai pu m'enfuir pour de bon. Cette fois, je me suis réfugiée chez Meg, mon ancienne nourrice, la femme de Gus, à Londres.

« J'étais obligée de me cacher, je ne pouvais donc pas travailler pour gagner ma vie. Alors j'ai pris le pseudonyme de Daniels et j'ai décidé de tenter ma chance aux cartes. Lady Olivia, la fille du duc de Hammond, m'a procuré des cartons d'invitation et Alex Daniels a fait son entrée dans la haute société.

— Et vous avez rencontré Garrett. Quel étrange coup du destin !

Les larmes aux yeux, Alexandra souffla :

— Oh, Kit ! Je l'ai blessé. Il m'a dit qu'il m'aimait, qu'il voulait fonder une famille avec moi, mais je n'ai pas pu accepter. Je n'ai pas pu !

— Vous lui avez dit que vous étiez fiancée à un autre ? demanda Kit.

Comme Alexandra hochait la tête, elle ajouta :

— Je comprends mieux ses envies de meurtre. Justifiées, semblait-il. Mais, Alexandra, pourquoi ces larmes ? Vous ne croyez pas Garrett capable de résoudre cette affaire ?

— Comment le pourrait-il ? Mon oncle a juré de salir mon nom si je rompais ces fiançailles. S'il a gardé le silence jusqu'à présent, c'est uniquement parce qu'il ne sait pas où je suis.

— Pourquoi croirait-on ces infamies qu'il menace de répandre à votre sujet ?

— À cause de la réputation de mon père. Et je ne serais pas seule en cause, mes cousines seraient éclaboussées par le scandale. Il n'y a rien à faire, vous voyez. Et même si Garrett tuait mon oncle, cela ne changerait rien sinon qu'il serait pendu !

— Vous croyez vraiment que votre oncle irait ruiner les chances pour ses filles de faire un beau mariage alors même qu'il essaie désespérément de les doter ? fit Kit avec une moue sceptique.

— Je l'ignore. Ce que je sais, en revanche, c'est qu'il est prêt à tout pour obtenir ce qu'il veut, et qu'il sacrifiera quiconque se dressera sur sa route. À son arrivée, il a renvoyé tous ceux qui étaient restés loyaux à mon père. Et quand j'ai défié son autorité, il n'a pas hésité à envoyer un homme dans ma chambre !

— Je comprends, acquiesça Kit. Mais il faut faire confiance à Garrett. C'est ainsi que cela se passe lorsqu'on aime. En vous laissant l'aider, il vous a fait confiance, aujourd'hui vous devez lui rendre la pareille. Vous n'imaginez quand même pas qu'il va vous tourner le dos ?

Alexandra poussa un long soupir. Cela faisait si longtemps qu'elle ne comptait que sur elle-même, elle avait perdu l'habitude de se fier à autrui.

Un début d'espoir vacilla pourtant en elle.

— Dire que je ne lui ai jamais révélé mon vrai nom, murmura-t-elle encore. Il ignore qui est mon oncle.

— Oh mais il le sait depuis longtemps ! C'est Gus qui le lui a dit. Il ne vous a pas trahie, il a juste mentionné le nom de son ancien employeur. Cela a suffi à Garrett pour deviner votre véritable identité. Mais ce n'était pas très important à ses yeux. Il attendait juste que vous soyez prête à le lui dire.

— J'avais peur.

— Votre oncle a tout fait pour, observa Kit. À présent, séchez vos larmes. Vous allez prendre un bon bain chaud, et nous affronterons cette journée ensemble. Pour vous distraire, nous allons chercher un instrument de torture pour votre ignoble oncle.

Sur ces mots, Kit se leva, et gagna la porte. La main posée sur la poignée, elle demanda :

— Alexandra, quand il a parlé de ses projets d'avenir, Garrett vous a-t-il seulement adressé une demande en mariage en bonne et due forme ?

— Euh… non, je ne crois pas.

— Je le savais ! Mon frère se croit tout permis. Ne le laissez pas s'en tirer ainsi. La prochaine fois qu'il évoquera vos futurs enfants, assurez-vous qu'il mette un genou à terre et vous supplie de lui accorder votre main.

Alexandra ne pouvait imaginer Garrett dans une position aussi humble.

— Il a déclaré que nous baptiserions notre fils aîné Arundel, mais que celui-ci exigerait sans doute de se faire appeler Wellington, se souvint-elle avec un sourire.

Kit s'esclaffa.

— Il peut vraiment faire montre d'un charme désarmant parfois ! Je suis si heureuse que vous ayez fait irruption dans sa vie. Il a vraiment besoin de quelqu'un comme vous.

— Moi aussi, j'ai besoin de lui, avoua Alexandra, les yeux brillants de larmes.

— Vous formez une sacrée paire, assura Kit avant de se glisser hors de la chambre.

Alexandra s'adossa aux oreillers. Elle se sentait beaucoup plus légère tout à coup. Elle ignorait comment les choses allaient tourner, mais au moins avait-elle un peu d'espoir désormais.

Et si incertain que soit l'avenir, elle était sûre d'une chose : jamais elle ne permettrait que son fils s'appelle Arundel !

26

Cinq jours s'étaient écoulés depuis le départ de Garrett. Alexandra sursautait au moindre bruit, s'attendant à le voir faire irruption à tout moment. Ce jour-là, installée dans le salon, elle tournait avec brusquerie les pages d'un livre qu'elle ne songeait même pas à lire. Sa patience était à bout.

Où diable était-il passé ?

Elle referma l'ouvrage dans un claquement sec et se leva. Elle allait demander à la cuisinière de préparer du thé, car Kit et Will ne tarderaient pas à se réveiller de leur sieste. Beau, lui, avait accompagné Stewart dans les champs de houblon.

Comme elle posait le livre sur le guéridon, son regard accrocha le titre et elle ne put s'empêcher de sourire. Garrett était vraiment futé d'avoir choisi ce roman dont le héros, Tom Jones, lui ressemblait assurément. Considéré comme un personnage dépravé par de pompeux moralisateurs drapés dans leurs fausses vertus, il finissait par prouver qu'il avait un cœur bien plus noble qu'eux.

Elle tressaillit soudain comme quelqu'un frappait vigoureusement à la porte d'entrée.

Le vacarme continua un moment et elle se rappela tout à coup que Garrett n'avait pas de majordome. Elle se leva, lissa ses jupes, puis alla ouvrir.

Un inconnu se tenait sur le seuil. À peu près aussi grand que Garrett, il était moins large d'épaules. Ses cheveux auburn étaient striés de gris, et son visage anguleux creusé de rides. Lorsque ses yeux mordorés se posèrent sur elle, elle ne put retenir un frisson. C'était pourtant la première fois de sa vie qu'elle rencontrait cet homme, elle en était quasi certaine.

— Pas de majordome. C'est typique, marmonna le visiteur, avant de demander : Lady Daniels, je présume ?

— Oui. Que puis-je pour…

— Keyes avait donc raison !

— Je vous demande pardon ?

— Oui, vous feriez bien ! Je pensais déjà pis que pendre de Kendall – à raison –, mais là, il descend encore d'un cran dans l'ignominie.

Sidérée, Alexandra n'eut même pas le temps de répondre que l'homme força le passage, ne lui laissant d'autre choix que de s'effacer.

— Où est ma fille ? lança-t-il. Où est Kristen ?

Alexandra écarquilla les yeux. Cet individu était donc le beau-père de Garrett. M. Arthur Brown.

— Keyes m'a dit que Kristen et Warren étaient ici, inutile de nier, enchaîna-t-il. D'ailleurs, j'ai aperçu Beau dans les champs, en train de manier la faux comme un vulgaire paysan. Oh, je ne me fais pas d'illusions, je sais que Kendall n'a aucun respect pour son nom ! Il le traînait dans la boue par sa conduite scandaleuse, et voilà qu'il veut se lancer dans le *commerce*, pour l'amour du ciel !

Il avait craché le mot comme s'il s'agissait d'un poison.

— J'avais une meilleure opinion de Warren. Dieu sait pourquoi, vu que ces deux-là ont passé leur jeunesse à faire les quatre cents coups ! Mais je croyais que le mariage l'avait assagi. De toute évidence, je me leurrais. Mais ceci est intolérable ! continua-t-il en secouant la tête d'un air consterné. Que Kendall s'enivre à mort, qu'il trousse les jupons de la terre entière, c'est une chose, mais qu'il se mette à dévoyer des innocentes, qu'il les entraîne dans la fange où il se vautre en est une tout autre, et des plus méprisables.

Cette violente diatribe avait momentanément réduit Alexandra au silence. Retrouvant enfin sa voix, elle rétorqua d'un ton glacial :

— Monsieur, vous avez je crois proféré suffisamment d'insultes envers lord Kendall, votre fille et son époux, le comte de Warren. Je vous suggère à présent de quitter cette demeure. Et puisque nous n'avons pas de majordome, permettez-moi de vous raccompagner.

Elle fit volte-face et retourna à la porte qu'elle ouvrit en grand.

Ignorant la porte ouverte, Arthur Brown la considéra avec un intérêt renouvelé.

— Croyez-vous que je ne sache pas ce que vous faites ici ? Keyes m'a écrit pour me parler de vous et de Kendall. Plus important, je *connais* Kendall. Et à en juger par votre mine scandalisée, je suppose que ce n'est pas votre cas.

— Je sais exactement qui est Garrett, répliqua Alexandra avec aplomb. C'est vous qui vous méprenez, tant sur le genre d'homme qu'il est que sur mon compte.

Elle avait délibérément utilisé le prénom de Garrett, ayant remarqué que son beau-père s'y refusait.

Décontenancé, ce dernier la dévisagea. Il avait de toute évidence compris qu'elle venait de lui déclarer la guerre.

— Je vois. Kendall aurait-il annoncé ses intentions vis-à-vis de vous ? Seraient-elles honorables ? Aussi honorables qu'elles l'ont toujours été avec les autres femmes, j'imagine !

Les joues d'Alexandra s'enflammèrent. Elle avait perdu son temps à regretter la relation impossible entre Garrett et son beau-père. Garrett était bien mieux sans cet odieux personnage.

— Je ne m'abaisserai pas à parler pour les autres femmes ni à évoquer le passé de Garrett. Je ne peux que parler pour moi-même et je vous affirme que les intentions de Garrett sont tout à fait honorables.

Une lueur de surprise s'alluma dans le regard d'Arthur Brown.

— J'ignore ce qu'il vous a dit ou plutôt ce qu'il vous a donné, mais je sais qu'il est incapable de...

— Il m'a dit tout ce que j'avais besoin de savoir et m'a donné tout ce qu'une femme puisse désirer, coupa Alexandra, imperturbable.

— Pour qui vous prenez-vous ? fit-il en s'avançant vers elle. Vous n'êtes qu'une...

— Je sais parfaitement qui je suis, l'interrompit-elle de nouveau en élevant la voix. C'est vous qui vous trompez, ou qui vous êtes laissé induire en erreur. Ce qui est compréhensible puisque nous n'avons pas été dûment présentés et que lord Keyes vous a de toute évidence brossé un tableau de la situation complètement erroné.

Son audace le fit ricaner. Elle n'en poursuivit pas moins :

— Daniels est le nom que j'utilise lorsque je voyage incognito, mon vrai nom est lady Alexandra

Langdon. Et si j'accepte la demande en mariage de Garrett, je deviendrai la prochaine comtesse de Kendall.

Incapable de résister à la tentation, elle claqua la porte pour donner plus d'emphase à ses paroles.

Elle allait un peu vite en besogne à propos de ce mariage, mais tant pis, décida-t-elle. Garrett ne s'était pas gêné pour baptiser leur fils aîné sans lui demander son avis, elle ne voyait donc pas pourquoi elle s'interdirait d'annoncer leurs fiançailles, même s'il n'avait pas encore demandé officiellement sa main ?

Elle regardait M. Brown pâlir lorsqu'un rire frais brisa le silence. Pivotant, elle vit Kit descendre les dernières marches, une lueur malicieuse dans le regard.

— Bonjour, père, lança-t-elle en glissant son bras sous celui d'Alexandra. Quelle surprise. Si j'avais su que vous projetiez de nous rendre visite pour nous infliger un autre de vos sermons, j'aurais fait préparer une chambre à votre intention… ou pas, ajouta-t-elle avec un petit haussement d'épaules. Vous savez ce que je pense de vos sermons.

Arthur Brown reporta son attention sur sa fille.

— Je constate que, comme toujours, Kristen, tu me souhaites la bienvenue tout en m'envoyant au diable ! Mais ne te soucie pas de mon hébergement. Lord Keyes a bien voulu m'offrir l'hospitalité.

Alors même qu'il s'adressait à Kit, son regard revint se poser sur Alexandra et il fronça les sourcils.

— Oui, eh bien, lord Keyes devrait songer à écrire un roman, commenta Kit. Il a manifestement un don pour inventer des histoires. Mais cela reviendrait à faire commerce de son talent littéraire, ce qui serait proprement insupportable.

— Le mariage n'a pas adouci ta langue de vipère, mais après tout c'est le problème de Warren, pas le mien. Lord Keyes s'est contenté de m'écrire parce qu'il s'inquiétait qu'une jeune personne habite chez Kendall, alors même que des enfants impressionnables séjournaient sous son toit.

— En compagnie de leurs parents, précisa Kit. Keyes a dû omettre ce détail, mais la réalité aurait affaibli l'intensité dramatique de son récit. Je m'étonne juste qu'il se préoccupe autant des gens que côtoient mes enfants, alors qu'il semble se moquer éperdument des fréquentations de sa propre fille.

— Seigneur, tu ne changeras jamais ! Tu...

Arthur s'interrompit, ferma les yeux et poussa un profond soupir avant de reprendre :

— Comme toujours lorsque l'on discute avec toi, nous nous éloignons du sujet. L'invitée de Kendall m'a déjà fait comprendre que Keyes avait tiré des conclusions hâtives. Mes suppositions étaient par conséquent erronées. Je n'ai donc plus qu'à présenter mes excuses et offrir mes plus sincères félicitations, si j'ai bien compris.

Il inclina le buste, et le sourire qu'il adressa à Alexandra était si cassant qu'il aurait pu se briser. Elle fulminait encore, mais puisqu'il lui avait présenté ses excuses, la bienséance l'obligeait à rengainer ses armes.

— Langdon ? murmura Arthur Brown en étrécissant les yeux. Seriez-vous apparentée au vicomte de Langdon ?

— Il s'agissait de feu mon père, acquiesça-t-elle avec un sourire suave, en priant pour qu'il s'en tienne là.

— Mmm, j'ai entendu parler de lui, insista-t-il, une lueur mauvaise dans le regard. Kendall et lui ont beaucoup de points communs. Leur réputation les précède.

— En effet, convint Alexandra avec un rire d'une gaieté forcée. À dire vrai, j'ai fait la connaissance de Garrett autour d'une table de jeu, chez le duc de Hammond. Il m'a délestée du contenu de ma bourse, aussi n'avais-je d'autre choix que de l'épouser pour récupérer mon bien. Par chance, je suis tombée amoureuse de lui, on peut donc dire que je suis doublement gagnante, conclut-elle avec un regard complice à Kit.

— Très malin, commenta cette dernière en riant. Mais poursuivons plutôt cette conversation dans le salon, voulez-vous ? Père, resterez-vous pour le thé ?

— J'ai peu de temps, répondit-il. Mais où sont Kendall et Warren ? Je dois féliciter Kendall.

— Je peux vous assurer qu'ils ne sont pas en train de brûler quoi que ce soit, père.

Kit expliqua à l'intention d'Alexandra :

— En voulant allumer des cigares qu'ils lui avaient chipés, Garrett et Brandon ont mis le feu à la voiture neuve de père. Il ne le leur a jamais pardonné.

— Cela m'a coûté une fortune. À la fois pour la voiture et pour les cigares, maugréa M. Brown d'un air dégoûté.

Kit s'installa dans le canapé, à côté d'Alexandra tandis que M. Brown choisissait l'un des fauteuils, de l'autre côté de la table. Un sourire de façade aux lèvres, il croisa les jambes avant de demander à Alexandra :

— Ainsi donc, vous vous êtes rencontrés chez le duc de Hammond. Récemment ?

— Il y a quelques semaines à peine. Il m'a littéralement enlevée, et m'a emmenée ici sans guère me donner le choix afin que je fasse connaissance avec sa famille. J'en ai encore la tête qui tourne !

Ce n'était pas tout à fait faux.

— Ce devait être durant le bal que Hammond a donné à sa résidence londonienne le 5, observa Arthur en décroisant les jambes. J'y suis passé brièvement, mais je ne pouvais pas rester.

— Peut-être avez-vous appris que Garrett était présent, hasarda Kit, caustique.

— Et comment l'aurais-je appris ? rétorqua son père d'un ton si tranchant qu'elle lui adressa un regard surpris. Tu sais mieux que personne que je ne m'intéresse pas à son emploi du temps.

— Certes, admit Kit.

Elle se dérida comme une bonne entrait avec le plateau du thé.

— Je m'étonne d'ailleurs que Kendall ait assisté à cette réception, reprit Arthur. Le bruit courait que, depuis son retour de Crimée, il boudait la ville et cherchait son *plaisir* ailleurs. Mais, comme je l'ai dit, j'ignore tout de ses activités. Voyons, cette soirée chez le duc a eu lieu il y a trois semaines. Kendall n'a pas perdu de temps pour vous faire la cour, lady Alexandra !

— En effet, convint Alexandra, sans vouloir se livrer davantage.

Ce qui se passait entre elle et Garrett ne le concernait en rien. Elle accepta la tasse de thé que Kit lui tendait, but une gorgée.

— Je vais demander à Hammond d'organiser un bal en leur honneur. Je ne suis pas en état de le faire moi-même, soupira Kit en baissant les yeux sur son ventre. Et Brandon refuse que je fasse la moindre apparition en ville avant la naissance du bébé. Toutefois j'insiste pour vous aider aux préparatifs du mariage, Alexandra.

Alexandra sentit de nouveau l'aiguillon de la culpabilité. Ils discutaient de ses noces alors que Garrett ne lui avait même pas demandé officiellement sa main.

— Si vous êtes prévenus suffisamment à l'avance, peut-être trouverez-vous le temps d'assister à la cérémonie, père ? enchaîna Kit. Si ce n'est pour Garrett, du moins pour sauvegarder les apparences.

— Et depuis quand Kendall se soucie-t-il des apparences ? grommela Arthur Brown. Enfin, peut-être a-t-il vraiment changé, car j'avoue qu'il y a encore un mois, je n'aurais pas imaginé assister à son mariage. Je me serais plutôt attendu à être convié à une messe pour l'accompagner vers sa dernière demeure.

— Oh, je vous en prie ! Si Garrett avait succombé à l'une de ses beuveries, vous auriez été le premier à porter un toast pour fêter cela ! s'écria Kit, puis, portant la main à sa tempe, elle soupira : Veuillez m'excuser, ce n'était pas très délicat de ma part.

— Ma foi, j'aime à croire qu'en dépit de nos différences nous saurons accueillir la femme de Kendall au sein de notre famille, aussi humble soit-elle. Espérons que vous lui apporterez le bonheur tout en redorant son blason quelque peu terni, lady Alexandra.

Alexandra vit la surprise se peindre sur le visage de Kit. Avant que celle-ci puisse repousser ce rameau d'olivier, elle se hâta de répondre :

— Je l'aime de tout mon cœur et je ferai mon possible pour le rendre heureux. Après tout, son bonheur est désormais lié au mien.

— Bien dit, approuva Kit en levant sa tasse de thé en un toast moqueur.

— Maman !

Will venait de débouler dans le salon, une femme de chambre dans son sillage. Un sourire radieux illumina sa bouille ronde à la vue de M. Brown.

— Grand-père !

— Ah, voilà mon petit bonhomme ! s'exclama Brown en hissant l'enfant sur ses genoux. Dieu que tu as grandi !

Son sourire avait adouci ses traits austères. Alexandra en demeura pantoise.

— Moi, z'ai deux ans, gazouilla Will en levant l'index et le majeur.

— Ah, c'est donc pour cela que tu es si grand ! Bientôt il n'y aura plus assez de place pour toi sur mes genoux.

— Ze suis trop grand pour les zenoux de maman, déclara fièrement l'enfant.

— Maman ne peut porter qu'un seul enfant à la fois, murmura Kit en se penchant vers Alexandra.

— Et bientôt tu seras aussi grand que Beau, reprit Brown.

Will glissa le pouce dans sa bouche et se mit à le téter avec application. De sa main libre, il explora la poche de son grand-père pour y récupérer sa montre.

M. Brown rit de bon cœur.

— Tu es un petit malin ! Tu n'oublies rien.

Will retira son pouce de sa bouche pour retourner la montre entre ses mains. Il leva un regard interrogateur sur Arthur Brown.

— L'oiseau ?

— Le faucon ? Il est gravé à l'intérieur du clapet, mon petit. C'est l'emblème peint sur nos armoiries, précisa-t-il à l'intention d'Alexandra. Il symbolise celui qui ne renonce jamais avant d'avoir atteint son objectif. Attends, Will, je vais t'aider.

Il reprit la montre, déclencha le mécanisme d'ouverture du bout de l'ongle, puis rendit l'objet à son petit-fils.

— Pour Will ? demanda celui-ci, aux anges.

— Non, protesta Kit, cette montre n'est pas à…

— Ce n'est pas grave, je lui en fais cadeau, dit M. Brown. Elle ne me manquera pas, elle ne donne même pas l'heure juste. J'ai récemment perdu la mienne et j'avais pris celle-ci en remplacement, mais elle est vraiment de piètre qualité.

— C'est très généreux de votre part, père. Will, mon chéri, remercie ton grand-père.

— Merci, grand-père. Elle est à Will, la montre.

— Oui, à toi, confirma Arthur Brown en riant.

Il posa l'enfant sur le sol et se leva.

— À propos d'heure, je ferais bien d'y aller. Il vaut mieux que je parte tant que nous sommes encore en bons termes.

— Vous ne vouliez pas voir Beau ?

— Une autre fois. Lord Keyes attend des invités. Kendall doit revenir bientôt ?

— Cela fait presque une semaine qu'il est parti, il ne devrait plus tarder.

— Raison de plus pour que je ne m'attarde pas. Lady Alexandra, vous le féliciterez de ma part pour vos fiançailles. Et faites-moi savoir quand la date du mariage sera arrêtée. Même si Kendall est persuadé du contraire, j'ai toujours eu l'espoir qu'il se rangerait et finirait par trouver une épouse capable de le comprendre. Vous tiendrez ce rôle à merveille, lady Alexandra, vu la façon dont vous prenez sa défense.

— Merci, murmura Alexandra, circonspecte.

Elle ne pouvait s'empêcher de se méfier de cet homme qui cajolait son petit-fils mais rejetait son beau-fils. Un homme qui savait être aussi odieux que charmant. Qui avait été capable de se débarrasser du cadeau offert par Garrett, mais donnait généreusement sa montre à Will. Il n'était pas aisé de cerner un tel personnage, et elle n'avait pas envie d'essayer. À ses yeux, M. Brown serait toujours coupable d'avoir négligé Garrett lorsqu'il était enfant.

Il ébouriffa les cheveux blonds de Will, avant de prendre congé.

Dès qu'il fut parti, Kit laissa échapper un soupir.

— Je dirais que les deux camps se sont bien défendus. Quelques attaques, quelques feintes et esquives de-ci, de-là, et même une sorte de trêve, sans qu'aucune blessure sérieuse soit à déplorer. Il n'était vraiment pas lui-même. C'est sans doute l'annonce des fiançailles de Garrett qui l'a perturbé.

— Je vous laisse l'hallali, Kit. Les calomnies de Keyes ont mis votre père dans une position délicate, et l'annonce des fiançailles l'a pris au dépourvu, de toute évidence.

— Ce qu'il choisit de croire en dernier ressort lui appartient, rétorqua Kit. C'est toujours le pire, quand il s'agit de Garrett. Une chance que mon frère n'était pas là, sinon le sang aurait coulé. D'ailleurs, pourquoi ne pas garder pour nous cette petite visite ?

— Je ne pense pas que ce soit une bonne idée, répondit Alexandra. Je ne voudrais pas que…

— Nous finirons par en parler à un moment ou à un autre, mais il serait judicieux d'attendre que les choses se soient un peu apaisées. Garrett a toujours considéré ce manoir comme un havre de paix, un sanctuaire, et je crains que cela ne soit plus le cas s'il apprend que mon père a mis les pieds ici. Pourquoi diable a-t-il fallu que Keyes aille déblatérer sur votre compte ? J'aimerais lui couper la langue, à ce crétin !

— Moi aussi, marmonna Alexandra. Je veux bien vous laisser un peu de temps, Kit, mais Garrett a le droit de savoir que M. Brown est venu. Je m'en remets à vous pour le lui dire – dès lors que vous n'attendrez pas trop longtemps.

— Entendu, acquiesça Kit.

27

Garrett mit pied à terre sur l'étendue herbeuse qui surplombait la grande plage. Il confia les rênes à Marcus, un des hommes à qui Holt avait demandé de surveiller la zone, puis s'engagea dans le sentier tortueux qui descendait vers la mer. Au bout d'un moment, il ralentit le pas pour scruter le paysage qui s'étendait devant lui. Puis son regard se riva à la silhouette d'Alexandra, qui se tenait devant la mer.

Une rafale de vent balaya la plage, menaçant d'emporter son chapeau, qu'elle retint de la main. À la vue de sa robe plaquée sur son corps, une bouffée de désir submergea Garrett.

Un doux sourire aux lèvres, elle inclina la tête pour offrir son visage à la caresse du soleil. Grande et mince, elle était d'une beauté saisissante. Et elle était à lui. Pour toujours.

Du moins le serait-elle dès qu'il lui aurait demandé sa main. Mais chaque chose en son temps.

Il avait d'abord besoin de l'avoir dans ses bras, nue de préférence, et sans témoins. Son regard dériva vers Beau qui décrivait des grands cercles autour de son château de sable.

— Pan, tu es mort !

Garrett se figea, et son cœur manqua un battement.

Après ce qui lui parut une éternité, il pivota lentement pour faire face à…

Deacon. L'un de ses hommes, qui brandissait un pistolet ! Bon sang de bois…

Mais ce dernier avait l'air tout aussi stupéfait que lui. Il recula d'un pas, baissa le canon de son arme.

— Bonté divine ! Désolé, mon capitaine ! Je vous ai pris pour Ned. Je voulais juste… lui flanquer la frousse. Je sais bien que Marcus ne laisserait jamais entrer personne sur la zone à protéger, à part Ned. Et de dos, vous… lui…

— Je comprends, coupa Garrett, qui eut du mal à déglutir tant sa bouche était sèche. Et où est-il donc, notre Ned ?

— Parti pisser un coup, mon capitaine.

Garrett porta de nouveau les yeux sur Alexandra. Ils ne disposaient que de très peu de temps. Bientôt, il leur faudrait retourner à Londres pour tenter de mettre l'assassin hors d'état de nuire. C'était cela qui les avait réunis, Alexandra et lui, et il n'était pas question que cela les sépare. Pas maintenant qu'elle avait été sienne.

— Deacon, gardez un œil sur Beau jusqu'au retour de Ned, voulez-vous ? Lady Alexandra et moi allons être occupés un moment.

Lady Alexandra. Cela sonnait bien, mais il préférait lady Kendall.

Il rejoignit la plage à grandes enjambées, les yeux fixés sur Alexandra qui s'était accroupie pour ramasser un coquillage.

Comme l'ombre de Garrett se dessinait sur le sable, elle releva la tête, la main en visière pour se protéger du soleil. Un petit cri lui échappa et elle se redressa si vivement qu'elle faillit perdre l'équilibre.

Garrett referma les mains sur ses bras et l'attira à lui. La seconde d'après, leurs bouches se soudaient. Il enroula le bras autour de sa taille pour la plaquer contre lui tandis que sa langue plongeait dans sa bouche. Elle avait un goût de chocolat. Il l'embrassa avec ferveur, délectation, certain qu'il ne pourrait jamais se rassasier d'elle. Durant la semaine écoulée, il n'avait pensé qu'à elle, n'avait rêvé que d'elle…

Il fallut que Beau émette un bruit dégoûté pour qu'il consente enfin à la lâcher.

— Berk ! On dirait que vous allez la manger, oncle Garrett !

Les joues d'Alexandra virèrent à l'écarlate. Garrett sourit. Il avait envie de la reprendre dans ses bras pour la faire tourbillonner dans les airs et la dévorer tout entière, comme avait l'air de le craindre Beau.

— Excellente idée, Nelson ! Il se trouve que je meurs de faim.

Suivant son impulsion première, il souleva la jeune femme et la déposa en travers de son épaule, la main pressée sur son postérieur. Son rire couvrit son cri de protestation.

— Beau, Deacon va t'aider à construire les douves de ton château. Fais attention de ne pas noyer tous tes chevaliers, lança-t-il en s'éloignant.

Les poings serrés, Alexandra tambourinait contre son dos.

— Garrett, posez-moi immédiatement sur le sol ! Qu'est-ce que c'est que ces manières de… d'homme des cavernes ?

Il sentait à peine les coups, et pourtant elle n'y allait pas de main morte. Sa jolie rose anglaise aux épines acérées ! Il l'adorait.

Il fit signe à Marcus qui tenait les rênes de Champion.

— Garrett ! tempêta Alexandra.

Sans l'écouter, il la jucha en selle. Par chance, elle portait une simple robe de promenade. Moins elle avait de vêtements, mieux ce serait. Et une fois dans le pavillon de chasse, il les lui retirerait tous. Havers leur apporterait de quoi manger, et ils n'auraient besoin de rien d'autre.

Il grimpa en selle derrière elle.

— Garrett, attendez ! Mon oncle ? Est-il toujours en vie ? haleta-t-elle.

— Oui, malheureusement.

— Que s'est-il passé ? Racontez-moi !

— Nous en discuterons plus tard. Faites-moi confiance.

— Mais...

— Pas maintenant, Alexandra. Ce n'est vraiment pas le moment.

Il ne plaisantait pas. Son fichu oncle n'allait pas gâcher leurs retrouvailles. Il n'avait déjà que trop nui à leur relation.

— Je vous fais confiance, souffla-t-elle. Vraiment.

Il talonna Champion qui s'élança au trot. Alexandra poussa un cri de surprise et se remit à lui marteler la poitrine en le traitant de primate obtus et dominateur. Seul le rire joyeux de Garrett lui répondit.

Il n'était pas dominateur, il savait ce qu'il voulait, c'était différent. Et dès qu'il aurait déshabillé Alexandra, il veillerait à ce qu'elle veuille la même chose que lui.

Son rire resta coincé dans sa gorge lorsqu'elle lui décocha un coup de coude perfide dans l'estomac.

Une vraie petite guerrière ! Elle était magnifique et il l'adorait.

Agrippée au bras de Garrett qui lui encerclait la taille, Alexandra fulminait en silence. Il n'avait pas le droit de débarquer ainsi après une semaine d'absence et de la jeter sur son cheval sans un bonjour et sans un mot d'explication ! Elle n'était pas un objet qu'il pouvait transporter à sa guise. Elle serra les dents. Et il n'était pas question de parler mariage avant que certaines questions aient été abordées et éclaircies.

Par exemple, que s'était-il passé avec son oncle ?

Pourquoi Garrett ne l'avait-il pas tué ?

Même si elle ne souhaitait pas sa mort, il est sûr qu'elle n'aurait pas levé le petit doigt si Kit avait décidé de le supplicier sur son fameux chevalet.

Et s'il n'y avait pas de cadavre à dissimuler, pourquoi Garrett était-il parti si longtemps ?

Quoi qu'il en soit, elle allait lui dire sa façon de penser. Avec force. S'il croyait pouvoir l'embrasser ou…

Le flot de ses pensées s'interrompit brusquement comme il arrêtait sa monture dans une clairière. Elle reconnut le pavillon de chasse où ils s'étaient réfugiés quelque temps plus tôt.

— Oh ! souffla-t-elle, alors que son corps, ce traître, s'échauffait déjà.

Elle n'était pas si forte, finalement. Elle n'était qu'une pauvre chose sans volonté, soumise aux désirs de la chair.

Garrett mit pied à terre et l'aida à descendre. À peine ses bottines eurent-elles touché le sol que sa bouche écrasa la sienne. Sa grande main lui couvrit la nuque et il la ploya en arrière dans un baiser sauvage, presque désespéré, auquel Alexandra, les jambes flageolantes, se soumit sans conditions.

Elle ne regrettait pas sa capitulation. Garrett avait raison. Ils ne devaient pas laisser son oncle se dresser entre eux. Garrett avait peut-être réussi à déjouer les sombres plans de ce dernier, mais le danger principal, ce meurtrier qui n'avait toujours pas été identifié, demeurait. Cette menace assombrissait ces instants qu'ils partageaient et ne les rendait que plus précieux. Ils ne pouvaient se permettre de les perdre.

Garrett lui communiquait son impatience, à présent. Les bras noués autour de son cou, elle le respirait, se pressait contre son corps musclé si plein de vie, et ces sensations balayaient ses peurs. Elle le touchait, s'enivrait de son contact, de sa chaleur, de son goût : la saveur du cidre et de la cannelle sur sa langue, l'odeur de savon et de santal dans ses cheveux et sur sa peau. Elle ferma les yeux comme ses lèvres s'égaraient sur ses joues, son menton, son cou…

Elle chancela, se cramponna à lui. Avec un rire triomphant, il la souleva dans ses bras, ouvrit en tâtonnant la porte du pavillon, qu'il referma d'un coup d'épaule lorsqu'il eut franchi le seuil. Tout en s'emparant des lèvres d'Alexandra il la fit glisser le long de son corps pour la reposer sur le sol. Elle sentit son abdomen dur, ses cuisses puissantes, son érection contre son ventre. Son souffle s'emballa, mais déjà il tirait sur le ruban qui maintenait son chapeau. Déjà ses mains libéraient sa chevelure des épingles qui la maintenaient sagement, ses doigts glissaient dans les longues mèches.

— Reste avec moi, chuchota-t-il. Aime-moi.

Elle sourit.

— Mon père croyait farouchement en sa bonne étoile. Il m'a juré que j'avais hérité de la chance des Langdon. Et quand j'ai perdu contre toi, chez le duc de Hammond, j'y ai vu la preuve qu'il s'était trompé. À tort. Ce soir-là, j'ai cru tout perdre, alors qu'en réalité j'avais gagné plus que je n'aurais osé le rêver.

Et, bon sang, elle refusait de le perdre.

En silence, elle se promit de veiller sur Garrett. De se battre pour lui comme lui s'était battu pour elle en affrontant son oncle. Quel que soit le prix à payer.

— Et moi, je n'ai jamais eu une main aussi heureuse, assura-t-il avant de reprendre ses lèvres.

Après quoi, il la fit pivoter face à l'armoire adossée au mur. Il s'en approcha, ouvrit la porte et, sous son regard stupéfait, en sortit une pile de couvertures épaisses. Il les déploya sur le sol devant la cheminée, y ajouta deux oreillers.

— Tu attendais du monde ? risqua Alexandra.

— Un soldat apprend à parer à toute éventualité, répondit-il en la parcourant d'un regard si brûlant qu'elle eut l'impression d'être nue.

La gorgée nouée, le cœur battant, elle le regarda se redresser. Sans la quitter des yeux, il la rejoignit, et commença à déboutonner son corsage. Alexandra frissonna, ferma les paupières.

La robe glissa sur ses épaules, puis le long de ses bras, et s'affaissa sur le sol dans un doux froissement.

La main de Garrett s'arrondit sur son sein. Du pouce, il traça des cercles autour de la pointe, et Alexandra se mordit la lèvre pour ne pas gémir de bonheur. Elle crut qu'elle allait s'effondrer sur le sol à côté de sa robe. Garrett procédait avec une lenteur torturante et elle avait envie de le supplier. N'avait-il pas compris que le temps leur était compté ? Qu'attendait-il ? Pourquoi la ménageait-il autant ? Elle n'était plus une jeune fille innocente qu'il fallait traiter avec égards. Une nuit avec lui l'avait transformée en une vraie gourgandine !

Mais sans doute le savait-il et prenait-il plaisir à la torturer, pour mieux attiser son désir. Comme en cet instant, où il lui pinçait doucement le téton à travers le fin tissu de la camisole.

Ce fut elle qui, d'un mouvement impatient, fit passer cette dernière par-dessus sa tête, dénoua le lien qui serrait son jupon à sa taille et s'en débarrassa d'un coup de pied.

— Seigneur ! souffla-t-il en enveloppant son corps nu d'un regard émerveillé. Je te désire. Je t'aime.

Oh, Seigneur, elle aussi l'aimait ! Mais il était encore habillé de pied en cap, ce qui la mettait en position de vulnérabilité.

— Garrett, je pense…

— Chuut, l'interrompit-il en posant l'index sur ses lèvres On ne pense plus. On *ressent*.

Il avait raison. Et pour ressentir, il fallait que lui aussi soit nu. Aussi entreprit-elle de déboutonner sa veste, puis son gilet, qu'elle fit tour à tour glisser sur ses larges épaules. Elle lui ôta sa chemise dans la foulée. Comme ses mains s'égaraient sur ses pectoraux saillants, il frémit, prit le relais d'autorité et enleva son pantalon en un tournemain.

La patience n'était pas l'une de ses vertus – Dieu merci !

Elle prit le temps de contempler son corps magnifique, ses muscles bien dessinés, ses hanches étroites, ses longues jambes solides. Et cette érection glorieuse qui attestait de la violence de son désir.

Son beau guerrier.

Son amour.

Elle se pressa contre lui, les mains sur ses épaules, se hissa sur la pointe des pieds pour déposer une pluie de baisers sur son visage, puis, cherchant son regard, elle murmura :

— Moi aussi, je t'aime, Garrett.

Il l'enveloppa de ses bras, la serra à l'étouffer. Une vague de bonheur envahit Alexandra. Ainsi blottie contre lui, elle se sentait en sécurité. Vivante. Entièrement sienne.

D'instinct, elle creusa les reins à sa rencontre. Elle ne voulait pas attendre, elle voulait le sentir en elle, tout de suite.

Garrett comprit. Un grondement sourd lui échappa et il plaqua les mains sur ses fesses, la plaquant plus étroitement encore contre son sexe.

Sa bouche reprit la sienne avec fièvre. Il l'obligea à reculer, et l'instant d'après, il l'étendait sur les couvertures. Il demeura quelques secondes en appui au-dessus d'elle, entre ses cuisses ouvertes, la contemplant avec tendresse et gravité. Puis, il s'inclina, et aspira la pointe d'un sein entre ses lèvres.

Alors qu'un flot de sensations emportait Alexandra, la bouche chaude de Garrett glissa plus bas, sur son ventre, puis plus bas encore. Elle se raidit.

Non, impossible ! Il n'allait pas…

— Garrett !

— Chut, l'interrompit-il d'une voix apaisante. Fais-moi confiance, mon ange.

Confiance ? Bien sûr qu'elle lui faisait confiance. Mais…

Un violent frémissement la secoua quand la bouche de Garrett se pressa sur sa féminité. Ses doigts se crispèrent sur les couvertures. Puis elle oublia tout, tandis que ses lèvres et sa langue entamaient une danse magique qui la laissait sans défense.

C'était si bon ! Oh Seigneur, la preuve était désormais faite qu'elle était devenue la pire des ribaudes !

Renonçant à tout contrôle, elle laissa les sensations se déployer en elle, l'envahir, la submerger jusqu'à l'explosion finale qui la catapulta au paradis, en lui arrachant un cri sauvage.

Garrett lui laissa à peine le temps de reprendre son souffle. L'instant d'après, il entrait en elle d'un puissant coup de reins, son bassin entamant aussitôt un lent mouvement de va-et-vient. Alexandra rouvrit les yeux. Ses traits crispés lui disaient combien il devait prendre sur lui pour ne pas la besogner comme un fou.

— Alexandra, haleta-t-il, la voix rauque, je ne peux plus... je ne peux plus attendre.

— Qui te le demande ? souffla-t-elle en se cambrant à sa rencontre.

D'un coup de boutoir, il s'enfonça jusqu'à la garde, et les sensations s'éveillèrent de nouveau au plus secret de sa chair. Des ondes de plaisir l'assaillaient, se succédaient, une marée montante dont le flot balayait tout sur son passage. Les jambes nouées autour des hanches de Garrett, elle arquait le dos pour le prendre plus profondément en elle et le suppliait d'une voix qu'elle ne reconnaissait pas. Et soudain il déferla, un orgasme plus puissant, plus dévastateur que le précédent.

La pilonnant follement, Garrett chevaucha avec elle la vague du plaisir, avant de plonger à son tour dans l'abîme.

Il leur fallut un long moment pour reprendre leurs esprits et retrouver leur souffle. Alexandra flottait dans un océan de bien-être. Un sourire béat aux lèvres, elle caressait les boucles humides sur le front de Garrett, dont la joue reposait sur son sein.

Le silence s'étira, confortable, complice.

— Savais-tu que tu étais une énigme à mes yeux, mon ange ? murmura soudain Garrett en se redressant.

— Une énigme ? Comment cela ?

— Tu refusais mes cadeaux, tu ne cessais de me rappeler que tu n'étais là qu'à cause de notre accord. Tu ne voulais rien de moi alors que je voulais tout de toi. Et puis j'ai enfin compris ce que tu attendais de moi. Ce n'était pas un présent monnayable. J'ai mis du temps à m'en rendre compte, car il y a certaines choses que je n'avais jamais pensé à offrir à quiconque. Je les croyais sans valeur, je pensais que personne n'en voudrait… jusqu'à ce que tu entres dans ma vie.

— Quelles sont ces choses ?

— Mon cœur. Mon âme. Mon amour.

Alexandra soupira de bonheur. Ces mots-là étaient plus émouvants que le plus beau des poèmes. Ses yeux s'embuèrent, et elle battit des paupières pour retenir ses larmes.

— Mon cœur, mon âme et mon amour t'appartiennent aussi, murmura-t-elle. Et ce sont les plus précieux des cadeaux.

Pour la première fois de sa vie, elle comprenait pourquoi sa mère ne s'était jamais souciée que des objets de valeur disparaissent de leur maison. Car elle conservait ce qui comptait le plus à ses yeux. Aujourd'hui, Alexandra savait que tant qu'elle aurait l'amour de Garrett, elle n'aurait besoin de rien d'autre pour être heureuse. Après une année de disette, elle était enfin nourrie, comblée. Après des mois de peur et d'incertitude, elle se sentait en sécurité. Après avoir été pauvre, elle était riche. Elle possédait désormais tout ce qu'elle avait jamais voulu avoir.

Et elle refusait de penser aux ombres qui rôdaient et menaçaient sa félicité.

28

Quatre coups rapides frappés à la porte réveillèrent Garrett en sursaut. La guerre apprenait à demeurer toujours en alerte, y compris dans le sommeil. Il se redressa vivement, désorienté, perturbé d'avoir dormi aussi profondément et d'un sommeil peuplé de rêves érotiques. Il s'apprêtait à maudire Havers, dont il avait reconnu la signature, lorsqu'il sentit un corps tiède contre le sien. Le soulagement l'envahit et il se détendit. Il savait où il était, et pour la première fois depuis son retour de Crimée, c'était exactement là où il voulait être.

Des souvenirs de cette nuit enchantée l'assaillirent. Il se tourna à demi, baissa les yeux sur Alexandra, et son cœur fit un soubresaut dans sa poitrine. Un homme n'avait pas souvent la chance de s'éveiller au paradis, à côté d'un ange, aussi s'accorda-t-il quelques secondes pour savourer ce spectacle. Le plateau que Havers avait déposé sur les marches serait toujours là quand il serait prêt à le récupérer.

La tête calée dans la paume, il contempla Alexandra. Ses lèvres étaient entrouvertes, sa joue reposait contre le dos de sa main. Les mots de Roméo lui revinrent en mémoire : « Oh, que ne suis-je le gant de cette main ! » Il cilla. Seigneur, il se ramollissait sérieusement.

Son regard glissa sur un sein rond, juste au-dessus de la couverture. Son sexe frémit et commença à se dresser. Tout n'était pas ramolli chez lui, constata-t-il, amusé.

Il se pencha, déposa un baiser au coin de sa bouche pour la tirer doucement du sommeil. Léger d'abord, puis plus fougueux tandis que le désir montait en lui, d'une force qui le surprit. Il craignait de ne jamais se rassasier de son corps, d'avoir encore envie d'elle dans la tombe.

Elle soupira, remua et glissa spontanément la main sur la nuque de Garrett. Elle répondait toujours à ses caresses, s'émerveilla-t-il.

Elle l'aimait. Hormis Kit, personne n'avait jamais eu pour lui des sentiments aussi sincères. Certaines femmes avaient déclaré être amoureuses de lui, mais celui qu'elles pensaient aimer n'était qu'une illusion, son double dévoyé qu'il avait inventé pour mieux se cacher. Seule Alexandra avait su gagner sa confiance, au point qu'il lui avait laissé voir les fractures en lui. Elle avait été témoin de ses cauchemars, mais au lieu de se détourner, elle l'avait pris contre elle et lui avait ouvert son cœur.

Les yeux clos, le nez enfoui contre la colonne pâle de son cou, il respira son parfum. Une minute. Juste une minute.

Il sentit qu'on lui tirait les cheveux et releva la tête en protestant.

— Et mon oncle ? Que s'est-il passé ? Que t'a-t-il dit ? As-tu vu mes cousines ?

Il soupira. La réalité reprenait ses droits, mais il aurait préféré un réveil plus tendre et sensuel.

Il grogna pour manifester son désaccord. Décidément cette femme réfléchissait trop !

— Et ne songe même pas à m'embrasser pour me faire oublier mes questions ! reprit-elle. J'exige des réponses.

Sur ce, elle le repoussa. Il lâcha un juron comme elle ramassait sa chemise et se redressait pour l'enfiler. Elle s'agenouilla et lui adressa un regard interrogateur. Jamais, avec ses cheveux emmêlés, ses lèvres gonflées et ses joues empourprées, elle ne lui avait paru plus délectable. Ni plus déterminée.

Hélas, il avait oublié à quel point elle pouvait être tenace ! D'ordinaire il appréciait cette qualité, mais pas lorsqu'ils étaient nus et qu'il était dans un état d'excitation avancé.

— Alors ? insista-t-elle en lui donnant un petit coup de poing dans les côtes.

— Aïe !

Pestant contre les mégères autoritaires, il s'assit, attrapa son pantalon qui gisait sur le sol et entreprit de l'enfiler.

— Je ne veux pas discuter de ton oncle l'estomac vide. J'ai déjà du mal à digérer le fait qu'il soit encore en vie.

Il jeta un coup d'œil à Alexandra. Elle flottait dans sa chemise, dont elle avait retroussé les manches et rabattu les pans sur ses cuisses nues.

— Il fait frisquet, observa-t-il en s'accroupissant près d'elle. Je devrais peut-être récupérer ma chemise.

Il avait déjà tendu la main, mais elle la repoussa sans pitié.

— Dans ce cas, je vais allumer le feu, décida-t-il, avant d'ajouter d'un air faussement sévère : Mais n'essaie pas de t'échapper. Tu m'as volé mon cœur et ma chemise, je te poursuivrai jusqu'au bout du monde.

— Je n'irai nulle part tant que je n'aurai pas de réponses, rétorqua-t-elle.

— Dieu que tu es têtue !

Grommelant pour la forme, il s'activa devant l'âtre et construisit rapidement un feu. Bientôt les brindilles se mirent à crépiter. Il se releva et alla chercher le petit déjeuner sur le perron.

— C'est Havers qui nous a déposé cela, expliqua-t-il en revenant avec un plateau, une bouilloire et un petit sac de provisions. Je lui ai demandé de dire à Kit et à Brandon de ne pas s'inquiéter pour nous, et de leur expliquer que j'avais l'intention de t'enlever afin que ta réputation soit définitivement compromise.

— Tu n'as pas fait cela ?

— Il fallait bien que j'empêche Kit de faire battre la campagne à notre recherche ! Mais réjouis-toi, nous sommes libres de rester ici autant qu'il nous plaira.

— Je vois. J'ai donc bel et bien été enlevée pour une période indéterminée ?

— *Et* définitivement compromise. Ne l'oublie pas, car maintenant tu vas devoir m'épouser. Tu as dit toi-même que tu refusais d'être ma maîtresse.

— Tu tergiverses, s'impatienta-t-elle. Qu'en est-il de mon oncle ? Tu es parti une semaine entière. Qu'as-tu fait durant tout ce temps ?

L'humeur de Garrett s'assombrit au souvenir de sa confrontation avec son oncle. Il avait découvert un homme rondouillard, quasi chauve, dont le seul trait commun avec Alexandra étaient ses yeux d'un bleu perçant derrière ses lunettes à monture métallique.

S'arrachant à ce souvenir déplaisant, il s'empara de la bouteille de cidre apportée par Havers, remplit deux chopes et en tendit une à la jeune femme, avant de boire une longue rasade.

— Il aurait été plus simple de le tuer, admit-il, mais Brandon avait un autre plan. Celui-ci requerrait plus de temps, car nous avons dû retrouver votre ancien régisseur, Edward Marks, ainsi que d'anciens fermiers et commerçants, de même que le banquier de ton oncle.

— Mais que vouliez-vous à tous ces gens ?

— Nous souhaitions avoir plus de poids pour négocier avec ton oncle. Nous nous doutions qu'il chercherait à tirer le maximum de la situation. Finalement, nous avons eu un entretien avec lui afin de négocier un contrat de mariage entre moi-même et sa nièce, lady Alexandra Langdon.

— Je comptais te révéler mon vrai nom, mais j'avais peur, murmura-t-elle.

— Je t'aime, Alexandra Daniels Langdon. Peu importe ton patronyme. Comme le dit Juliette : « Qu'est-ce qu'un nom ? Ce que nous appelons une rose... »

Il s'interrompit, consterné. Il citait Shakespeare, une fois de plus ! Voilà donc à quoi l'amour réduisait un homme ? Pas étonnant que Brandon soit devenu un tel idiot.

— « ... Embaumerait tout autant si nous l'appelions autrement », acheva Alexandra à sa place. Mais assez de poésie, parle-moi des négociations. Comment se sont-elles déroulées ? Brandon était-il à tes côtés ?

— Oui, dans le rôle du comte hautain et intimidant, tandis que je jouais celui de l'amoureux séduisant et plein de charme, ce qui ne m'a demandé aucun effort.

— Et ? insista-t-elle, incapable de réprimer un sourire.

— Ton oncle n'est pas un joueur, mais il a trouvé le moyen de dilapider les revenus du domaine et de creuser le même trou dans ses finances que feu ton père. Tu pensais qu'il te cherchait un beau parti pour doter ses filles, mais en réalité, c'était juste pour s'épargner la prison pour dettes.

Alexandra ouvrit des yeux comme des soucoupes.

— Quoi ? Mais c'est impossible ! Le domaine était rentable. Marks et moi...

— Ton oncle a renvoyé Marks et augmenté les loyers de ses métayers, si bien que beaucoup ont préféré aller tenter leur chance ailleurs. Les cultures sont redevenues des friches faute de travailleurs. Sans récoltes et sans loyers, ton oncle s'est enfoncé dans la spirale des dettes. C'est un cercle vicieux. Voilà pourquoi il a accepté de m'accorder la main de sa nièce. En échange, il réclamait une vraie fortune.

— Et qu'as-tu fait ?

Garrett sourit.

— Je lui ai fait une contre-proposition, intéressante pour nous deux. Il conservait la vie et la liberté tandis que j'épousais sa nièce en promettant de ne pas le tuer.

— Non ! s'esclaffa Alexandra.

— Si. Je lui ai expliqué qu'il avait tout intérêt à être d'accord avec moi, car j'avais en ma possession toutes les reconnaissances de dette que ses créanciers m'avaient revendues. Je lui ai dit que j'allais en exiger le paiement immédiat, à moins qu'il ne consente à me donner la main de sa nièce, auquel cas les créances se trouveraient annulées.

« Il a vite compris où était son intérêt, surtout quand Brandon a déclaré que s'il déclinait mon offre et menaçait de ruiner ta réputation, il le tuerait de ses propres mains – à moins que je ne le fasse avant. Nous sommes donc parvenus à trouver un terrain d'entente, à l'entière satisfaction des deux parties.

— Oh, Garrett ! souffla-t-elle. Et lord Cheaver ? L'homme qui s'est introduit dans ma chambre et était prêt à jurer que…

— Apparemment il a été surpris dans une situation compromettante avec une femme mariée. Depuis, personne ne l'a vu. Il paraît qu'il se remet d'une blessure délicate et qu'il devra s'estimer heureux s'il peut de nouveau honorer une dame à l'avenir.

— Mon Dieu ! s'exclama Alexandra, partagée entre effroi et amusement.

— Oui, il pourra peut-être entrer dans les ordres. Et sache que, en ce qui concerne ces individus dont ton oncle disait qu'ils étaient prêts à t'accuser d'être une dévergondée, il s'agissait d'une menace sans fondement. De toute façon personne n'osera s'en prendre à toi maintenant que tu es mienne. Si je ne tue pas ceux qui s'y risqueraient, Brandon s'en chargera. Par ailleurs, ton oncle a accepté de réengager Marks. Il lui confiera la gestion du domaine et s'en ira vivre ailleurs, grâce à la rente confortable qu'il perçoit désormais.

— Mais comment diable as-tu réussi à lui faire accepter cela ? s'écria Alexandra, confondue.

— En lui promettant de doter richement chacune de ses filles le moment venu.

— Tu as fait cela ? Mais… pourquoi ?

— Ce sont tes cousines. Et on ne peut décemment pas leur tenir rigueur de la duplicité de leur père. À notre arrivée, nous avons remarqué une fillette qui nous épiait entre les barreaux de la rampe d'escalier.

Elle avait une dizaine d'années, des yeux bleus et une crinière blonde. Elle m'a rappelé quelqu'un que j'ai rencontré à une table de jeu et qui m'a volé mon cœur.

— Ce devait être ma cousine Prudence.

— Non, c'était toi.

— Je parle de celle qui vous épiait entre les barreaux de la rampe !

Alexandra éclata de rire. Puis, radieuse, elle se jeta au cou de Garrett.

— Oh, c'est merveilleux ! *Tu* es merveilleux. Je t'adore !

— Alors, pouvons-nous commencer à fabriquer ces bébés, à présent ? demanda-t-il en refermant les bras autour d'elle.

Elle se raidit soudain, puis s'écarta. Surpris, il chercha son regard. Allons bon, que se passait-il encore ? Y avait-il quelqu'un d'autre à tuer ? Combien de temps allait-il devoir attendre avant de lui ôter cette satanée chemise ?

— Non, Garrett, nous ne pouvons pas, dit-elle en secouant la tête.

— Pourquoi ? Qu'y a-t-il maintenant ?

— Comment pourrions-nous parler d'avenir alors que nous n'en avons peut-être pas ?

Garrett retint un soupir. L'assassin était désormais la seule chose à se dresser entre eux. Telle une braise sur le point de flamber, ou plutôt un pistolet chargé braqué sur lui.

— Nous ne pouvons pas faire comme si cette menace n'existait pas, reprit Alexandra. Nous devons retourner à Londres et trouver celui qui veut te tuer, Garrett.

— Tu as raison. Et nous retournerons à Londres dès la fin de la semaine. Je te promets que nous mettrons la main sur ce lâche, mon ange. Mais par pitié, pour l'heure, laisse-moi te retirer cette maudite chemise !

Alexandra le scruta longuement, puis un sourire lui incurva les lèvres.

— Je te fais confiance, Garrett, et je remets notre futur entre tes mains. Quant à cette chemise...

29

Ils s'étaient autorisés une nuit au pavillon de chasse. Une longue nuit, pleine de volupté, de rires, de conversations chuchotées devant le feu. Garrett découvrit qu'il détestait qu'Alexandra porte des vêtements. Même si tout lui allait, il la préférait nue, ne portant rien d'autre après leurs étreintes ardentes qu'un voile de transpiration et un sourire ébloui.

Une nuit ne lui suffisait pas. Il voulait une vie entière. Et c'est pour cette raison qu'une fois de retour au manoir, il s'était enfermé dans son bureau afin de parcourir une fois de plus la liste des invités de Hammond.

Il avait bien isolé quelques noms, mais quelque chose le tarabustait quand il regardait cette liste sans qu'il parvienne à déterminer quoi. C'était comme un hameçon accroché dans le flot de ses pensées.

S'il cessait de tirer dessus, peut-être réussirait-il à le libérer ?

Se rappelant qu'Alexandra et Kit se trouvaient dans le jardin situé à l'arrière de la demeure, il se leva et contourna son bureau. Kit n'était jamais plus heureuse que les mains dans la terre. Avec un peu de chance, elle convertirait Alexandra au jardinage, et cette dernière se tiendrait éloignée du bureau de Stewart. Car quand ces deux-là se plongeaient dans les livres de comptes du domaine, il n'était pas aisé d'en arracher Alexandra. Tandis que pour ce qui était du jardinage… Il fallait avouer qu'elle jardinait aussi bien qu'elle chantait. Aussi pouvait-il espérer l'attirer à l'écart avec la promesse de distractions plus intimes.

Il franchit la porte-fenêtre, descendit les marches, et sentit son humeur s'améliorer à la vue d'Alexandra. Agenouillée près de Kit, elle maniait la binette, le front plissé, la mine concentrée. Elle était si adorable qu'il ne put s'empêcher de rire.

Elle l'entendit, se redressa et lui sourit en époussetant ses jupes.

Il s'apprêtait à la rejoindre quand une petite voix aiguë cria son nom. Pivotant, il aperçut Will qui arrivait en courant, suivi de sa gouvernante. Le bambin trébucha sur la dernière marche du perron et s'étala de tout son long. L'objet qu'il tenait à la main décrivit un cercle dans les airs et retomba aux pieds de Garrett, qui se pencha pour le ramasser, avant d'aller soulever dans ses bras son neveu qui s'était mis à brailler.

— Ce n'est pas grave, juste une petite chute de rien du tout, mon grand. Voyons si tu as quelque chose de cassé…

Pour le distraire de son chagrin, il se mit à lui tâter doucement les bras et les jambes, avant de lui enfoncer un doigt entre les côtes, de lui tirer l'oreille, puis de lui chatouiller le cou jusqu'à le faire rire aux éclats.

— Il est en un seul morceau, confirma-t-il à Kit, qu'Alexandra était en train d'aider à se relever. Oh, mais regarde, j'ai trouvé quelque chose !

Il brandit la montre de gousset que Will avait laissé échapper.

— À moi, cria l'enfant en tentant de l'attraper.

— Tu crois ? le taquina Garrett. Voyons voir…

Il ouvrit la montre, et son sourire s'évanouit lorsqu'il reconnut le faucon gravé dans le métal.

Les armoiries de la famille Brown.

« Le faucon symbolise la détermination de celui qui ne renonce jamais avant d'avoir atteint son but », clamait sans cesse son beau-père d'un ton grandiloquent. Garrett l'entendait encore. Il avait même fait graver un faucon sur la montre qui se trouvait désormais dans sa propre poche.

Les Brown avaient été anoblis, mais sous le règne d'Henri VIII, ils avaient pris ombrage de l'amour du souverain pour Anne Boleyn. Furieux, celui-ci les avait déchus de leur titre et chassés de la cour. Arthur avait gardé une profonde amertume de ce déclassement qui faisait de lui un roturier. Et à chaque nouvelle frasque de Garrett, il lui avait reproché de ne pas mériter son titre de comte.

— C'est à moi, répéta Will en essayant de récupérer l'objet. C'est grand-père qui me l'a donnée !

Un frisson parcourut Garrett. Il rendit la montre au petit, déposa celui-ci sur le sol avant de se tourner vers Kit et Alexandra. Avant son départ, Will n'avait pas de montre ; il essayait de lui chiper la sienne à la moindre occasion. C'était donc là une acquisition récente.

— Il est venu ici ? articula-t-il. Quand ? Quand est-il venu, nom de Dieu ?

Il s'efforçait de ne pas crier pour ne pas effrayer l'enfant, mais un flot de bile lui monta dans la gorge à la pensée que son beau-père avait osé franchir le seuil de sa demeure. Ses hommes surveillaient pourtant la propriété. Mais, bien sûr, Arthur faisait partie de la « famille », et les patrouilleurs n'avaient pas pensé que les consignes de sécurité s'appliquaient à lui.

— Garrett, je vais t'expliquer, commença Kit.

Il fixa Alexandra du regard. La loyauté de Kit allait à Brandon, celle d'Alexandra aurait dû lui revenir.

— Tu as dit que tu me faisais confiance. Est-ce ta façon de me le montrer ? Tu sais pourtant que je le déteste.

Alexandra pâlit sous l'attaque. Kit s'interposa :

— Ce n'est pas Alexandra qui a décidé de ne pas t'en parler, c'est moi. Elle voulait te le dire, mais je lui ai demandé d'attendre. Garrett…

— Comment savait-il que je me trouvais ici, bon sang ?

— Keyes lui a écrit pour lui dire. Garrett…

— Oh, j'imagine sans peine ce qu'il lui a dit !

L'image de la montre volant dans les airs lui revint soudain en mémoire. Son sang se figea dans ses veines. L'hameçon se décrocha soudain, l'idée qui s'obstinait à lui échapper remonta à la surface.

— Et la montre ? Pourquoi Arthur se serait-il séparé de cette relique familiale qu'il vénère ? Il n'a cessé de répéter qu'il s'agissait de son unique fortune !

Raison pour laquelle le garçon naïf qu'il était autrefois avait voulu lui en offrir une autre.

— C'est une simple copie, elle ne donne même pas l'heure exacte. Mon père a perdu l'autre, apparemment. Jamais il n'aurait offert l'original à Will, assura Kit. Même pour lui faire plaisir.

Garrett était bien d'accord. Arthur ne s'était certainement pas séparé de bon cœur de sa précieuse montre. S'il l'avait fait, c'était qu'il n'avait pas eu le choix. Pour s'acquitter d'une dette, par exemple.

— Garrett, intervint Alexandra d'un ton implorant, je ne veux pas que tu penses que…

— Pas maintenant, coupa-t-il d'un ton sec. Nous discuterons plus tard, pour l'heure j'ai à faire.

Le cerveau en ébullition, il tourna les talons et fonça vers la maison.

— Garrett, attends !

Il entendit à peine la supplique d'Alexandra.

Il connaissait maintenant l'identité de celui qui voulait sa mort.

Arthur Brown.

Garrett galopait à un train d'enfer pour tenter de se débarrasser de la rage qui le consumait. À dire vrai, il n'avait rien appris de nouveau. Quand Brandon lui avait communiqué la liste de Hammond, il avait remarqué le nom de son beau-père, avait soupesé l'idée, avant de la rejeter, en partie à cause de Kit, et aussi parce qu'il refusait de donner crédit à ses plus noirs soupçons. Mais lentement, sournoisement, la vérité s'était imposée à lui.

Son beau-père voulait sa mort. Il avait engagé des sbires pour l'assassiner.

Arthur et lui s'affrontaient depuis toujours. Cela avait commencé alors que Garrett avait à peine six ans et qu'il cherchait à consoler sa mère, veuve depuis peu. Arthur, leur plus proche voisin, l'avait arraché aux bras de sa mère, avant de lui expliquer froidement que, désormais, il veillerait sur elle. Personne n'avait besoin de lui.

Depuis, ils étaient en guerre.

Mais un événement avait dû survenir, qui avait convaincu Arthur qu'il était temps de se débarrasser de son adversaire une bonne fois pour toutes. Si le faucon incarnait la pugnacité des Brown, le blason des Kendall arborait quant à lui deux lames d'épées croisées, symboles de la justice et de l'honneur militaire. Garrett avait gagné le dernier au front. Il rendrait justice lui-même.

Il ralentit sa monture alors qu'il parvenait aux abords des champs de houblon, et scruta les environs à la recherche de Brandon, qui était parti se promener avec Beau. Un peu plus loin, il mit pied à terre, tendit les rênes à un ouvrier agricole qui s'était avancé. Il salua d'un hochement de tête ceux qui le reconnurent, et se dirigea vers son ami qui discutait avec Holt. Brandon remarqua aussitôt sa mine sombre. Il s'excusa auprès du contremaître.

— Que se passe-t-il ? J'espère que ce n'est pas Kit qui…

— Non, Kit va bien. Tout le monde va bien. Où est Beau ?

— Il est parti faire un tour à cheval avec Ned.

— Parfait.

— Bon sang, mon vieux, qu'y a-t-il ? Tu es blanc comme un linge.

— C'est Arthur, Brandon. C'est lui qui est derrière ces attaques !

Brandon se pétrifia. L'air ahuri, il ouvrit la bouche, la referma. Il lui fallut quelques secondes à recouvrer l'usage de la parole :

— Tu es sûr de ce que tu avances ? Nous parlons de meurtre ! C'est ton beau-père, nom d'un chien ! Le père de Kit ! Et il chercherait à t'assassiner ?

— Je sais ce que je dis et ce que cela implique. Je sais à quel point cette affaire nous touche tous ! Mais c'est la faute d'Arthur, pas la mienne. Fermer les yeux plus longtemps me coûterait la vie, et entre lui et moi, ce n'est pas lui que je choisis.

Brandon se passa la main dans les cheveux et jeta un regard autour d'eux pour vérifier que personne ne pouvait les entendre.

— J'ai vu son nom sur la liste et... la possibilité que ce soit lui m'a traversé l'esprit, je l'avoue. Il a tenu des propos bizarres dernièrement, disant que Beau hériterait de mon titre, mais que Will hériterait de ta fortune.

— Cela n'a rien d'étrange. Je n'ai pas d'héritier et, jusqu'à récemment, ce n'était pas à l'ordre du jour.

— Oui, mais Arthur avait l'air d'insinuer que les choses allaient bientôt changer, que Will n'aurait pas à grandir dans l'ombre de Beau. Il disait que les garçons portaient le nom de Warren, mais qu'ils avaient du sang Brown dans les veines, qu'il avait enfin des descendants. Mais que s'est-il passé, Garrett ? Comment as-tu compris qu'Arthur était le coupable ?

— À cause de la montre.

Comme son ami semblait déconcerté, Garrett lui rappela que, aux dires d'Alexandra, un objet doré avait servi à payer le factotum, le soir où le meurtre avait été commandité chez le duc de Hammond. Et il pensait que c'était la montre.

— Au fond, j'avais deviné depuis longtemps, mais je préférais me voiler la face, à cause des implications pour notre famille. On ne peut pas comprendre le raisonnement d'un fou, mais Arthur a toujours soutenu que je ne méritais pas de porter le titre des Kendall, qu'on aurait dû me confisquer la gestion des domaines. Et tu sais combien la disgrâce des Brown le rend amer. L'idée que Will ne soit qu'un cadet sans terres ni fortune lui est peut-être devenue tout à coup intolérable. Ma mort aurait assuré l'héritage de Will, alors qu'aux yeux d'Arthur je menace mon patrimoine en me lançant dans un commerce qu'il juge hasardeux et dégradant.

— Il y a là une certaine logique si l'on a l'esprit complètement tordu. Mais nous avons besoin de preuves, Garrett. Il nous faudrait cette montre, la vraie, celle qui a servi de paiement.

— Nous la retrouverons dès que nous aurons mis la main sur le faux valet. Et quand il se retrouvera derrière des barreaux, crois-moi, il ne tardera pas à couiner comme le rat qu'il est.

— J'imagine que tu as un plan ?

— Oui.

— Qui ne nous conduira pas tout droit à Newgate, j'espère ?

— Non. Allons chercher Holt, puis je t'expliquerai ce que je compte faire. J'ai besoin de ton aide, mais je ne veux pas que tu sois en première ligne. C'est ma bataille, pas la tienne.

— Comme tu voudras. Dis-moi juste ce que je dois faire, répondit Brandon.

Garrett prit une inspiration. Il savait que son ami le soutiendrait sans poser de questions. Il l'avait toujours fait. Il espérait juste que ce serait là leur dernière bataille.

Et qu'à l'avenir, ce serait Alexandra qui se battrait à ses côtés.

Alexandra arpentait le salon en maudissant Garrett.

Comment avait-il osé s'en aller de la sorte, en refusant d'écouter ses explications ? La pauvre Kit était dans tous ses états. Elle avait la migraine et avait dû monter se coucher. Alexandra se jurait qu'à son retour elle dirait à Garrett sa façon de penser jusqu'à ce qu'il ait mal au crâne à son tour !

S'il continuait, elle allait reconsidérer sa réponse à sa demande en mariage. Et il n'était pas question que…

Un coup frappé à la porte l'arracha à ses récriminations silencieuses.

Stewart était en visite chez le vicaire, et depuis que Ned travaillait aux écuries, Garrett ne s'était pas soucié d'engager un majordome. Il n'y avait donc personne pour répondre.

Avec un soupir exaspéré, Alexandra gagna le hall. Elle s'arrêta in instant, le temps de se calmer, de lisser ses jupes et de remettre un peu d'ordre dans sa coiffure. Puis elle ouvrit la porte et se retrouva face à… Arthur Brown.

Celui-ci n'avait plus rien à voir avec l'homme furibond qu'elle avait accueilli sur ce même perron quelques jours plus tôt. Ses habits étaient couverts de poussière et son regard était anxieux.

— Monsieur Brown ? Est-ce que ça va ? s'alarma-t-elle.

— C'est Beau… il…

— Quoi ? s'écria Alexandra en lui agrippant le bras. Que… que s'est-il passé ?

Elle se précipita dehors et la porte claqua dans son dos.

— Il va bien, tranquillisez-vous, fit Arthur en lui tapotant la main. Je me suis mal exprimé. Je vous présente mes excuses.

— Dieu merci ! s'exclama-t-elle, soulagée. Qu'y a-t-il, alors ?

— Je vais vous expliquer en chemin.

Calant sa main au creux de son coude, il l'entraîna au bas des marches, en direction de sa voiture. Alexandra tenta de se dégager.

— Mais je dois prévenir Kit. S'il est arrivé quelque chose à Beau, elle doit venir aussi. Il voudra voir sa mère.

— Mais c'est de vous dont j'ai besoin.

— Je ne comprends pas, répliqua Alexandra, perplexe.

— Je vais tout vous dire, mais venez avec moi, dit-il en ouvrant la portière. J'insiste.

Elle s'inquiétait certes pour Beau, mais prit ombrage des manières autoritaires de son grand-père.

— Monsieur Brown, je n'irai nulle part sans avoir d'abord parlé à Kit. Elle doit…

Elle s'interrompit brusquement en sentant un objet dur s'enfoncer dans ses côtes. Baissant les yeux, elle découvrit avec effroi qu'Arthur avait pointé un pistolet sur elle.

— Comme je viens de vous le dire, j'insiste.

Le cœur battant la chamade, elle le dévisagea. Elle connaissait ce murmure furieux, ce nez aquilin, ces lèvres minces et ce regard jaune qui luisait d'une lueur féroce.

La mémoire lui revint d'un coup.

Lors de sa première visite, elle avait eu la vague impression de l'avoir déjà vu. Elle ne s'était pas trompée. C'était lui qu'elle avait surpris dans le patio de Hammond, alors qu'il était en train d'orchestrer le meurtre de son beau-fils ! Mais à cette distance, et dans la pénombre, elle n'avait pas bien discerné ses traits, d'autant que sa voix aussi était différente, plus nasillarde, comme s'il était enrhumé.

— Montez, ordonna-t-il en accentuant la pression de son arme contre son flanc.

Une fois de plus, elle maudit Garrett d'être parti si vite et de ne pas s'être donné la peine d'engager un robuste majordome. En cet instant, elle aurait eu bien besoin des deux !

Elle serra les dents. Si Arthur croyait qu'elle allait grimper docilement dans cette voiture, il se fourvoyait ! Elle comptait bien crier et se débattre. Elle jeta un coup d'œil au cocher, mais ce dernier leur tournait résolument le dos, et elle comprit qu'elle ne devait attendre aucune aide de ce côté-là.

— Si la vie de Beau a un tant soit peu de valeur à vos yeux, vous feriez bien de vous dépêcher, siffla Brown.

Alexandra capitula. Elle ignorait s'il s'agissait là de menaces en l'air, mais elle ne pouvait prendre le moindre risque. Après avoir lancé un ultime regard vers la porte, elle empoigna ses jupes et gravit le marchepied.

Elle réfléchissait à toute allure, s'efforçait de trouver un plan, mais la peur lui engourdissait le cerveau et aucune idée ne lui venait.

— Plus vite, bon sang ! s'impatienta Arthur en lui donnant une bourrade dans le dos.

Elle trébucha. Sa frayeur se mua en colère et en détermination. Oui, elle trouverait un plan. Sinon, Garrett viendrait à son secours.

Elle devait juste se débrouiller pour rester en vie le temps qu'il arrive.

Ce fut sa dernière pensée cohérente. Une douleur explosa sous son crâne, et elle bascula dans un trou noir.

30

— Comment cela, tu croyais qu'elle était avec moi ? tonna Garrett.

Kit venait de lui dire qu'Alexandra n'était pas dans la maison et que personne ne l'avait vue depuis un moment.

— J'ai cru qu'elle s'était lancée à ta poursuite quand tu es parti si abruptement. Garrett, si je ne t'ai pas parlé de la venue de mon père, c'est précisément parce que je savais que tu réagirais comme tu es en train de le faire. Et il ne vaut vraiment pas la peine que...

— Tu l'as cherchée ? Alexandra ? coupa-t-il, en proie à un sinistre pressentiment.

— Bien sûr, mais elle n'est nulle part.

Garrett jura et se mit à arpenter le salon. Brandon leva les mains.

— Inutile d'en tirer des conclusions. Nous allons fouiller le domaine. Elle est peut-être tout près.

— Je sors ! annonça Garrett en tournant les talons.

Deux années de guerre lui avaient appris à suivre son instinct, et celui-ci lui disait qu'Alexandra n'était pas dans le manoir et que sa disparition n'augurait rien de bon.

— Garrett... appela Kit dans son dos.

Brandon dut la faire taire d'un geste, car elle s'en tint là. Garrett poursuivit son chemin sans se retourner. Il allait d'abord se rendre aux écuries pour vérifier auprès de Gus qu'aucune monture ne manquait.

L'inquiétude lui fit presser le pas, et il courait presque lorsqu'il atteignit les écuries.

Il fit irruption dans l'allée qui séparait les stalles, faisant sursauter Gus, qui était en train de bouchonner Champion. La gorge de Garrett se serra à la vue d'Automne dans son box.

— Gus, avez-vous vu lady Alexandra ? Et Ned, est-il de retour ?

— Non, je ne l'ai pas vue, milord. Mais j'étais dehors en train de réparer une clôture. Et Ned est toujours en promenade avec Beau.

— Avez-vous vu quelqu'un rôder près du manoir, ou un cavalier qui serait venu de ce côté ?

— Non, personne.

Garrett jura entre ses dents.

— Je vais prendre Champion. J'ai peur qu'il ne soit arrivé quelque chose à Alexandra.

Le visage dur, Gus entreprit de seller Champion à gestes rapides et efficaces.

— Vous pensez qu'elle est en danger ? Son oncle ? hasarda-t-il.

— Non, pas son oncle. Quant à savoir si elle est en danger, j'ai bien l'intention de la retrouver très vite, avant que la question ne se pose.

Garrett sauta en selle et, sitôt franchi le seuil de l'écurie, éperonna son cheval tout en s'accablant de reproches.

Il aurait dû l'écouter quand elle avait tenté de lui expliquer dans quelles circonstances Arthur était venu au manoir. Mais non, il avait laissé exploser sa fureur et l'avait plantée là. Et pourquoi n'avait-il pas engagé un majordome et des valets, qui auraient pu lui dire avec qui elle était partie ? Pourquoi ne l'avait-il pas encore demandée en mariage ?

Évidemment toutes ces récriminations ne servaient plus à rien désormais. Il devait se concentrer sur ce qui importait vraiment : retrouver Alexandra et tuer Arthur.

Il parcourut les champs avoisinants, les propriétés des métayers, poussa jusqu'au pavillon de chasse, tout en sachant que sans monture Alexandra n'aurait jamais pu aller aussi loin. Mais l'idée de rentrer sans elle au manoir lui était insupportable.

Il alla ensuite prévenir Holt de la disparition d'Alexandra, lui demanda d'ordonner aux hommes de surveiller les terres à la recherche d'inconnus ou de véhicules qui ne leur seraient pas familiers.

Puis il prit lui-même la tête d'un petit groupe et arpenta la route en quête d'ornières récentes laissées par des roues de voitures. Certaines de ses recrues avaient été des éclaireurs expérimentés pendant la guerre. D'autres auraient réussi à soutirer des informations à une statue, et d'autres encore étaient des tireurs d'élite, entraînés à repérer la présence de l'ennemi bien avant l'affrontement. Aujourd'hui il avait besoin des talents de ces valeureux combattants, d'une loyauté indéfectible.

C'était de nouveau la guerre.

Seul l'ennemi avait changé.

Ce n'est qu'après avoir parcouru chaque route, chaque chemin, chaque sentier, qu'il admit finalement qu'Alexandra ne s'était pas aventurée dehors de son plein gré.

La nuit tombait.

À contrecœur, il regagna le manoir. Brandon descendit les marches du perron à sa rencontre. Sa mine sombre répondit à la question que Garrett s'apprêtait à poser. Il lâcha un juron. Il lui fallait une nouvelle stratégie, un plan d'attaque.

— Écoute, si c'est Arthur qui l'a enlevée, il ne lui fera pas de mal, déclara Brandon d'une voix neutre. C'est toi qu'il veut, pas elle. Si tu as vu juste concernant ses motivations, il protège l'héritage de ses petits-fils et estime que tu le menaces. Alexandra n'a rien à voir là-dedans, elle joue simplement le rôle d'appât. Et dans ce cas Arthur ne va pas tarder à entrer en contact avec nous, parce que c'est toi qu'il exigera en guise de rançon.

Brandon avait sans doute raison, mais Garrett ne tenait pas en place.

— Je repars à sa recherche !

Brandon attrapa les rênes de Champion.

— Attends ! Tu ne sais absolument pas où il est, et tu n'es même pas sûr que c'est bien Arthur qui est derrière tout cela. Ne te préci...

— Mais si, j'en suis sûr ! Je connais Arthur ! Et pour le moment, il ignore que nous l'avons démasqué, il peut donc rentrer chez lui pour s'y cacher. Il est assez arrogant pour cela. Je vais galoper jusqu'à sa maison de campagne. Il n'oserait pas retenir Alexandra à Londres, au risque d'être vu et reconnu. Brandon, je te jure que s'il l'a touchée, je le tuerai de mes mains ! Et cette fois, personne ne m'arrêtera. Pas même toi !

— Bon sang, tu parles du père de Kit ! s'exclama Brandon, qui jeta un regard autour d'eux avant de reprendre d'une voix sourde : Écoute, il ne me viendra pas à l'idée de défendre Arthur s'il a réellement enlevé Alexandra, mais en attendant d'en avoir la preuve irréfutable, tu dois te calmer, Garrett. Pour protéger Kit !

La répétition du nom de sa sœur finit par se frayer un chemin jusqu'à sa conscience obscurcie par la colère.

Arthur était le père de sa demi-sœur – tout salopard qu'il soit.

Et la différence entre eux, c'était que si Arthur s'était toujours éperdument moqué de sa fille, Garrett, lui, se souciait d'elle.

— Nous avons besoin de toi ici pour coordonner notre action, insista Brandon. Tu sais comment lancer ce type d'offensive et les hommes ne suivront que toi.

— Très bien. Mais ne compte pas sur moi pour rester dans la défense passive. Si Alexandra est dans les environs, je la trouverai ou je trouverai des foutues traces qui mènent à elle. Je vais envoyer Stewart en ville chercher des policiers, et dépêcher des éclaireurs sur chacune des propriétés d'Arthur. Nous allons débusquer ce salaud. Et ils auront pour ordre de l'abattre sans sommation si jamais la vie d'Alexandra est en danger.

Résigné, il mit pied à terre, et frappa l'arrière-train de Champion qui se dirigea au petit trot vers l'écurie.

— Laisse-moi annoncer la nouvelle à Kit, dit Brandon comme ils regagnaient la maison. Je peux au moins t'épargner cela.

— Elle est forte, elle surmontera l'épreuve, affirma Garrett en pressant l'épaule de son ami.

— Oui, mais elle ne devrait pas être obligée de subir cela, rétorqua Brandon d'une voix frémissante de colère.

Le silence retomba. Parvenu devant la porte, Brandon s'arrêta pour faire face à Garrett.

— Alexandra est forte, elle aussi. Ne l'oublie pas.

— Je sais.

— Et nous serons prêts à intervenir.

— Oh que oui ! acquiesça Garrett.

Alexandra se réveilla avec une migraine épouvantable. La douleur lui rappelait celle qu'elle avait éprouvée en se cognant la tête dans la voiture de Garrett, le jour de l'accident. Elle parcourut la pièce des yeux, les meubles, tous recouverts de housses, la haute fenêtre aux rideaux tirés. La lueur vacillante d'une bougie attira son regard, et elle écarquilla les yeux.

Assis dans un fauteuil protégé d'un drap, le bougeoir dans une main, son pistolet dans l'autre, Arthur Brown la regardait.

Elle s'assit brusquement, grimaça de douleur et porta la main à sa tempe.

— Désolé, vous aurez sans doute une bosse, mais je ne pouvais pas vous faire confiance.

— Où... où sommes-nous ? balbutia-t-elle en reculant contre la tête de lit.

— Chez Keyes. Il est parti pour quelques jours, et cette aile de la maison a été fermée. Il est bourré de dettes et croit pouvoir gagner quelques pennies en fermant des pièces et en réduisant le nombre de domestiques. Il a aussi vendu des terres...

— Où est Beau ? coupa Alexandra.

Elle venait de remarquer que nulle lumière ne filtrait derrière les rideaux et en conclut que la nuit était tombée.

— Beau ? Il doit être couché à l'heure qu'il est. Ne soyez pas si surprise, ajouta-t-il en souriant. Je n'ai eu qu'à prononcer son nom pour que vous me suiviez bien docilement.

Il l'avait manipulée. Elle se maudit de sa naïveté et le maudit dans la foulée quand une pensée lui traversa soudain l'esprit.

— Keyes est votre complice ?

— Non, ce type n'a pas de tripes. Il n'est pas question de l'intégrer à mon plan, je me sers juste de lui, comme je l'ai fait avec Beau.

— Je… je ne comprends pas.

— C'est pourtant simple. Il sera pendu pour vous avoir assassinés dans le pavillon de chasse, Kendall et vous. Kendall l'a déjà accusé de vous avoir tiré dessus lors d'une partie de chasse. Nul doute que les autorités s'en souviendront quand elles découvriront vos cadavres.

Un frisson secoua Alexandra. Arthur Brown parlait sur le ton de la conversation, un sourire sarcastique aux lèvres. Il aurait tout aussi bien pu discuter de jardinage, alors qu'il projetait de les assassiner de sang-froid !

Cet homme était complètement fou.

Elle devait trouver le moyen de s'échapper.

— Keyes a un mobile, poursuivit Brown. Il déteste Kendall. Il ne lui a jamais pardonné d'avoir racheté une partie de son domaine, et il ne supporte pas l'implantation de cultures de houblon sur les terres limitrophes. Il estime que produire de la bière est indigne d'un aristocrate, et je suis d'accord avec lui !

Mais le comportement de Kendall ne cesse de prouver qu'il n'a aucune considération pour son titre.

— Pourquoi ? demanda Alexandra dans un souffle. Garrett est votre beau-fils, le demi-frère de Kit.

— Ce n'est pas un Brown. Et je refuse de le laisser mettre en péril l'héritage de Will.

Sur ces paroles énigmatiques, Arthur Brown se leva, mettant un terme à la conversation.

— En fait, c'est vous, la véritable victime. J'étais persuadé que Kendall était trop occupé à creuser sa propre tombe pour songer à se marier. Je me suis trompé. Mais le connaissant, je ne peux prendre le risque que vous portiez déjà son marmot.

La crudité de son langage fit frémir Alexandra. Ignorant sa réaction, il enchaîna :

— La porte est en chêne massif et fait cinq bons centimètres d'épaisseur. La serrure est solide. Nous sommes au deuxième étage, à plus de six mètres du sol. Cette partie de la maison est isolée, si vous criez, personne ne vous entendra. Il n'y a de toute façon plus que trois domestiques, qui sont logés dans l'autre aile. Je vous apporterai vos repas. En attendant, vous avez de l'eau et du pain. Je vous conseille de manger, car vous allez peut-être rester ici plusieurs jours.

Il se dirigea vers la porte.

— Mais pourquoi attendre ? demanda-t-elle.

— Vous le saurez bien assez tôt, rétorqua-t-il, la main sur la poignée de la porte. Et je me moque que Kendall se ronge les sangs à votre sujet.

Sur ces mots, il sortit, et le bruit de la clé tournant dans la serrure résonna dans le silence.

Alexandra voulut se lever, mais la douleur explosa dans son crâne. Elle retomba sur le lit, les yeux pleins de larmes. Elle les essuya d'un revers de main.

Il n'était pas question de céder à la panique. Elle trouverait le moyen de s'enfuir. Brown avait manifestement besoin de finaliser son odieux projet, cela lui laissait un peu de temps. Dès qu'elle serait en mesure de réfléchir, elle chercherait une solution.

Arthur Brown avait peut-être trouvé en elle une cible facile, mais cela ne se reproduirait pas, se promit-elle.

Garrett passa deux journées et deux nuits abominables.

Il aurait dû avoir l'habitude, mais cette fois, incapable de chercher l'oubli dans l'alcool, il ne pouvait que compter les minutes qui s'égrenaient avec une lenteur insupportable. Jamais il ne s'était senti aussi impuissant. Il avait l'impression de courir dans les ténèbres, à l'aveuglette, le corps et l'esprit de plus en plus engourdis par un désespoir paralysant.

Où était Alexandra ? Quels tourments endurait-elle ? Était-elle terrifiée ? L'appelait-elle à l'aide, en vain ?

Toutes ces questions le mettaient au supplice.

Pour tromper son anxiété, il ne pouvait qu'écumer les environs à cheval, passer de hameau en hameau, interroger les gens qu'ils croisaient. Sans succès, jusqu'à présent.

Ce n'est qu'au troisième matin qu'il eut vent de la première erreur commise par Arthur, et entrevit une lueur d'espoir.

Il se trouvait en compagnie de Brandon, dans le salon où étaient également réunis Havers, Gus, Holt et une poignée d'ouvriers agricoles réquisitionnés pour les besoins de la cause, ainsi que trois policiers en uniforme.

Booker et Haverill, les deux hommes que Garrett avait envoyés à Londres, avaient eu de la chance et étaient revenus avec des preuves de l'implication d'Arthur. Sitôt fait prisonnier, celui-ci n'aurait aucune chance d'échapper à la justice.

Néanmoins les choses n'avançaient pas assez vite au goût de Garrett, qui avait décidé de changer de tactique.

— Il faut élargir nos recherches et prendre contact avec nos voisins, sans oublier leurs domestiques.

— Keyes est en voyage, intervint Stewart. Le vicaire m'a dit qu'il était parti la semaine dernière rendre visite aux parents de sa femme.

— Nous pouvons quand même questionner ses domestiques, objecta Brandon.

— Il a renvoyé la quasi-totalité de ses employés avant de s'en aller, sans daigner leur donner la moindre lettre de références, expliqua Stewart, dégoûté. Le vicaire savait qu'on embauchait à Charlton Manor, c'est pourquoi il a mentionné le fait devant moi. Avec tout ce qui s'est passé, j'ai oublié de vous le dire, milord.

— C'est bizarre, intervint Holt en se grattant le crâne. Les hommes ont dit qu'une seule voiture avait été aperçue dans les parages le jour de la disparition de lady Alexandra, mais les traces menaient directement chez Keyes. Ils en ont conclu que c'était la sienne.

Garrett s'était redressé.

— S'il était déjà parti, ce ne pouvait pas être sa voiture. Et il n'a sûrement pas les moyens d'en entretenir une autre.

— Alors à qui appartenait cette voiture ? demanda Brandon.

— Arthur est déjà venu ici, réfléchit Garrett à voix haute. S'il voyageait cette fois avec quelqu'un qu'il souhaitait dissimuler, l'absence de Keyes tombait à pic, surtout s'il n'y avait plus de domestiques pour épier ses faits et gestes. Il n'a eu qu'un saut de puce à faire entre nos deux propriétés, ce qui explique que personne n'ait vu de véhicule sur la route du village. Je parie que ce salopard s'est retranché chez Keyes bien avant que nous n'entreprenions nos recherches.

— Caché là-bas, il a pu surveiller les environs et choisir de passer à l'attaque au moment où Alexandra se trouvait seule, renchérit Brandon.

— Je crois que nous avons localisé l'antre du démon. Il ne reste plus qu'à contre-attaquer, déclara Garrett. Écoutez-moi avec attention.

Il exposa sa stratégie avec une précision toute militaire. Quand il eut terminé, il libéra ses hommes et se tourna vers Brandon.

— Finissons-en au plus vite. Mais sois prudent. Et garde tes distances. Ce type est fou à lier.

— Et par conséquent imprévisible. Tu ferais bien de t'en souvenir, toi aussi.

Leurs regards se croisèrent et Garrett hocha brièvement la tête.

Dès qu'Alexandra serait de retour, il ferait ce qu'il aurait dû faire depuis longtemps, se promit-il. Il poserait un genou à terre et demanderait à la femme qu'il aimait de passer le reste de sa vie à ses côtés.

31

Les soupçons de Garrett furent confirmés à l'instant où la porte d'entrée du manoir de Keyes s'ouvrit sur le valet d'Arthur. Cette même porte était restée obstinément close lors des précédents passages de ses hommes, quand ils avaient battu la campagne à la recherche d'Alexandra.

Arthur l'attendait donc.

Le valet alla prévenir son maître. Garrett en profita pour quitter le salon, où on lui avait demandé de patienter, pour retourner ouvrir la grande porte. Il fit signe à Ned de se faufiler à l'intérieur.

Celui-ci portait un pantalon et une veste semblables aux siens.

De retour dans le salon, Garrett se glissa derrière la porte, tandis que Ned allait se poster devant la fenêtre, légèrement penché en avant comme s'il regardait quelque chose dans le jardin.

Quelques minutes plus tard, un bruit de pas retentit dans l'escalier. Puis Arthur fit son entrée. Il était si près que Garrett dut faire appel à toute sa volonté pour ne pas se jeter sur lui.

— Alors Kendall ! lança Arthur à Ned qui lui tournait toujours le dos. Je savais bien que si j'attendais suffisamment longtemps, tu viendrais à moi.

Il plongea la main dans la poche intérieure de sa veste et en sortit un pistolet.

— Mais j'ai assez attendu. Et nous allons en terminer une bonne fois pour toutes !

Ned pivota lentement sur ses talons. Arthur sursauta.

— Mais vous n'êtes pas Kendall ! Où est-il ? On m'avait dit…

Il n'acheva pas sa phrase et fit volte-face. Mais Garrett était prêt. D'un coup précis, il percuta le bras d'Arthur, envoyant valdinguer son arme. Celle-ci glissa sur le parquet jusqu'aux pieds de Ned qui s'empressa de la ramasser.

Arthur recula en frottant son bras meurtri.

— Kendall ! J'aurais dû m'en douter. Bon sang, tu as le don d'échapper à la mort ! Pour quelqu'un qui cherche à se détruire, quelle ironie que tu sois encore en vie. Et quel dommage.

Les yeux d'Arthur lançaient des éclairs, leur forme et leur couleur ambrée évoquant de manière déconcertante les yeux de Kit. Ce fut cette ressemblance qui empêcha Garrett de lui fracasser le crâne contre le manteau de la cheminée. Il avait pitié de sa sœur, s'il n'avait pas pitié d'Arthur.

Sans daigner répondre aux propos venimeux de son beau-père, il ordonna à Ned :

— Surveillez-le. Et s'il tente de fuir, abattez-le.

Il gagna la porte, s'immobilisa avant de franchir le seuil pour lancer par-dessus son épaule :

— Si Alexandra va bien, vous vivrez. Mais si elle est blessée, ou pire, préparez-vous à mourir.

Il ressortit sur le perron pour donner l'ordre à ses hommes d'envahir la place. Brandon fut le premier à pénétrer dans le hall, suivi de Havers, Booker et Haverill. Garrett demanda aux policiers d'appréhender quiconque chercherait à quitter la propriété sans son consentement. Stewart et Holt étaient restés à Charlton Manor pour protéger Kit et les enfants.

Le regard de Brandon se porta vers le salon.

— D'abord Alexandra, dit Garrett, répondant à sa question silencieuse. Arthur ne risque pas de s'en aller.

Un chapitre de sa vie était en train de se clore. Bientôt il en entamerait un autre.

Un bruit de pas en provenance du couloir troubla le silence qui menaçait de rendre Alexandra complètement folle, encore plus peut-être que sa captivité, la robe qu'elle n'avait pas quittée depuis trois jours, et ses tentatives d'évasion successives qui avaient toutes échoué.

Elle avait commencé par nouer bout à bout les draps du lit pour essayer de s'échapper par la fenêtre. Mais le bois de la croisée avait gonflé, et elle avait eu beau s'escrimer, elle n'avait pas réussi à l'ouvrir.

Arthur Brown avait découvert les draps manquants cachés au fond de l'armoire et les avait confisqués en guise de représailles.

Pour son deuxième plan, elle avait décroché l'un des tableaux représentant une scène de chasse, et l'avait utilisé pour briser un carreau. Elle comptait sauter sur l'arbre le plus proche et descendre de branche en branche, mais avait vite déchanté en mesurant du regard la distance qui la séparait du sol.

Emberlificotée dans ses jupes, elle avait toutes les chances de se rompre le cou.

Lors de sa visite suivante, Arthur avait remarqué la vitre cassée, mais s'était contenté de ricaner. Son valet était venu un peu plus tard enlever les tessons de verre.

Mais s'il avait cru qu'elle se résignerait, il s'était trompé.

Car elle s'apprêtait à mettre en œuvre le plan numéro trois, Debout sur une chaise qu'elle avait tirée derrière la porte, elle brandissait au-dessus de sa tête un autre tableau dans son cadre en bois doré. Le cœur battant, elle entendit une voix masculine juste derrière le battant :

— C'est verrouillé, mais vous inquiétez pas, m'sieur, je vais crocheter la serrure.

Alexandra retint son souffle. Dans le patio de Hammond, le faux valet s'était exprimé avec le même accent faubourien.

Dents serrées, elle affirma sa prise sur le tableau.

— Vous voyez, aucune ne me résiste ! triompha l'homme en ouvrant le battant d'une poussée. C'est plutôt…

Sans hésiter, Alexandra abattit le tableau de toutes ses forces sur le crâne de l'homme qui venait d'entrer dans la chambre, le réduisant au silence. Sans attendre qu'il s'effondre, elle bondit sur le sol, pivota pour s'enfuir… et heurta de plein fouet le torse musclé d'un deuxième homme.

Son cœur s'arrêta purement et simplement de battre.

Le cri qui lui échappa lui rappela qu'elle était encore vivante. Avec l'énergie du désespoir, elle se débattit pour échapper aux bras robustes qui la ceinturaient.

— Alexandra !

L'homme la serrait à l'étouffer.

— Alexandra, mon amour, tu es en sécurité. Calme-toi, c'est fini.

Elle entendait son cœur tambouriner sous son oreille. Son odeur familière l'enveloppait. Sa voix grave, rassurante, finit par pénétrer sa conscience, mettant fin à trois jours de cauchemar.

— Garrett !

— Je suis là, ma chérie. Tout va bien. C'est fini.

Les larmes qu'elle avait si longtemps retenues se mirent à ruisseler sur ses joues. Elle se raccrocha éperdument à Garrett.

— Tu m'as sauvée. Une fois de plus ! Je savais que tu viendrais !

Il lui releva la tête, la dévora des yeux, glissa une boucle blonde derrière son oreille.

— Ma chérie, même si je ne t'avais pas trouvée, tu aurais réussi à t'échapper. Tu es pleine de ressources, ma courageuse, ma vaillante Alexandra, et c'est pour cela que je t'adore.

— Oh, j'y serais parvenue, c'est vrai ! Mais je n'ai pas eu de chance. L'humidité a gauchi le bois de la fenêtre, je n'ai pas pu l'ouvrir. Et puis il m'a confisqué les draps, et j'ai un peu le vertige, et tu n'étais pas là pour me rattraper, et… Oh, Seigneur ! Je dois être dans un état épouvantable…

— Chuut, murmura Garrett, la bouche contre sa tempe. Tout va bien.

Elle tourna la tête en direction de l'homme qu'elle avait presque assommé et qui s'éloignait dans le couloir, soutenu par un troisième venu lui prêter main-forte.

— J'ai cru qu'il s'agissait des complices d'Arthur, avoua-t-elle d'un air contrit.

Garrett s'écarta et la scruta. Son regard s'assombrit lorsqu'il repéra la bosse sur sa tempe.

— Qui t'a fait cela ? demanda-t-il en l'effleurant du bout des doigts.

— Ce n'est rien, assura-t-elle. Garrett, je suis désolée ! Je comprends maintenant pourquoi nous n'aurions pas dû passer sous silence sa visite au manoir. Cet homme est fou…

— Ne t'inquiète pas, nous l'avons neutralisé. J'en ai presque terminé avec lui. Je vais juste te demander de rester un instant avec Brandon.

Il se tourna à demi et fit signe à son ami d'entrer. Avisant le tableau brisé qui gisait sur le sol, ce dernier commenta, pince-sans-rire :

— On dirait que la cavalerie arrive trop tard. Vous avez mis l'ennemi en déroute, Alexandra. Vous n'aviez pas besoin de nous, finalement.

— Je vous assure que je n'ai jamais été aussi contente de vous voir !

Elle se hissa sur la pointe des pieds pour embrasser Garrett sur la joue, mais il la bâillonna d'un baiser fougueux. Lorsqu'il la relâcha, elle avait les jambes flageolantes, et accepta avec reconnaissance le bras que Brandon lui offrait.

Garrett retourna dans le salon avec le goût des baisers d'Alexandra sur ses lèvres. Il sourit en se remémorant l'instant où la tête de ce pauvre Booker était passée au travers du tableau qu'Alexandra avait abattu sur son crâne. Elle était parfaite. Brave, audacieuse, et si belle. Il maudissait Arthur de l'avoir éloignée de lui.

Ce dernier se trouvait toujours dans le salon, sous bonne garde. La haine que cet homme éprouvait prenait sa source si profondément en lui qu'il avait fini par s'y noyer, songea Garret. Il s'adossa au chambranle et croisa les bras sur sa poitrine.

— Je m'étonne que vous vous soyez décidé à exécuter vous-même les basses besognes pour lesquelles vous préfériez jusque-là payer vos sbires. Auriez-vous des tripes, finalement ? s'enquit-il avec une insolence tranquille.

— Attention à ce que tu vas dire, Kendall, siffla Arthur. Tes allégations ne reposent sur aucune preuve. Ce sera ta parole contre la mienne, et on sait ce que vaut la tienne.

— Des preuves ? Mais j'en ai. Nous avons arrêté Nobbs.

La stupeur se peignit sur les traits d'Arthur à la mention du nom de son complice.

— Nous avons également remis la main sur votre montre, qui a servi de bonus quand Nobbs est devenu plus gourmand. Elle porte vos initiales gravées, ainsi que ce faucon qui est votre emblème familial. Vous savez, l'animal qui symbolise l'opiniâtreté des Brown. Vous voyez, j'écoutais quand vous m'assommiez avec vos pompeux sermons et que vous radotiez sur la splendeur passée de vos ancêtres.

Des marbrures rougeâtres étaient apparues sur les joues d'Arthur.

— Nobbs préférait de loin la déportation à la pendaison. Il n'a pas hésité à vous trahir.

— Tu dis n'importe quoi, Kendall ! Tu oublies que mon illustre patronyme a du poids, peut-être pas pour toi, mais il fera la différence devant n'importe quel magistrat. Personne ne croira un crétin comme Nobbs face à un Brown. Mes ancêtres ont aidé Henri VII à monter sur le trône, et il a fallu que son successeur s'amourache de cette catin de Boleyn pour que nous tombions en disgrâce. Mais j'ai des projets pour rendre leur dignité à mes descendants.

— Non, Arthur. Je ne dis pas n'importe quoi. J'ai des preuves de ce que j'avance et des témoins. Et j'ai Alexandra. J'ai gagné la bataille.

— J'aurais dû te tuer depuis longtemps, déclara Arthur d'un ton égal.

— Et pourquoi ne l'avez-vous pas fait ?

— Parce que tu semblais bien parti pour le faire tout seul.

Secouant la tête, Garrett se redressa, fit signe à Ned.

— Emmenez-le.

Ned saisit Arthur par le bras, mais celui-ci se dégagea d'un geste brusque.

— Je suis un Brown. Les Brown tiennent debout tout seuls !

Il ajusta sa veste, se dirigea vers la porte, tête haute, refusant d'accorder un regard à Garrett au moment de passer devant lui.

Puis ce fut le chaos.

Projeté en arrière, Ned heurta Garrett qui perdit l'équilibre.

Un cri fusa, transperçant le cœur de Garrett. *Alexandra !*

Repoussant Ned, il se rua dans le hall et se pétrifia à la vue du spectacle qui l'y attendait.

Une fois de plus, Arthur tenait Alexandra en son pouvoir.

Un bras lui encerclait la taille, l'autre le cou. Une lueur démoniaque dans ses yeux jaunes, il resserra son étreinte d'une secousse brutale.

— N'approchez pas ! cria-t-il.

Garrett n'aurait pas obéi s'il n'avait aperçu, tout contre la gorge d'Alexandra, l'éclat métallique d'une lame.

Son sang se glaça dans ses veines.

Voyant Brandon ébaucher un mouvement en direction d'Arthur, il secoua la tête.

— Inutile de faire couler le sang, Arthur. Ni le vôtre ni celui d'Alexandra. La partie est finie. Lâchez ce couteau.

Il s'efforçait de parler d'un ton mesuré, comme lorsqu'il voulait rasséréner les jeunes soldats sous son commandement. Alexandra était blanche comme un linge et son cœur se tordit de douleur.

— Non, ce n'est pas fini, puisque tu es toujours en vie ! grinça Arthur.

Garrett leva la main pour interdire une autre intervention, de la part de Ned cette fois, mais son regard demeura rivé sur son beau-père.

— Vous aussi, vous l'êtes. Je vous ai laissé la vie sauve par respect pour Kit.

Ned leva son pistolet et le pointa sur la tête d'Arthur.

— Dites-moi juste *quand*, mon capitaine.

— Posez cette arme, Ned. Nous sommes en train de discuter. Arthur m'expliquait comment il avait l'intention de redorer le blason familial. À ma mort, c'est Will qui héritera de ma fortune, pas vous. Et le titre aurait été à un lointain cousin. Pourquoi cela profiterait-il aux Brown ?

— Parce que j'ai enfin mes héritiers ! Des garçons qui ont dans les veines le sang des Brown. Toi, tu n'es pas de mon sang ! Tu ne l'as jamais été !

— J'aurais pu être votre fils, mais pour la première fois de ma vie, je remercie le ciel que vous en ayez décidé autrement.

Arthur le fixait de son regard dément. La lame du couteau se pressa contre le cou d'Alexandra, qui laissa échapper un cri en enfonçant les doigts dans le bras d'Arthur. Garrett dut faire appel à toute sa volonté pour ne pas bondir.

— Tu as toujours été le fils de ton père, reprit Arthur. Un Kendall. Chaque fois que je te regardais, c'est lui que je voyais. Et Kit était une *fille*. À quoi sert une fille à part engendrer des fils. Et c'est ce qu'elle a fait ! Elle a eu Beau, qui appartient à Brandon. Et Will, qui est à moi ! C'est lui, le fils que je n'ai jamais eu. Avec ta fortune, il pourra s'acheter un titre. Et il ne le souillera pas comme tu t'es acharné à souiller le tien. Jusqu'à t'avilir dans une entreprise commerciale ! Ne nie pas, je sais que tu as l'intention de fabriquer de la bière qui portera ton nom ! Je n'allais pas rester sans rien faire, à te regarder dilapider l'héritage de Will et déshonorer cette famille.

Arthur arborait une expression hagarde. Cet homme avait l'esprit complètement dérangé. Garrett ne put s'empêcher de regretter ces années passées à soupirer après l'affection de cet individu pathétique.

Que de temps perdu !

— Arthur, écoutez-moi. Vous avez deux options. Soit vous libérez Alexandra et vous vivrez. Soit vous vous en prenez à elle et vous mourrez.

— Ouvrez cette porte ! rugit Arthur en reculant avec son otage.

Garrett adressa un signe de tête à Brandon, qui se dirigea vers la porte. Le regard d'Arthur tomba sur son gendre. Il ricana :

— Vous, vous rangez toujours du côté de Kendall ! Vous n'avez jamais compris quel mal il faisait à notre famille.

— Arthur, lâchez Alexandra. C'est terminé, répéta Garrett d'une voix froide.

Le regard d'Arthur passa de Garrett à Brandon. Puis, avec un cri sauvage, il poussa brutalement Alexandra de côté, lança le couteau en direction de Garrett avant de s'élancer dehors.

Garrett évita le projectile d'un bond. Voyant que Brandon s'était précipité pour retenir Alexandre, il se rua aux trousses de son beau-père.

Dehors, il trouva Havers en compagnie des deux policiers qui encadraient Arthur tandis qu'un homme lui ramenait les mains dans le dos pour lui passer les menottes.

Le dos voûté, le regard vide, Arthur avait perdu toute sa morgue. Il n'était plus qu'un vieil homme pitoyable.

Garrett n'éprouva aucune compassion.

— J'aimerais vous tuer, mais je n'en ferai rien, articula-t-il. Alexandra n'est pas blessée et je vais tenir parole en vous laissant la vie sauve. Je ne veux pas non plus avoir le sang du père de Kit sur les mains. Vous allez bénéficier de longues années pour réfléchir à tout ce que vous avez perdu. Il y a un asile d'aliénés à York, loin de mes propriétés, loin de moi et des miens.

— Tu ne comprends pas… bredouilla Arthur.

— Taisez-vous ! C'est vous qui n'avez rien compris. Vous aviez déjà redoré le blason familial. Vous aviez une femme qui vous aimait, un jeune garçon qui aurait pu vous aimer aussi, et une fille qui a essayé. Mais vous les avez tous rejetés pour vous accrocher à une illusion. Et pour quoi ? En tant qu'unique survivant de la lignée Brown, tout ce que vous laissez comme héritage, c'est votre folie !

— Tout a toujours été facile pour toi depuis ta naissance. Tu n'as jamais été obligé de te battre...

— Je me suis battu pour tout ! La moindre miette que vous lanciez dans ma direction, jusqu'à ce que je comprenne que vous n'aviez rien à me donner, que vous n'étiez qu'une coquille vide, rongée d'amertume.

Les lèvres pincées, Arthur fusilla Garrett du regard, puis détourna la tête. Vaincu.

— Emmenez-le, ordonna Garrett aux policiers.

Ceux-ci entraînèrent leur prisonnier vers la voiture que Stewart leur avait envoyée. Ned leur emboîta le pas. Garrett lui avait demandé d'accompagner Arthur, sachant que Kit n'aurait pas voulu que son père voyage seul.

Brandon s'approcha de Garrett et lui pressa l'épaule, avant de s'éloigner.

Garrett regarda la voiture qui emportait Arthur disparaître au détour de l'allée. Il pivota et reçu Alexandra, qui s'était jetée dans ses bras. Le nez enfoui au ceux de son cou, il la serra à la briser.

— Je t'aime, souffla-t-il.

Elle s'écarta et lui encadra le visage de ses mains.

— Moi aussi, je t'aime. Rentrons à la maison.

Il appuya son front contre le sien. L'image du couteau d'Arthur plaqué contre la peau délicate de son cou le hantait encore. Il en ferait certainement des cauchemars pendant un certain temps.

— Avant, dit-il, il y a quelque chose que je dois absolument faire.

Comme elle le fixait d'un air interrogateur, il expliqua :

— Je veux renégocier les termes de notre accord.

— Vraiment ? fit-elle en arquant un sourcil.

— Oui. Il semblerait que je n'ai plus besoin de ton aide pour appréhender mon assassin potentiel. Mais je suis sûr que tu aurais mené à bien ta mission si je n'étais pas intervenu de manière fort inopportune pour te sauver. Quoi qu'il en soit, je souhaite que notre arrangement prenne un caractère plus permanent, afin que nous y trouvions tous deux un plus grand bénéfice.

— Précise ta pensée. Comme tu le sais, je suis ouverte à la négociation.

Indifférent à la présence de ses hommes, qui s'étaient regroupés devant la maison, Garrett recula d'un pas, puis posa un genou à terre.

Il sourit comme les yeux d'Alexandra s'embuaient de larmes.

— Alexandra Langdon, acceptez-vous de m'épouser ?

Alexandra lui retourna un sourire vacillant en battant furieusement des paupières pour retenir ses larmes.

— Oui, j'accepte, Garrett.

Sa réponse faillit être couverte par les acclamations joyeuses des vétérans.

— Allez, mon capitaine, faut l'embrasser maintenant ! cria l'un d'eux.

Garrett se releva. Il entendit le rire de Brandon et les clameurs de ses hommes, mais il n'avait nul besoin d'encouragement. Saisissant Alexandra par la taille, il la fit pirouetter autour de lui avant de la gratifier d'un baiser qui la laissa pantelante.

— Et maintenant, ma chérie, rentrons, chuchota-t-il.

Il voulut l'entraîner vers Champion, mais elle résista.

— Tu sais, j'ai eu tout le temps de réfléchir, pendant ces trois longues journées où je suis restée enfermée. Et je me suis demandé... pourquoi tu m'avais suivie, le soir où nous nous sommes affrontés à la table de jeu, chez le duc de Hammond.

— C'est cette expression affolée qui s'est peinte sur tes traits quand tu as compris que tu avais perdu. Cela m'a rappelé mes jeunes soldats juste avant la bataille. Je n'ai pas pu les sauver, mais ce soir-là, j'aurais préféré être pendu plutôt que de causer la ruine d'un autre innocent. Je n'avais pas besoin de cet argent, contrairement à toi, apparemment, conclut-il avec un haussement d'épaules.

— Tu m'as sauvée.

— Oui ! Mais à l'époque, j'ignorais encore qu'en te sauvant, je me sauverai moi-même.

Elle posa les mains sur son torse.

— Oh, Garrett ! Nous étions destinés l'un à l'autre.

— On dirait, acquiesça-t-il en lui prenant la main pour déposer un baiser au creux de sa paume. Allons-y, à présent. Si nous voulons faire tous ces garçons, il faut nous entraîner. Trois, c'est un bon chiffre, non ?

— D'accord, mais je te préviens, je refuse qu'ils se nomment Fripouille, Gredin et Débauché.

— Très bien, soupira-t-il. Alors, nous aurons des jumeaux, une fille nommée Vérité et un garçon nommé Canaille.

Alexandra s'esclaffa.

— Chaque chose en son temps. J'aimerais d'abord un petit garçon aux cheveux bruns et aux yeux gris que nous appellerons Garrett Melrose Brandon Sinclair.

— Brandon ? répéta-t-il. C'est absolument...

Il ne put achever car Alexandra s'était hissée sur la pointe des pieds pour le faire taire d'un baiser. Il fit mine de résister quelques secondes, avant de l'enlacer et de la serrer contre son cœur.

Parfois il valait mieux ne pas penser.

Et se contenter de ressentir.

Remerciements

Je n'aurais pu achever ce voyage sans mon mari et mes enfants. Merci pour votre incroyable patience quand je disparaissais des jours durant (je vous avais bien dit que je ne faisais pas *que* boire des martini avec mon groupe d'auteurs !).

Un merci tout particulier au Club des auteurs de romance d'Amérique, section Nouvelle-Angleterre, et à mes formidables associées et critiques littéraires, les Dames Excentriques – Kate, Nina, Tara, Michelle et Liana –, qui n'arrêtaient pas de me répéter : « Oui, c'est le bon ! C'est le bon ! »

Je voudrais également remercier mon fabuleux agent, Laura Bradford, et ma merveilleuse éditrice, Leis Pederson, chez Berkley Publishing Group. Elles ont cru en cette histoire, et c'est grâce à elles que mon manuscrit est devenu un vrai roman.

D.K.

J'AI LU

10701

Composition
FACOMPO

Achevé d'imprimer en Italie
par GRAFICA VENETA
le 3 mars 2014.

Dépôt légal : mars 2014.
EAN 9782290086636
L21EPSN001173N001

ÉDITIONS J'AI LU
87, quai Panhard-et-Levassor, 75013 Paris

Diffusion France et étranger : Flammarion